The
Turn
of
the
Key

a novel

Ruth Ware

헤더브레 저택의 유령

헤더브레 저택의 유령

루스 웨어 Ruth Ware **장편소설**

이미정 옮김

하빌리스

말로 다 표현할 수 없는 사랑을 담아,
이안에게 이 책을 바칩니다.

일러두기

1. 옮긴이주는 본문에 괄호, 편집자주는 미주로 수록했다.
2. 장편 문학은 《 》, 신문·잡지는 〈 〉, 영화·방송은 ' '로 구분했다.

차례

2017년 9월 3일

렉스햄 변호사님께

변호사님, 제가 누군지 모르시겠죠. 그래도 제발, 제발, 저를 좀 도와주세요.

2017년 9월 3일

HMP 찬워스 교도소

렉스햄 변호사님께

제가 누군지는 모르셔도 신문에 난 제 사건은 보셨을 거예요. 그래서 이렇게 편지를 보내요. 제발 저 좀 도와주세요.

2017년 9월 4일

HMP 찬워스 교도소

렉스햄 변호사님께

이렇게 편지로 연락드리는 게 옳은 선택이길 바라요. 전 법정 변호사님께 직접적으로 편지를 써 본 적이 없어요.

우선 이 말씀부터 드릴게요. 보통은 이렇게 연락하지 않는다는 거 잘 알아요. 사무 변호사를 통해야 하잖아요. 그런데 제 사무 변호사는······.[1]

2017년 9월 5일

렉스햄 변호사님께

변호사님, 혹시 아이가 있으신가요? 아니면 조카가 있으세요? 그렇다면 제 이야기 좀 들어 주세요.

렉스햄 변호사님께

제발 저를 도와주세요. 전 아무도 죽이지 않았어요.

2017년 9월 7일

HMP 찬워스 교도소

렉스햄 변호사님께

이 편지를 쓰다가 구겨 버리고 또다시 쓰기를 몇 번이나 반복했는지 몰라요. 결국은 편지를 잘 쓰는 마법의 공식 따위는 없다는 사실만 깨달았네요. 변호사님을 억지로 앉혀 놓고 제 사건에 대해 들어 달라고 할 순 없으니 전 그냥 최선을 다해 제 이야기를 해 볼게요. 이야기가 한없이 길어지고 엉망진창이 되더라도 전 그저 계속해서 진실만을 말하려고요.

제 이름은⋯⋯. 아니다. 다 때려치우고 지금 당장 편지를 찢어 버리고 싶네요.

제 이름을 말하면 제가 왜 변호사님께 편지를 쓰고 있는지 아시겠죠. 전국의 모든 신문에 제 사건이 실렸고, 제 이름은 이들 신문의 헤드라인을 장식했어요. 거기다 고통에 일그러진 제 얼굴이 신문 1면에 대문짝만하게 실리기까지 했고요. 기자들은 법정 모독죄에 걸리지 않는 선에서 교묘히 저를 유죄로 몰아가며 함부로 떠들어 댔죠. 그래서 변호사님이 제 이름을 듣자마자 승소의 가망이 없다며 저를 외면하고 편지를 던져 버릴까 봐 두려워요. 그렇다고 변호사님을 탓하진 않을게요. 다만 그전에 제 이야기를 한번 들어 주세요.

전 스물일곱 살 여자예요. 저 위의 주소를 보면 아시겠지만 전 지금 스코틀랜드 여자 교도소인 HMP 찬워스에서 복역 중이에요. 교도소에서 보내는 편지를 한 번도 받아 본 적이 없어서 편지가 어떤 상태로 도착하는지 잘 모르겠어요. 하지만 굳이 편지를 뜯어 보지 않으셔도 제가 처한 상황이 어떤지는 짐작하고도 남으시겠죠.

그래도 제가 교도소 복역 중이라는 건 아마 모르시지 않을까 싶어요.

그리고 제가 무죄라는 사실도요.

네. 저도 알아요. 수감자들은 하나같이 결백하다고 하죠. 여기에 유죄인 사람은 아무도 없어요. 다들 무죄를 주장하니까요. 하지만 전 진짜로 결백해요.

지금쯤 제가 무슨 이야기를 꺼낼지 아시겠죠? 변호사님께서 제 사무 변호사가 돼 저를 변호해 주세요(영국에서는 사무 변호사가 법정 변호사를 선임한다 - 옮긴이).

피고인이 이런 식으로 변호사에게 사건을 의뢰하지 않는다는 건 알고 있어요. (편지 앞부분에서 제가 변호사님을 법정 변호사라고 했더라고요. 제가 법에 무지한 데에다 스코틀랜드 시스템에 대해서는 더더욱 아는 게 없어요. 그나마 아는 거라고는 같이 수감된 여자들한테 얻어들은 이야기가 전부예요. 변호사님 성함도 거기서 들었어요.)

사실 제게는 변호사가 이미 선임돼 있어요. 게이츠라는 변호 사인데요. 제가 듣기로는 사무 변호사인 게이츠 씨가 재판장에 설 법정 변호사를 선임해 줘야 한다던데요. 애초에 저를 이곳에 보낸 사람이 게이츠 변호사거든요. 게이츠 씨는 제가 선택한 변 호사가 아니에요. 처음에 전 겁에 질렸지만 곧 정신을 차리고 변 호사를 찾아 줄 때까지 묵비권을 행사하겠다고 했어요. 그랬더 니 경찰이 게이츠 변호사를 선임해 준 거였어요.

전 게이츠 변호사가 모든 걸 바로잡아 주리라 믿었어요. 제 주장에 힘을 실어 줄 거라고 말이에요. 하지만 게이츠 변호사가 도착했을 때 뭐랄까, 모르겠어요. 뭐라고 설명해야 할지 막막하 네요. 그냥 게이츠 변호사는 모든 걸 망쳐 놨어요. 제게 말할 기 회를 주지 않더라고요. 제가 무슨 말만 하려고 하면 끼어들어서 "노코멘트입니다."라고 대신 대답했어요. 그러다 보니 저는 점 점 더 유죄에 가까워지는 것 같았죠. 제가 제대로 설명할 기회만 있었다면 이렇게까지 되진 않았을 거예요. 그런데 어찌 된 영문 인지 입에서 나오는 말은 계속 꼬이기만 했고, 경찰이 저를 범죄 자로 몰아가는 바람에 상황이 더욱 나빠졌어요.

게이츠 변호사가 제 이야기를 아예 듣지 않았던 건 아니에요. 그건 아니었지만, 아, 정말, 글로 설명하려니 너무 어려워요. 게 이츠 변호사는 저한테 말을 하긴 하는데 제 말을 귀담아듣지 않 아요. 아니 듣긴 듣는데 믿지 않는 것 같아요. 제가 자초지종을 설명하려고 할 때마다 게이츠 변호사가 말을 자르며 질문을 던 졌어요. 때문에 이야기가 뒤죽박죽돼 버렸죠. 입 다물고 좀 들어 보라고, 어찌나 소리치고 싶던지……

게이츠 변호사는 또 제가 경찰서에 잡혀갔던 그 끔찍했던 당일 밤에 무슨 이야기를 했는지 계속 캐물었어요. 그날 밤 전 계속 심문을 당했기 때문에 멘털이 탈탈 털려서 뭐라고 했는지 기억이 잘 안 나요. 죄송해요. 자꾸 눈물이 나네요. 정말 죄송해요. 종이에 눈물 자국이 생겨 버렸어요. 편지지가 얼룩덜룩해도 변호사님께서 제 편지를 잘 읽을 수 있으셨으면 좋겠어요.

그날 밤 제가 했던 말은 되돌릴 수 없어요. 저도 잘 알아요. 전부 다 녹음됐으니까요. 상황이 좋지 않죠. 네. 아주 좋지 않아요. 하지만 이미 잘못된 걸 어쩌겠어요. 제 말을 진심으로 들어 주는 사람에게 제 이야기를 할 수만 있다면……. 무슨 말인지 아시겠죠?

아니다. 아니에요. 모르실 수도 있겠어요. 변호사님은 그 자리에 안 계셨으니까요. 너무 지쳐서 다 그만두고 싶고, 너무 무서워서 토할 것 같은 기분으로 취조실에 앉아 있지 않으셨으니까요. 경찰의 계속되는 추궁에 결국에는 자기가 무슨 말을 하는지조차 모르는 상황에 놓인 적이 없으시니까요.

제가 말하고 싶은 결론은 이거예요.

렉스햄 변호사님, 전 엘린코트 사건에 연루된 아이 돌보미예요.

전 그 아이를 죽이지 않았어요.

어젯밤에 변호사님께 편지를 쓰기 시작했어요. 오늘 아침에 일어나 편지를 다시 보니 편지지는 지저분하게 구겨져 있고 간곡한 부탁을 담은 글자는 알아보지 못할 정도로 휘갈겨져 있었어요. 순간 다 찢어발겨 버리고 편지를 다시 쓰고 싶더라고요.

이미 10여 차례나 그랬던 것처럼요. 최대한 차분하고 침착하게 편지를 써야 했는데. 모든 것을 분명하게 변호사님께 설명드려야 했는데. 그런데 편지가 그 모양이라니. 제 자신이 너무 한심하게 느껴져서 눈물이 쏟아지는 바람에 기어이 또 편지지를 적시고 말았어요.

마음을 추스리고 제가 쓴 편지를 다시 읽어 봤어요. 다시 쓰는 건 안 되겠다 싶더라고요. 이제 와서 다시 시작할 순 없어요. 그냥 계속 가야죠.

아무 방해도 받지 않고 머릿속을 깨끗하게 정리해서 전후 사정을 분명히 전달할 수만 있다면 뒤엉킨 이 끔찍한 상황을 싹 정리할 수 있을 것 같다고……, 내내 이 생각만 했어요.

지금이 그 기회고요. 그렇죠, 변호사님?

스코틀랜드에서는 재판 전에 피고인을 140일간 구금할 수 있어요. 10개월 가까이 재판을 기다리는 여자도 한 명 있어요. 10개월이라니! 변호사님은 그게 얼마나 긴지 상상이 가세요? 아신다고요? 그래도 제 이야기 좀 들어 보세요. 그 여자는 장장 297일을 갇혀 있었어요. 크리스마스도 아이들과 함께 보내지 못했고, 아이들 생일도 챙겨 주지 못했어요. 어버이날과 부활절은 물론이고 아이들 입학식 날도 곁에 있지 못했대요.

297일이나 지났는데 재판 날짜는 계속 미뤄지기만 하고요.

게이츠 변호사는 제 사건이 워낙 유명세를 타서 재판이 빨리 잡힐 거라고 했지만 그 누구도 장담할 순 없잖아요.

100일이든 140일이든 297일이든…… 글 쓸 시간은 무척 많죠. 생각할 시간도, 기억을 되새길 시간도, 도대체 저한테 무슨 일이 일어났던 건지 파헤쳐 볼 시간도 많아요. 저조차도 이해할 수 없는 많은 일들이 있었지만 한 가지는 확실해요. 전 그 여자아이를 죽이지 않았어요. 절대로. 아무리 경찰이 사건을 조작해서 저를 옭아맨다 한들 그 사실만은 절대 변하지 않아요.

전 그 아이를 죽이지 않았어요. 범인은 다른 사람이에요. 진범은 저 밖에서 자유롭게 돌아다닌다고요.

제가 여기서 이렇게 썩고 있는 동안에 말이에요.

여기서 이만 줄여야겠어요. 편지가 너무 길어질 것 같아서요. 바쁘신 분이니까 편지를 더 읽긴 힘드시겠죠.

변호사님, 제발 저를 만나러 와 주세요. 이게 다 어떻게 된 상황인지, 제가 어쩌다 이 악몽 같은 상황에 말려들었는지 설명할 기회를 주세요. 배심원단을 설득할 수 있는 사람은 변호사님뿐이에요.

출입증을 바로 받으실 수 있게 변호사님 성함을 미리 말해 뒀어요. 더 궁금한 게 있으시면 언제든지 편지 주세요. 전 아무 데도 가지 않으니까요, 하.

죄송해요. 농담으로 편지를 끝맺을 생각은 아니었는데. 이게 웃을 일은 아니죠. 저도 알아요. 제가 유죄 선고를 받으면 어떻게 될지.

하지만 그런 생각은 안 할래요. 지금 당장은요. 그럴 리 없으니까요. 전 결백하니까 유죄 선고를 받을 리 없어요. 모두를 납득시킬 수 있게 잘 이야기하면 될 거예요. 그런 의미에서 변호사님께서 제 이야기에 귀 기울여 줄 첫 번째가 돼 주시면 좋겠어요.

변호사님, 제발 저를 돕겠다고 해 주세요. 과장이 아니라 변호사님이 제 유일한 희망이에요.

게이츠 변호사는 저를 믿지 않아요. 눈을 보면 다 알아요.

하지만 변호사님은 저를 믿어 주실 거라고 생각해요.

2017년 9월 12일

HMP 찬워스 교도소

렉스햄 변호사님께

변호사님께 편지를 쓴 지 사흘이 지났어요. 이제나저제나 답장이 올까 기다리다가 거짓말 하나 안 보태고 진짜로 목 빠질 뻔했어요. 매일 우편물이 들어올 때마다 혹시나 하는 마음에 심장이 요동치다가 실망하기를 반복하며 희망 고문에 시달렸어요.

강요하는 것같이 느끼셨다면 죄송해요. 그럴 의도는 전혀 없었어요. 변호사님이 바쁘시다는 건 잘 알아요. 편지를 보낸 지 3일밖에 되지 않았지만…… 제 사건이 워낙 안 좋은 쪽으로 유명하다 보니, 다른 의뢰인들이나 잠재적 의뢰인들 혹은 변호사님께 사건을 의뢰하고 싶어 하는 숱한 어중이떠중이들이 보낸 편지 중 제 편지가 가장 눈에 띌 거라고 절반의 확신을 했던 것 같아요.

변호사님, 뭐가 어떻게 된 일인지 알고 싶지 않으세요? 저라면 사건의 진상이 너무 궁금할 것 같은데.

어쨌든 오늘이 3일째예요. 아까 말했던가요? 그래서…… 음, 슬슬 걱정이 되네요. 여기는 할 일이 별로 없어요. 생각할 시간이 많아져서 괜스레 조바심이 나고, 머릿속으로 최악의 시나리오만 그리게 돼요.

지난 며칠 밤낮을 그렇게 보냈어요. 편지가 도착하지 않았으면 어쩌나, 교도소 당국이 편지를 검열해서 보내지 않았으면 어쩌나(저한테 일언반구 말도 없이 그럴 수 있는지는 솔직히 잘 모르지만요), 제 이야기를 제대로 설명하지 못했으면 어쩌나, 하는 걱정에 시달렸죠.

특히 밤잠을 설치게 한 일등 공신은 마지막 부분이에요. 설명을 제대로 못한 건 다른 누구도 아닌 제 탓이니까요.

짧고 명확하게 쓰려고 애썼지만 지금 생각해 보면 이야기를 너무 빨리 끝맺은 게 아닌가 싶어요. 사실을 좀 더 자세하게 써서 제 결백을 증명해 보였어야 했는데. 제 말만 듣고 그대로 믿으실 수는 없으니까요. 이렇게 잘 알면서 대체 제가 왜 그랬을까요?

솔직히 말씀드리는데요. 제가 처음 여기 왔을 때는 다른 여자 죄수들이 마치 저와는 다른 세계의 사람처럼 느껴졌어요. 제가 그 사람들보다 낫다는 게 아니라요. 뭐랄까, 그 여자들은…… 이곳 생활에 잘 적응하는 것 같더라고요. 잔뜩 겁에 질려 있는 사람도, 밤마다 괴성을 지르며 감방 벽에 머리를 박아 대고 자해를 하는 사람도, 학생 티를 이제 막 벗은 듯한 사람도 전부 다요. 그 여자들 모습이…… 잘 모르겠어요. 그냥 원래부터 이곳에 속한 사람들처럼 보였어요. 창백하고 야윈 얼굴에 올백 머리, 흐릿한 문신까지. 모든 게 다…… 그들이 유죄라고 하는 것 같았어요.

하지만 전 달라요.

일단 전 잉글랜드 출신이에요. 교도소 생활에 전혀 도움이 되지 않았지만. 다른 수감자들이 화가 나서 제 면전에 대고 소리를 질러도 무슨 말인지 하나도 알아듣지 못했어요. 말의 절반이 비속어라 더더욱 알아들을 수 없었죠. 게다가 이유는 모르겠으나 그 여자들 눈에는 제가 중산층처럼 보이나 봐요. 제 이마에 중산층이라고 써 있기라도 한 건지.

하지만 가장 큰 차이는 제가 교도소 생활이 처음이라는 거였어요. 여기 오기 전에는 교도소에 들어갔다 나온 사람조차 만난 적이 없어요. 이곳에는 제가 풀 수 없는 비밀 코드가 있었고, 제가 헤쳐 나갈 수 없는 기류가 흘렀어요. 한번은 복도에서 한 여자가 다른 여자에게 뭔가를 건넸고 갑자기 교도관들이 소리치면서 달려온 적이 있었어요. 이때도 전 뭐가 어떻게 된 건지 전혀 파악하지 못했어요. 싸움이 어떻게 일어났는지, 누가 미쳐 날뛰는지, 누가 약에 취해 폭언을 내뱉었는지도 몰랐어요. 누구를 피해야 하는지, 항상 저기압인 사람이 누군지, 무엇을 입어야 하는지, 무엇을 해야 하는지도 몰랐고요. 다른 수감자들한테 침 세례를 받거나 얻어맞을 수도 있다는 사실, 어떤 식으로든 교도관들을 자극하면 극심한 괴롭힘으로 되돌아온다는 사실 등도 전혀 몰랐어요.

전 그들과 달랐어요. 말하는 것도, 보여지는 모습도요. 적어도 전 그렇게 느꼈어요.

그러던 어느 날 화장실에 갔는데 한쪽 구석에서 다가오는 여자가 언뜻 보였어요. 다른 수감자들처럼 올백 머리에, 두 눈은 텅

23

빈 채로, 표정 없이 창백한 얼굴을 한 여자가요. 그 여자를 보자마자 '아, 이런, 저 사람 단단히 화가 났구나.' 싶었어요. 무슨 죄를 지어 여기 들어왔나 궁금하기도 했고요.

그런 생각도 잠시, 다른 화장실에 갈걸 싶더라고요.

그러다 문득 깨달았죠.

제가 거울을 응시하고 있었다는 사실을요. 제가 본 여자는 바로 저였어요.

정말 충격적이었어요. 제가 여느 수감자들과 전혀 다르지 않다는 사실을 자각했으니까요. 전 이 삭막한 제도 속에 빨려 들어온 죄수 1 혹은 죄수 2에 불과했던 거예요. 그런데 이상하게도 이 일이 있은 후로 수감 생활이 전보다 조금은 나아졌어요.

아직 이곳에 완전히 적응하진 못했어요. 제가 잉글랜드 사람이라는 사실은 변함이 없으니까요. 다들 제가 왜 여기 들어왔는지 알아요. 교도소에서는 아이를 해친 사람에게 특히 호의적이지 않아요. 아마 잘 아시겠지만요. 전 그게 아니라고, 제가 한 짓이 아니라고 누누이 말했어요. 하지만 저를 쳐다보는 눈빛만 봐도 무슨 생각을 하는지 알 수 있었어요. '다들 말은 그렇게 하지.'

알아요. 변호사님도 그렇게 생각하시겠죠. 네. 제가 하고 싶은 말이 그거예요. 변호사님이 저를 믿지 못하는 거 이해한다고요. 경찰도 설득하지 못해서 여기 들어왔는데 변호사님께 어떻게 저를 믿어 달라고 강요하겠어요. 게다가 보석 불가고요. 그러니 전 유죄겠죠.

하지만 그렇지 않아요.

저에게는 변호사님을 설득할 140일이라는 시간이 있어요. 전 그냥 진실만 말하면 되겠죠? 사건의 전말을 모조리 다 명확하게, 찬찬히 이야기할게요.

이 사건의 발단은 일자리 공고였어요.

- 구인 공고
대가족을 돌봐 줄 입주 아이 돌보미 경력자 구함.

- 구인자 정보
스코틀랜드 하이랜드의 아름다운 (하지만 조금 외딴!) 집에서 아이 넷을 키우며 바쁘게 살아가는 맞벌이 부부. 부부가 가족 사업인 건축 업체를 공동으로 운영함.

- 지원 자격 요건
갓난아기에서 10대까지 다양한 연령대의 아이들을 돌본 경험이 있는 아이 돌보미. 아이들을 혼자 힘으로 거뜬히 돌볼 수 있어야 함. 우수 추천서, 범죄 경력 조회 결과서, 응급 처치 자격증, 무사고 무위반 운전면허 필수.

- 직무 소개
아이들 부모는 주로 집에서 일하며 이 기간 동안은 오전 8시에서 오후 5시까지 근무함. 일주일에 하루는 밤에 아이를 돌봐야 함. 주말 휴무. 엄마나 아빠 한 명은 항상 아이들 곁에 있도록 가능한 한 일정을 조절하겠음. 부모가 모두 외출해야 할 경우가 가끔 있음(드물게 2주까지 자리를 비우기도 함). 이때는 아이 돌보미가 부모 역할을 해야 함.

연봉은 5만5천 파운드(상여금 포함)로 상당히 높음. 자동차 사용 가능함. 휴가는 연간 8주.

지원자는 카른교, 헤더브레 저택의 산드라 엘린코트와 빌 엘린코트에게 지원 바람.

아직도 아이 돌보미 구인 공고의 토씨 하나까지 거의 다 기억하고 있어요. 제가 웃긴 사실 하나 알려 드릴까요? 이 공고가 포털 검색 결과에 떴을 때 전 구직 상태도 아니었다는 거예요. 그때 뭘 찾고 있었냐 하면…… 음, 그다지 중요한 건 아니었는데. 여하튼 일자리와는 완전히 다른 것이었어요. 그런데 그 구인 공고가 짠 하고 나타난 거예요. 전혀 예상치 못했는데 제 손안에 떨어진 선물처럼요. 모르고 지나쳤다 해도 이상하지 않을 정도로 갑작스럽게 말이죠.

구인 공고를 한 번, 두 번 읽자 가슴이 두근거리기 시작했어요. 완벽한 일자리였으니까요. 완벽해도 너무 완벽했어요.

세 번째 읽었을 때는 지원 마감 날짜를 보고 심장이 덜컥 내려앉았어요. 까딱하면 지원조차 못할 뻔했거든요.

지원 마감일은 바로 그날 저녁이었어요.

믿을 수가 없었어요. 놀라울 정도로 높은 급여에 근무 조건도 괜찮았죠. 게다가 운도 따라 줬어요. 제가 완벽한 지원 자격을 갖추고 있었을 때 제 무릎에 딱 떨어진 행운이었다 할까요.

마침 룸메이트가 멀리 여행을 떠난 참이었어요. 룸메이트와는 페컴에 있는 리틀 니퍼스 어린이집 영아반에서 함께 일하며 알게 된 사이예요. 우리는 진상 상사와 부모들을 흉보면서 깔깔 댔죠. 그놈의 유기농 면 기저귀며 핸드 메이드가 뭐라고 부모들이 그렇게 뻔뻔하고 별나게 굴었는지.

험한 말해서 죄송해요. 욕 부분은 휘갈겨 쓰긴 했지만 그래도 알아보실 텐데. 혹시 변호사님도 댁에 아이가 있어서 리틀 플러시 바텀 같은 유명한 천 기저귀 브랜드를 입힐지도 모르는데 말이죠.

부모들의 마음을 모르는 건 아니에요. 눈에 넣어도 아프지 않을 아이가 쓸 건데 전혀 과한 게 아니죠. 그건 이해해요. 하지만 하루 종일 오줌에 찌든 더러운 기저귀 더미와 씨름하고 독한 암모니아 냄새 때문에 눈물을 줄줄 흘리며 부모에게 깨끗한 천 기저귀를 갖다 바쳐야 하는 입장이라면요……. 사실 이런 걸 일일이 마음에 담아 두진 않아요. 일이니까 당연히 해야죠. 하지만 안 보는 데서 불평은 할 수 있잖아요. 그렇죠? 업무 스트레스로 인한 울분이나 좌절감 좀 표출하는 게 범죄는 아니잖아요.

죄송해요. 횡설수설하고 있네요. 이래서 게이츠 변호사가 저한테 말을 좀 아끼라고 지겹도록 이야기했나 봐요. 자꾸 말하다 보면 제 무덤을 파는 꼴이 돼 버려요. 언제 입을 다물어야 하는지 몰라서 계속 깊이 파고드는 거예요. 하나를 보면 열을 안다고 이쯤 되면 변호사님은 이렇게 생각하시겠죠.

'아이를 별로 좋아하지 않는 것 같군. 일하는 자신의 모습에 자괴감을 느낀다는 소리를 아무렇지도 않게 내뱉잖아. 이 여자 말마따나 울분을 표출할 상대도 없이 아이들하고만 그것도 애가 넷이나 되는데, 집에 처박혀 있으면 어떻게 되겠어?'

경찰관들도 똑같았어요. 제가 툭 던진 말, 생각나는 대로 뱉어 낸 말을 자기들 입맛대로 해석했어요. 제가 한마디할 때마다 경찰들 얼굴에 화색이 돌더라고요. 경찰들은 땅에 떨어진 빵 부스러기 줍듯 제 말을 하나하나 주워 담아서 저한테 불리한 증거로 써먹었어요.

하지만 그건 잘못된 거 아닌가요, 변호사님? 제가 얼마나 완벽하고 배려심 깊고 성인군자 같은 사람인지 모른다고 제 입으로 제 자랑을 늘어놓을 순 있어요. 하지만 헛소리는 그냥 헛소리로 흘려들어야죠. 제가 변호사님께 쓸데없는 소리나 하려고 여기 있는 것도 아니고요. 전 그저 변호사님께서 제 이야기를 믿어 주시길 바랄 뿐이에요. 그 이상은 바라지도 않아요.

전 변호사님께 오로지 진실만을 말씀드릴 거예요. 있는 그대로의 추악한 진실이요. 제가 하고 싶은 말은 이게 전부예요. 여과 없는 날것의 이야기가 듣기 거북하실 수 있겠지만 천사표 행세를 할 생각은 없어요. 그냥 제가 아무도 죽이지 않았다는 것만 알아주셨으면 해요. 젠장, 제가 그런 게 아니라고요.

죄송해요. 또 험한 말이 나와 버렸네요. 의도한 건 아니에요. 아시죠?

맙소사, 제가 일을 다 그르치고 있네요. 정신 차려야 하는데. 생각을 머릿속에서 명확하게 정리해야 하는데. 게이츠 변호사도 무조건 사실만을 말하라고 했어요.

알았어요. 그럼 이제 사실만을 말할게요. 구인 공고. 구인 공고 자체는 사실이잖아요. 그렇죠?

그때 났던 구인 공고는…… 눈이 돌아갈 정도로 보수가 좋왔어요.

그게 첫 번째 경고 신호라는 걸 알아차렸어야 했는데. 보수가 말도 안 되게 후했거든요. 런던의 보수 수준보다 더 많았고, 출퇴근 아이 돌보미 보수라 쳐도 아주 후한 편이었어요. 시세가 그런데 입주 아이 돌보미에게 숙식과 자동차까지 무료로 제공했으니 터무니없이 좋은 조건이었어요.

구인 공고에 오타가 난 게 아닌가 하는 생각마저 살짝 들었다니까요. 아니면 뭔가 숨기는 게 있는 건 아닌가 싶었어요. 심각한 문제 행동을 보이는 아이가 있는데 이 사실을 쏙 빼고 광고를 낸 건 아닐까 한 거죠.

만약 6개월 전에 광고를 봤다면 아주 잠깐 제 시선을 끌 수는 있었을지언정 별생각 없이 지나쳤을 거예요. 아니, 애초에 사이트 자체를 찾아보지 않았을 거예요. 그때는 룸메이트가 있었고, 제가 좋아하는 직장이 있었으니까요. 곧 승진도 하려던 참이었어요. 상당히 여유 있게 생활하던 시기였죠. 하지만 그 구인 공고가 눈에 들어왔을 때는…… 뭐랄까, 상황이 6개월 전과는 좀 달랐어요.

리틀 니퍼스 어린이집에서 만났던 룸메이트가 몇 달 전에 여행을 떠나 버리고 없었어요. 친구의 여행 이야기를 처음 들었을 당시에는 세상이 끝난 것처럼 막막하고 그렇진 않았어요. 오히려 친구한테 짜증이 나 있던 참이었어요. 사용한 그릇을 식기세척기에 넣기만 하고 동작 버튼을 누르지 않은 채 그대로 두질 않나, 유로 팝 디스코 히트곡을 한도 끝도 없이 틀어 대서 잠을 설치게 하질 않나…… 아무튼 짜증 나는 일이 한두 가지가 아니었어요. 물론 친구가 떠나면 보고 싶기야 하겠지만 얼마나 그리워질지는 실감하지 못했어요.

친구는 짐을 놔두고 떠났고, 집세의 절반을 내겠다고 했어요. 그래서 친구의 방을 비워 뒀죠. 당시에는 꽤 괜찮은 방법 같았어요. 형편없는 룸메이트는 이미 많이 만나 왔어요. 페이스북에 룸메이트 구인 공고를 올려놓고 문자 메시지와 이메일로 이상한 사람들을 골라내는 수고를 또다시 겪고 싶지도 않았고요. 친구에게 정해진 날짜에 집세를 꼬박꼬박 내게 하면 친구를 붙잡아 둘 수 있고 나중에 다시 돌아오게 하는 일종의 보험도 되겠다 싶더라고요.

하지만 처음에 넘쳐흐르던 자유의 기쁨은 오래가지 못했어요. 집 전체를 혼자 차지하고 거실에서 좋아하는 프로그램을 마음대로 시청하는 색다른 재미도 차츰 시들해졌어요. 그러고 나니 외로움이 찾아들었어요. 퇴근길에 '와인 한잔하기 딱 좋은 시간인데 어때?' 하는 친구의 목소리가 그리웠어요. 친구와 리틀 니퍼스 어린이집의 원장인 발 선생님 욕을 하고, 오늘은 또 어떤 최악의 부모를 만났는지 수다를 떨던 때가 그리웠어요. 승진 신청서를 냈다가 탈락했을 때는 술집에서 홀로 슬픔에 잠겨 있다가 끝내 울음을 터트리고 말았어요. 친구가 옆에 있었다면 상황이 완전히 달라졌을 거라고 생각했어요. 함께 웃으며 실망감을 떨쳐 냈을 거예요. 아마 그 친구라면 발 원장님 뒤에서 가운뎃손가락를 들어 올리고 비웃어 주다가 발 원장님이 돌아보기 직전에 아무 짓도 하지 않은 척 딴청을 부렸을걸요.

변호사님, 전 실패를 받아들이는 데 서툴러요. 그게 문제죠.

뭘 하든 항상 목표를 낮게 잡아요. 시험, 데이트, 직장. 사실 시험이란 시험은 전부 다요. 데이트할 때는 거절당하는 게 두려워서 목표를 아예 세우지 않아요. 대학도 결국은 가지 않았죠. 성적은 됐는데 입학 거부를 당할지도 모른다는 생각 자체를 견딜 수가 없었어요. 제 입학 지원서를 읽은 대학 측에서 '자기가 뭐라도 되는 줄 아나 봐?'라며 비웃는다면요?

어려운 시험에서 낙제하는 것보다 쉬운 시험에서 만점을 받는 게 더 나아요. 전 그래요. 전 주제 파악을 잘한다고 자신했어요. 하지만 제 자신도 몰랐던 사실이 하나 있었죠. 룸메이트가 떠난 후에야 제가 혼자서 잘 지내지 못한다는 걸 알았어요. 그게 원인이 돼서 저만의 안전지대에서 뛰쳐나와 그 구인 공고를 끝까지 살펴봤던 거예요. 가만히 숨죽인 채 제가 모르는 세상 저편에는 뭐가 있을지 상상하면서요.

처음에 경찰은 보수에 관한 질문을 많이 했어요. 하지만 오로지 돈 때문에 입주 아이 돌보미에 지원한 건 아니었어요. 룸메이트 때문도 아니었고요. 물론 룸메이트가 떠나지 않았다면 그런 일은 아예 일어나지도 않았겠죠. 진짜 이유는…… 음, 굳이 제 입으로 말하지 않아도 아시리라 생각해요. 이미 모든 신문에 다 실렸으니까요.

당장 리틀 니퍼스 어린이집에 전화해서 병가를 내고 하루 종일 이력서를 썼어요. 엘린코트 부부에게 그들이 찾는 사람이 바로 저라는 걸 보여 주려고 필요한 모든 걸 긁어모았어요. 범죄 경력 조회 결과서, 체크. 응급 처치 자격증, 체크. 흠잡을 데 없는 추천서, 체크.

나머지 필요한 것도 다 확인했는데 운전면허증이 발목을 잡았어요. 하지만 그 문제는 일단 제쳐 두기로 했어요. 닥치면 어떻게든 될 거라 믿었죠. 면접 통과 여부도 알 수 없는 마당에 지레 걱정부터 할 필요는 없잖아요.

혹시 몰라서 이력서 커버 레터에 추천서 확인을 위해 리틀 니퍼스 어린이집에 연락하진 말아 달라고 요청했어요. 현재 직장 상사에게 제가 구직 중이라는 사실을 알리고 싶지 않다고요. 그러고는 메일 전송 버튼을 클릭하고 긴장 속에서 조용히 기다렸어요. 전 서류 전형에 통과하기 위해 제가 할 수 있는 모든 최선을 다했어요.

이력서를 보내고 난 이후의 며칠이 그토록 길게 느껴질 수가 없더라고요. 교도소 생활만큼은 아니었지만 심적으로 꽤 힘들었어요. 세상에, 제가 그렇게까지 간절히 면접을 보고 싶어 하는 줄은 미처 몰랐어요. 그러다 하루하루 지나면서 면접을 향한 희망이 점점 스러져 갔어요. 엘린코트 부부에게 당장 연락해서 결과가 어떻게 됐는지 알려 달라고 부탁하고 싶은 충동을 간신히 눌렀어요. 그쪽에서 아직 결정을 내리지 않았는데 절박하게 매달리는 꼴을 보였다가는 전혀 도움이 되지 않을 게 뻔했으니까요.

그렇게 엿새가 지났을 때였어요. 띠링 하고 새 메일 알림이 울렸어요.

받는 사람: supernanny1990@ymail.com

보내는 사람: sandra.elincourt@elincourtandelincourt.
com

제목: 아이 돌보미 구함

엘린코트. 이름 넉 자만으로도 세탁기에 빨려 들어간 것처럼 속이 조여들었어요. 손이 덜덜 떨려서 메일도 겨우 열었다니까요. 심장이 너무 뛰어서 밖으로 튀어나올 것 같았어요. 불합격자에게 메일을 보내는 일이 흔하진 않으니까, 그러니까 메일이 왔다는 건……?

클릭.

로완 씨, 안녕하세요.

지원해 주셔서 감사합니다. 답장이 너무 늦었죠? 사실 엄청나게 많은 지원서에 좀 놀랐답니다. 그런데 그중에서 로완 씨의 이력서가 아주 인상적이었어요. 면접을 보러 오실 수 있나요? 저희 집이 다소 외딴 곳에 있어서 기차 비용은 따로 드려요. 런던에서 여기까지 하루 안에 왕복으로 다녀가기 어렵다면 하룻밤 숙박도 제공해 드릴 수 있어요.

그전에 한 가지 말씀드리고 싶은 게 있는데요. 이 이야기를 듣고 마음이 바뀌실 수도 있으니까요.

저희가 지금 살고 있는 헤더브레를 사고 나서 이 집에 얽힌 미신을 듣게 됐어요. 헤더브레는 오래된 저택이에요. 과거에 여기서 비극적인 일과 사망 사건이 발생하긴 했지만 그 수가 비정상적으로 많지도 않았어요. 그런데 어째서인지 귀신이 나온다느니 하는 소문이 돌고 있어요. 아쉽게도 그런 소문 때문에 최근 몇몇 아이 돌보미들이 당혹스러워했고, 지난 14개월 동안 자그마치 네 명의 아이 돌보미들이 일을 그만뒀어요.

저와 제 남편이 얼마나 힘들었는지는 말할 것도 없고 아이들이 얼마나 혼란스러웠을지 상상이 가시죠?

그래서 지금 저희 상황을 솔직하게 말씀드리는 거예요. 이런 상황에서도 장기간, 적어도 1년 동안은 저희 가족들에게 진심으로 헌신할 수 있는 사람을 구하고 싶어서 후한 보수를 제시하고 있어요.

이 일이 로완 씨에게 맞지 않겠다 싶거나 저희 집에 관한 소문이 신경 쓰이면 지금 말씀해 주시면 좋겠어요. 아이들에게 더 이상 혼란을 안겨 주고 싶지 않아서요. 보수는 월급으로 드리고, 연말에 1주년 기념으로 후한 보너스도 지급할 예정이에요.

면접을 볼 의향이 있으시다면 다음 주에 시간 어떠신지 알려 주세요.

면접에서 뵐 수 있길 바라요.

산드라 엘린코트 드림

메일을 닫고 나서 가만히 앉아 잠시 동안 모니터를 멍하니 바

라봤어요. 그러다 현실을 자각한 순간 자리에서 일어나 허공에
주먹을 내지르면서 작게 환호성을 질렀어요.

제가 해냈어요. 서류 전형에 통과했다고요.

그런데 그땐 왜 몰랐을까요? 너무 좋은 일은 받아들이기 전에
한 번쯤 의심해 봐야 한다는 사실을요.

렉스햄 변호사님, 제가 해냈어요. 첫 번째 장애물을 넘었다고요. 하지만 겨우 첫 테이프를 끊은 데 불과했죠. 바로 다음에 면접이 기다리고 있었으니까요. 실수 없이 통과하기만을 간절히 빌었어요.

산드라 엘린코트의 메일을 열어 본 날로부터 정확히 일주일이 지났을 때, 전 스코틀랜드로 가는 기차에 타고 있었어요. 제가 할 수 있는 선에서 최대한 완벽하게 아이 돌보미 로완의 모습으로 분해서요. 평상시의 부스스한 머리를 윤기 나게 잘 빗은 다음 단정하면서도 발랄한 포니테일 스타일로 묶었어요. 손톱을 다듬고 한 듯 안 한 듯 자연스러운 메이크업도 했어요. '말 붙이기 쉬워 보이면서도 책임감 있어 보이고, 재미있어 보이면서도 성실해 보이고, 전문직 종사자같이 보이면서도 무릎 꿇고 남의 토사물을 치우지 못할 정도로 오만해 보이지는 않게' 단정한 트위드 스커트를 입고 잘 맞는 하얀 면 셔츠에 캐시미어 카디건을 걸쳤고요. 딱 봐도 놀랜드[2] 출신 유모구나, 할 정도까진 아니었지만 얼추 비슷하다고 고개를 끄덕일 만은 했죠.

어찌나 긴장되던지 속이 뒤집히는 것 같았어요. 한 번도 해 보지 않은 일이었거든요. 아이 돌봄 말고요. 그건 당연히 해 봤죠.

아이 돌봄 경력은 10년이 다 된걸요. 일반 가정집이 아니라 주로 어린이집에서 일했지만요.

뭐랄까…… 이건 말이죠. 제 자신을 아슬아슬한 시험대에 올려놓는 일이었어요. 거절당할지도 모르는 위험을 감수해야 했으니까요.

그럼에도 그 일이 정말 하고 싶었어요. 간절한 마음이 너무 컸던 탓이었을까요. 실제로 무엇을 마주하게 될지 상상하는 것만으로도 덜컥 겁이 났어요.

그런데 기차가 연착되다니. 짜증이 솟구쳤죠. 네 시간 반이면 도착하고도 남는 시간인데 에든버러까지 거의 여섯 시간이나 걸렸어요. 오래 앉아 있어서 뻣뻣해진 다리를 풀며 웨이벌리에서 내렸어요. 5시 정각이 지나서 예정보다 한 시간이나 늦는 바람에 환승 열차를 놓쳐 버렸어요. 다행히 다른 열차가 있어서 기다리는 동안 산드라 사모님에게 정말정말 죄송하다고, 카른교에 늦게 도착할 것 같다고 문자를 보냈어요.

마침내 기차가 도착했어요. 대형 인터시티 열차보다 훨씬 작고 오래된 기차였어요. 전 창가에 자리를 잡았어요. 북쪽으로 달리는 차창 밖으로 시골 풍경이 시시각각 달라졌어요. 역을 지나칠 때마다 초록빛 들판이 보라색과 파란색 야생화로 뒤덮인 황야로 변하는가 싶더니, 어둡고 스산한 산들이 불쑥불쑥 솟아올랐어요. 면접에 지각해 잔뜩 짜증이 나 있었는데 아름다운 풍경 덕에 언제 그랬나 싶게 기분이 좋아졌어요. 커다란 언덕들이 사방에서 연이어 세차게 치솟아 오르는 광경에 마음이 뻥 뚫리는 것 같았어요. 배 속에 딱딱하게 뭉쳐 있던 두려움 덩어리가 스르르 녹아내리기 시작했어요. 제 안에서 뭔가가 시작됐던 것 같았는데…… 그게 뭔진 잘 모르겠어요, 변호사님. 아마도 희망이 싹트기 시작한 게 아닌가 싶어요. 이번 일이 잘될 것 같다는 희망이요.

괴이하게 들릴지 모르겠지만 왠지 집으로 가는 길 같았죠.

점점 더 어두워지는 하늘 아래로, 어디선가 들어 본 듯한 이름의 역들을 통과했어요. 퍼스, 피틀로크리, 에비모어. 그리고 마침내 '다음 역은 카른교, 카른교 역입니다.'라는 안내 방송이 나왔고, 기차는 작은 빅토리아풍 역에 도착했어요. 일단 기차에서 내려 플랫폼에 올라서긴 했는데, 그다음엔 뭘 해야 하는지 전혀 몰랐기 때문에 되게 초조하더라고요.

'누가 마중 나갈 거예요.' 산드라 사모님의 메일에는 딱 그렇게만 적혀 있었어요. 뭘 어떻게 하라는 거지? 택시가 기다리고 있는 건가? 아니면 누가 내 이름이 적힌 피켓이라도 들고 있으려나?

전 소그룹의 여행자들을 따라 출입구로 나가서 어정쩡하게 서 있었어요. 다른 승객들은 자동차로, 기다리고 있던 친구들과 친척들한테로 뿔뿔이 흩어졌어요. 가방이 무거워서 발치에 내려놓으며 어둑어둑해진 플랫폼 주변을 이리저리 훑어봤어요. 저녁 때가 되면서 그림자들이 점점 길어졌고, 기차 안에서 스쳐 지나가듯 펼쳐졌던 장밋빛 미래가 흐릿해지며 오만 가지 생각이 들었어요. 산드라 사모님이 내 문자 메시지를 받지 못한 건 아닐까? 답장이 안 왔잖아. 어쩌면 예약해 둔 택시가 몇 시간 전에 빈 차로 돌아갔고, 사모님은 내가 연락도 없이 면접을 취소했다고 생각했을지도 몰라.

속이 바싹바싹 타들어 가는 것 같았어요.

때는 6월 초였어요. 하지만 북쪽으로 꽤 멀리까지 온 터라 여름날인데도 공기가 놀랍도록 서늘했어요. 몸이 달달 떨릴 정도로요. 언덕에서 불어 내려와 몸을 휘감는 서늘한 바람을 막으려고 외투를 단단히 여몄어요. 플랫폼은 텅 비어 있었어요. 저 혼자뿐이었죠.

담배 한 대가 절실히 고팠지만 면접을 앞두고 담배 냄새를 풍길 수는 없기에 애꿎은 휴대 전화만 계속 들여다봤어요. 여하튼 기차는 정시에 도착했더라고요. 산드라 사모님에게 문자로 다시 알려 줬던 그 시간에는 딱 맞게 도착한 거예요. 일단 5분만 더 기다려 보고 사모님에게 다시 연락하기로 했어요.

순식간에 5분이 흘렀어요. 째깍째깍. 이왕 기다린 거 5분만 더 기다려 보자 싶었죠. 길이 막혀서 오도 가도 못하고 있을지도 모르는 사람을 재촉해서 첫 단추부터 잘못 끼우고 싶진 않았거든요.

그렇게 5분이 또 흘렀어요. 하는 수 없이 산드라 사모님의 메일 복사본을 찾으려고 가방을 뒤적거리기 시작했어요. 그때 양손을 주머니에 찔러 넣은 채 플랫폼을 걸어 내려오는 한 남자가 보였어요.

왠지 모르게 가슴이 파닥파닥 떨리는 것 같았어요. 남자가 점점 더 가까이 다가왔고 시선이 마주쳤어요. '저 남자는 아니겠지.' 순간 생각했어요. 남자가 너무 젊어 보였거든요. 서른, 아무리 많게 봐도 서른다섯이었어요. 그게 다가 아니라, 긴장으로 온몸이 굳어 있던 와중에도 눈에 확 들어올 정도로 아주 잘생긴 남자였어요. 면도를 하지 않은 거친 얼굴, 흐트러진 검은 머리카락, 큰 키에 날렵하게 잘 빠진 몸.

작업복을 걸친 남자는 걸어오며 주머니에서 양손을 꺼냈어요. 남자의 손에 뭔가가 묻어 있는 게 보였어요. 닦아 내려고 애쓴 모양이었지만 깨끗하게 지우지 못한 흙이나 엔진 오일 같은 거였어요. 역시나 철도 직원인가 보다 했죠. 그런데 그 남자가 저에게 말을 걸었어요.

"로완 케인 씨?"

전 고개를 끄덕였어요.

"저는 잭 그랜트라고 합니다." 남자가 싱긋 웃었어요. 은밀한 농담이라도 되새기는 양 남자의 입가가 부드럽게 휘어졌어요. 스코틀랜드 억양이 있었지만 졸업 후에 함께 일했던 글래스고 출신 여자보다 훨씬 부드러우면서도 또렷했어요. 자기 성씨를 말할 때는 길게 늘어뜨리지 않고 짧게 발음했어요. "전 헤더브레 저택에서 일하고 있어요. 사모님한테 듣고 마중 나온 거예요. 늦어서 죄송해요."

"안녕하세요." 인사를 건네는데 뚜렷한 이유도 없이 갑자기 부끄럽더라고요. 멋쩍어서 헛기침을 하며 할 말을 생각해 내려고 애썼죠. "어, 괜찮아요. 너무 신경 쓰지 마세요."

"서둘러 오느라 이 모양이에요." 잭이 씁쓸하게 자기 손을 내려다보며 말했어요. "30분 전에야 당신을 태우러 가야 한다는 이야기를 들었거든요. 잔디 깎는 기계를 고치다가 기차 도착 시간에 늦을까 봐 이 꼴로 그냥 나왔네요. 가방 들어 줄까요?"

"아뇨. 괜찮아요." 전 가방을 집어 들며 말했어요. "무겁지 않아요. 마중 나와 주셔서 감사해요."

잭이 어깨를 으쓱했어요.

"감사는 뭘요. 제가 할 일인걸요."

"엘린코트 씨네 댁에서 일하신다고요?"

"네, 빌 사장님과 산드라 사모님 밑에서 일해요. 전…… 어, 제 직함은 정확하게 모르겠어요. 사장님네 회사 급여 명단에는 운전기사로 올라가 있지만 잡일 보는 사람이라고 하는 게 더 맞을 거예요. 정원 일에 자동차 수리, 차로 카른교를 오가는 일까지 하니까요. 당신이 아이 돌보미인가요?"

"아직은 아니에요." 전 초조한 목소리로 말했어요. 하지만 잭이 저를 흘낏 보면서 싱긋 웃자 저도 모르게 미소를 지었죠. 잭의 표정에는 따라 하지 않을 수 없는 뭔가가 있었어요. "아이 돌보미에 지원한 건 맞는데 아직 된 건 아니라서요. 면접 보러 온 사람들이 많았나요?"

"두세 명 정도요. 처음 왔던 사람보다 당신이 훨씬 나아요. 그 사람은 영어를 잘 못했거든요. 지원서는 어떻게 썼나 몰라요. 사모님은 절대 그 여자가 쓴 게 아닐 거라고 했어요."

"아." 잭의 말에 기분이 한결 나아지는 것 같았어요. 메리 포핀스[3] 타입의 유능하지만 지독하게 뺏뺏한 사모님을 상상했거든요. 전 트위드 스커트의 주름을 부드럽게 펴면서 허리를 좀 더 꼿꼿이 세웠어요. "좋은 소식이네요. 그러니까 제 말은 그 사람에겐 안된 일이겠지만 저한테는 좋은 소식이라고요."

기차역을 나선 저와 잭은 차가 듬성듬성 주차돼 있는 주차장을 가로질러 도로 저편의 기다란 검정색 차로 향했어요. 잭이 주머니를 더듬거려 뭔가를 누르자 자동차 전조등이 번쩍였고 박쥐가 날개를 펼치듯 차 문이 위로 열렸어요. 그 광경에 저절로 입이 떡 벌어졌어요. 새아버지의 자랑이자 기쁨이었던 밋밋한 회색 볼보가 떠올라 슬며시 웃음이 삐져나왔어요. 잭도 씩 웃었죠.

"눈에 좀 띄죠? 테슬라예요. 전기 자동차요. 제가 골랐다면 글쎄요, 그렇지만 빌 사장님은…… 음, 보다시피, 첨단 기술 광이셔서."

"그래요?" 전 영혼 없이 대답했지만, 뭐랄까…… 그 소소한 정보가 얼굴도 모르는 고용주와 저를 이어 주는 연결 고리처럼 느껴졌어요.

제가 자동차 뒷좌석에 가방을 올리는 동안 잭이 뒤에 서 있었어요.

"뒷좌석에 타실래요? 아니면 조수석에?" 잭의 질문에 제 얼굴이 붉어졌어요.

"아, 조수석에 탈게요!"

잭을 운전기사처럼 부리며 거만하게 뒷좌석에 타고 가는 생각만으로도 민망해서 얼굴이 달아오르는 것 같더라고요.

"앞자리가 전망이 더 좋죠." 잭이 이렇게 말하더니 뭔가를 딸깍 눌러서 자동차 뒷좌석의 박쥐 날개 문을 닫고 조수석 문을 열었어요.

"먼저 타시죠, 로완 씨."

순간 저한테 하는 소리가 아닌 것처럼 멍하게 서 있었어요. 그러다 불현듯 정신을 차리고 차에 올라탔어요.

엘린코트 씨 댁이 부자라는 건 어느 정도 짐작하고 있었어요. 운전기사 겸 잡역부도 있고, 아이 돌보미에게 5만5천 파운드나 지급하니 현금이 좀 도는 잘사는 집이겠거니 했죠. 하지만 헤더 브레 저택을 직접 보는 순간, 그들이 상상 이상의 큰 부자임을 실감할 수 있었어요.

기분이 살짝 묘하더라고요.

'전 돈에 관심이 별로 없어요.'라고 잭에게 말할 수 있다면 얼마나 좋을까 생각했어요. 그때 차가 철제 대문 앞에 멈춰 섰고 문이 자동차 내부의 송신기라도 감지한 건지 천천히 열렸어요. 그나저나 제가 돈에 관심이 없다니 터무니없는 소리였죠.

'엘린코트 댁은 대체 얼마나 많은 돈을 버는 거야?' 하는 궁금증부터 가졌던 저인걸요.

차는 구불구불 이어지는 긴 도로를 소름 끼칠 정도로 조용하게 달렸어요. 바퀴 아래 밟히는 자갈 소리가 숨죽인 전기 엔진 소리보다 더 크게 들릴 지경이었어요.

"세상에." 굽이를 한 번 더 돌았는데도 아직 집이 보이지 않아 나지막하게 중얼거렸어요. 저를 곁눈질하는 잭의 시선이 느껴졌어요.

"무지하게 크죠?"

"네. 좀."

남부 지역보다야 땅값이 낮겠지만 그렇다고 막 싸진 않을 텐데. 저희가 탄 차는 덜컹거리며 다리 위를 달려, 짙은 토탄을 빠르게 흐르는 개울을 지나고 소나무 숲을 가로질렀어요. 그때 나무들 사이로 번쩍하는 빨간 불빛을 본 것 같아 목을 쭉 빼고 쳐다봤지만, 너무 어두워서 제 착각인지 아닌지 확실히 알 순 없었어요.

마침내 은신처 같은 숲에서 공터로 빠져나왔어요. 그러자 드디어 헤더브레 저택이 보였어요.

뭔가 호화롭기 그지없는 대저택이나 몇 채씩 길게 뻗어 있는 농장을 기대했는데 정작 저를 맞이한 집은 전혀 그렇지 않았어요. 소박한 빅토리아풍 건물이 눈앞에 있었죠. 아이가 그린 것 같은 정사각형 모양의 집이었어요. 가운데 있는 광택 나는 검정색 문 양쪽으로 창문들이 늘어서 있었어요. 집이 그렇게 크진 않았지만 화강암으로 지어 튼튼해 보였어요. 한쪽 벽에는 무성한 미국 담쟁이덩굴이 사방으로 뻗어 있었고요. 왜 그런지는 꼬집어 말할 수 없지만 어딘지 모르게 따스한 온기, 호화로움, 안락함이 느껴지는 집이었어요.

땅거미가 깔렸어요. 잭이 테슬라의 엔진과 헤드라이트를 끄자, 주변을 밝히는 빛이라고는 별빛과 집 안에서 새어 나와 자갈을 비추는 불빛뿐이었어요. 그 광경은 뭐랄까, 참 센티멘털했어요. 마치 예전에 저희 할머니가 좋아했던 직소 퍼즐 앞면의 사진처럼 아련한 빛을 내뿜었죠.

이끼 낀 닳고 닳은 부드러운 잿빛 돌멩이, 깨끗한 물결무늬 창문으로 새어 나오는 황금빛 등불, 어스름한 뜰에 만개해 꽃잎을 흩뿌리는 장미. 모든 것이 이상하리만치 완벽했어요. 너무 완벽했다고요.

차에서 내리니 서늘한 저녁 공기가 제 몸을 감싸고 돌았어요. 소나무 향기와 생수처럼 맑고 투명한 느낌이 확 다가오자 갑자기 이곳 생활을, 이 모든 것들이 보여 주는 생활을 꼭 차지하고 싶다는 간절함에 숨이 막힐 것만 같았어요. 이곳은 제가 자랐던 환경과는 완전히 달랐어요. 제 부모님은 1950년대의 전형적인 교외 주택인 칙칙하고 네모난 단층 주택에서 살았어요. 티 없이 깔끔한 제 방을 빼고 나머지 모든 방이 개성이나 안락함이라고는 조금도 찾아볼 수 없었을뿐더러 너무 엉망이라 눈 뜨고 봐 주기도 힘들었어요. 하지만 이런 기억은 잠시 접어 두기로 했어요. 산드라 사모님을 대면할 시간이었으니까요. 저는 마음을 단단히 먹고 현관 아래로 발을 성큼 내딛었어요.

순간 이상한 느낌이 들었어요. 하지만 그게 뭔지 모르겠더라고요. 제 눈앞에 있던 건 흔한 유광의 검정색 문이었어요. 그런데 뭔가 잘못된 것 같았죠. 뭐 하나가 빠진 것 같기도 했고요. 잠시 후에야 그게 뭔지 알아차렸어요. 문에 열쇠 구멍이 없었던 거예요.

열쇠 구멍이 없다니 어쩐지 불안했어요. 아주 사소한 문제였지만 열쇠 구멍이 보이지 않자 이런 생각이 들었죠. 가짜 문 아냐? 반대편으로 돌아가야 하나?

심지어 문고리도 없었어요. 뒤를 돌아 잭에게 어떻게 해야 하는지 물어보려고 했어요. 하지만 잭은 차 안에서 커다란 터치스크린으로 된 계기판을 확인하고 있었어요.

하는 수 없이 다시 문 쪽으로 돌아서서 문을 두드리려고 했어요. 그때 문 오른쪽 벽 속에 박혀 있는 뭔가가 눈에 들어왔어요. 벨 모양 아이콘이 딱딱한 돌처럼 보였던 곳 어딘가에서 유령처럼 나타나 희미하게 반짝거렸어요. 그냥 벽이라고 생각했던 데에 인터폰이 교묘하게 삽입돼 있었던 거예요. 인터폰을 누르려는데 동작 감지기가 있었나 봐요. 벨을 누르지도 않았는데 집 안에서 초인종 소리가 나더라고요.

전 눈만 껌뻑거렸어요. 차 안에서 잭이 했던 말이 갑자기 생각났어요. '빌 사장님은…… 음, 보다시피, 첨단 기술 광이셔서.' 그게 이런 뜻이었나?

"로완 씨! 안녕하세요?" 난데없이 여자 목소리가 들려서 깜짝 놀랐어요. 카메라, 마이크, 스피커가 어디 있나 하고 두리번거렸지만 아무것도 없었어요. 아니, 아무것도 보이지 않았어요.

"어…… 네." 허공에 대고 말하자니 바보가 된 것 같았죠. "안녕하세요. 저…… 산드라 사모님이신가요?"

"네! 막 옷을 갈아입으려던 참이라서요. 10초 내로 내려갈게요. 기다리게 해서 죄송해요."

수화기를 내려놓는 '딸깍'하는 소리나 대화가 끝났음을 암시해 주는 그 어떤 신호도 없었어요. 그냥 인터폰이 흐릿해지더니 까맣게 변해 사라지더라고요. 감시당하는 건지, 무시당하는 건지 모르겠다는 생각에 잠겨 가만히 서 있었어요.

시간이 한참 흐른 것 같았어요. 아니면 30초도 지나지 않았는데 체감상 그런 걸지도 모르고요. 갑자기 개 짖는 소리가 요란스럽게 들리더니 현관문이 벌컥 열렸어요. 검정색 래브라도 두 마리가 총알처럼 튀어나왔고 40대쯤 돼 보이는 밝은 금발 머리의 늘씬한 여자가 뒤따라 나왔어요. 여자가 웃으면서 목줄을 잡아챘음에도 개들은 앞으로 달려 나와 마구 짖어 댔어요.

"헤로! 클로드! 이리 와!"

하지만 개들은 여자의 외침에는 아랑곳하지 않고 저한테 달려들었어요. 저는 깜짝 놀라 뒷걸음을 쳤어요. 한 개가 제 가랑이 사이로 거칠게 코를 들이미는 바람에 주둥이를 밀어내려고 애쓰면서 신경질적인 웃음을 머금었어요. 저 개 때문에 스타킹이 찢겨져도 가방에 여분의 스타킹이 하나 더 있으니 참자고 생각하면서 어금니를 꽉 깨물었어요. 개가 다시 펄쩍 뛰어 저를 덮쳐 오자 재채기가 났어요. 뒤통수가 간질거리기 시작했죠. 젠장! 흡입기를 꺼내야 하나?

"헤로!" 여자가 다시 소리쳤어요. "헤로, 그만해." 여자는 현관으로 걸어 나와 손을 내밀었어요. "로완 씨죠? 헤로, 좀 앉아." 여자는 래브라도의 목줄을 간신히 움켜쥐고 자기 쪽으로 끌어당겼어요. "죄송해요. 정말 죄송해요. 얘가 사람을 너무 좋아해서 그래요. 개를 싫어하시나요?"

"전혀요." 이렇게 말했지만 사실은 일부만 맞는 말이었어요. 정확히 말해서 제가 개를 싫어하는 건 아니지만, 항히스타민제를 복용하지 않으면 개 때문에 천식이 도져요. 게다가 천식 문제는 둘째 치더라도 전문성을 드러내 보여야 하는 상황에서 다리 사이로 코를 들이미는 개는 사절이었죠. 가슴이 꽉 죄어드는 것 같았어요. 심리적인 문제일 게 뻔했어요. "요 녀석! 착하지." 전 최대한 열과 성을 다해 개의 머리를 쓰다듬으며 말했어요.

"사실 얘는 여자예요. 헤로는 암컷이고, 클로드가 수컷이에요. 남매 간이죠."

"착한 아가씨네." 하고 영혼 없이 성별을 고쳐 불렀어요. 헤로가 제 손을 열정적으로 핥아 댔어요. 축축한 손바닥을 치마에 문질러 닦고 싶은 충동을 간신히 억눌렀어요. 등 뒤에서 차 문이 닫히는 소리가 나더니 자갈길을 걸어오는 잭의 발소리가 뒤따라왔어요. 그 소리에 개들의 관심이 잭에게 쏠리자 마음이 한결 가벼워졌어요. 래브라도 두 마리는 자동차 뒷좌석에서 제 가방을 꺼내는 잭에게 반갑게 짖어 댔어요.

"가방 여기 있어요, 로완 씨. 만나서 반가웠습니다." 잭이 가방을 제 옆에 내려놓고는 산드라 사모님을 돌아봤어요. "괜찮다면 잔디 깎는 기계를 고치러 가야겠어요, 사모님. 달리 시키실 일 있으신가요?"

"뭐라고요?" 산드라 사모님은 정신을 딴 데 팔았는지 멍하니 되물었다가 알겠다는 듯 고개를 끄덕였다. "아, 잔디 깎이요. 네. 그러세요. 고칠 수 있겠어요?"

"그럼 좋겠는데. 안 되면 내일 아침에 알렉키 브라운에게 전화해야죠."

"고마워요, 잭." 사모님이 말했어요. 저만치 걸어가 건물 옆을 돌아가는 잭의 떡 벌어진 어깨와 큰 키가 저녁 하늘을 배경으로 도드라져 보였어요. "정말 보물 같은 사람이죠. 잭이 없었으면 어떻게 살았을지. 잭과 진은 흔들림 없는 바위 같은 사람들이에요. 그에 비하면 아이 돌보미 문제는 왜 이 모양인지 모르겠네요."

'아이 돌보미 문제라.' 이때였어요. 오는 내내 제 머릿속에서 떠나지 않았던, 이상하다 싶었던 의문이 처음으로 수면 위로 떠올랐죠. 앞서 아이 돌보미로 일했던 네 사람은 왜 일을 그만뒀을까요?

산드라 사모님의 메일을 처음 받았을 때는 벅차오르는 기쁨에 들떠서 그 부분을 크게 신경 쓰지 않았어요. 면접을 보러 오라는 내용만 눈에 들어왔거든요. 하지만 카른교로 향하면서 메일을 다시 읽었을 때 그게 자꾸 마음에 걸렸어요. 그런데 사모님의 입으로 직접 그 이야기를 듣게 되니 이상한 기분이 들었어요. 뭔가가 살짝 삐걱거리는 것 같기도 했고요. 기차를 타고 오는 길고 지루했던 시간에도 한동안 그 문제를 생각했었죠. 머릿속을 계속 맴도는 그 문제에 걱정이 되다가도 그냥 웃어넘기고 말자 싶었어요.

전 초자연적 현상을 믿지 않았어요. 이건 꼭 미리 말씀드려야겠어요, 변호사님. 그래서 그 집에 얽힌 미신 따위는 전혀 신경 쓰지 않았어요. 오히려 아이 돌보미와 일꾼들이 기이하고 으스스한 사건들 때문에 나갔다는 게 좀 어처구니없다 싶었어요. 그건 빅토리아 시대에나 있을 법한 일이잖아요.

하지만 실제로 지난해에 엘린코트 부부가 고용했던 아이 돌보미 네 명이 일을 그만뒀어요. 미신을 믿는 신경이 과민한 아이 돌보미 한 명을 고용했다가 그런 일이 벌어졌다면 그저 운이 나빴다고 치부했을지도 몰라요. 하지만 연이어 네 명이나 나갔으니…… 그렇다고 보긴 어려웠죠.

뭔가 다른 이유가 있을 가능성이 높았어요. 스코틀랜드로 가는 긴 여정 내내 온갖 가능성이 떠올라 머릿속을 헤집어 놨어요. 헤더브레가 찬바람이 휑하니 부는 폐허 같은 집이거나, 아니면 산드라 사모님이 아주 까다로운 고용주일지도 모른다고 어림잡아 생각했어요. 막상 와 보니 그렇진 않았어요. 적어도 아직까지는요. 그렇지만 섣부른 판단은 내리지 않기로 했어요.

헤더브레 저택 안으로 들어가자 개들은 집 안에 들어온 낯선 사람의 존재에 더욱 흥분해서 날뛰기 시작했어요. 산드라 사모님은 더 이상 컨트롤이 안 되겠다 싶었는지 목줄을 잡아끌어서 뒤쪽에 있는 방으로 개들을 데리고 들어가더니 문을 닫아 버렸어요.

그 틈을 타 재빠르게 주머니에서 흡입기를 꺼내 입에 대고 숨을 들이마시고는 사모님을 기다렸어요. 현관에 홀로 서 있자니 그제야 저를 감싸고 도는 집 안의 분위기가 느껴지더라고요.

막 대저택은 아니었어요. 그냥 평범한 가정집이었죠. 가구들이 호사스럽진 않았지만 되게 편안하게 잘 만들어진 것들이었어요. 하지만 그런데도 왠지…… 돈 냄새가 났어요. 이외에는 달리 뭐라고 표현할 수가 없네요. 반지르르한 원목 난간, 길고 우아한 계단을 따라 구불구불하게 깔린 흑색 카펫, 계단 아래에 놓인 푹신한 갈색 벨벳 안락의자, 반질반질한 복도 바닥에 깔린 빈티지 페르시안 러그, 기다란 창문 옆에 서서 천천히 또렷하게 재깍거리는 아름다운 대형 괘종시계, 한쪽 벽에 놓인 고풍스러운 식탁. 이 모든 것들이 서로 짠 듯 압도적인 고급스러움을 풍기고 있었어요. 사실 집 안이 깔끔하진 않았어요. 신문이 소파 여기저기에 흩어져 있었고, 아동용 고무장화 한 짝이 현관 옆에 나뒹굴었어요. 그렇다고 크게 잘못됐다 싶은 건 없었어요. 소파 쿠션은 깃털로 빵빵하게 채워져 있었고, 개를 키우는 집이라면 흔히 있을 법한 털이나 흙 묻은 발자국 하나 없었어요.

냄새도 괜찮았어요. 축축한 개 냄새나 퀴퀴한 음식 냄새도 전혀 나지 않았죠. 밀랍 광택제 냄새와 나무 때는 냄새, 희미하게 나는 말린 장미꽃 냄새만 떠돌았어요.

변호사님, 모든 게…… 모든 게 완벽했다고요. 따뜻하고 아늑한 공간을 만들 만한 돈, 취향, 시간만 있다면 저를 위해 짓고 싶은 딱 그런 집이었어요.

이런 생각에 잠겨 있는데 문소리가 들려 돌아봤더니 사모님이 복도 끝에서 돌아오고 있었어요. 고개를 흔들어 얼굴에 붙은 숱 많은 금발 머리를 떼어 내며 미소를 머금고 있었어요.

"아, 정말 죄송해요. 낯선 사람을 자주 못 봐서 그런지 새로운 사람만 오면 흥분해서 어쩔 줄을 몰라요. 항상 이렇지는 않답니다. 정말이에요. 우리 다시 소개할까요? 로완 씨, 안녕하세요. 전 산드라예요."

사모님이 다시 손을 내밀었어요. 가늘지만 탄탄하고 태닝한 손에 비싸 보이는 반지 서너 개가 반짝거렸어요. 맞잡아 흔드는 제 손을 유독 단단하게 움켜쥐는 손아귀의 힘을 느끼며 저도 미소로 화답했어요.

"아, 먼 길을 왔으니 배도 고프고 피곤하겠어요. 런던에서 오신 거죠?"

전 고개를 끄덕였어요.

"묵을 방을 보여 드릴게요. 편한 옷으로 갈아입고 내려오세요. 같이 식사하게요. 시간이 이렇게 늦었다니. 벌써 9시가 넘었네요. 고된 여행이었죠?"

"아뇨. 그렇게 힘들지는 않았어요. 그냥 기차가 좀 느렸어요. 요크에서 기차가 고장 나서 환승 열차를 놓쳤거든요. 늦어서 정말 죄송해요. 보통은 약속을 잘 지키는 편인데."

적어도 그건 사실이었어요. 제가 단점이 여럿 있고 실패도 해 봤지만 약속에 늦는 일은 거의 없거든요.

"문자 메시지를 받았어요. 답장을 못해서 미안해요. 문자가 온 줄도 몰랐어요. 애들 목욕을 시키고 있었거든요. 아슬아슬하게 문자를 발견하고는 잭에게 마중 나가 달라고 했죠. 역에서 너무 오래 기다리신 건 아닌지 모르겠어요."

답을 바라고 하는 말은 아니었어요. 그냥 던진 말에 가까웠지만 그래도 전 대답했어요.

"오래 기다리진 않았어요. 아이들은 잠들었나요?"

"네. 셋 다요. 매디는 여덟 살이고, 엘리는 다섯 살이에요. 페트라는 아직 18개월밖에 안 된 아기고요. 모두 자고 있어요."

"다른 아이는요?" 전 오는 길에 숲속에서 봤던 붉은빛을 떠올리며 물었어요. "구인 공고에는 아이가 넷이라고 하셨잖아요."

"리안논은 스물네 살 먹은 아가씨처럼 구는 열네 살이에요. 지금은 기숙사에 있고요. 사실 저희가 원해서 보낸 건 아니에요. 집에서 학교를 보내고 싶었지만 이 근처에는 중등학교가 없어요. 가장 가까운 학교가 차로 한 시간 이상 걸리죠. 매일 그 거리를 왕복하긴 너무 힘들어서요. 그래서 인버네스 부근 학교 기숙사에 보냈어요. 주말에는 대체로 집에 와요. 리안논이 집에 왔다가 떠날 때마다 전 마음이 좀 아픈데, 리안논은 기숙사 생활을 좋아하는 것 같아요."

'그렇게 아이와 함께 살고 싶다면 왜 이사를 가지 않는 걸까?' 하는 생각이 들었어요.

"그럼 리안논은 지금 만나지 못하겠네요?" 제가 이렇게 묻자 사모님이 고개를 끄덕였어요.

"네. 아쉽지만요. 사실 로완 씨는 나머지 세 아이들과 대부분의 시간을 보내게 될 거예요. 어쨌든 지금은 저희 둘이 편하게 대화를 나눌 수 있어요. 아이들은 내일 만나 보고요. 참, 남편 빌도 지금 여기 없어요."

"네?" 마지막 말에 전 깜짝 놀랐어요. 아니, 충격을 받았다 할까요. 아이들 아빠를 만나지 못할 거라니. 자식을 돌봐 줄 사람을 고용하는 문제이니만큼 직접 아이 돌보미를 만나 볼 거라고 확신했는데……. 하지만 이런 제 생각을 내색하지 않으려고 애썼어요. 남을 함부로 판단하는 듯한 이미지를 주고 싶지 않았어요. "아, 아쉽네요."

"그러니까요. 그이는 일하러 갔어요. 사실 그동안 많은 아이 돌보미들이 떠나는 바람에 상당히 힘들었거든요. 아이들은 당연히 불안해했고 저희 일도 제대로 처리하기 진짜 힘들었어요. 저희는 건축가예요. 저희 부부 둘이서 회사를 운영해요!" 사모님이 완벽하게 가지런한 하얀 이를 드러내며 환한 미소를 던졌어요. "저랑 남편 둘뿐이라 프로젝트가 하나 이상 들어와서 바쁠 때는 몸이 두 개라도 부족해요. 그래도 항상 한 사람은 꼭 아이들 곁에 있으려고 했죠. 하지만 카탸가 떠나고 아수라장이 돼 버렸어요. 카탸는 마지막 아이 돌보미였어요. 전 집에 남아 어떻게든 상황을 수습해야 했고, 빌 혼자 사업을 꾸려 나가려고 고군분투 중이에요. 솔직히 말씀드릴게요. 누가 됐든 지금 이 시기에 저희 집 아이 돌보미가 된다면 시작이 그다지 순조롭진 못할 거예요. 보통은 제가 처음 한 달 정도 재택근무를 하며 일이 잘 흘러가는지 살펴봐요. 하지만 이번에는 그러지 못해요. 빌이 한번에 두 곳을 다닐 수 없으니까요. 진행 중인 프로젝트가 있어서 제가 현장에 반드시 가야 하는 절박한 상황이에요. 그래서 저희가 없어도 당황하지 않고 아이들과 잘 지낼 수 있는 노련한 아이 돌보미가 필요해요. 가능한 한 빨리 일을 시작할 수 있어야 하고요."

사모님이 짙은 눈썹 사이에 깊은 주름을 만들며 살짝 불안한 표정으로 저를 쳐다봤어요. "그렇게 할 수 있겠어요?"

전 마른침을 꿀꺽 삼켰어요. 의심 따위 던져 버리고 완벽한 아이 돌보미 로완으로 분할 타이밍이었죠.

"그럼요." 제 자신도 설득될 만큼 자신만만한 목소리로 말했어요. "제 이력서를 보셨겠지만……."

"무척 인상 깊은 이력서였어요." 전 사모님의 말에 살짝 얼굴을 붉히면서도 동의한다는 의미로 고개를 끄덕였어요. "솔직히 지금껏 받았던 이력서 중에서 가장 돋보였어요. 다양한 연령대의 아이들을 돌본 경험에다 필요한 모든 자격 요건을 다 갖추셨잖아요. 그나저나 일을 시작한다면 언제부터 가능하세요? 물론 무엇보다……." 어딘가 불편한 구석이 있는지 사모님의 말이 빨라졌어요. "적합한 아이 돌보미를 구하는 게 가장 중요하다는 건

군이 말할 필요도 없고요. 하지만 솔직히 말해 더 시급한 건……
지금 당장 일을 시작할 수 있는 사람을 구하는 거라서요. 이것저
것 잴 처지가 아니에요."

"전 4주 후에 가능해요." 사모님이 걱정스럽게 찌푸린 표정으
로 입술을 살짝 비트는 모습에 전 급히 덧붙였어요. "잘만 하면
좀 더 일찍 일을 시작할 수 있을 것도 같아요. 연차가 좀 남아 있
거든요. 달력을 보고 계산을 해 봐야겠지만 2주 정도는 앞당길
수 있을 거예요. 어쩌면 더 빨리 시작할 수도 있고요."

리틀 니퍼스 어린이집에서 제 사정을 봐 준다면 가능하지 않
은 일도 아니었어요. 리틀 니퍼스 어린이집에서 좋은 대우를 받
지도 않았으니 마지막까지 의리를 다할 이유도 없었고요.

사모님의 얼굴에서 희망과 안도의 빛이 돌았어요. 그러다 사
모님은 저와 사모님이 지금 어디서 대화 중인지 깨달았던 모양
이에요.

"어머나, 복도에서 이게 뭐 하는 짓이람. 아직 외투도 벗지 못
한 분을 앞에 두고 면접을 보려고 하다니! 방으로 안내해 드릴게
요. 그다음에 주방에서 요기 좀 하면서 얘기 나눠요."

사모님이 돌아서서 구불구불 길게 이어지는 계단을 올라가
기 시작했어요. 카펫이 도톰하고 부드러운 벨벳이라 그런지 발
자국 소리 하나 나지 않더라고요. 층계참에서 멈춘 사모님은 조
용히 하라는 듯 손가락을 입술에 댔어요. 전 잠시 멈춰 서서 주
위를 둘러봤어요. 널찍한 내부 공간, 작은 탁자 위 꽃병에서 꽃
잎을 피워 내는 불그레한 모란이 눈에 들어왔어요. 희미한 어둠
속으로 묻혀 사라지는 복도 벽에는 장밋빛 수면 등이 빛을 발하

고 있었죠. 그 안쪽으로 대여섯 개 되는 방문이 보였어요. 희미한 불빛에 익숙해지자 끝 방문에 적힌 비뚤비뚤한 글자가 보였어요. '엘리 공주와 매디 여왕'. 계단에서 가장 가까운 방문은 살짝 열려 있었고 수면 등이 방 안 구석진 곳까지 희미하게 비추고 있었어요. 방에서 잠든 아기의 새근거리는 숨소리가 들렸어요.

"아이들은 잠들었어요." 사모님이 속삭였어요. "진짜 잠든 것 같아요. 좀 전까지만 해도 칭얼대는 소리가 들렸는데 지금은 완전히 조용해진 것 같아요! 매디가 잠귀가 밝아서 까치발로 걸어 다녀야 해요. 빌과 저는 같은 층에서 자고, 리안논은 위층에서 자요. 이쪽으로 오세요."

계단 맨 꼭대기, 조금 작은 층계참에 다다르니 방 세 개가 더 있었어요. 가운데 방의 문이 열려 있었는데 그 틈으로 대걸레, 빗자루, 벽에 세워져 있는 무선 진공청소기가 보였어요. 사모님이 문을 급히 닫았어요.

왼쪽 방은 닫혀 있었어요. 문에는 '꺼져, 들어오면 죽어'라고 적혀 있었고요. 붉은 립스틱으로 쓴 것 같더라고요.

"리안논의 방이에요." 눈썹을 살짝 치켜세우며 말하는 사모님의 얼굴은 재미있어하는 것 같기도 하고 체념한 것 같기도 했어요. "여기가……." 사모님이 계단에서 가장 멀리 떨어진 오른쪽 방문 손잡이를 잡았어요. "로완 씨 방이에요. 아니, 그게 아니라……." 잠시 말을 멈춘 사모님이 얼굴을 살짝 붉혔어요. "아이 돌보미가 쓰는 방이에요. 오늘 밤은 여기서 주무시면 돼요. 죄송해요. 제가 또 너무 앞서 나갔네요. 아직 면접도 보지 않았는데!"

사모님이 이렇게 말하며 문을 열었고 전 어색함에 웃는 둥 마

57

는 둥 했어요. 방은 어두웠어요. 사모님은 스위치를 찾지 않고 휴대 전화부터 꺼냈어요. 손전등을 켜려나 보다 했는데 뭔가를 누르더라고요. 그러자 방의 전등이 반짝거리며 살아났어요.

천장의 전등만 켜진 게 아니었어요. 사실 천장의 전등은 너무 약해서 희미한 황금빛만 어스름하게 흘리고 있었죠. 침대 옆의 독서 등, 창가의 작은 탁자 옆 스탠딩 램프, 침대 머리를 휘감은 꼬마전구들까지 전부 다 켜지는 거예요.

제 얼굴에 놀란 기색이 드러났는지 사모님이 즐겁게 웃었어요. "꽤 근사하죠? 스위치도 물론 있어요. 정확히는 스위치 패널이요. 하지만 저희 집은 스마트 하우스라서요. 난방, 전기 등 모든 걸 휴대 전화로 껐다 켰다 할 수 있어요." 사모님이 뭔가를 쓱 문지르자 천장의 전등이 갑자기 밝아졌다가 어두워졌고, 방에 딸린 화장실 불이 켜졌다 꺼졌어요.

"전등만 조종하는 게 아니라……." 사모님이 휴대 전화 화면을 넘겨 아이콘 하나를 톡 두드리자 보이지 않는 스피커에서 감미로운 음악이 흘러나왔어요. 재즈 음악은 잘 모르지만 마일스 데이비스 노래 같았어요.

"음성 인식 기능도 있는데 저는 자주 안 써요. 왠지 좀 으스스해서요. 그래도 한번 보여 드릴게요." 사모님이 목청을 가다듬고 약간 가식적인 목소리로 "음악 꺼 줘!"라고 말했어요.

그러자 잠시 후 마일스 데이비스의 노래가 딱 끊겼어요.

"스위치 패널로 주변 환경도 조정할 수 있어요." 사모님이 벽에 있는 뭔가를 누르자 하얀색 패널이 잠깐 밝게 빛나더니 맞은 편 창문 커튼이 닫혔다가 열렸어요.

"우와." 절로 감탄사가 나왔죠. 달리 뭐라 표현할 말이 없더라고요. 어찌 보면 진짜 대단하다 싶었지만 또 어찌 보면…… 사모님 말대로 으스스했어요.

"그 기분 알아요." 사모님이 가볍게 웃으면서 말했어요. "좀 어이없죠? 하지만 건축가라면 모든 최첨단 기기를 다 시험해 봐야 하는 직업상의 의무가 있답니다. 그건 그렇고……." 사모님이 휴대 전화를 다시 들여다보고 시간을 확인했어요. "얘기는 이쯤에서 그만하고 저녁 준비를 해야겠네요. 로완 씨도 외투 좀 벗고 짐 푸셔야죠. 아래층에서 뵐까요? 한…… 15분 후에?"

"네. 좋아요." 전 말끝을 살짝 흐렸어요. 사모님이 싱긋 웃더니 나가면서 문을 닫았어요.

사모님이 가고 난 후 가방을 바닥에 내려놓고 방을 가로질러 창가로 다가갔어요. 바깥은 완전히 어두워져 있었어요. 유리창에 얼굴을 대고 누른 채 양손으로 관자놀이를 가리자 별이 흐드러진 밤하늘과 수평선 너머로 불룩불룩 솟은 산등성이의 짙은 형체가 간신히 보였어요. 빛은 거의 한 점도 보이지 않았어요.

그제야 제가 얼마나 외진 곳에 와 있는지 실감이 나서 몸이 살짝 떨렸어요. 창을 등지고 돌아서서 방 안을 살펴봤어요.

순간 전통과 현대가 특이하게 뒤섞인 분위기가 눈에 꽂혔어요. 창문은 완전히 빅토리아풍으로, 놋쇠로 된 걸쇠가 달려 있고 창유리는 물결 모양으로 살짝 굴곡져 있었어요. 반면에 전등은 21세기의 산물이었어요. 천장 중앙에 전구가 달린 평범한 조명 대신, 다소 과한 스포트라이트 조명, 업라이트 조명, 램프가 방 안 곳곳에서 저마다 다른 온기와 밝기를 뿜어냈어요. 눈에 보이는 난방 장치 또한 없었는데 대체 어디서 따뜻한 열기가 나오는지 알 수 없었죠. 하지만 방 안을 데워 주는 뭔가가 있는 건 분명했어요. 밤 기온이 서늘해서 제 숨이 창유리에 닿아 하얀 김이 서릴 정도였으니까요. 바닥 아래에 난방 장치가 있나? 숨겨진 난방 통풍구라도 있는 걸까?

가구는 좀 보수적인 편으로 값비싼 전원 호텔 분위기를 강하게 풍기고 있었어요. 창문을 마주 보는 자리에는 비단 재질의 쿠션들이 올려진 킹 사이즈 침대가 떡하니 자리를 잡고 있었어요. 또 창문 아래에는 작고 소담한 소파가 놓여 있고 그 옆에 작은 테이블이 하나 있었어요. 거기서 친구와 즐겁게 이야기를 나누거나 음료를 마시면 딱 좋을 것 같았죠. 그 밖에도 서랍장, 책상, 등받이 의자 두 개가 있었고, 수납 기능이 있는 스툴이 천갈이돼 침대 발치에 놓여 있었어요. 양쪽으로 난 문 중에서 아무거나 하나를 열어 봤더니 드레스 룸이었어요. 선반과 옷걸이는 모두 비어 있었는데 문을 활짝 열자 황량한 선반 위쪽의 스포트라이트 조명이 자동으로 깜빡거리며 살아났어요. 두 번째 문도 밀어 봤는데 잠겨 있는 것 같았어요.

세 번째 문은 살짝 열려 있었어요. 사모님이 안쪽의 욕실을 보여 주려고 불을 켜 뒀던 곳이라는 게 기억났죠. 안으로 들어가 벽에 있는 패널을 찾아냈어요. 좀 전에 사모님이 눌렀던 것과 비슷한 패널이었어요. 설마 작동할까 하는 생각으로 패널을 건드렸는데 전등이 천천히 밝아지기 시작하면서 최첨단 욕실이 모습을 드러냈어요. 커다란 해바라기 샤워기, 저의 런던 집에 있는 주방 조리대만 한 콘크리트 세면대. 화장실 안에서는 빅토리아풍 모조품을 찾아볼 수 없었어요. 스타일이 복잡하고 매끈하고 모던한 것이 완전히 미래 지향적이더라고요. 아마도 그 화장실의 메트로 타일 한 개 값이 일반 가정집 욕실에 있는 전체 타일을 합친 것보다 비싸지 않을까요.

갑자기 저희 집 욕실이 생각났어요. 머리카락이 낀 녹슨 배수구, 구석에 박혀 있는 더러운 수건, 메이크업 얼룩으로 지저분한 거울.

아, 정말 이 일자리를 갖고 싶었어요.

그전에는…… 제가 뭘 원하는지 잘 몰랐어요. 여기 와서 산드라 사모님을 만나 구인 공고의 끝에 무엇이 기다리고 있는지 알아보겠다는 생각에만 사로잡혀 있었죠. 그게 다였어요. 솔직히 진짜 아이 돌보미를 할 생각은 추호도 하지 않았다고요.

그런데 막상 와 보니…… 진심으로 아이 돌보미가 되고 싶은 거예요. 5만5천 파운드라는 연봉뿐만 아니라 모든 게 다 탐났어요. 아름답기 그지없는 집, 멋진 방, 대리석 타일이 깔린 화려한 샤워실, 석회 자국 하나 없이 반짝이는 거울, 크롬 도금된 배수관 부속품까지 전부 다요.

무엇보다 엘린코트 가족의 일원이 되고 싶었어요.

방을 보기 전까지만 해도 제가 도대체 뭘 하고 있는지 모르겠다 싶었는데, 방을 보는 순간 그런 의구심이 흔적도 없이 사라졌어요.

한참 동안, 아주 한참 동안 세면대에 받아 둔 물을 두 손으로 참방거리며 서서 거울에 비친 제 모습을 뚫어져라 쳐다봤어요. 거울 속에서 저를 노려보는 얼굴이 끓어오르는 격한 감정에 휩싸여 있었어요. 정확히 말하면 표정이 아니라 눈빛이 그랬어요. 뭔가를 갈구하듯 허기가 감도는 눈빛이었어요. 하지만 사모님 앞에서 너무 절박한 눈빛을 드러내서는 안 되죠. 날카로운 눈빛은 괜찮지만요. 지금 저를 노려보고 있는 굶주리고 절박한 눈빛은 일을 망치고 말 거예요.

천천히 머리카락을 가지런하게 쓸어내리고, 손가락에 침을 발라 흐트러진 눈썹을 정돈했어요. 그러고는 한 손으로 목걸이를 만지작거렸어요.

졸업한 이후로 매일 빼놓지 않고 하고 다니던 목걸이였어요. 학교 때와는 달리 액세서리를 해서는 안 된다는 복장 규칙에 더 이상 구애받지 않았으니까요. 어린아이였을 때도 주말마다, 할 수 있을 때마다 하고 다녔어요. 엄마의 한숨 소리와 피부색을 죽이는 조잡한 싸구려 장신구라는 말에도 굴하지 않았죠. 20년도 더 전에 첫 생일 선물로 받았던 그 목걸이는 제 몸의 일부나 다름없었어요. 스트레스를 받거나 지루할 때 습관처럼 목걸이를 만지작거렸어요.

그랬던 목걸이가 갑자기 거슬렸어요.

목걸이 끝에는 로완의 R자 모양으로 화려하게 세공된 은 펜던트가 달랑거렸어요. 엄마도 자주 말했듯이 진짜 은이 아니라 은도금인 데다 하도 손가락으로 문질러 댄 탓에 은도금이 벗겨져 구릿빛이 선명하게 드러난 상태였어요.

굳이 목걸이를 벗을 이유는 없었어요. 부적절한 액세서리가 아니었으니까요. 누가 알아볼 리도 없었고요. 그렇지만…….

천천히 목 뒤로 손을 돌려서 목걸이 걸쇠를 끌렀어요.

그러고는 립글로스를 살짝 바르고, 스커트 주름을 펴고, 느슨해진 포니테일을 단단히 조인 다음, 아래층으로 내려가 일생일대의 면접을 볼 준비를 했어요.

아래층으로 내려갔는데 사모님이 보이지 않았어요. 대신 복도 끝에서 아주 맛있는 냄새가 났어요. 사모님이 개들을 끌고 갔던 곳이었어요. 조심스럽게 앞으로 나아가 문을 열자 완전히 다른 세계가 펼쳐졌어요.

집 뒤쪽을 싹둑 잘라내서 파격적이다 못해 충격적일 정도로 현대적인 21세기 저택에 갖다 붙여 놓은 것만 같았어요. 유리 천장까지 높이 치솟은 금속 기둥들이 있었고, 복도의 빅토리아풍 납화[4] 바닥이 갑자기 끊어지더니 반질반질하게 윤이 나는 콘크리트 바닥이 이어졌어요. 거칠고 딱딱한 브루탈리즘[5] 양식의 대성당과 현대적 주방을 합쳐 놓은 것 같았어요. 주방 가운데에 유광의 메탈릭한 아일랜드 식탁과 크롬 소재의 스툴들이 놓여 있었어요. 아일랜드 식탁을 기준으로 주방 한쪽은 밝았고, 다른 한쪽에는 옅은 조명 아래 콘크리트 상판으로 된 기다란 식탁이 공간 끝까지 이어져 있었어요.

주방 가운데에 사모님이 있더라고요. 무지막지하게 큰 독립형 오븐 앞에 서서 그릇 두 개에 캐서롤을 담고 있었죠. 제 평생 그렇게 큰 오븐은 처음 봤어요. 제가 들어가자 사모님이 저를 돌아봤어요.

"로완 씨! 저기요, 죄송하지만 깜빡하고 여쭤 보지 못했는데 채식주의자는 아니시죠?"

"네. 뭐든지 잘 먹는 편이에요."

"아, 다행이네요. 비프캐서롤 말고는 달리 드릴 만한 게 없더라고요! 통감자구이를 할 시간이 있을지 모르겠다고 허둥대다가 감자가 다 떨어진 게 생각났어요." 사모님은 커다란 메탈 냉장고로 걸어가더니 주먹 쥔 손마디로 냉장고 문의 보이지 않는 버튼을 툭 건드렸어요. 그러고는 또박또박하게 "해피, 감자 주문해 줘."라고 말했어요.

'쇼핑 리스트에 감자를 추가했습니다.' 인공 지능의 목소리가 흘러나오더니 화면이 켜지고 식료품 쇼핑 리스트가 나왔어요. '식사 맛있게 하세요, 산드라!'

다소 황당한 상황에 웃음이 나올 것 같았지만 꾹 참았어요. 사모님은 볼 두 개를 긴 식탁에 올렸어요. 발효 빵 한 덩이가 올려진 도마와 사워크림 같은 게 담긴 작은 접시도 함께였어요. 볼은 빅토리아풍의 본차이나 같았는데, 수작업으로 그려 넣은 섬세하고 작은 꽃과 디테일을 살린 금박 무늬가 있었어요. 자로 잰 듯 정확하고 현대적인 선으로 이뤄진 유리 공간에 깨지기 쉬운 앤티크 볼이라니. 좀 웃겼어요. 너무 안 어울리잖아요. 그런데 그 집의 다른 공간들도 마찬가지였어요. 고루한 빅토리아 시대 분위기 사이로 미래 지향적인 모던함이 툭툭 삐져나와 있었으니까요. 겉으로는 대단히 현대적인 주방인 것 같지만, 자세히 들여다 보면 빅토리아풍 볼이라든가 화려한 꽃무늬의 은제 커틀러리 같은 게 숨어 있는 것과 비슷한 맥락으로요.

"다 됐어요." 사모님이 자리에 앉아 맞은편 의자로 오라고 제게 손짓했어요. "비프스튜예요. 빵은 여기에 찍어 드세요. 그리고 이건 호스래디시 크렘프레슈[6]인데 먹기 좋게 아주 잘 저은 거예요."

"냄새가 근사한데요." 진심에서 우러나온 말이었어요. 사모님은 머리카락을 뒤로 젖히며 멋쩍은 듯 겸손의 미소를 지어 보이려 애썼지만 제 반응을 당연하게 생각하는 눈치였어요.

"음, 다 오븐 덕분이죠. 라 꼬르뉴 오븐으로 요리하면 망치는 일이 거의 없어요. 그냥 재료만 넣으면 끝나거든요! 가끔씩 가스레인지가 그립긴 해요. 하지만 여기는 가스를 쓰지 않아요. 모든 게 다 전기로 작동하죠. 그래서 오븐 상판에 인덕션을 달았어요."

"인덕션은 한 번도 안 써 봤어요." 전 보고도 믿지 못하겠다는 눈빛으로 오븐을 쳐다보며 말했어요. 그 오븐은 흡사 거대한 짐승 같았어요. 182센티미터에 육박하는 문 하며, 문손잡이, 서랍이랑 서랍 손잡이, 매끈한 조리용 상판까지. 용도에 따라 나눠져 있는 것 같긴 한데 어떻게 사용하는 건지 짐작조차 못하겠더라고요.

"처음에는 익숙해지는 데 시간이 좀 걸리긴 해요. 그렇지만 진짜 사용하기 쉬워요. 가운데 납작한 상판은 테판야키용 철판이에요. 가격이 너무 비싸서 굳이 살 필요가 있을까 했는데 빌이 꼭 사야 한다고 우겼어요. 직접 써 보니 진짜 돈 들인 게 하나도 아깝지 않더라고요."

"아, 그렇군요." 말은 이렇게 했지만 사실 하나도 이해하지 못

했어요. 테판야키가 대체 뭐지? 스튜는 걸쭉하고 풍미가 진한
게 정말 맛깔스러웠어요. 저희 집에서는 요리할 시간이나 마땅
한 요리 도구가 없어서 해 먹지 못할 그런 요리였죠. 사모님은
겉이 딱딱한 발효 빵에 부드러운 크렘프레슈를 발라 제게 권했
어요. 식탁에는 이미 따 놓은 레드와인 한 병이 있었어요. 사모
님이 아름답게 조각된 빅토리아풍 와인 잔 두 개에 와인을 따라
하나를 제게 내밀었어요.

"식사 먼저 하고 이야기 나눌까요? 아니면 바로 시작할까요?"

"전……." 접시를 내려다보며 뭐 안 될 것 없지, 하고 생각했
어요. 면접을 미룰 이유가 없었어요. 스커트를 당겨 내리고 상체
를 좀 더 꼿꼿이 세워 앉았어요. "바로 시작하죠. 궁금한 점이 있
으면 물어보세요."

"음, 로완 씨 이력서가 눈에 확 들어왔고 아주 인상적이었어
요. 로완 씨의 예전 고용주와는 이미 이야기를 나눠 봤어요. 그
분 성함이? 그레이스 데본셔 씨 맞죠?"

"어…… 네, 맞아요."

"로완 씨 칭찬을 아낌없이 하시던데요. 면접도 보기 전에 추
천인들에게 연락을 해 봤다고 기분 나쁘게 생각하지 않았으면
좋겠네요. 적절하지 못한 지원자들을 몇 차례 만나 봤더니 여기
까지 온 사람을 마지막 순간에 탈락시키는 건 시간 낭비인 것 같
아서요. 어쨌든 그레이스는 로완 씨에 대해 긍정적인 피드백을
마구 쏟아 내시더라고요. 하코트 부부는 이사를 간 것 같고…….
그레인저 부인과도 이야기를 나눠 봤는데 그분도 로완 씨 칭찬
을 많이 하셨어요."

"리틀 니퍼스 어린이집에는 연락하지 않으셨죠?" 살짝 불안한 마음에 이렇게 묻자 사모님은 고개를 끄덕였어요.

"물론이죠. 그 점은 저도 이해해요. 재직 중에 다른 직장을 찾는 게 쉬운 일은 아니니까요. 하지만 거기 업무가 어땠는지는 말씀해 주실 수 있겠죠?"

"그건 이력서에 기재한 것과 별반 다를 게 없어요. 2년 동안 리틀 니퍼스 어린이집 영아반에서 일했고요. 가정집에서 아이 돌보미로 일하다가 변화를 좀 주고 싶어서 어린이집 근무를 택했어요. 괜찮은 일 같았거든요. 좀 더 책임이 큰 관리 업무 경험을 쌓을 수 있었고, 직원 근무 당번표 작성 같은 일을 했어요. 하지만 솔직히 가정에서 아이 돌보미로 일하던 때가 그립더라고요. 전 아이들을 좋아하는데 사립 기관에서 일하면 아이들과 일대일로 교류할 시간이 많지 않아요. 그럼에도 그만두지 못한 건 보수가 좋고 책임감도 느낄 수 있는 일이었기 때문이에요. 그러다 사모님의 구인 공고를 보고 제가 찾던 일일지도 모른다고 생각했죠."

기차를 타고 오는 내내 머릿속으로 몇 번이나 되풀이해 봤던 말이라서 진솔하게 술술 풀어낼 수 있었어요. 그동안 면접이라면 꽤 많이 봤던 터라, 현 직장을 그만두지 않은 상태에서 다른 직장을 구하는 게 불성실해 보일 수 있다는 사실을 잘 알고 있었어요. 그렇기 때문에 이유를 잘 설명해야 했어요. 듣기 좋게 살짝 포장한 제 이야기가 통했는지 산드라 사모님이 이해가 간다는 듯 고개를 끄덕였어요.

"그랬군요."

"그뿐만이 아니에요." 이때 순간적으로 미리 생각해 두지 않았던 말을 덧붙였어요. "런던을 벗어나고 싶었어요. 런던은 너무 복잡하고 공기도 나쁘고요. 환경에 변화를 주고 싶었어요."

"그럴 만해요." 산드라 사모님이 미소를 지었어요. "빌과 저도 몇 년 전에 똑같은 문제로 고민했어요. 리안논이 여덟 살인가 아홉 살쯤 돼서 중등학교를 어디로 보낼지 슬슬 생각하기 시작했죠. 매디는 막 걸음마를 시작했었는데요. 그렇게 어린아이가 지저분한 공원을 돌아다니는 걸 지켜보고, 모래밭에서 놀 때마다 혹여 바늘이라도 있을까 일일이 확인하는데 마음이 편치 않더라고요. 차라리 리안논과 떨어져 지내는 게 나을 것 같았어요. 새로운 곳에서 새로운 삶을 꾸리고, 리안논은 리안논대로 독립심을 기를 수 있고요."

"여기서 사는 건 어떠세요? 괜찮나요?"

"네. 완전. 애들은 좀 힘들어했지만 그래도 옳은 결정이었다고 믿어 의심치 않아요. 저희는 스코틀랜드를 아주 좋아해요. 별장을 사서 1년 중 아홉 달은 에어비앤비에 올려 세를 놓고 싶진 않았어요. 진짜로 여기에 살고 싶었고, 이 지역 사회의 일부가 되고 싶었어요. 무슨 말인지 아시죠?"

전 별장을 사서 어떻게 쓸까, 하는 문제를 매일 고민해 보기라도 한 듯 고개를 끄덕였어요.

"헤더브레 저택 개조는 진짜 큰 프로젝트였어요." 사모님은 계속 말을 이어 갔어요. "이 저택은 몇 십 년 동안 완전히 방치돼 있었어요. 괴팍한 노인이 살던 곳이었는데 그 노인이 요양원에 들어가 사망할 때까지 황폐하게 버려졌었거든요. 사방이 썩어 들어가고, 파이프는 터지고, 전기 배선이 낡아 위험해졌죠. 뼈대까지 다 벗겨 내서 개조해야 하는 상태였어요. 꼬박 2년이 걸렸어요. 방을 모두 개조하고, 전기 배선에서 정화조까지 전부 다 뜯어고쳤어요. 힘들었지만 그럴 만한 가치가 있었어요. 저희 사업 홍보에도 아주 좋았고요. 이 저택의 시공 전후 사진을 모두 보관해 두고 있거든요. 좋은 건축이란 기존 집의 정신을 될 수 있는 한 살리되, 그러면서도 완전히 새로운 집을 창조해 내는 거라 할 수 있어요. 헤더브레 저택은 이런 면에서 훌륭한 본보기였죠. 저희 부부가 해낸 거예요. 저희는 토속 건축을 전문으로 해요."

전 무슨 말인지 하나도 몰랐지만 고개를 끄덕이며 와인을 들이켰어요.

"저랑 저희 집 이야기는 이쯤 해 두고 로완 씨 얘길 좀 듣고 싶은데요?" 사모님은 곧장 본론으로 들어갔어요. "왜 아이 돌보미 일에 끌렸는지 말씀해 주시겠어요?"

이야, 참으로 거창한 질문이었어요. 몇몇 장면이 한번에 제 눈앞을 스쳐 지나갔어요. 여섯 살 때 주방의 타일 카펫에 앉아 찰흙 놀이를 하는 저를 향해 소리 지르던 부모님. 아홉 살 때 제 성적표를 보고 대놓고 실망한 표정으로 고개를 절레절레 젓던 엄마. 열두 살 때 가족 중 아무도 오지 않았던 학교 연극. 열여섯 살 때 수학, 영어, 과학에서 A를 받았지만 칭찬을 듣기는커녕 "역사 공부를 좀 더 하지. 창피하게 이게 뭐니?"라고 질책받았던 일. 18년 동안 노력했어도 충분하지 않았고, 부모님이 바라는 딸도 되지 못했죠. 부모님의 기대에 부응하지 못했던 18년 세월이었다 할까요.

"어……." 어떻게 답해야 할지 몰라 당황스러웠어요. 분명히 면접에 나올 만한 질문이었는데 왜 대답을 미리 염두에 두지 않았는지. 모자란 제 자신을 탓할 수밖에요. "어, 그건, 그러니까…… 그냥 아이들을 좋아해서요." 궁색한 답변이었어요. 궁색해도 그렇게 궁색할 수가 없었죠. 백 퍼센트 진실도 아니었고요. 하지만 그 말이 제 입을 떠나자마자 뭔가가 잘못됐다는 걸 깨달았어요. 사모님의 얼굴에 여전히 미소가 걸려 있었지만 전에 없던 무덤덤한 표정이 확연하게 드러났거든요. 갑자기 아차, 실수했구나 싶었어요. 고작 20대 후반인 여자가 아이들을 좋아한다고 떠들어 대려고 했다니…….

전 서둘러 실수를 바로잡으려고 했어요.

"하지만 부모가 되려는 사람은 정말 대단한 것 같아요. 전 아직 그럴 준비가 안 됐거든요!"

빙고! 사모님의 얼굴에서 안도의 빛이 반짝 떠올랐다가 빠르게 사라졌어요.

"지금 당장은 그럴 생각이 없어요." 이때 전 가벼운 농담을 더할 정도로 자신감이 생겼어요. "지금 전 싱글이거든요."

"그럼…… 런던에 연고가 없나요?"

"전혀요. 친구들은 있죠. 하지만 부모님은 몇 년 전에 은퇴해서 해외로 나가셨어요. 사실 리틀 니퍼스 일만 정리되면 런던에 머물 이유가 전혀 없어요. 새로운 일을 바로 시작할 수 있어요."

이 정도면 합격하겠다 싶었지만 내색하지 않으려고 사모님네일이 아닌 새로운 일이라고 뭉뚱그려 말했어요. 그런데도 사모님은 미소를 지으며 열정적으로 고개를 끄덕이더라고요.

"좀 전에도 말씀드렸지만 근무 가능 시기도 무척 중요해요. 곧 여름휴가가 다가오고 방학 전에 아이 돌보미를 구해야 하거든요. 안 그러면 끝장이에요. 게다가 몇 주 후에 진짜, 진짜 중요한 박람회가 잡혀 있어서 저랑 남편 둘 다 거기 가야 돼요."

"일을 언제 시작하는 게 좋으세요?"

"6월 말에 리안논의 학교가 방학을 해요. 3, 4주 후쯤? 그런데 방학 한 주 전에 박람회가 있어요. 사실 빠르면 빠를수록 좋아요. 2주 후가 가장 좋고. 3주 후도…… 뭐, 괜찮아요. 4주가 지나면 모든 게 엉망이 될 거예요. 인수인계 기간이 4주라고 하셨죠?"

전 고개를 끄덕였어요.

"네. 근데 좀 전에 짐을 풀면서 계산해 봤더니 휴가가 적어도 8일은 남아 있더라고요. 남은 휴가를 감안하면 인수인계 기간을 2주 좀 넘게로 줄일 수 있어요. 더 짧아질 수도 있고요. 조율이 가능할 것 같아요."

사실 리틀 니퍼스 어린이집에서 얼마나 협조적으로 나올진 알 수 없었어요. 오히려 별 기대를 하지 않는 게 좋지 않을까 싶었죠. 제 상사인 재닌은 현재 영아방 주임인데 저를 그렇게까지 좋아하지 않았어요. 제가 그만둔다고 재닌이 유달리 아쉬워할 것 같지도 않았고요. 저를 도와주려고 애쓸 만한 인물 또한 아니었어요. 하지만 다 방법이 있기 마련 아니겠어요. 어린이집 직원은 노로 바이러스에 걸리면 이후 48시간 동안 출근을 못해요. 전 6월 중순경 노로 바이러스에 자주 걸릴 준비가 돼 있었어요. 물론 이런 수법을 사모님에게 그대로 말하지 않았어요. 도덕적 기준이 그때그때 다른 아이 돌보미를 원하는 사람은 없을 테니까요. 비록 그게 자신에게 도움이 되는 일이라 해도 말이죠.

식사를 하면서 사모님은 제가 예상했던 몇 가지 질문을 더 던졌어요. 저의 장점과 단점은 무엇인지, 어려운 상황을 예로 들어주며 저라면 어떻게 헤쳐 나갈 건지…… 일반적으로 궁금해하는 것들을 물었죠. 다른 면접에서도 자주 받았던 질문들이라 미리 연습해 뒀던 답변을 사모님의 마음에 들게 살짝 바꿨어요. 보통은 어려운 상황 대처법에 관한 질문을 받으면 리틀 니퍼스 어린이집에서 적응 중이던 한 남자아이 사건을 예로 들었어요. 아이의 몸에 멍이 든 것을 발견하고 아동 보호 절차에 따라 아이의 부모를 어떻게 처리했는지 이야기하곤 했죠. 어린이집 면접에서는 잘 먹히는 대답이었거든요. 하지만 사모님은 학부모를 당국에 고발했다는 이야기를 듣고 싶어 할 것 같지 않았어요. 그래서 다른 이야기를 꺼냈어요. 예전 직장에서 다른 아이들을 괴롭혔던 네 살배기 아이 이야기, 초등학교 입학을 앞둔 아이가 왜 두려움에 떠는지 그 원인을 밝혀냈던 이야기를 했어요.

제가 이야기를 계속하는 동안 사모님은 제 서류와 범죄 경력 조회 결과서, 응급 처치 자격증을 훑어봤어요. 모두 다 문제없는 서류였지만, 긴장했는지 갈비뼈 아래가 파닥거리는 것 같았어요. 긴장한 탓인지 아니면 개들 때문인지 가슴이 조여들어 답답해졌어요. 당장 호흡기를 꺼내 입에 갖다 대고 싶은 충동을 간신히 억눌렀어요.

"운전면허증도 있나요?" 제가 네 살 아이에 관한 일화를 다 풀어놨을 때쯤 사모님이 물었어요. 전 윤이 나는 매끄러운 식탁에 포크를 내려놓고 깊은 한숨을 쉬었어요.

"네, 그럼요. 근데 문제가 좀 있어요. 무사고 영국 운전면허증을 갖고 있는데 지난달에 잃어버렸어요. 발급 신청을 새로 했는데 사진도 다시 찍어야 한다는 거예요. 그래서 시간이 좀 오래 걸리네요. 하지만 운전은 할 수 있으니 걱정 마세요."

어쨌거나 마지막 말은 사실이었어요. 전 속으로 행운을 빌었어요. 다행스럽게도 사모님이 고개를 끄덕이더니 일에 관한 포부에 대해 물어보기 시작했어요. 또 따고 싶은 다른 자격증이 있는지, 1년 후에 어디에 있을 것 같은지 등의 질문이었어요. 이 중 두 번째 질문은 진짜 중요했어요. 사모님이 와인 잔을 내려놓고 저를 주시하는 것만 봐도 얼마나 중요한 질문인지 알 수 있었죠.

"1년 후에요?" 사모님이 어떤 답을 기대하고 있는지 알아내려고 미친 듯이 머리를 굴리면서 천천히 되물었어요. 포부가 있는지 떠보려는 걸까? 아니면 헌신적인 사람인지? 그것도 아니면 개인적 성장 가능성이 있는지 알아보려는 걸까? 1년 후의 모습을 물어보다니 좀 기이했어요. 면접에서는 대부분 5년 후의 모습을 물어보거든요. 대체 사모님이 뭘 시험해 보려고 그런 질문을 했는지 궁금했어요.

전 고심 끝에 대답했어요.

"전…… 아시겠지만 이 일을 하고 싶어요, 사모님. 솔직히 말씀드려 1년 후에 이곳에 있고 싶어요. 단기간 동안 여기서 일하려고 런던과 친구들을 떠나고 싶진 않아요. 한 가족을 위해 하는 일이니 오랫동안 아이들과 관계를 맺고 싶어요. 아이들을 진정으로 알고 싶고, 아이들이 조금씩 커 가는 모습을 보고 싶어요. 5년 후에는 어떨지 물어보셨다면…… 글쎄요, 그건 다른 질문이니 저도 다른 답을 드렸을지 모르겠네요. 저는 꿈이 있어요. 언젠가 보육이나 아동 심리 분야의 권위자가 되는 거예요. 하지만 1년 후라면…… 지금 당장 어떤 일이든 시작한다면 적어도 1년 이상은 계속하고 싶어요."

사모님의 얼굴에 환한 웃음이 걸렸어요. 그때 알았죠. 제가 정답을 말했다는 걸요. 사모님이 듣고 싶어 했던 모범 답안이요. 하지만 그걸로 충분했을까요? 솔직히 잘 모르겠어요.

한 시간쯤 사모님과 한담을 나눴어요. 사모님이 자기 잔에 와인을 따르면서 제 잔도 채워 줬어요. 전 두 번인가 세 번쯤 잔을 받고 나자 더 이상은 안 되겠다 싶어 손으로 잔을 덮으며 고개를 가로저었어요.

"전 그만 마시는 게 좋겠어요. 술이 그다지 센 편이 아니라서요. 술이 올라오는 것 같아요."

전부 다 사실은 아니었어요. 전 제 친구들만큼 술을 잘 마시지만 한 잔 더 마셨다가는 실수를 할지도 몰랐죠. 설득력 있고 공식적인 답변을 하기도 훨씬 어려워지고요. 그러다 보면 이야기가 꼬이기 시작하고, 이름과 날짜가 뒤죽박죽 섞일 수도 있고. 결국 내일 아침이면 두 손으로 머리를 싸매고 일어나 전날 밤에 무슨 헛소리를 내뱉었는지, 무슨 끔찍한 실수를 저질렀는지 곱씹게 될 테니까요.

사모님이 잔을 채워 한 모금 꿀꺽 들이키더니 시계를 쳐다봤어요.

"세상에! 11시 10분이에요! 시간이 이렇게 늦었는지 몰랐어요. 너무 피곤하시죠, 로완 씨."

"조금요." 전 솔직하게 말했어요. 하루 종일 먼 길을 달려온

노곤함이 그제야 느껴졌어요.

"어디 보자, 제가 묻고 싶은 건 다 물어본 것 같네요. 아이들은 내일 아침에 만나 볼 수 있을 거예요. 그때 서로 잘 맞는지 알아 봐요. 그러고 나서 로완 씨가 괜찮다면 잭이 카른교까지 데려다 줄 거예요. 기차 출발 시간이 몇 시죠?"

"11시 25분이니까 그렇게 해 주시면 좋겠어요."

"그래요. 그럼." 자리에서 일어선 사모님이 그릇을 한데 모아 싱크대 옆에 뒀어요. "이건 진이 치우게 두고 우리도 이만 끝내죠."

전 고개를 끄덕였어요. 진이라는 미스터리한 여인이 누구인지 궁금했지만 굳이 물어보고 싶진 않았어요.

"전 개들을 내보내러 갈게요. 잘 자요, 로완 씨."

"안녕히 주무세요. 맛있는 저녁 식사 감사합니다."

"뭘요. 푹 주무세요. 아이들은 보통 6시에 일어나지만 로완 씨는 그렇게 일찍 일어나지 않아도 돼요. 일찍 일어나고 싶다면 말리진 않겠지만요!"

사모님이 찡긋 웃음을 지어 보였어요. 전 피곤한 와중에도 6시에 알람을 맞춰 둬야겠다고 머릿속에 저장했어요.

개들을 정원으로 내쫓는 사모님을 뒤로하고 고풍스러운 저택 안쪽으로 걸음을 옮겼어요. 요전처럼 주변 분위기가 다른 세상에 들어선 듯 단번에 바뀌는 기이한 느낌에 사로잡혔어요. 높이 치솟았던 유리 천장이 갑자기 낮아져 웨딩 케이크 모양이 됐어요. 콘크리트 바닥에 부딪혀 또각또각 울리던 굽 낮은 구두 소리가 부드러운 마룻바닥에 묻혔다가 계단을 오르기 시작하자 카펫에 쓱쓱 쓸리는 소리로 바뀌었어요. 전 첫 번째 층계참에서 멈춰 섰어요. 가장 가까운 곳에 있는 아기 방의 문틈이 아까 봤던 상태 그대로 살짝 벌어져 있었어요. 참지 못하고 문을 밀어 열고는 안으로 들어갔어요. 만족스럽게 단잠을 자는 깨끗하고 따스한 아기 냄새가 콧속으로 스며들었어요.

페트라는 똑바로 누워서 팔다리를 개구리처럼 벌린 채 자고 있었어요. 이불은 이미 차 버렸고요. 살그머니 이불을 다시 덮어 줬어요. 쌕쌕거리는 아기의 부드러운 날숨에 제 손등의 솜털이 날려 간질거렸어요.

이불을 끌어올려 주자 아기가 놀랐는지 한 팔을 들어 올렸다 내렸어요. 순간 아기가 깨서 울까 봐 꼼짝도 할 수 없었어요. 하지만 아기는 자그마하게 한숨을 쉬더니 다시 잠들었어요. 전 조용히 방을 나와서 저를 기다리는 호화로운 침실로 향했어요.

제가 묵을 침실에서도 까치발로 돌아다니며 최대한 소리가 나지 않게 조심조심 세수를 하고 이를 닦았어요. 발 아래로 조용히 삐걱거리는 마룻바닥 소리를 들으며 아래층의 사모님을 방해하지 않으려고 애썼어요. 알람을 맞추고, 내일 입을 옷을 깔끔하게 개어 푹신한 작은 소파에 올려 두고는 드디어 침대에 누워 잠을 청하려던 순간이었어요.

갑자기 커튼을 닫지 않았다는 게 생각나더라고요.

가운을 걸치고 창 쪽으로 가서 커튼을 부드럽게 잡아당겼어요. 하지만 커튼은 꼼짝도 하지 않았어요.

당황해서 커튼을 더 세게 끌어당기다 그만뒀어요. 혹시 커튼은 그냥 장식용이고 블라인드가 숨겨져 있나 싶어서 커튼 뒤쪽을 흘긋 들여다봤어요. 하지만 아무것도 없었어요. 진짜 커튼이었던 거예요. 커튼 고리도 달려 있었고요. 그때 사모님이 벽에 있는 뭔가를 누르니 커튼이 닫혔다 열렸던 게 기억났어요. 자동이었던 거죠.

젠장! 전 문 옆에 있는 패널로 가 그 앞에서 한 손을 휘저었어요. 순간 불빛이 반짝하더니 네모 모양들과 아이콘들이 어지럽게 나타났어요. 그중에 커튼처럼 생긴 건 없더라고요. 창문을 조종하는 것 같은 버튼이 하나 있길래 조심스럽게 눌러 봤어요. 그러자 트럼펫의 재즈 선율이 침묵을 가르고 우렁차게 터져 나왔어요. 황급히 버튼을 눌러 음악을 껐어요.

다행스럽게도 음악 소리는 바로 멈췄어요. 전 잠시 가만히 서서 페트라의 칭얼거리는 소리가 들리는 건 아닌지, 왜 시끄럽게 해서 아이들을 깨우는지 다그치려고 계단을 올라오는 사모님의 발소리가 들리는 건 아닌지 귀를 기울였어요. 하지만 아무 소리도 나지 않았어요.

다시 패널을 살펴봤지만 이번에는 아무것도 누르지 않았어요. 좀 전에 사모님이 뭘 눌렀었는지 기억해 내려고 머리를 쥐어짰어요. 패널 가운데의 커다란 사각형은 전등 스위치였죠. 그건 확실했어요. 오른쪽에 뒤섞인 사각형들은 방 안의 다른 전등들을 조종하는 스위치인 것 같았어요. 하지만 나선형 아이콘과 왼쪽의 바는 뭐지? 음량 조절 버튼? 난방 버튼?

그때 음성 인식 기능이 있다고 했던 사모님 말이 떠올랐어요.

"커튼 닫아 줘." 나지막하게 말하자 놀랍게도 커튼이 아주 조용히 스르륵 닫혔어요.

좋았어. 됐어. 이제 전등만 끄면 돼.

침대 옆 조명에는 스위치가 달려 있어서 문제없었어요. 다른 것들도 몇 번 건드려 보면 무슨 스위치인지 그럭저럭 알아낼 수 있을 것 같았고요. 하지만 안락의자 옆의 조명 하나는 어떻게 끄는 건지 도저히 모르겠더라고요.

"불 꺼 줘." 이렇게 말했지만 아무런 변화가 없었어요. "조명 꺼 줘."

그러자 침대 옆 조명이 꺼졌어요.

"안락의자 조명 꺼 줘." 요지부동이었어요. 제기랄!

결국 전선을 더듬어 가서 벽에 있는 기이한 모양의 콘센트를 찾아냈어요. 일반적인 가전제품 콘센트와는 달랐죠. 거기서 전선을 아예 뽑아 버렸어요. 순간 손에 잡힐 것 같은 짙은 어둠이 방 안을 집어삼켰어요.

천천히 왔던 길을 되짚어 침대 발치에 닿았어요. 이불 밑으로 기어 들어가 기분 좋게 침대에 몸을 누이는데 한 가지 깜박한 게 생각났어요. 휴대 전화 충전을 해 놓지 않은 거예요. 절로 한숨이 새어 나왔어요. 젠장!

다시 불을 켰다 끄는 수고를 감당할 수 없었어요. 그냥 휴대 전화 손전등을 켜고 침대에서 내려가 가방을 뒤지기 시작했어요.

충전기가 없더라고요. 이미 꺼냈나? 챙겨 온 건 확실했거든요. 가방을 뒤집어서 탈탈 털었어요. 소지품이 두꺼운 카펫 위로 쏟아졌어요. 하지만 그중에 뱀처럼 구불구불한 전선은 나오지 않았어요. 젠장! 젠장! 휴대 전화를 충전해 놓지 않으면 내일 집으로 돌아가는 길이 더없이 지루해질 터였죠. 책도 가져오지 않왔고요. 읽을거리는 모두 휴대 전화 킨들 앱에 들어가 있었으니까요. 잊어버리고 안 챙겨 왔나? 기차에 두고 내렸나? 어느 쪽이든 가방에 없는 게 분명했어요. 잠시 가만히 서서 아랫입술을 잘근잘근 씹었어요. 그러다가 침대 협탁의 서랍 하나를 열었어요. 예전에 이 방에 머무른 손님이 혹시나 충전기를 놓고 가진 않았을까, 내심 기대하며 서랍을 뒤졌어요.

빙고! 충전기는 없었지만 충전 케이블이 있었어요. 그것만으로도 충분했어요. 콘센트에 USB 포트가 있었으니까요.

안도의 한숨을 내쉬며 전단지와 서류가 가득한 서랍에서 충전 케이블을 꺼내 콘센트에 꽂고 휴대 전화에 연결했어요. 자그마한 충전 아이콘이 반짝거렸어요. 그제서야 전 마음 편하게 침대로 다시 돌아갈 수 있었어요. 휴대 전화 손전등을 끄고 침대에 누우려는데 서랍에서 베개 위로 떨어진 뭔가가 눈에 들어왔어요. 종잇조각이었죠. 구겨서 바닥에 던져 버리려다가 중요한 건 아닌지 확인하려고 들여다봤어요.

중요한 건 아니었어요. 아이가 그린 그림이었죠. 그런데…….

휴대 전화를 다시 집어 들어 손전등으로 종잇조각을 비추고 그림을 좀 자세히 들여다봤어요.

예술 작품과는 거리가 멀었죠. 막대기같이 생긴 사람 그림 몇 개와 크레용으로 두껍게 그린 선 몇 개가 전부였으니까요. 집 그림이었어요. 창문은 네 개, 반짝이는 검정색 현관, 헤더브레 저택 같았어요. 창문들이 하나같이 검정색으로 칠해져 있었어요. 한 개만 빼고요. 그 창문에서 바깥의 어둠을 내다보는 창백하고 자그만 얼굴이 있었어요.

가만히 보고 있자니 기이한 느낌이 드는 그림이었어요. 어디에도 이름은 적혀 있지 않았고, 왜 침대 협탁 서랍에 있었는지도 알 길이 없었어요. 뭔가 단서가 있을까 싶어 그림을 뒤집어 봤어요. 반대쪽에 글씨가 있었어요. 아이가 아니라 어른의 글씨였죠. 구불구불하고 기울어진 것이 왠지 모르게 영어가 모국어인 사람 같지 않아 보였어요.

'새로 온 아이 돌보미에게.' 흘려 썼는데도 단정해 보이는 첫 인사였어요. '제 이름은 카탸예요. 전하고 싶은 이야기가 있어서 이렇게 쪽지를 쓰고 있어요. 제발……'

이야기는 거기서 끊어졌어요.

절로 인상이 찌푸려졌죠. 카탸가 누구였더라? 들어 본 적 있는 이름 같았거든요. 그때 저녁 식사 중에 사모님이 한 말이 떠올랐어요. '하지만 카탸가 떠나고…… 카탸가 마지막 아이 돌보미였는데…….'

그래요. 카탸가 이곳에서 지낸 거였어요. 이 방에서 잠도 잤겠죠. 카탸는 후임자에게 무슨 말을 전하고 싶었던 걸까요? 시간이 없어서 말을 끝맺지 못했을까요? 아니면 뭐라고 쓰면 더 좋을지 생각하다가?

제발…… 아이들을 친절하게 보살펴 달라고? 제발…… 여기서 행복하게 지내라고? 제발…… 사모님에게 개를 좋아한다고 말하라고?

그다음에 나올 만한 말은 한둘이 아니었어요. 그런데 왜 한 문장이 계속 혀끝에서 맴돌았던 걸까요? '제발 조심하세요.'

으스스한 그림과 다하지 못한 글이 시너지 효과를 내며 뭐라

꼬집어 말할 수 없는 이상한 느낌을 자아냈어요. 이유는 알 수 없었지만 마음이 불안해지는 것 같았죠.

뭐, 카탸가 무슨 말을 전하고 싶었든 때는 이미 늦었지만요.

전 그림을 접어서 다시 서랍에 넣어 뒀어요. 그러고는 휴대 전화 손전등을 끄고 이불을 턱까지 끌어올렸어요. 뭐가 뭔지 알 수 없는 것들은 다 잊어버리고 잠이나 자자 싶었어요.

끈질기게 울려 대는 알람 소리에 잠에서 깼어요. 순간 제가 어디에 있는 건지, 왜 이렇게 피곤한 건지 알 수 없었죠. 그러다 정신이 번쩍 들었어요. 전 스코틀랜드에 있었어요. 시간은 오전 6시였고요. 평소보다 한 시간 반은 일찍 일어났어요.

침대에서 일어나 앉아 헝클어진 머리를 쓸어내리고 눈을 비비며 잠을 몰아냈어요. 아래층에서 쿵쿵거리는 소리와 떠들썩하게 재잘거리는 소리가 들렸어요. 아이들이 일어난 모양이었어요…….

암막 커튼이 쳐져 있었지만 커튼 가장자리 틈새로 햇살이 스며들었어요. 두 다리를 억지로 침대 밖으로 끌어내리고 방을 가로질러 가서 커튼을 잡아당겨 열려고 했어요. 그러다 어젯밤 일이 생각났어요.

"커튼 열어 줘." 제가 하는 짓이 스스로도 우스웠지만 큰 소리로 말했어요. 그러자 마술사가 마술이라도 부린 듯 커튼이 열렸어요. 사실 제가 뭘 기대하고 창문을 열었는진 모르겠어요. 창밖에 어떤 광경이 펼쳐질지 몰라도 현실과 맞닥뜨릴 준비가 되지 않은 건 확실했어요.

눈앞의 아름다운 풍경에 숨이 멎는 것 같았어요.

오래전 세상을 떠난 빅토리아 시대 어느 건축가의 손끝에서 탄생한 헤더브레 저택. 그 앞으로 푸른 언덕과 초록빛 계곡, 사시사철 푸른 소나무 숲이 끝없이 펼쳐져 있었어요. 언덕 너머 언덕이 구불구불 끝없이 이어졌고, 간간이 여기저기서 나타난 짙은 개울이 졸졸 흐르고 있었죠. 저 멀리 작은 농장에 물결무늬 지붕들이 솟아 있었고, 몇 킬로미터 떨어진 곳에는 호수 하나가 아침 햇살을 받아 눈처럼 하얗게 반짝거렸어요. 이 모든 풍광을 케언곰산맥이 굽어보고 있었어요. 포털에 검색해 보니 케언곰은 게일어[7]로 푸른 산맥이라는 뜻이더라고요.

케언곰이라는 이름의 유래를 찾아봤는데 번역이 좀 잘못된 것 같았어요. 온라인에 올라온 케언곰산맥의 사진에는 상상할 수 있는 모든 색이 가득했거든요. 초록색 잔디, 갈색 고사리, 붉은색 토양 위로 점점이 흩어져 있는 보라색 야생화, 새하얀 눈에 뒤덮인 겨울 풍경까지. 케언곰산맥을 푸른색으로만 보는 건 지나치게 단편적이지 않나 싶었어요.

하지만 아침 햇살 아래 산기슭에서 피어오르는 안개, 그리고 하늘을 분홍색으로 물들이는 새벽빛과 함께하는 케언곰산맥은 진심 푸른빛이었어요. 고사리로 뒤덮인 작은 언덕이 아니고, 아주 커다란 바위며 봉우리가 나무 위로 솟아서 푸른빛을 내는 산맥이었어요. 6월인데도 제일 높은 봉우리에 눈까지 쌓여 있었고요.

가슴이 확 트이는 것 같았어요. 그때 정원에서 인기척이 나길래 아래쪽을 내다봤어요.

잭 그랜트였어요. 잭이 저택 모퉁이를 따라 늘어선 별채 건물 사이를 걸어가는 중이었어요. 막 샤워를 했는지 머리카락이 젖은 채로 손에는 공구 가방을 들고 있더라고요. 잠시 동안 잭의 정수리를 물끄러미 바라봤어요. 문득 관음증 환자도 아니고 뭐 하는 짓인가 싶어 샤워나 하자며 욕실로 향했어요.

욕실 내부는 어두웠어요. 반사적으로 스위치를 찾아 더듬거리다가 그 망할 패널이 생각났어요. 패널을 살짝 건드리자 화면이 반짝하며 살아나더니 뭔지 모를 사각형, 바, 점들이 다시 나타났어요. 아무거나 하나를 눌러 봤어요. 마일스 데이비스 노래는 더 이상 흘러나오지 않길 바랐죠. 어젯밤에 누른 것과 똑같은 것을 눌렀다고 생각했는데 뭔가 잘못된 모양이었어요. 갑자기 욕실 가장자리에 옅은 파란 불빛이 들어왔으니까요. 일종의 야간 조명 같았어요. 잠든 사람을 깨우지 않고 욕실에 가고 싶을 때 켜는 조명이랄까? 어쨌든 샤워를 하기엔 그다지 밝지 않았죠.

다른 버튼을 누르자 파란 불빛이 꺼지고, 두 개의 옅은 금색 조명이 욕조 위로 쏟아져 내리면서 피부를 따뜻하고 기분 좋은 색으로 물들였어요. 오랫동안 거품 목욕을 하고 싶을 때 켜 놓고 싶은 그런 불빛이었죠. 그럼에도 욕실은 여전히 어두웠어요. 좀 더 밝은 빛이 필요했어요. 좀 더…… 아침 햇살 같은 빛이요.

서너 차례 시도한 끝에 밝은 조명을 켤 수 있었어요. 화장하기 딱 좋게 거울 주변이 밝아지더라고요. 다행히 이 과정이 막 괴로울 정도는 아니었어요. 한고비 넘겼다는 생각에 안도의 한숨을 내쉬며 가운을 벗고 샤워 부스에 들어갔는데 또 다른 난관이 기다리고 있었어요. 노즐과 샤워기가 눈이 돌아갈 정도로 많더라고요. 이걸 어떻게 작동시키느냐가 관건이었죠. 다른 패널이 있을 것 같았어요. 역시나 욕실 타일 틈에 방수 패널이 하나 있었어요. 패널을 터치하니 글자가 나왔어요. '안녕하세요, 카탸.'

카탸라는 이름을 듣자 우습게도 가슴이 철렁했어요. 어젯밤에 본 아이의 그림과 그 뒤에 적혀 있던 미완성의 글이 기억났거든요. 패널에는 스마일 버튼과 아래 방향의 작은 화살표가 있었어요. 뭐, 전 카탸가 아니잖아요. 화살표를 누르니 다른 글자가 나왔어요. '안녕하세요, 조.' 화살표를 다시 눌렀어요. '안녕하세요, 로렌. 안녕하세요, 홀리. 안녕하세요, 손님.'

다른 글자는 더 이상 나오지 않았어요. 손님이 좋겠다 싶어서 스마일 버튼을 눌렀어요. 아무런 변화가 없었어요. 패널에는 다시 수수께끼 같은 점, 사각형, 바가 나타났어요. 아무거나 하나 누르자 끼익 소리가 나더니 살수 구멍 20개짜리 샤워기에서 차가운 물줄기가 배와 허벅지로 쏟아져 나왔어요. 급하게 왼쪽 스위치를 눌러 샤워기를 껐지만 이미 흠뻑 젖은 뒤였어요. 몸이 떨리고 가슴이 두근거렸어요. 너무 짜증 나더라고요.

괜찮아. 침착하자. 작동법을 알아내기 전까지는 이전 사람이 설정해 놓은 대로 써야 했나 봐요. 패널을 건드리자 다시 '안녕하세요, 카탸.'라는 글자가 떴어요. 전 살짝 긴장하며 스마일 버튼을 눌렀어요. 다행히 '샤워 준비를 하고 있어요. 즐거운 샤워 하세요!'라는 문구가 화면에 나타났어요. 글자가 사라지면서 샤워기 하나가 이전에 세팅된 위치로 천천히 올라가더니 기울어져서 따뜻한 물줄기를 쏟아 내기 시작했어요. 전 입을 헤벌린 채 잠시 멍하니 있다가 한 손을 물줄기 아래로 내밀었어요. 카탸가 누구였든 간에 키가 아주 컸던 모양이에요. 저보다 좀 더 따뜻한 물로 샤워하는 걸 좋아했고요. 물 온도쯤이야 아무래도 상관없었어요. 하지만 샤워기 위치가 너무 높아서 물줄기가 정수리 뒤로 완전히 넘어가 맞은편 유리 벽에 부딪히는 거예요. 이래서는 머리를 쉬이 감을 수 없겠더라고요.

정지 버튼을 누르고 다시 화살표를 눌렀어요. 이번에는 '안녕하세요, 홀리.'를 선택하고 이를 앙다문 채 가만히 기다렸어요.

빙고! 머리 위에서 따뜻한 물줄기가 쏟아졌어요. 기분이……아주 좋았어요. 좋았다는 거 외엔 달리 표현할 말이 없네요. 기가 막히게 풍성한 물줄기가 따뜻하게 몸을 적셨어요. 뜨거운 물이 정수리를 두드려 남아 있던 잠을 몰아내고 지난밤의 취기를 쫓아내는 것 같았어요. 홀리가 누구였든 제 마음에 쏙 들었을 게 분명했죠. 샴푸로 머리를 감고, 컨디셔너와 린스로 헹군 다음, 몸을 곧추세워 눈을 감았어요. 잠시 동안 그대로 서서 맨살에 닿는 물줄기를 음미했어요.

여기서 지내며 이 사치스러운 분위기를 만끽하고 싶은 충동이 아주 강렬하게 밀려왔어요. 욕실 사용법을 알아내는 데만 족히 10분은 걸렸을 거예요. 더 이상 시간을 낭비했다가는 알람을 일찍 맞춰 둔 노고가 무의미해질 판이었어요. 동이 트자마자 겨우 침대에서 몸을 일으켰는데 어물대다가 이런 제 열정을 사모님에게 보여 주지 못한다면 얼마나 허탈하겠어요.

아쉬움을 뒤로한 채 패널의 정지 버튼을 누르고, 온열 수건걸이에 걸린 따뜻하고 폭신한 하얀 수건에 손을 뻗었어요. 그러면서 제 자신에게 상기시켰죠. 이번 일이 잘 되면 이렇게 기분 좋은 샤워를 계속할 수 있다, 하고요.

아래층으로 내려가자 토스트 냄새와 아이들 웃음소리가 제일 먼저 저를 맞아 줬어요. 계단을 내려와 코너를 도는데, 맨 아래 계단에는 타탄체크의 작은 가운이, 복도 한가운데에는 슬리퍼 한 짝이 내팽개쳐진 게 눈에 들어왔어요. 전 가운과 슬리퍼를 주워 들고 주방으로 향했어요. 사모님은 커다란 메탈 토스터 앞에서 자그마한 두 여자아이에게 통밀 빵 한 조각을 흔들어 대고 있었어요. 아이들은 밝은 빨간색 잠옷 차림으로 아일랜드 식탁에 앉아 있었고요. 곱슬곱슬한 검은 머리와 백금발 머리가 자다 일어난 모양새로 흐트러져 있었어요. 아이들은 못 참겠다는 듯이 깔깔거렸어요.

"부추기지 좀 마! 그러니까 자꾸 그러잖아."

"뭘 그러는데요?" 제가 묻자 사모님이 돌아봤어요.

"어머, 로완 씨! 일찍 일어났네요. 아이들 때문에 깬 건 아닌지 모르겠어요. 저희 집에 새벽 6시도 안 돼 일어나는 애물단지가 하나 있어서 늦게까지 푹 자라고 가르치는 중이었답니다." 사모님이 두 아이 중 나이가 어린 백금발 여자아이 쪽으로 고개를 까딱거렸어요.

"전 괜찮아요." 진심 어린 말투로 대답하고는 말끝을 흐리며 덧붙였어요. "원래 일찍 일어나는 편이에요."

"하아, 이 집에 딱 맞는 능력을 가지셨네요." 사모님이 한숨을 쉬며 말했어요. 가운을 걸친 사모님은 무척 피곤해 보였어요.

"페트라가 오트밀을 던졌어요." 여자아이가 식탁 코너의 높다란 아기 의자에 앉아 있는 볼이 빨간 아기를 가리키면서 깔깔 웃었어요. 아이 말대로 달걀 크기만 한 오트밀 덩어리가 오븐 앞부분을 타고 미끄러지며 콘크리트 바닥에 철퍽 떨어지고 있었어요. 페트라는 신나서 소리를 지르며 오트밀을 한 숟가락 다시 떠서 던질 준비를 했어요.

"페타! 발사!"라는 말과 함께.

"안 돼요." 전 미소를 지으며 아이의 숟가락을 향해 한 손을 내밀었어요. "페트라, 숟가락 저한테 주세요."

아기가 의심의 눈초리로 저를 잠시 훑어보다 옅은 금색 눈썹을 사랑스럽게 찌푸리더니 통통한 얼굴로 회심의 미소를 지었어요. 그러고는 다시 "페타! 발사!"라고 외쳤고 순간 오트밀이 저에게로 날아왔어요.

옆으로 재빨리 피하려 했지만 가슴팍에 오트밀 세례를 맞고 말았어요.

순간적으로 숨이 턱 막히더라고요. 쪼끄만 게 한 짓이 괘씸해 속에서 열불이 났어요. 바보같이 여벌의 옷을 챙기지 않았거든요. 어제 입었던 상의는 꾸깃꾸깃했고 언제 그런 건지 레드와인 얼룩이 져 있었어요.

졸지에 깨끗한 옷이 한 벌도 없는 처지가 돼 버렸어요. 남은 하루 내내 오트밀 범벅이 된 채로 다녀야 했죠. 저 쥐방울만 한 것 때문에요.

둘 중 더 어린애가 깔깔대며 웃다가 혼날까 봐 겁이 났는지 양손으로 입을 틀어막았어요. 덕분에 저도 정신을 차렸어요.

제가 누구인지, 여기가 어딘지, 왜 여기에 있는지 깨달은 거예요.

전 억지 미소를 지었어요.

"괜찮아." 아이에게 말했어요. "그렇지, 엘리? 웃어도 괜찮아요. 재밌긴 하잖아."

페트라가 입을 가렸던 손을 치우고 조심스럽게 씩 웃더라고요.

"어머, 이를 어째!" 사모님이 체념한 듯 말했어요. "로완 씨, 정말 죄송해요. 애들이 미운 짓 많이 할 때라. 페트라는 농담 아니고 6개월째 저래요. 옷은 괜찮아요?"

"네. 괜찮아요. 별거 아니니 맘 쓰지 마세요." 말은 이렇게 했지만 옷은 전혀 괜찮지 않았어요. 세탁은 할 수 있겠지만 괜찮지 않을 가능성이 컸어요. 실크 블라우스인 데다 드라이클리닝을 해야 했거든요. 아이 돌보미 면접용으로는 그리 현명한 선택이 아니었죠. 하지만 바로 아이들을 상대할 거라고는 미처 예상 못했다고요. 이 상황을 잘 넘기면 소소하나마 도덕성 점수를 딸 수 있을지 누가 알겠어요. "아이들과 지내다 보면 이런 일이 허다하죠. 오트밀 좀 묻은 것뿐인데요, 뭘! 하지만……." 전 몸을 숙여 페트라가 알아차리기 전에 오트밀 그릇을 슬쩍 치웠어요. "이제 그만 먹어도 될 것 같은데, 페트라 아가씨. 여기 닦을 동안 이건 내가 맡아 둘게. 사모님, 대걸레가 어디 있나요? 아이들이 밟고 미끄러질지도 모르니 바닥 좀 닦으려고요."

"다용도실에 있어요. 저기 저 문이요." 사모님이 고맙다는 듯 미소를 지었어요. "정말 고마워요, 로완 씨. 급여를 드리지도 않았는데 일부터 시작해 주시다니요. 더군다나 이건 로완 씨 일도 아닌데."

"별일 아닌걸요." 시원시원하게 대답하고는 있지도 않은 애정을 과시하려고 페트라의 머리를 쓰다듬고 엘리에게는 살짝 윙크를 했어요. 이 와중에 매디는 저를 쳐다보지도 않더라고요. 모든 일이 자기와는 상관없다는 듯 접시만 내려다보고 있었어요. 애초에 페트라를 부추겼던 장본인이라 부끄러웠던 건지도 모르죠.

다용도실은 고풍스러운 분위기가 풍기는 곳에 있었어요. 빅토리아풍 싱크대와 널찍한 돌로 된 바닥으로 보아 원래는 주방이었던 것 같더라고요. 하지만 건축 구조를 세세히 살펴볼 기분이 영 아니었어요. 문을 닫고 솟구치는 짜증을 마지막 한 방울까지 털어 내려고 심호흡을 했어요. 좀 진정이 된 것 같아서 엉망이 된 옷을 어떻게든 되살려 보자 싶었어요. 덩어리진 오트밀을 싱크대에 털고, 얼룩을 문질렀어요. 하지만 얼룩 씻은 물이 스커트에 떨어져 스커트까지 망칠 것 같았어요. 안 되겠다 싶어 대걸레를 주방 문손잡이에 고정시켜 놓고 블라우스를 벗었어요.

브래지어와 스커트만 입은 채 오트밀 얼룩이 묻은 부분을 수도꼭지 아래에 갖다 대고 문질렀어요. 옷이 더 젖지 않게 조심하면서 열심히 얼룩을 지우는데 다용도실의 다른 쪽 문에서 무슨 소리가 들렸어요. 마당으로 이어지는 문을 돌아봤더니 잭 그랜트가 작업복에 손을 문질러 닦으면서 들어오고 있었어요.

"잔디 깎는 기계가······." 잭의 목소리가 들리는가 싶더니 뚝 끊어졌어요. 눈이 튀어나올 듯이 커진 채로요. 당황한 잭의 두 볼이 불그스름하게 달아올랐어요.

전 깜짝 놀라서 꺅 소리를 지르며 젖은 옷으로 가슴을 가렸어요. 최대한 체면을 차려 보려고 애를 썼죠.

"아, 이런, 정말 죄송합니다." 잭이 두 눈을 가리고 천장을 봤다 바닥을 봤다 하며 제가 아닌 다른 데로 시선을 이리저리 돌렸어요. 잭의 두 뺨이 불타오르고 있었어요. "저…… 정말…… 죄송해요……."

잭은 황급히 돌아서서 등 뒤로 문을 쾅 닫고 도망치듯 그 자리를 떴어요. 전 웃어야 할지 울어야 할지 몰라 숨을 몰아쉬며 얼어붙어 있었고요.

어차피 웃든 울든 간에 달라질 건 아무것도 없었어요. 전 히터 위에 걸려 있던 수건으로 서둘러 젖은 옷을 말렸어요. 그러고는 양동이에 물을 채워 주방으로 돌아갔어요. 제 두 뺨도 잭처럼 빨갛게 달아올라 있었어요.

"얼룩이 좀 지워지던가요?" 안으로 들어가자 사모님이 어깨 너머로 물었어요. "커피 드세요."

"네." 방금 있었던 일을 사모님에게 알려야 하는 건지 고민이 됐어요. 내가 놀라서 지른 소리를 들었을까? 잭이 뭐라고 말을 했을까? "사모님, 저……."

운을 떼긴 했는데 방금 일어난 사태에 대해 어떻게 말을 꺼내야 할지 모르겠더라고요. '제가 여기 잡역부에게 가슴을 보여 줬어요.'라고 말할 순 없는 노릇이잖아요. 이보다 더 프로답지 못한 소리가 또 어디 있겠어요? 생각만 해도 부끄러워 얼굴이 붉어지는 것 같았어요. 결국 방금 전 일은 사모님에게 말하지 못했어요. 그저 잭이 전에 없는 신사라서 그 일에 대해 발설하지 않길 바랄 뿐이었죠.

"우유랑 설탕 넣어요?" 사모님이 무심하게 물었어요. 전 하려던 말을 고이 접어 뒀어요.

"우유만요. 감사합니다." 양동이를 내려놓고 페트라가 발사한 오트밀 미사일을 닦기 시작했어요. 달아올랐던 뺨도 서서히 진정됐고요.

마침내 따끈한 커피가 준비됐어요. 전 식탁에 앉아서 먹음직스러운 토스트 한 조각에 마멀레이드를 발라 먹었어요. 아무 일도 일어나지 않았던 것처럼 태연하게요.

"참, 얘들아, 아직 로완 선생님을 소개하지 않았구나. 로완 선생님은 우리 집을 둘러보고 너희들도 만나러 겸사겸사 오셨어. 안녕하세요, 해야지." 사모님이 행주에 손을 닦으며 말했어요.

"안녕하세요." 매디는 저 대신 접시에다 대고 웅얼거렸어요. 여덟 살이라고 들었는데 그보다 어려 보였어요. 검은 머리에 창백한 작은 얼굴. 식탁 아래로 상처투성이의 깡마른 무릎이 보였어요.

"안녕, 매디." 아이의 환심을 사려고 환하게 웃으며 인사를 건넸어요. 하지만 매디는 고집스럽게 눈을 내리깔고 있었어요. 엘리는 다가가기 훨씬 쉬웠어요. 백금발 앞머리 밑의 호기심 어린 두 눈이 저를 향해 있었어요. "안녕, 엘리. 몇 살이야?"

"다섯 살." 엘리가 파란 눈을 동그랗게 뜨고 말했어요. "새로 오는 선생님이에요?"

"어, 난……." 전 뭐라고 말해야 할지 몰라 말끝을 흐렸어요. 그랬음 좋겠다고 할까? 너무 대놓고 간청하는 것 같으려나?

"그럴 수도 있지." 사모님이 끼어들어서 단호하게 말했어요. "로완 선생님은 여기서 일할지 아직 결정하지 않으셨어. 그러니까 너희들이 선생님에게 잘 보여야 해!"

사모님이 제게 곁눈질하며 윙크를 살짝 보냈어요.

"자, 그러니까 다들 올라가서 옷 갈아입고 와. 로완 선생님께 우리 집 구경시켜 드리자."

"페트라는요?" 엘리가 물었어요.

"엄마가 알아서 할게. 어서 올라가. 어서, 어서."

두 여자아이는 순순히 높은 의자에서 내려와 복도를 따라 계단을 올라갔어요. 사모님은 그 모습을 사랑스러운 눈빛으로 지켜봤고요.

"어머, 아이들이 정말 말을 잘 듣네요!" 전 진심으로 감동해 말했어요. 많은 아이들을 봐 왔지만 다섯 살 아이가 혼자서 옷을 갈아입는 건 여태껏 보지 못했었거든요. 하물며 여덟 살 아이도 지켜봐 줄 사람이 필요한데요. 사모님이 눈을 굴리며 말했어요.

"손님들 앞에서 말썽 부리면 안 된다는 걸 알아서요. 하지만 들은 대로 잘 하고 있는지는…… 한번 같이 볼까요?"

사모님이 식탁 위에 둔 아이패드의 홈 버튼을 누르자 화면이 켜졌어요. 아이들 침실이 보였어요. 아래쪽에 작은 침대 두 개가 보이는 걸 보니 카메라가 천장 가까이에 있는 게 분명했어요. 소리는 들리지 않았지만 꽝 하는 문소리는 너무 커서인지 계단 아래까지 들렸어요. 문이 어찌나 세차게 닫혔던지 벽난로 위의 곰 인형이 흔들거리다 떨어졌어요. 화면에 화가 나서 쿵쿵대며 방에 들어가는 매디가 보였어요. 방에 들어간 매디는 팔짱을 낀 채 침대 왼쪽에 가로로 걸터앉았어요. 사모님이 다른 걸 누르자 매디의 머리 부분만 확대됐어요. 매디가 무릎을 내려다보는 자세를 취하고 있어서 정수리만 보였어요. 마이크가 켜진 건지 아이패드에서 약하게 지지직거리는 소리가 났어요.

"매디, 문 꽝 닫지 말라고 했지?" 사모님이 말했어요.

"꽝 안 닫았어." 아주 작은 목소리가 아이패드에서 흘러나왔어요.

"꽝 닫았잖아. 엄마가 다 봤어. 너 땜에 엘리가 다칠 수도 있었어. 어서 옷 갈아입어. 오늘 아침에 의자에다 네가 입을 옷 올려놨어. 다 갈아입으면 텔레비전 조금 봐도 돼."

매디는 말없이 일어나 잠옷 윗도리를 벗었고, 사모님이 화면을 껐어요.

"와!" 전 놀라며 말했어요. "굉장하네요!"

사실 제가 생각했던 말은 그게 아니었어요. '스토커 같아요.' 왠지 몰라도 이 표현이 입에 더 착 붙더라고요. 이전에 제가 일했던 많은 곳들에도 제가 몰랐을 뿐이지 감시 카메라나 내장 스피커와 카메라가 설치된 베이비 모니터가 있었을 거예요. 전날 밤엔 카메라를 보지 못했는데, 위치는 모르나 어딘가에 숨겨져 있겠죠. 어젯밤에 제가 침대에 올라가는 모습을 사모님이 지켜봤을까요? 페트라의 침실을 들여다본 것도요? 생각이 여기에 미치니 낯이 뜨거워지더라고요.

"집 전체가 연결돼 있어요." 사모님이 별거 아니라는 듯 말하고는 아이패드를 식탁에 도로 올려놨어요. "아주 유용해요. 2층 이상 되는 집에서는 더더욱. 매번 달려 올라가서 애들이 잘 있는지 확인하지 않아도 되니까요."

"정말 편리하네요." 전 불안한 마음을 억누르며 마지못해 맞장구쳤어요. 집 전체에? 이게 무슨 말이야? 아이들 방에 감시 카메라가 있는 건 분명했어요. 거실에도? 침실에도? 욕실에도? 아니, 그럴 리 없었죠. 그건 불법이잖아요. 갑자기 입맛이 뚝 떨어져서 먹고 있던 토스트를 접시에 내려놨어요.

"다 드셨어요?" 사모님이 밝은 목소리로 물었어요. 제가 고개를 끄덕이자 사모님이 토스트 조각을 음식물 쓰레기 처리기에 쓸어 넣고 아이들이 먹던 오트밀 볼을 싱크대로 가져갔어요. 간밤에 싱크대에 담가 둔 설거지 거리들은 보이지 않았어요. 진이라는 미스터리한 여자가 벌써 왔다 간 모양이었어요.

"다 드셨으면 아이들이 옷 갈아입는 동안 저택 구경을 시켜 드릴게요." 사모님이 페트라를 아기 의자에서 들어 올려 물에 적신 수건으로 얼굴을 닦아 준 다음 옆구리에 딱 앉혔어요. 그렇게 저희 셋은 저택의 고풍스러운 구역으로 걸어 들어가서 널찍한 돌로 된 홀을 가로질러 현관 양쪽에 달린 문에 다다랐어요.

"간략하게 구조를 설명해 줄게요. 복도는 저택 중앙에 있어요. 뒤쪽에는 주방이 있고요. 주방에는 좀 전에 로완 씨가 갔다 온 다용도실이 딸려 있죠. 그곳은 예전에는 하인용 구역이었는데 일부만 남겨 뒀어요. 나머지는 허물어야 했죠. 저택 앞에는 더 큰 방들이 있어요. 예전의 식당이요." 사모님이 현관 오른쪽을 손짓으로 가리켰어요. "하지만 저희는 항상 주방에서 식사를 하게 되더라고요. 그래서 식당을 서재 겸 도서관으로 개조했어요. 한번 보세요."

고개를 돌려 둘러보자 예쁜 청록색 패널 벽으로 나눠진 작은 방이 보였어요. 한쪽 끝에는 바닥에서 천장까지 들어찬 책장에 문고판 소설책과 양장으로 된 건축학 서적이 꽂혀 있었어요. 비록 규모는 작았지만 내셔널 트러스트[8]의 역사 지구들처럼 완벽하게 관리된 서재였어요. 특이한 점은 가운데에 거대한 유리 책상이 놓인 거였어요. 그 위에는 책상의 규모에 걸맞게 커다란 듀얼 모니터로 된 아이맥이 있었어요. 맞은편에는 인체 공학적으로 설계된 의자가 있었고요.

서재의 광경에 눈이 절로 휘둥그레졌어요. 옛것과 새것이 뒤섞인 헤더브레 저택의 인테리어는 어딘지 모르게 불안해 보였어요. 대부분의 집들은 현대적인 요소를 원래 집이 가진 특징에 적절히 조합함으로써 두 요소가 전체적으로 친근한 조화를 이루도록 절충시키잖아요. 하지만 이 저택은 그 두 가지가 물과 기름처럼 분리돼 따로 노는 거예요. 수줍게 몸을 사리는 듯한 저택의 본래 요소와 눈부시게 화려한 현대적 요소가 조금도 어우러지지 않아 기이한 인상을 주더라고요.

"정말 아름다운 방이네요." 사모님이 제 반응을 기다리는 것 같아 무슨 말이든 해야 했어요. "색감이 정말…… 기가 막히게 아름다워요." 사모님이 페트라를 어르면서 미소 지었어요.

"좋게 봐 줘서 고마워요! 기술적인 부분은 남편이 맡아서 처리했지만 인테리어 디자인은 대부분 제가 했어요. 전 청록색을 좋아해요. 이 특별한 방은 사실 남편의 영역이라서 제 취향을 억눌러야 했죠. 하지만 거실은 마음껏 제 취향대로 꾸몄어요. 제 집이니 다른 사람 비위를 맞출 필요가 전혀 없잖아요. 한번 둘러보세요."

사모님을 따라 다음에 간 곳이 방금 말했던 거실이었어요. 아름다운 타일로 꾸며진 벽난로 근처에 버튼 소파가 일렬로 늘어서 있었어요. 천장과 목조 부분은 서재의 패널과 마찬가지로 청록색이었어요. 그런데 벽이 굉장히 특이했어요. 너무나 복잡해서 알아보기 힘든 짙은 청색, 에메랄드 색, 옥색 무늬로 뒤덮여 있었어요. 가까이서 보니 검은딸기와 공작이 혼재된 문양이더라고요. 어찌나 스타일리시하게 엉켜 있던지 문양을 알아보기 힘들 정도였어요. 검은딸기는 진초록과 인디고 블랙이 섞여 있었고, 공작은 각도에 따라 색이 변하는 파란색과 자주색으로 돼 있었어요. 공작 꼬리가 구부러졌다 뻗쳐 나가며 검은딸기와 얽혀 있어, 어찌 보면 새장 같고 또 어찌 보면 들장미 덤불 같은 것이 지독할 만큼 복잡한 미로를 만들어 내는 형국이었어요.

문양이 벽난로 주변의 타일을 뒤덮고 있어, 마치 공작 두 마리가 벽난로 쇠살대의 양옆에 서서 꼬리를 활짝 펼치고 있는 것 같았어요. 벽난로는 꺼져 있었지만 방은 춥지 않았어요. 오히려 그 반대였죠. 빅토리아풍 라디에이터가 벽 쪽에 설치돼 따뜻하고 아늑한 온기를 내뿜기 때문인 듯했어요. 탈색된 페르시안 러그로 햇살이 비스듬하게 쏟아졌어요. 황동으로 된 커피 테이블에 모란을 꽂아 놓은 꽃병이 있었는데, 꽃병 주변에도 많은 책들이 흩어져 있더라고요. 모란은 시든 건지 축 처져 있었지만 사모님은 개의치 않고 벽난로 왼쪽의 문으로 향했어요. 주방이 있는 쪽이었죠.

문 뒤에는 오크 패널로 꾸민 훨씬 작은 방이 있었어요. 그 방에는 흠집이 난 가죽 소파와 벽걸이 텔레비전이 있었어요. 뭐 하는 방인지 한눈에 알겠더라고요. 장난감, 레고 블록, 목 빠진 바비 인형이 여기저기 흩어져 있었고, 한쪽 구석에 찌그러진 놀이

텐트가 기우뚱하니 놓여 있었으니까요. 다소 어두운 색상의 패널 벽에는 아이들이 그린 그림이랑 스티커가 덕지덕지 붙어 있었고, 크레용으로 그린 기이한 낙서도 있었어요.

"원래는 아침 먹는 곳이었어요. 그런데 북향인 데다 소나무가 빛을 막아서 좀 어둡더라고요. 그래서 여기를 TV방으로 꾸몄는데 결국 아이들 차지가 돼 버렸죠!"

사모님이 웃더니 노란색 바나나 봉제 인형을 집어 들어 페트라에게 쥐어 줬어요.

"자, 이제 마지막으로……."

사모님은 패널 벽에 숨겨진 두 번째 문으로 향했어요. 뭔가 이상하다 싶었는데 어느 순간 완전히 다른 공간에 들어와 있더라고요. 알고 보니 저택 뒤편의 유리 천장 아래로 돌아온 거였어요. 이번에는 반대쪽 문으로 들어왔지만요. 사모님과 제 앞에 유리창 말고는 아무것도 없었어요. 시야를 가로막는 커다란 오븐도, 찬장도, 가전제품도 하나 없었어요. 유리창 밖으로 숲과 멀리서 반짝거리는 호수와 개울이 어우러진 풍경이 펼쳐졌어요. 광활한 자연과 저희 사이를 방해하는 그 어떤 것도 존재하지 않았죠. 마치 눈앞으로 물수리 한 마리가 빠르게 날아 내려올 것만 같은 풍경이었어요.

한쪽 구석에는 유아용 안전 펜스가 있고 펜스 안쪽으로 고무로 된 퍼즐 매트가 깔려 있었어요. 사모님이 바나나 인형을 쥔 페트라를 매트 위에 내려 주고는 주변을 가리키며 말했어요. "이쪽은 하인 전용 복도였는데 나무가 다 썩어 버렸어요. 그런데 전망이 너무 좋은 거예요. 작은 내리닫이만 내기에는 아까울 정도로요. 그래서 잘라 내기로 했어요." 사모님이 한 손으로 목을 긋는 시늉을 하며 웃었어요. "충격받은 사람들도 있었지만 로완 씨가 이곳의 예전 모습을 봤다면 그럴 만했다 싶을 거예요."

문득 런던에 있는 저의 작은 아파트가 생각났어요. 제 눈앞에 펼쳐진 곳은 제가 사는 아파트 한 채가 들어오고도 남을 만한 공간이었어요.

속에서 뭔가가 배배 꼬였다가 딱 끊어지는 것 같았어요. 갑자기 여기 들어와서 일을 해도 되는 건가 하는 의구심이 드는 거예요. 하지만 한 가지는 분명했어요. 이제는 돌이킬 수 없다는 것을요.

제가 왜 이런 이야기를 시시콜콜 다 하고 있는지 궁금하시죠? 변호사님께서 바쁘시다는 건 잘 알아요. 지금 드리는 이야기들이 제 사건과 무관하고 뜬금없어 보인다는 것도 잘 알아요. 겉보기에는 그렇겠지만…… 실은 알려 드릴 필요가 있는 이야기예요. 변호사님께서 헤더브레 저택을 보실 수 있어야 하니까요. 바닥에서 올라오는 따뜻한 온기, 얼굴 위로 내리쬐는 햇살을 느끼실 수 있어야 해요. 고양이 혓바닥처럼 까칠까칠한 벨벳 소파와 실크처럼 윤기 나는 콘크리트를 직접 만져 보셔야 해요.

그래야 제가 왜 그런 일을 했는지 이해하실 수 있을 테니까요.

이후의 오전 시간은 특별한 일 없이 흘러갔어요. 전 아이들과 수제 점토로 여러 가지 모양을 만들었어요. 이번에도 페트라는 깍깍거리고 웃으면서 점토를 막 뭉쳐서 던지고 놀았어요. 엘리가 짜증스런 신음을 뱉어 냈어요. 매디는 정말 속을 알 수 없는 아이더라고요. 저한테는 미소 한번 지어 주지 않겠다는 듯 뻣뻣하게 앉아 고집을 부렸어요. 하지만 전 끈질기게 조그마한 거라도 찾아서 매디를 칭찬해 줬어요. 매디의 마음이 좀 풀어졌는지 마지못한 기색은 보였지만 살짝 웃기 시작했어요. 페트라가 자기 입에 분홍색 점토를 한 움큼 넣었다가 짠맛에 켁켁대며 뱉어냈어요. 찡그린 통통하고 작은 얼굴이 어찌나 웃기던지요.

그때 사모님이 제 어깨를 톡톡 두드리더니 잭이 저를 역까지 데려다주려고 기다리는 중이라고 했어요. 전 일어나서 손을 씻고 페트라의 얼굴을 다정하게 쓰다듬어 줬어요.

제 가방이 문 뒤에 있더라고요. 나중에 시간이 없을지 몰라서 아침 식사를 하러 내려오기 전에 짐을 미리 챙겨 두긴 했는데 누가 제 가방을 가져다 놨는지는 알 수 없었어요. 진이라는 그 미스터리 여인은 아니었으면 좋겠다고 생각했어요. 그 여자만 생각하면 왜 그렇게 마음이 불편해지는지 알 수 없었지만요.

잭이 조용히 공회전하고 있는 테슬라 옆에서 두 손을 주머니에 찔러 넣은 채 저를 기다리고 있었어요. 햇살을 받은 잭의 머리카락이 적갈색으로 반짝거렸어요.

"함께 시간을 보내서 정말 즐거웠어요, 로완 씨." 하며 손을 내미는 사모님의 두 눈에 진정으로 따스한 온기가 서려 있었어요. "남편과 의논해 봐야겠지만 아마…… 음, 지금 당장은 조만간 결정해서 알려 드리겠다는 말씀밖에 드릴 수가 없네요. 곧 연락드릴게요. 여기까지 와 주셔서 감사해요."

"저도 정말 즐거웠어요, 사모님. 아이들이 너무 사랑스러워요." 윽, 로완, 너 지금 뭐 하는 거야? 닭살 돋는 소리 좀 그만해!

"언젠가 리안논도 만나 볼 수 있다면 좋겠어요." 달리 말하면 저를 뽑아 달라는 소리였죠. "안녕, 엘리." 제가 손을 내밀자 엘리가 어린이 사업가처럼 진지한 얼굴로 악수에 응했어요. "안녕, 매디."

매디에게도 악수를 청했지만 아쉽게도 매디는 제 손을 잡지 않았어요. 대신 돌아서서 사모님의 가슴에 얼굴을 묻고 제 시선을 피했어요. 나이에 걸맞지 않은 응석받이 같은 행동이었죠. 사모님도 매디가 왜 그러는지 모르겠다는 듯 어깨를 으쓱했어요.

저도 사모님을 따라 어깨를 으쓱하며 매디의 머리를 쓰다듬어 주고는 뒤돌아서 차로 향했어요.

뒷좌석에 가방을 싣고 조수석으로 가는데 작고 까만 뭔가에 부딪혔어요. 누군가의 두 팔이 허리를 감싸더니 작고 단단한 머리통이 가슴 아래를 파고들었어요. 매디더라고요. 드디어 매디가 제게 마음을 연 걸까요?

"매디!" 이름을 불렀지만 매디는 대답하지 않았어요. 어떻게 해야 할지 몰라 잠시 당황했다가 허리를 숙여 매디를 살짝 안아 줬어요. "예쁜 집 구경시켜 줘서 고마워. 잘 있어, 매디."

마지막 인사에 매디가 저를 풀어 줄 거라고 생각했어요. 그런데 매디의 손에 힘이 더 들어가더라고요. 어찌나 꽉 껴안던지 숨 쉬기가 힘들 정도였어요.

"……마세요." 훌쩍거리는 매디의 목소리가 아직 덜 마른 블라우스에 묻혀서 제대로 알아들을 수가 없었어요. 가지 말라고?

"이제 그만 가야 해. 그렇지만 조만간 다시 올 수 있다면 좋겠어."

진심이었어요. 아, 정말 그렇게 되기를 간절히 바랐어요.

하지만 매디는 고개만 가로저을 뿐이었어요. 매디의 검은 머리카락이 튀어나온 등뼈를 쓸며 이리저리 흔들렸어요. 매디의 따스한 숨결이 블라우스를 파고들었어요. 뭐라고 꼬집어 말할 수 없는 이상하게 친밀하고 불편한 느낌이 들었어요. 갑자기 매디를 떨쳐 내 버리고 싶었지만 사모님이 지켜보고 있으니 매디의 손가락을 억지로 풀어내지 못했어요. 대신 미소를 지으며 두 팔로 매디를 더욱 꽉 껴안았어요. 그러자 매디의 작은 목소리가 들렸어요. 훌쩍거리는 소리 같았죠.

"매디? 왜 그래?"

"여기 오지 마세요." 매디는 여전히 제 시선을 피하면서 속삭였어요. "여긴 안전하지 않아요."

"안전하지 않다고?" 전 가볍게 웃었어요. "그게 무슨 말이야?"

"안전하지 않다고요." 매디는 살짝 화가 난 듯 울먹이며 말했어요. 고개를 어찌나 세차게 가로젓는지 매디가 하는 말이 잘 들리지 않았어요. "다들 안 좋아할걸요."

"누가?"

하지만 그 말을 끝으로 매디는 저한테서 떨어져 나가 맨발로 잔디 위를 달려가 버렸어요. 매디가 뭐라고 외치는 소리가 들렸어요.

"매디! 매디, 기다려!" 매디를 소리쳐 불렀어요.

"걱정 마세요." 사모님이 웃으며 말했어요. 차 옆에 서 있던 제게 다가온 사모님은 매디가 저를 왈칵 끌어안았다가 달아난 것밖에 보지 못한 모양이었어요. "매디가 저렇답니다. 그냥 두세요. 점심 먹을 때 되면 돌아올 거예요. 로완 씨가 굉장히 마음에 들었나 봐요. 매디가 낯선 사람을 안는 건 한 번도 못 봤어요!"

"감사합니다." 말은 이렇게 했지만 속으로는 좀 불안했어요. 저는 사모님이 지켜보는 가운데 테슬라에 몸을 실었어요.

차가 도로를 따라 천천히 달리기 시작했어요. 나무 사이로 달아난 매디를 곁눈질로 쫓으면서 매디가 마지막에 했던 말을 곱씹었어요. 제가 매디의 말을 제대로 들은 건지 잘 모르겠더라고요.

매디가 도망치듯 달려가며 외쳤던 말이 뜬금없어서 제대로 들은 건가 싶었어요. 그런데 생각할수록 제대로 들은 것 같은 거예요.

'유령들이요.' 매디의 울먹이는 목소리가 귓전에 맴돌았어요.

'유령들이 싫어할 거예요.'

"이만 작별할 시간인 것 같네요." 기차역 난간에 기대선 잭이 한 손에 제 가방을 든 채로 다른 한 손을 내밀었어요. 전 그 손을 잡고 악수를 나눴어요. 잭의 손톱 주변에 전날 묻은 기름때가 짙게 끼어 있었지만 피부는 깨끗하고 따뜻했어요. 그 짧은 스킨십에 이상하게도 몸이 찌릿했어요. 이유는 모르겠어요.

"만나서 반가웠어요." 다소 어색하게 인사를 건넸어요. 그러고는 아무래도 나중에 후회할 것 같아서 조금 성급하다 싶었지만 이렇게 덧붙였어요. "빌 사장님을 만나 뵙지 못해서 아쉬워요. 또…… 진도요."

"진 아주머니요?" 잭이 약간 어리둥절한 표정으로 말했어요. "진 아주머니는 낮에는 없어요. 아버지 댁에 가거든요."

"진은…… 젊은 분이세요?"

"아뇨!" 잭이 예의 그 싱긋하는 미소를 지었어요. 입가가 부드럽게 휘어져 올라가 묘하게 매력적이었죠. 잭이 왜 웃는지 몰랐지만 저도 모르게 웃음에 전염됐는지 제 입가에도 살짝 미소가 지어지더라고요. "진 아주머니는 50이 다 돼 갈걸요. 정확한 나이는 물어보지 못했지만요. 뭐라고 하더라? 아, 간병이요. 간병을 해야 해요. 아버지가 마을에 사시는데 치매에 걸린 것 같아요. 아버지가 혼자 계셔서 한두 시간 이상 집을 비울 수가 없대요. 그래서 아버지가 일어나시기 전에 아침 일찍 오고, 오후에 다시 들러서 설거지랑 뭐 다른 일을 하고 가요."

"아!" 얼굴이 달아오르는 것 같았어요. 전 어색하게 미소 지었다가 가볍게 웃었어요. "그렇군요. 전 또…… 아니에요. 별거 아니에요."

무엇 때문에 안심하는지 생각해 볼 시간이 없었어요. 하지만 예상치 못했던 사실에 제 마음이 흐트러진 건 분명했어요.

"아무튼 만나서 반가웠어요, 로완."

"저도요, 잭." 혀끝에서 그의 이름이 어색하게 흘러나왔어요. 두 뺨이 또다시 불그스름하게 달아오르는 게 느껴졌어요. 저 멀리 계곡에서 기차가 다가오는 소리가 들렸어요. "안녕히 계세요."

"안녕히 가세요." 잭이 내민 가방을 받아 들었어요. 여전히 입가에 매력적인 미소를 띠고 있는 잭을 따라 싱긋 웃고는 뒤돌아서 걸었어요. 절대 돌아보지 말자고 속으로 단단히 다짐하면서요. 마침내 도착한 기차에 올라타 자리에 앉았어요. 하지만 끝내 참지 못하고 잭이 어디에 서 있는지 보려고 창밖을 흘낏거렸어요. 잭은 이미 가 버리고 없더라고요. 기차가 역을 빠져나갈 때 텅 빈 카른교 역을 마지막으로 훑어봤어요. 햇살에 물든 깨끗한 카른교 역이 제가 돌아오기를 기다리는 것 같았어요.

런던으로 다시 돌아와서는 힘들더라도 인내심을 갖고 기다려 보자고 단단히 마음먹었어요. 곧 연락 주겠다고 사모님이 말했는데 그건 무슨 뜻이었을까요? 사모님은 분명히 저를 마음에 들어 했어요. 제가 착각한 게 아니라면요. 전 면접을 많이 봤던 터라 면접 결과가 어떨지 감으로 알 수 있었다고요. 최근 몇 달간 면접에서 실력을 충분히 증명해 보인 적도 있었고, 반대로 면접을 망쳐서 크게 실망했던 적도 있었어요. 기차를 타고 런던으로 돌아올 때만 해도 면접 결과가 좋을 거라고 생각했어요.

다른 지원자들도 면접을 봤을까요? 사모님은 사정이 절박해서 곧 일을 시작할 수 있는 사람을 찾고 있었어요. 저한테 합격 통보를 하지 않고 하루하루를 보낼수록 제가 일을 시작할 수 있는 시기가 늦어진다는 걸 분명히 알고 있었죠. 하지만 즉각 일을 시작할 수 있는 지원자가 있다면요?

사실 사모님이 빠르면 빠를수록 좋다고 했기 때문에 집에 도착할 무렵이면 좋은 소식을 들을 수 있을지도 모른다고 생각했어요. 하지만 그날 저녁에도, 다음 날 출근할 때도 아무런 연락이 없었어요. 리틀 니퍼스에서는 휴대 전화를 사물함에 넣어 둬야 했어요. 결국 저는 오전 시간 내내 헤일리와 함께 지루하기 짝이 없는 재닌의 남자 친구 이야기를 들으며 참고 견딜 수밖에 없었어요. 마음이 딴 데 가 있어 재닌이 떠벌리는 소리가 들리지도 않았지만요.

오후 1시는 돼야 일이 끝나지만 시간이 너무 안 가서 서둘러 기저귀를 갈고 일어나 아기를 헤일리에게 안기며 말했어요.

"헤일리, 미안한데 이 아이 좀 맡아 줄래요? 급하게 할 일이 있어서요."

전 일회용 비닐 앞치마를 벗고 직원실로 뛰다시피 걸어갔어요. 사물함에서 가방을 꺼내 들고 뒷문을 통해 작은 콘크리트 마당으로 빠져나왔어요. 아이들과 학부모들의 시선이 닿지 않는 그곳에서 흡연이나 전화 통화 등 근무 시간에 해서는 안 되는 일을 하곤 했어요. 휴대 전화가 켜지는 데 어찌나 오래 걸리는지……. 시작 화면이 넘어갈 기미가 안 보이더라고요. 마침내 잠금 화면이 나왔어요. 떨리는 손가락으로 비밀번호를 누르고 메일로 들어갔어요. 손으로 목걸이를 만지작거리며 메일이 열리기를 기다렸어요.

하나…… 둘…… 셋, 전부 다 스팸 아니면 아무짝에도 쓸모없는 메일이었어요. 심장이 철렁 내려앉는 것 같았어요. 그때 휴대 전화 화면에서 작은 아이콘 하나가 눈에 들어왔어요. 음성 메시지 알림이었어요.

긴장한 탓인지 속이 울렁거렸어요. 음성 메시지를 확인하려고 전화를 걸어 자동 응답에서 시키는 대로 하는데 욕지기가 올라와서 죽겠더라고요. 만약 안 됐으면…… 떨어졌으면…….

사실 불합격한 이후에 어떻게 할지는 생각조차 안 해 봤거든요. 삐 하는 소리와 함께 산드라 사모님 목소리가 들렸어요. 작은 스피커에서 딱 부러지는 상류층 말투가 흘러나왔어요.

"로완 씨, 안녕하세요. 직접 통화를 못해서 아쉽네요. 근무 중이신가 봐요. 빌과 의논해 봤는데요. 최대한 빨리 날을 잡아서 6월 17일에 일을 시작할 수 있다면 로완 씨에게 아이 돌보미 일을 맡기고 싶어요. 그러고 보니 정확한 근무 조건과 보너스에 대해서 이야기를 나누지 않았더라고요. 월급은 1천 파운드를 지급할 계획이고요. 나머지는 연말에 보너스로 지급될 거예요. 로완 씨가 이 제안을 받아들여 주면 좋겠어요. 좀 보수적이긴 하지만 입주 아이 돌보미에게는 일일 수당을 지급하지 않거든요. 가능하면 빨리 로완 씨 답변을 들려주세요. 참, 지난번에는 만나서 정말 반가웠어요. 로완 씨가 아이들과 잘 지내는 모습이 너무나 감동적이었어요. 특히 매디와요. 매디는 다루기 쉬운 아이가 아닌데……. 이런, 제가 또 쓸데없는 수다를 떨고 있네요. 이만 끊는 게 좋겠어요. 로완 씨가 저희 집에서 일해 준다면 정말 기쁠 거예요. 좋은 소식 기다릴게요."

딸깍 소리와 함께 메시지가 끝났어요.

전 잠시 동안 움직일 수가 없었어요. 휴대 전화 화면을 쳐다보면서 그대로 멈춰 서 있었죠. 그러다 거센 파도처럼 온몸을 휘감는 환희를 느끼는 순간 저도 모르게 춤을 추고 깡충거리며 빙빙 돌고 허공에 주먹을 내지르며 미친 사람처럼 웃고 있더라고요.

"하, 지금 뭐 해? 뭐에 씌었나?" 골초 특유의 거친 목소리가 등 뒤에서 들렸어요. 미처 웃음을 감추지 못한 채 뒤를 돌아보니 문에 기대서 있는 재닌이 보였어요. 양손에 담배와 라이터를 들고 있더라고요.

"뭐에 씌었냐고?" 전 양팔로 몸을 감싼 채 말했어요. 솟아오르는 흥분을 도저히 억누를 수 없었어요. "알고 싶다면 말해 줄게, 재닌. 새 직장을 잡았거든."

"뭐, 그렇다고……." 라이터 뚜껑을 여는 재닌의 얼굴에 떨떠름한 표정이 떠올랐어요. "그렇게 좋아서 방방 뛸 필요까지야……."

"참나 다 아니까 아닌 척하지 마. 발 원장님한테 질린 건 피차 마찬가지 아냐? 발 원장님이 우리를 얼마나 괴롭히는지 잘 알잖아. 원장님은 작년에 원비를 10%나 올려놓고도 보조 교사들한테 최저 임금도 안 주잖아. 원장님도 언제까지나 경기 탓만 할 순 없을걸."

"내가 영아반 주임이 돼서 열 받았나 보네."라고 말하며 재닌이 담배를 한 모금 빨더니 담뱃갑을 제게 내밀었어요. 전 천식 때문에 담배를 끊으려고 했지만(뭐, 공식적으로는 금연 상태였어요) 정곡을 찌른 재닌의 말에 자극받아서 담배 한 개비를 집어 불을 붙였어요. 담배를 피우고 싶어서라기보다는 얼굴 표정을 갈무리할 시간을 벌고 싶었다 할까요. 재닌이 승진해서 화가난 게 사실이긴 했거든요. 전 재닌보다는 제가 더 낫다고 생각했어요. 재닌쯤이야 제가 충분히 이길 수 있으리라 확신하고 주임에 지원했는데 그 자리가 재닌에게 돌아갔을 땐 한 대 얻어맞은 것처럼 큰 충격을 받았어요. 발 원장님은 지원자는 둘인데 자리가 하나뿐이라 어쩔 수 없었다며 저를 위로했어요. 하지만 그어떤 말로도 패배의 쓴맛은 달래지지 않았어요. 특히 재닌이 권력을 휘두르며 이것저것 지시를 내리기 시작하니까 속이 쓰려 죽겠더라고요.

"뭐, 지금은 별로 신경 안 써." 전 재닌에게 라이터를 돌려주고 여유로운 미소와 함께 담배 연기를 뿜으며 말했어요. "승승장구 중이라 그래서?" 재닌이 비꼬기에 전 심술궂게 한마디 더 보탰어요. "완전 좋은 자리긴 해."

"얼마나 좋은데?" 재닌이 두 눈을 가늘게 뜨며 물었어요. "3만 파운드가 넘기라도 해?"

제가 더 높게 불러 보라고 손짓하자 재닌의 두 눈이 휘둥그레졌어요.

"4만? 5만?"

"거기다 입주 돌보미야." 제가 젠체하며 말하자 재닛의 입이 떡 벌어졌어요. 재닌이 고개를 좌우로 흔들어 대며 말했어요.

"거짓말하시네."

"거짓말 아냐." 갑자기 담배가 필요 없어졌어요. 마지막 한 모금을 빨고 나서 마당에 쌓인 담배꽁초 더미에 담배를 버리고 구두 굽으로 짓이겼어요. "담배 고마워. 괜찮다면 난 전화 좀 해야겠어. 일자리를 수락해야 하거든."

산드라 사모님에게 전화를 걸었어요. 신호음이 들리더니 음성 사서함으로 넘어가더라고요. 마음이 살짝 놓였어요. 재닌 앞에서 업무 시작 날짜에 관한 대화를 나누고 싶지 않았거든요. 업무 시작 일이 큰 변수가 된다는 걸 재닌이 알면 발 원장님에게 말해서 제 일을 어렵게 만들지도 몰랐어요.

"아, 안녕하세요, 사모님?" 삐 소리가 나서 녹음을 시작했어요. "연락 주셔서 감사합니다. 이 일을 맡겨 주시다니 너무 기쁩니다. 정리해야 할 일이 몇 가지 있어서 업무 시작 날짜는 메일로 알려 드릴게요. 그 문제는 걱정 안 하셔도 될 거예요. 그리고 저…… 감사해요! 곧 다시 연락드릴게요. 일을 시작하는 데 또 필요한 게 있으면 언제든지 말씀해 주세요."

그러고선 전화를 끊었어요.

그날 바로 발 원장님에게 일을 그만두겠다고 통보했어요. 발 원장님은 저의 새출발을 기뻐해 주는 척했지만 본심을 숨길 수 없는 것 같았어요. 제가 남아 있던 휴가를 써서 원장님의 예상과는 달리 7월 1일이 아니라 6월 16일까지만 일하겠다고 했기 때문인지 짜증을 감추지 못하더라고요. 발 원장님이 정해진 인수인계 기간을 다 채워 일하고 남은 휴가를 급여로 받아 가라고 하기에 전 단호하게 법대로 하자고 했어요. 원장님은 결국 뜻을 꺾었죠.

이후 며칠 동안은 실질적인 서류 업무를 처리하느라 시간이 어떻게 흘렀는지도 모르겠어요. 산드라 사모님은 맨체스터에 있는 회사에 급여 관리를 맡겼어요. 저에게도 서류는 스코틀랜드로 보내지 말고 급여 세부 사항과 신분 확인 문제를 그쪽에 연락해서 처리하라고 했어요. 이 일련의 과정들이 꽤 번거로울 것 같았어요. 일대일 면접을 보려고 맨체스터까지 가야 할 수도 있었으니까요. 그런데 일은 놀라우리만치 간단했어요. 추천인 전화번호와 함께 산드라 사모님의 메일을 그쪽에 전달하고 나서 거기서 요청하는 여권 사본, 공과금 영수증, 통장 세부 내역을 보내는 게 전부인 거예요. 모든 일이 순조롭게 진행됐어요. 원래 그랬던 것처럼 말이죠.

'유령들이 싫어할 거예요.'

매디가 상기된 목소리로 속삭였던 말이 머릿속을 맴돌았어요. 떨리는 목소리가 썩 기분 좋게 들리지 않았지만 평소라면 그냥 무시하고 넘길 수준이었어요.

다 헛소리였으니까요. 말도 안 되는 허튼소리였죠. 카른교 역에 내린 후로 초자연적인 현상 따위는 조금도 느낄 수 없었거든요. 그보다는 의사소통이 제대로 되지 않는 외국인 10대 아이 돌보미가 먼 타국에서 고립돼 살다 보니 향수병에 걸려서 헛소리를 늘어놨다고 보는 게 더 현실적이었어요. 런던에 기술을 배우러 온 그런 아이들을 많이 봤어요. 한번은 비행기표 값의 반만 돌려주고 달아나 버리는 바람에 제가 빈자리를 메운 적도 있었어요. 그 피해는 학부모들이 고스란히 짊어져야 했어요. 흔하디흔한 일이었죠.

전 그런 헛소리에 휘둘릴 정도로 젊지도 어리석지도 않았어요. 그 일을 꼭 하고 싶은 나름의 이유도 있었고요. '귀신 들린 집'이라는 헛소리에 기회를 날려 버릴 수는 없잖아요.

하지만 그때로 돌아갈 수 있다면 런던의 아파트에 들어앉아서 모든 걸 안다고, 다 내다볼 수 있다고 착각하며 우쭐해했던 그때의 저를 붙잡고 정신 차리라고 말해 주고 싶어요.

따귀를 올려붙이며 넌 지금 네가 무슨 소리를 하는지도 모른다고 소리치고 싶어요.

왜냐면 제가 틀린 게 사실이었으니까요. 전 그저 아둔하고 어리석고 힘없는 젊은 여자에 불과했어요.

그로부터 3주가 채 되기도 전에 저는 카른교 역에 다시 서 있었어요. 처음에 왔을 때보다 짐이 훨씬 더 많았어요. 한 사람이 들기에는 벅찰 만큼요.

잭이 열쇠 꾸러미를 흔들며 역으로 성큼 들어오다가 웃음을 터뜨렸어요.

"맙소사, 이 많은 걸 어떻게 런던에서 여기까지 들고 온 거예요?"

"천천히요." 전 솔직하게 말했어요. "힘들었어요. 택시를 타긴 했는데 그래도 너무 힘들었어요."

"아, 어쨌든 잘 도착하셨네요." 잭이 제일 큰 가방 두 개를 들길래 제가 둘 중 작은 가방을 뺏어 들으려 했어요. 그러자 잭이 저를 부드럽게 밀치며 말했어요. "괜찮아요. 이건 놔두고 다른 짐 드세요."

"너무 무리하지 마세요." 걱정이 돼서 말했어요. "가방이 진짜 무거워요. 다치실 수도 있어요."

잭은 절대 그럴 일이 없다는 듯 씩 웃었어요.

"어서 가요. 차는 이쪽에 있어요."

햇볕이 뜨겁게 내리쬐는 쨍한 하루였어요. 태양이 지평선 너머로 넘어가는 중이었고 그림자는 점점 더 길어졌어요. 나무가 우거진 도로와 황야를 가로지르는 길을 조용히 달려 헤더브레 저택으로 향했어요. 저택으로 가는 내내 가시금작화[9] 씨앗의 꼬투리가 터지는 소리를 들을 수 있었어요. 저택 진입로로 들어서는데 저녁 햇살을 머금은 헤더브레 저택이 기억했던 것보다 훨씬 아름다워 보였어요. 문이 활짝 열리더니 개들이 달려 나와 짖기 시작했어요. 순간 가슴이 철렁했어요. 빌 사장님과 산드라 사모님이 집을 비우면 아이들뿐만 아니라 저 개들까지 제가 돌봐야 할 수도 있잖아요. 아니면 개 담당은 잭일까요? 전 이 부분을 확실하게 알아봐야겠다 생각했어요. 어린아이 두 명과 갓난아기 한 명 돌보는 건 일도 아니었어요. 거기에 10대 아이 한 명이 더 있어도 그럭저럭 감당할 수 있을 것 같았어요. 아니, 그래야만 했어요. 하지만 사나운 개 두 마리까지 돌봐야 한다면 이건 좀 버겁지 않나 싶었어요.

"로완 씨!" 사모님이 두 팔을 쫙 벌리며 현관에서 달려 나왔어요. 제가 테슬라에서 몸을 다 빼내기도 전에 딸아이가 엄마에게 안기듯 사모님의 품속으로 쏙 빨려 들어갔어요. 잠깐의 격한 포옹 후 사모님이 저를 놔주며 현관을 가리켰어요. 거기에는 말끔하게 면도한 얼굴에 키가 크고 검은색 머리는 살짝 벗겨진 남자가 서 있었어요.

"로완 씨, 제 남편 빌이에요. 빌, 이분이 로완 케인 씨."

그 사람이 바로 빌 엘린코트 사장님이었어요. 순간 뭐라 해야 할지 몰라 우두커니 서 있었어요. 사모님의 팔이 저를 감싸고 있었거든요. 그 팔을 풀고 사장님에게 인사를 해야 하는 건지 망설여졌어요.

멍하니 서서 우물쭈물하는데 빌 사장님이 성큼 다가와 한 손을 내밀며 사업가다운 미소를 지었어요.

"로완 씨, 드디어 만나 뵙게 됐네요. 말씀 많이 들었습니다. 이력서가 아주 인상적이었어요."

반도 모르실걸요, 빌 사장님. 전 속으로 생각했어요. 빌 사장님은 트렁크에서 가방 하나를 꺼내 헤더브레 저택으로 걸어갔어요. 전 숨을 깊이 들이쉬고 그 뒤를 따라가려고 했죠. 초조한 마음에 손이 저절로 목걸이로 갔어요. 하지만 이번에는 손에 익숙한 목걸이를 어루만지지 않고 셔츠 안으로 집어넣은 다음 서둘러 발걸음을 옮겼어요.

주방에 들어가자 커피가 준비돼 있었어요. 저는 메탈 소재로 된 스툴의 모서리에 불안하게 걸터앉았어요. 빌 사장님이 자격 조건에 대해 꼬치꼬치 캐묻는데 사모님과의 면접에서는 느끼지 못했던 초조함에 온몸이 떨렸어요. 그때 제 심정은…… 모르겠어요. 아마 빌 사장님에게 잘 보이고 싶었나 봐요. 하지만 사장님이 자신이 얼마나 살인적인 일정을 소화하고 있는지, 스코틀랜드 하이랜드에서 사람 구하기가 얼마나 힘든지, 예전 아이 돌보미들이 얼마나 형편없었는지 따위의 이야기를 쉼 없이 해 대는 바람에 제발 좀 그만했으면 싶더라고요.

제가 사장님에게서 뭘 기대한 건지 모르겠어요. 그냥 막연하게 사장님을 되게 특별한 사람일 거라고 생각했나 봐요. 구인 공고와 저택을 보고 지레 짐작했던 거죠. 성공한 아내와 귀여운 아이들을 둔 돈 많은 기업가, 뭔가 대단한 일을 하는 사람으로요.

그런데 정작 만나 보니…… 너무 속 편한 사람인 거예요. 있잖아요. 하나부터 열까지 자기밖에 모르는 사람이요. 오로지 자기 신변, 자기 감정, 자기 재산만 중요한 그런 부류요. 심지어 본인이 그런 유의 사람이라는 사실조차 몰라서 상대방을 더 짜증 나게 하는…….

사장님은 예전에 일했던 정원사가 에든버러에 정규직 교사 자리가 났다면서 떠나 버렸다는 둥, 한 가사 도우미는 800파운드짜리 음식물 쓰레기 처리기를 망가뜨려 놓고 사실대로 말하지 못해서 도망쳐 버렸다는 등 이전 작업자들에 대해 끊임없는 불평을 늘어놨어요. 그런 사장님에게 소리치고 싶었어요. '뭘 알고 그런 소리를 하시나요? 돈 없고, 특권 없고, 아무 보호도 받지 못하는 사람들이 어떻게 살아가는지 아시나요?'

사장님은 대수롭지 않은 문제들을 세상에서 제일 중요한 일이라도 되는 양 장황하게 늘어놨어요. 사모님은 영원히 끝날 것 같지 않은 사장님의 이야기에 귀를 기울이며 애정 어린 눈빛으로 사장님을 쳐다보고 있었고요. 순간 잔인한 현실을 깨달았어요. 빌 사장님은 이기적인 사람이었어요. 어찌나 이기적이고 자기중심적인지 저한테 사적인 질문 하나 하지 않았죠. 여기까지 오는 길이 힘들진 않았는지 묻지도 않았고요. 뭐, 그런 건 전혀 신경 쓰지 않는 사람이었어요.

제가 뭘 바란 걸까요. 한번에 몇 주 동안 자기 아이들을 맡겨야 하는 사람을 구하면서 면접조차 보지 않은 사람한테 뭘 기대할 수 있겠어요? 그렇다 해도 이렇게까지 적대감을 품게 될 거라고는 예상 못했어요. 전 솟구치는 적대감을 억눌러야 했어요.

혹시라도 속마음이 얼굴에 다 드러날까 봐서요.

사모님이 제가 불편해하는 걸 눈치챈 건지 살짝 웃으며 끼어들었어요.

"여보, 로완 씨는 그런 시시콜콜한 가정사는 듣고 싶지 않을 거예요. 로완 씨, 식기를 음식물 쓰레기 처리기에 넣지만 않으면 되니까 걱정 말아요! 다른 모든 유의 사항은 여기 다 적혀 있어요." 사모님이 두툼한 빨간색 파일을 팔꿈치로 툭툭 쳤어요. "지난주에 로완 씨에게 보냈던 메일 사본이에요. 아직 읽어 보지 못했다면 한번 읽어 보세요. 세탁기 작동법부터 아이들 재우는 일, 아이들이 좋아하는 것과 싫어하는 것까지 전부 다 적혀 있거든요. 알고 싶은 게 있다면 여기서 다 찾아볼 수 있을 거예요. 언제든지 저한테 연락해서 물어보셔도 괜찮고요. 해피는 다운로드하셨죠?"

"네?"

"해피라고. 홈 관리 앱이요. 인증 번호를 메일로 보내 드렸는데요."

"아, 그 앱이요. 네. 다운로드했어요."

사모님의 얼굴에 안도감이 서렸어요.

"그게 제일 중요한 거라서요. 로완 씨에게 필요한 권한은 해피에 모두 승인해 뒀어요. 해피는 베이비 모니터 대용이기도 해요. 페트라의 방에도 베이비 모니터가 하나 있긴 하지만 만전을 기하는 게 좋으니까요. 해피는 아주 편리한 앱이에요. 또 뭐가 있더라? 아, 음식! 식단은 이미 짜 놨어요." 사모님이 파일 첫 장에 들어 있던 종이 한 장을 꺼냈어요. "아이들이 잘 먹는 음식이에요. 첫 주에 필요한 식재료는 모두 사 놨고요. 웨이트로즈 온라인 쇼핑몰 비밀번호 등 다른 필요한 것도 다 적어 놨어요. 생필품 구입 시 사용할 수 있는 신용 카드도 있고요. 카드 승인 내역은 저와 빌한테 바로 날아오지만 영수증은 보관해 두는 게 좋아요. 휴대 전화로 찍어 놔도 괜찮고요. 종이 영수증을 일일이 보관할 필요는 없어요. 음…… 또 뭐가 있더라? 궁금한 게 많으시죠?"

사모님은 무슨 말이 나오기를 기다리는 눈치였어요. 하지만 전 사모님의 장단에 맞춰 질문을 해야 할지, 아니면 궁금한 게 없다고 해야 할지 판단이 서지 않았어요.

"보내 주신 메일은 읽어 봤어요." 사실 분량이 50쪽이나 되고 내용도 빽빽해서 대충 훑어보기만 했어요. "그래도 인쇄물이 있으면 큰 도움이 될 거예요. 종이를 넘겨 보는 게 훨씬 편하니까요. 제가 감당하지 못할 일은 없더라고요. 페트라의 하루 일과, 엘리의 알레르기, 매디의……." 사모님은 매디가 폭발적인 성격이라고 했지만 차마 그 말을 그대로는 못 옮기겠더라고요. 아이 돌보미인 제 입으로 아이의 부모 앞에서 아이가 상당히 손이 많이 간다고 대놓고 말할 순 없잖아요.

사모님이 곤란해하는 제 눈빛을 읽고는 씁쓸한 미소를 지었어요.

"뭐, 매디는 원래 그래서요! 리안논은 이번 주에 학기 말 축하 파티가 있어서 학교에 남을 거예요. 다음 주에는 집에 오고요. 리안논을 태워 오는 일이랑 다른 모든 일은 다 손을 써 놨으니까 로완 씨가 신경 쓸 건 없어요. 또 뭐가 있나…… 뭐가 있더라?"

"사모님이 떠날 때까지 모든 일이 완벽하게 정리될 것 같진 않아요." 제가 자신 없는 목소리로 말했어요. "메일로 다음 주에 박람회가 있다고 하셨는데 정확하게 언제 시작하나요? 다음 주 토요일이요?"

"어머." 사모님이 깜짝 놀란 표정을 지었어요. "제가 말 안 했나요? 세상에, 이런 실수를 하다니. 그게…… 어…… 실은 그게 문제예요. 토요일은 맞는데 다음 주가 아니라 이번 주요. 저희는 내일 떠나요."

"네?" 순간 제가 잘못 들었나 싶었어요. "내일 떠나신다고요?"

"네. 그게……." 갑자기 사모님의 얼굴에 불안한 기색이 떠올랐어요. "12시 30분 기차를 탈 거라 점심 전에 출발해야 해요. 저…… 그게 문제가 될까요? 곧장 일을 시작할 자신이 없다면 회의 일정을 다시 짤 수도 있긴 한데……."

사모님이 말끝을 흐렸고 전 침을 꿀꺽 삼켰어요.

"괜찮아요." 전혀 괜찮지 않았어요. 하지만 자신 있게 말했어요. "언젠가는 할 일이니까 이번 주부터 시작하나 다음 주부터 시작하나 똑같아요."

'미쳤어? 정신 나간 거야? 이 집 애들이 어떤지도 잘 모르면서 무슨 소리야?' 제 머릿속에서 외치는 소리가 들렸어요.

하지만 또 다른 목소리가 정반대의 말을 속삭였어요. '잘했어.' 어쩌면 그 편이 더 수월할 수도 있었거든요.

"그래요. 그때그때 상황을 봐서 처리해 나가요. 제가 나가 있어도 전화로 연락하면 되니까요. 아이들이 너무 불안해하면 주중에라도 돌아오도록 해 볼게요. 처음 며칠 동안은 어린 세 아이만 돌보면 되니까 좀 수월하지 않을까 싶은데……."

사모님의 목소리가 또 끊어졌어요. 이번에는 뭔가 껄끄러워 하는 기색이 느껴졌지만 전 고개를 끄덕였어요. 속마음을 감추려고 애쓰는 통에 얼굴은 딱딱하게 굳었지만요.

"음." 사모님이 마침내 운을 떼고 커피 잔을 내려놨어요. "페트라는 잠들었고 다른 아이들은 '페파 피그[10]' 보는 중이에요. 내일 떠날 거라 오늘밤에는 로완 씨에게 다 안 맡기고 제가 아이들을 재우고 싶네요. 저랑 같이 가는 거 어떠세요? 그럼 로완 씨에게도 도움이 되지 않을까요?"

전 고개를 끄덕이고 사모님을 따라갔어요. 우리는 캄캄한 스테인드글라스를 지나 TV방의 히든 도어 앞에 도착했어요.

방 안에는 블라인드가 쳐져 있었고, 러그에는 여전히 레고 블록과 낡은 인형이 너저분하게 나뒹굴고 있었어요. 플란넬 잠옷 차림의 두 여자아이가 낡은 곰 인형을 안고 소파에 웅크리고 앉아 있더라고요. 매디가 엄지손가락을 빨다가 사모님을 보고 움찔하면서 손가락을 뺐어요. 매디의 손 빠는 버릇이 파일에 기록돼 있는지 나중에 찾아봐야겠다 싶었어요.

저와 사모님은 소파 팔걸이에 걸터앉았어요. 사모님이 사랑스러운 손길로 엘리의 부드러운 곱슬머리를 어루만졌어요. 만화가 끝날 무렵 사모님이 리모컨을 들어 텔레비전을 껐어요.

"엄마! 한 편만 더요!" 아이들이 한목소리로 외쳤어요. 하지만 엄마가 자신들의 말을 들어줄 거라고 기대하지 않았는지 목소리에 힘이 없더라고요.

"안 돼!" 사모님이 딱 잘라 말하고는 엘리를 안아 올렸어요. 엘리는 두 다리로 사모님의 허리를 감싼 채 사모님 어깨에 얼굴을 물었어요. "너무 늦었어. 자, 올라가야지. 오늘 밤에는 로완 선생님이 책을 읽어 줄지도 몰라!"

"싫어." 엘리가 사모님의 목덜미에 대고 웅얼거렸어요. "엄마가 읽어 줘."

"그래…… 일단 올라가자." 사모님이 엘리를 편안하게 고쳐 안고 매디에게 한 손을 내밀었어요. "어서, 얘들아. 올라가자."

"엄마가 읽어 줘." 사모님이 계단을 올라가기 시작했을 때 엘리가 고집스럽게 말했어요. 전 그 뒤를 따라가고 있었고요. 그때 사모님이 저를 돌아보고 살짝 눈치를 주며 미소 지었어요.

"엄마 말 들어 봐." 사모님이 엘리에게 속삭였어요. 저에게도 충분히 들릴 만한 속삭임으로요. "엄마도 책을 읽어 주고, 로완 선생님도 책을 읽어 주는 거야. 어때?"

엘리는 아무 말없이 사모님 어깨에 얼굴을 더욱 깊숙이 파묻었어요.

위층 층계참 커튼이 열려 있어서 페트라의 분홍색 수면 등 불빛이 카펫 위로 쏟아졌어요. 사모님은 아이들에게 이를 닦고 쉬를 하라고 했어요. 그동안 전 부드러운 카펫이 깔린 복도를 따라 매디와 엘리의 방으로 향했어요.

방 안에는 작은 침대가 두 개 있었어요. 하나는 핑크색 수면 등 불빛에, 다른 하나는 탁한 피치색 수면 등 불빛에 물들어 있었어요. 각 침대 위에는 액자가 몇 개 걸려 있더라고요. 아기 발자국을 프린팅한 그림도 있고 통통한 손바닥으로 찍어 낸 고양이와 나비인 것으로 추정되는 그림도 있었어요. 액자 주변에는 은은한 빛을 발하는 꼬마전구가 둘러져 있었고요.

육아 카탈로그에 실릴 법한 그야말로 흠잡을 데 없이 완벽한 모습이었어요.

전 작은 침대 발치에 살포시 앉아 기다렸어요. 마침내 발자국 소리와 칭얼대는 아이들 목소리, 부드럽게 달래는 사모님 목소리가 들렸어요.

"쉿, 매디. 페트라 깰라. 자, 가운 벗고 침대로 올라가."

엘리가 자기 침대로 폴짝 뛰어 올라갔어요. 매디는 저를 차갑게 노려보며 가만히 서 있었어요. 제가 앉아 있던 침대가 매디의 것이었나 봐요.

"비켜 줄까?" 제가 물었지만 매디는 대답하지 않고 팔짱을 낀 채 침대로 올라갔어요. 그러고는 저를 없는 사람 취급하며 벽을 보고 돌아누웠어요.

"전 빈백에 앉을까요?" 사모님에게 물었더니 사모님이 살짝 웃으며 고개를 저었어요.

"괜찮아요. 거기 앉아 계세요. 매디는 낯선 사람과 친해지는데 시간이 좀 걸리는 편이에요. 그렇지, 매디?"

매디는 입을 꼭 다물고 있었어요. 저 때문에 듣지 않아도 될 말을 들은 게 아닌가 싶었어요. 낯선 사람이 눈앞에서 자기 이야기를 하는데 기분 좋을 사람이 어디 있겠어요?

사모님이 《곰돌이 푸》를 읽어 주기 시작했어요. 사모님은 잠을 부르는 나지막한 목소리로 이야기책의 마지막 문장을 다 읽고 나서 몸을 숙여 엘리의 얼굴을 들여다봤어요. 엘리의 두 눈은 감겨 있었고, 부드러운 숨소리가 들렸어요. 사모님은 엘리의 뺨에 입을 맞추고 전등을 끄더니 일어서서 제게 다가왔어요.

"매디, 로완 선생님이 책을 읽어 줘도 될까?" 사모님이 조용히 말했어요.

매디는 아무 말도 하지 않았어요. 사모님이 허리를 숙여 여전히 벽을 보고 있는 매디의 얼굴을 들여다봤어요. 매디의 두 눈이 꼭 감겨 있었어요.

"바로 잠들어 버렸네요!" 사모님이 기쁜 목소리로 속삭였어요. "음, 로완 씨의 동화 구연을 들어 볼 기회였는데 내일까지 기다려야겠어요. 아쉬운데요."

사모님이 매디의 뺨에도 입을 맞추고 이불을 살짝 끌어올려 덮어 준 다음 보들보들한 장난감을 매디의 턱 아래 놔 줬어요. 어떤 장난감인지 자세히 보지는 못했어요. 사모님은 수면 등만 남기고 불을 끈 다음 문으로 향했어요. 전 그 뒤를 따랐고요.

"문 좀 닫아 주시겠어요?" 사모님의 부탁에 문을 닫으려고 뒤를 돌아봤어요. 작은 하얀색 침대 두 개와 그 위를 차지한 아이들이 어두운 그림자에 묻혀 있었어요.

수면 등 불빛이 너무 약하고 바닥과 지나치게 가까워서 아이들 침대 주변에 그림자만 드리울 뿐 아무것도 비추지 않더라고요. 잠깐이지만 그때 어둠 속에서 저를 노려보던 반짝이는 두 눈동자를 봤어요.

잠시 후 아이의 두 눈이 딱 감겼고, 저도 문을 닫았어요.

그날 밤엔 쉽게 잠들지 못했어요. 침대 때문은 아니었던 것 같고요. 그 럭셔리한 침대는 여전히 아주 아늑했거든요. 방이 더워서도 아니었어요. 방에 처음 들어왔을 때는 숨 막히게 더웠지만 온도를 낮춰서 실내가 쾌적했어요. 당장 내일부터 아이들하고만 지내야 한다는 생각에 걱정스러워서 잠이 안 오는 것도 아니었죠. 오히려 빌 사장님과 산드라 사모님 없이 지낼 수 있어 마음이 놓였는걸요. 음…… 산드라 사모님은 괜찮았지만…… 빌 사장님은 피하고 싶었어요.

불편했던 그날 저녁 일이 또다시 머릿속에 떠올랐어요. 그때 전 엘린코트 내외분과 함께 주방에 앉아 이야기를 나누고 있었어요. 그러다 사모님이 기지개를 펴고 하품을 하면서 일찍 자러 가겠다고 하더라고요.

사모님은 사장님에게 키스를 하고는 계단으로 향했어요. 저도 사모님 뒤를 따를까 했는데 사장님이 한마디 말도 없이 술잔을 다시 채워 주는 거예요.

"아, 전…… 더 마시면 안 될……." 전 머뭇거리며 말했어요.

"어서 들어요." 사장님이 술잔을 제 쪽으로 밀었어요. "한 잔만 더 해요. 지금이 아니면 제 아이들을 맡길 선생님이 어떤 분인지 알 수 있는 기회가 없을 것 같아서요. 선생님이 어떤 사람인지 누가 알겠어요?"

사장님이 싱긋 웃으니 구릿빛 뺨에 주름이 잡혔어요. 사장님 나이가 어떻게 되는지 궁금했어요. 마흔에서 예순 사이인 것 같았는데 정확한 나이를 짐작하기 어려웠죠. 무테 안경을 쓴 구릿빛 얼굴은 세월을 견뎌 낸 노련미가 풍겼는데 짧게 친 머리 덕분인지 젊어 보였어요. 살짝 브루스 윌리스 느낌도 났어요.

전 너무 피곤했어요. 무거운 짐을 들고 먼 길을 온 탓에 툭 건드리기만 해도 쓰러질 것 같았어요. 하지만 사장님 말도 틀린 게 아니어서 속으로 한숨을 내쉬며 술잔을 받았어요. 사장님 말대로 사장님이 떠나기 전에 서로를 알 수 있는 기회를 또 만들긴 어려웠거든요. 이런 상황에서 사장님의 청을 거절하는 건 이상해 보일 수도 있었고, 자리를 피하려는 것처럼 느껴질 수도 있었어요.

빌 사장님은 한 손으로 턱을 괸 채 고개를 살짝 기울여 술잔을 집어 드는 저를 지그시 바라봤어요. 사장님의 시선이 술잔을 따라 제 입술에 닿았어요.

"그래, 로완 케인 씨, 자기소개 한번 해 보시겠어요?" 사장님이 말했어요. 술을 얼마나 마신 건지 혀가 풀렸더라고요.

사장님의 말투, 대놓고 하는 질문들, 불편할 정도로 친밀한 시선에 속이 거북해지는 것 같았어요.

"뭘 알고 싶으세요?" 전 되도록 가볍게 말하려고 애썼어요.

"선생님을 보니까 누가 생각이 나는데…… 그게 누군지 모르겠어요. 영화배우 같기도 하고요. 혹시 유명한 친척이 있나요?

할리우드에서 활동하는 자매가 있다던가?"

뻔한 수작에 헛웃음이 절로 났어요.

"아뇨. 전혀요. 전 외동이에요. 저희 가족도 더할 바 없이 평
범한 사람들이고요."

"아니면 일로 만났거나…… 가족 중에 건축업하는 사람이 있
어요?"

순간 의붓아버지의 보험 판매 사업이 떠올라서 잠시 생각에
잠겼어요. 하지만 곧 단호하게 고개를 가로저었죠. 사장님이 와
인 잔 너머로 이맛살을 찌푸리며 저를 쳐다봤어요.

"어쩌면 그 여자…… 이름이 뭐더라? '악마는 프라다를 입는
다'에 나온 여자요."

"네? 메릴 스트립이요?" 전 초조하다 못해 깜짝 놀라서 웃으
며 말했어요. 사장님은 답답하다는 듯 고개를 저었어요.

"아니. 다른 여자요. 젊은 여자. 앤 해서웨이던가? 맞아, 그 여
자. 선생님 그 여자 닮았어요."

"앤 해서웨이요?" 사장님이 진심으로 그리 생각하는 건지 의
아했지만 내색하지 않았어요. 앤 해서웨이가 한 20킬로 정도 더
살찌고 여드름 자국이 생기고 아마추어 헤어 디자이너에게 머
리를 한다면야 모르죠. "사장님, 정말 친절한 말씀이시지만 그런
소리는 지금까지 한 번도 들어 본 적이 없어요."

"그럼 대체 어디서 봤지?" 사장님이 자리에서 일어나 식탁을
돌아 제 옆으로 오더니 반짝거리는 메탈 의자에 앉아 저를 마주
봤어요. 빌 사장님이 두 다리를 쩍 벌리고 앉은 탓에 조금만 움직
여도 사장님 허벅지에 닿을 것만 같았어요. "분명히 어디서 만난

적이 있는 것 같아요. 예전에 어디서 일했다고 했죠?"

제가 예전 직장을 줄줄이 읊었지만 사장님은 모두 다 마땅치 않다는 듯 고개를 절레절레 흔들었어요. "다 모르는 곳이군요. 어쩌면 제가 상상한 건지도 모르겠네요. 누군가가 떠오르는 것 같은데…… 선생님이랑 닮은 얼굴이요."

헛소리 좀 그만해! 속이 뒤틀렸어요. 이런 일을 한두 번 겪은 게 아니라서 앞으로 어떻게 될지 충분히 짐작할 수 있었죠. 졸업 직후 종업원으로 일하던 시절, 월급을 올려 주겠다면서 형광 핑크색 브래지어가 예쁘다고 희롱하던 사장. 헤아릴 수 없이 많은 밤마다 저를 문 앞에 찍어 누르던 소름 끼치는 인간들. 산후 우울증에 걸린 아내가 자기 마음을 알아주지 않는다고 하소연하며 동정표를 얻으려던 어린이집의 발정 난 유부남들.

빌 사장님은 그런 부류의 사람이었어요.

사장님은 제 고용주이자 또 다른 고용주의 남편이기도 했어요. 무엇보다 최악은 사장님이 제…….

맙소사. 도저히 제 입으로는 말할 수가 없어요.

덜덜 떨리는 손으로 술잔을 더욱 세게 움켜잡으면서 떨림을 감추려 했지만 역부족이었어요.

안 되겠다 싶어 목청을 가다듬고 의자를 뒤로 밀어 일어서려 는데 식탁 가장자리에 가로막힌 의자가 움직이지 않는 거예요. 게다가 청바지를 입은 사장님의 두툼한 허벅지가 앞을 막고 있 어 의자에서 내려갈 수도 없었어요.

"이만 자러 가는 게 좋겠어요." 초조해서 목소리가 살짝 떨렸 어요. "내일 일찍 일어나야 하니까요."

"서두를 거 없어요." 사장님이 이렇게 말하고는 손을 뻗어 제 술잔을 뺏어가더니 다시 술을 채웠어요. 그러고는 제 얼굴을 향해 한 손을 뻗었죠. "당신은…… 당신은 약간……."

부드럽지만 다소 끈적끈적한 엄지손가락이 제 아랫입술 가장자리를 쓸었어요. 사장님의 한쪽 무릎이 제 다리 사이를 아주 천천히 부드럽게 파고들었어요.

전 그 자리에 얼어붙고 말았어요. 순간 지독한 욕지기가 치밀어 질식할 것만 같았어요. 그러다가 속에서 뭔가가 딱 끊어지는 것 같은 느낌이 들었어요. 전 즉시 의자에서 미끄러져 내려와 사장님을 밀치고 빠르게 빠져나왔어요. 그 바람에 술잔이 넘쳐흘러 콘크리트 바닥을 적셨어요.

"죄송합니다. 죄송해요. 걸레를 가져와서……." 더듬거리며 말했어요.

"괜찮아요." 사장님은 조금도 당황스러워하는 기색이 없었어요. 오히려 제 반응을 보고 즐거워했죠. 사장님은 식탁 의자에 편안하게 기대앉아 있었어요. 전 행주를 움켜쥐고 사장님 다리 사이로 들어가 바닥을 닦았어요.

잠깐 고개를 들어 보니 사장님이 저를 내려다보고 있었어요. 순간 분위기가 묘해졌어요.

전 벌겋게 달아오른 얼굴로 벌떡 일어나서 와인이 묻은 행주를 싱크대에 던져 넣었어요.

"안녕히 주무세요, 사장님." 전 불쑥 인사하고 돌아섰어요.

"잘 자요, 로완."

그리고는 정신없이 계단을 올랐어요.

방문을 닫은 후에야 안도감이 물밀듯 밀려왔어요. 아직은 이 집의 제 방이 편하지 않았는데도 일찍 짐을 풀어 뒀던 터라 마치 제 영역에 들어온 것 같더라고요. 이 집 한구석에 자리한 저만의 공간, 완벽한 아이 돌보미 로완이라는 가면을 벗어던지고 진정한 저로 돌아와 팔다리를 쭉 뻗고 지낼 수 있는 공간이 저를 감싸 줬어요.

일단 머리끈부터 풀었어요. 단정한 포니테일을 풀어헤치니 숱 많은 머리카락이 쏟아져 내리더군요. 그러고 나선 이 집에 도착한 후 줄곧 짓고 있던 예의 바르고 사람 좋아 보이는 미소를 걷어치우고 마음 편하게 지친 기색을 내비쳤어요. 카디건, 블라우스, 트위드 스커트를 벗는데 가식을 한 꺼풀씩 벗겨 내는 것 같더라고요. 가면 뒤에 꼭꼭 숨겨 놨던 여자―주말이면 교양 서적을 읽는 여자가 아니라 잠옷 바람으로 뒹굴면서 '판사 주디[1]'를 보는 여자, 추파를 던지는 빌 사장님 앞에서 바닥을 닦겠다고 정중하게 말하는 여자가 아니라 역겨운 돼지라며 욕설을 퍼붓는 여자―로 되돌아갔어요.

또다시 복잡한 스위치 패널과 씨름해야 했지만 덕분에 좀 전의 불쾌했던 일을 조금이나마 떨쳐 버릴 수 있었어요. 이것저것 눌러서 간신히 실내 온도를 적정 수준으로 맞추고 샤워기 작동법을 기억해 냈을 때쯤 방망이질 치던 심장이 가라앉았어요. 어쨌든 이 상황을 받아들일 수밖에 없겠더라고요.

빌 사장님은 소름 끼치는 호색한이었어요. 그런 사람을 처음 만난 것도 아니었는데. 그런데 전 왜 그렇게까지 실망했던 걸까요?

사실 왜 그랬는지 잘 알고 있어요. 단순히 빌 사장님이 그런 부류의 인간이었기 때문만은 아니었어요. 그 저택에 들어가려고 얼마나 공을 들이고 얼마나 신중하게 계획을 짰는지 몰라요. 온갖 희망과 꿈을 품고 구인 공고에 지원했는걸요. 제 평생 처음으로 뭔가가 잘 돼 간다고 느꼈는데 빌 사장님 같은 사람을 만나는 바람에 모조리 산산조각 나 버렸어요. 그 음흉한 인간 때문에요. 모든 상황이 완벽해 보였어요. 어쩌면 너무 완벽해 보였는지도 모르겠네요. 빌 사장님은 그야말로 옥의 티였죠.

갑자기 초자연적인 현상이니 뭐니 하는 게 다 헛소리구나 싶었어요. 귀신은 무슨, 자기 물건 하나 간수 못하는 50대 중년 남자가 있을 뿐이었죠. 진저리 나는 이 더러운 상황을 또 겪어야 하다니.

한두 번도 아닌데 비슷한 상황이 닥칠 때마다 매번 배를 걸어차이는 기분이 드는 건 어쩔 수 없더라고요.

씻고 나서 침대에 누울 때까지만 해도 이 집의 원흉은 죽은 사람이 아니라 산 사람인 빌 사장님이라 생각했어요. 그러다 무심결에 천장을 쳐다봤을 때였어요. 천장에는 매립 등이 있고 문 옆에는 약하게 깜박거리는 화재 경보기가 있고…… 그리고 구석에 뭔가가 있었어요. 저게 뭐지? 도난 경보기인가? 보조 화재 경보기?

아니면…….

갑자기 면접 때 사모님이 했던 이야기가 떠올랐어요. '집 전체가 연결돼 있어요…….'

카메라일 리는 없는데…… 설마 카메라?

그럴 리 없었어요. 진짜 그렇다면 이보다 더 소름 끼칠 노릇이 있을까요? 불법이잖아요. 전 일개 고용인이고 정확한 법률 용어는 모르지만 여하튼 고용인으로서 사생활을 보호받을 권리가 있으니까요. 맞든 아니든 달라질 건 없었어요. 전 일어나서 가운을 걸치고 달걀 모양을 한 정체 모를 그 물건 아래로 의자를 끌어다 놨어요. 마침 샤워 전에 벗어 놓은 양말 한 짝이 바닥에 나뒹굴길래 양말을 집어 들고 의자에 올라섰어요. 양말로 그 물건을 가려 보려고 까치발을 들었어요. 간신히 손이 닿았고 다행히 양말은 탐지기에 딱 맞아 들어갔어요. 끝부분이 살짝 남아 덜렁거리긴 했지만요. 축 늘어진 양말을 보고 있자니 제 신세가 서글퍼졌어요.

야밤에 이런 짓을 하는 제가 우스웠지만 그렇게라도 하니 마음이 편해지더라고요. 덕분에 침대로 돌아가 잠들 수 있었어요.

그러다 한밤중에 깜짝 놀라 잠에서 깼어요. 꼬집어 말할 순 없지만 뭔가가 잘못됐다는 느낌이 들었어요. 그저 가만히 누워서 쿵쾅쿵쾅하는 심장 박동 소리를 들으며 대체 무엇 때문에 잠에서 깬 건지 생각했어요. 꿈을 꾼 것 같진 않았거든요. 그냥 뭔가에 깜짝 놀랐어요. 그리고는 다시 잠들지 못했어요.

잠시 후 그 뭔가의 정체가 밝혀졌어요. 소리였어요. 발자국 소리였어요. 끼익…… 끼익…… 끼익…… 누군가가 마룻바닥을 걷는 듯 천천히 규칙적으로 끼익거리는 소리가 들리는 거예요. 하지만 있을 수 없는 일인 것이, 그 집 바닥 전체에 두꺼운 카펫이 깔려 있었거든요.

끼익…… 끼익…… 끼이이이익……. 그 소리는 묵직하고 공허하게 울려 퍼졌어요. 날쌔게 움직이는 아이 발자국 소리가 아니라 성인 남자가 천천히 걷는 소리처럼요. 마치 머리 위쪽에서 들리는 것 같았죠. 하지만 말도 안 되는 일이었어요. 제 방이 맨 꼭대기 층이었으니까요.

전 천천히 일어나서 더듬거리며 전등 스위치를 찾아 눌렀어요. 하지만 아무 반응이 없더라고요. 다시 스위치를 눌렀지만 소용없었어요. 젠장, 메인 스위치 패널에서 전등 스위치를 무력화시켜 놓은 게 분명했어요. 그렇다고 한밤중에 스위치 패널을 막 눌러 볼 수도 없었어요. 사운드 시스템 같은 걸 건드릴지도 모르니까요. 전 충전 중인 휴대 전화의 손전등을 켰어요.

가슴이 답답해져서 흡입기로 호흡을 가다듬었어요. 그 순간 갑자기 방 안이 아주 서늘하게 느껴졌어요. 온도를 설정한답시고 너무 마구잡이로 눌러 버렸나 봐요. 이불 밖은 위험할 정도로 추웠어요. 전 일어나서 침대 발치에 있는 가운을 걸쳤어요. 너무 추워서 이가 딱딱 부딪히는 소리가 날 지경이었지만 꾹 참으면서 손전등 불빛을 비춰 봤어요. 하지만 갈색 카펫 말고는 별다른 게 없었어요.

발자국 소리가 멈췄어요. 전 잠시 숨을 멈추고 망설였어요. 소리가 다시 들리는지 조용히 귀를 기울였지만 아무 소리도 들리지 않았어요. 다시 흡입기를 물고 가만히 기다렸지만 여전히 아무 소리도 나지 않았어요.

침대가 유난히 따뜻해 보였어요. 아무것도 듣지 못했다는 듯이 다시 이불 아래로 기어 들어가고 싶었어요. 하지만 무슨 소리인지 확인해 보려는 시도조차 하지 않았다가는 잠을 푹 잘 수 없을 게 분명했어요. 가운을 단단히 여미고 방문을 살짝 열었어요.

밖에는 아무도 없었어요. 청소함도 살짝 들여다봤어요. 빗자루와 충전 중인 진공청소기의 깜박이는 불빛밖에는 아무것도 보이지 않았어요. 그 안에 쥐보다 큰 뭔가가 숨어 있을 가능성은 전혀 없었죠.

청소함 문을 닫고 리안논의 방으로 다가갔어요. 무단 침입자가 된 것만 같았죠. '꺼져, 들어오면 죽어'라는 글귀를 못 본 척하며 리안논의 방문 손잡이를 쥐었어요. 문이 잠겨 있을 거라고 생각했는데 손잡이가 부드럽게 돌아가면서 묵직한 문이 두툼한 카펫 위로 스윽 밀리더니 활짝 열렸어요.

칠흑같이 어두운 방에 암막 커튼이 꼼꼼하게 쳐져 있었어요. 완전히 빈방 같더라고요. 휴대 전화를 들어 손전등으로 방 구석구석을 비춰 봤어요. 방에는 아무도 없었어요.

달리 더 볼 게 없었어요. 그 층에 다른 방은 없었거든요. 매끈한 천장에 다락으로 통하는 문 같은 건 없어 보였어요. 좀 전에 들었던 소리는 빠르게 사라지긴 했지만 분명히 위에서 들려왔었거든요. 지붕에 뭔가 있는 건가? 새였나? 사람이 지붕 위를 돌아다닐 리는 없잖아요.

다시 몸이 떨려 와서 제 방으로 돌아왔어요. 머뭇거리며 카펫 한가운데 가만히 서서 귀를 기울였어요. 그 소리가 다시 들리지 않을까 했지만 아무 소리도 나지 않았어요.

휴대 전화 손전등을 끄고 침대로 올라가 이불을 끌어당겨 덮었어요. 다시 잠들기까지 한참이 걸렸죠.

"엄마!"

엘리가 메인 도로를 향해 달리는 테슬라를 쫓아가며 외쳤어요. 잭은 아이 걸음으로는 따라갈 수 없을 만큼 속도를 올렸어요. 엘리의 얼굴은 눈물범벅이 됐어요.

"엄마, 가지 마!"

"우리 딸, 잘 있어!" 사모님이 뒷좌석 창문으로 고개를 내밀었어요. 자동차가 속력을 올리자 사모님의 금발이 미풍에 휘날렸어요. 얼굴에는 생기 넘치는 미소가 걸려 있었지만 눈 속에는 아픔이 깃들어 있었어요. 사모님은 아이들을 위해서 억지로 기쁜 표정을 짓고 있는 거였어요. 반면에 빌 사장님은 뒤도 돌아보지 않았어요. 사모님 옆에 앉아서 휴대 전화만 들여다보고 있더라고요.

"엄마!" 엘리가 절망이 섞인 목소리로 소리쳤어요. "엄마, 제발 가지 마!"

"안녕, 우리 딸! 로완 선생님이랑 즐겁게 지내고 있어. 엄마 금방 올 거야. 잘 있어! 사랑해!"

차는 진입로 모퉁이를 돌아 숲속으로 사라졌어요.

엘리의 걸음이 느려졌어요. 엘리는 멈춰 서서 소리치다가 땅

바닥에 엎드려 대성통곡을 했어요.

"엘리!"

전 페트라의 엉덩이를 더 높이 받쳐 들고 진입로 바닥에 엎드려 있는 엘리에게 다가갔어요. "엘리, 그만 들어가자. 집에 가서 아이스크림 먹을까?"

사모님이 준 유의 사항에 아이스크림은 애들이 좋아하는 큰 보상인데, 단 매일 주면 안 된다고 적혀 있었어요. 아이들이 흥분하기 쉽다는 게 이유였어요. 아이스크림 이야기에도 엘리는 고개를 절레절레하며 더 크게 울어 젖혔어요.

"우리 착한 엘리, 그만 들어가자. 응?" 페트라를 안고 있었기 때문에 가까스로 허리를 숙여 엘리의 손목을 잡고 일으켜 세우려고 했어요. 하지만 엘리는 소리를 지르며 팔을 비틀어 빼더니 주먹을 쥐고 바닥을 내리쳤어요.

"악!" 엘리가 더 크게 흐느끼면서 비명을 질렀어요. 울어서 빨개진 눈을 들어 사납게 저를 쏘아봤어요. "선생님 때문에 엘리 아야 해!"

"선생님은 그냥……."

"저리 가. 아야 했어. 엄마한테 이를 거야!"

전 잠시 동안 가만히 서 있었어요. 화가 나서 엎드려 우는 아이를 어찌해야 할지 모르겠더라고요.

"가!" 엘리가 다시 소리를 질렀어요.

하는 수 없이 돌아서서 집으로 향했어요. 아이를 길 한복판이나 마찬가지인 곳에 놔두고 오는 게 좀 걸렸지만, 어쨌든 저택 진입로 문은 닫혀 있었으니까요. 잭이 돌아오려면 30분 이상은 걸릴 터였고요. 그전까지 엘리가 진정돼서 엘리를 집 안으로 데리고 들어올 수 있길 바랄 뿐이었죠.

등에 업힌 페트라가 칭얼대기 시작했어요. 한숨이 새어 나오는 걸 꾹 참았어요. 제발 페트라 너까지 말썽 피우지 마. 그나저나 대체 매디는 어디 있는 거야? 참고로 말씀드리면, 매디는 사모님과 사장님이 떠나기 직전에 돌연 작별 인사를 하지 않겠다며 집 동쪽에 있는 숲으로 사라져 버렸거든요.

"놔둬." 사모님이 작별 키스를 하려고 매디를 찾으러 가려는데 사장님이 말했어요. "매디가 어떤지 알잖아. 혼자서 마음의 상처를 삭히려는 거지."

마음의 상처를 삭혀? 뭐야, 저 식상한 표현은? 당시에는 사장님의 말을 크게 신경 쓰지 않았어요. 그런데 지금 생각해 보면 의문투성이였던 거예요. 매디가 뭣 땜에 마음의 상처를 입은 건가?

집에 들어가 페트라를 아기 의자에 앉히고 벨트를 채웠어요. 그러고는 아이들이 사라져 버렸을 때 어떻게 해야 하는지 찾아보려고 빨간 파일을 들쳐 봤어요. 파일은 두께가 7센티는 돼 보였어요. 해열제를 언제 얼마만큼 먹여야 하는지부터 수면 루틴, 아이들이 좋아하는 책, 기저귀 발진 관리법, 숙제 일정, 아이들 발레복 세탁 시 넣는 캡슐 세제까지 빠짐없이 기록돼 있었어요. 그뿐만이 아니라 어떤 간식을 주고, 어떤 텔레비전 프로그램을 보여 주고, 텔레비전을 얼마나 보여 줘야 하는지까지 매 시간 해야 할 일이 모조리 적혀 있더라고요.

딱 한 가지 없는 게 아이들이 사라졌을 때 대처법이었죠. 설령 있다 해도 어디 있는지 찾을 수가 없었어요. 어쩔 수 없이 '일상적인 주말'에 관한 내용을 훑어봤어요. 파일에 따르면 페트라에게 점심 줄 시간이 이미 지나 있었어요. 그래서 페트라가 짜증을 부리는 건지도요. 하지만 매디와 엘리가 집에 오기 전에 점심 준비를 하고 싶지 않았어요. 일단 페트라에게 간식을 주고 달래서 칭얼대지 않게 했어요.

일상적인 주말에 관한 내용은 이랬어요. '오전 6시. 어린아이들(특히 엘리)은 일찍 일어나는 습관이 있음. 그 습관을 고치려고 아이들 방에 행복한 토끼 시계라는 수면 훈련 앱을 설치했음. 행복한 토끼 시계는 디지털시계로 오전 6시가 되면 잠자는 토끼 화면이 잠에서 깬 행복한 토끼 화면으로 소리 없이 바뀜. 엘리가 6시 이전에 일어나면 시계를 보고 토끼가 아직 잠들어 있으니 더 자라고 부드럽게(!) 타이를 것. 아이들이 악몽을 꾸거나 화장실에 가고 싶어 할 때는 재량껏 처리할 것.'

맙소사. 이 집에서는 망할 앱이 없으면 아무것도 못하는 거야? 파일을 계속 넘겨 보면서 추천 옷차림과 궂은 날씨용 옷차림, 허용 가능한 아침 식사 식단 부분은 건너뛰고 오전 중반쯤 할 일에서 멈췄어요.

'오전 10시 ~ 11시 15분. 간식 - 과일 약간(바나나, 블루베리, 포도, 페트라에게는 네 등분해서 줄 것), 건포도(약간만, 이가 상해요!), 브레드스틱, 쌀가루로 만든 케이크나 오이스틱. 딸기는 안 됨(엘리에게 딸기 알레르기가 있음). 모든 견과류 안 됨(견과류로 만든 버터는 괜찮지만 무설탕, 무염이어야 함), 페트라에게 정제 설탕이나 소금이 지나치게 많이 들어 있는 간식을 주면 안 됨(큰 아이들에

게는 적당량의 설탕은 먹여도 됨). 외출 시 이 사항을 지키기 어렵다면 간식 상자를 가지고 나가면 좋음.'

적어도 간식 준비까지 앱으로 해야 하는 건 아니더라고요. 지금까지 아이 돌보미 일을 해 오면서 이렇게 상세한 유의 사항은 듣지도 보지도 못했어요. 참고로 리틀 니퍼스 어린이집의 직원 안내서는 직원의 질병 발병 보고법을 설명해 놓은 얇은 책자였거든요. 물론 어디를 가나 규칙은 있죠. 텔레비전 시청 시간, 벌, 금지 사항, 알레르기 같은 일반적인 유의 사항이요. 하지만 이 업계에 종사한 지 10년이 다 된 사람에게 포도알 자르는 법까지 지시하다니 어의가 없었죠.

파일을 덮어 식탁 한쪽으로 밀어 놓는데 갑자기 궁금해지더라고요. 아이 돌보미가 자주 바뀌는 바람에 사모님이 불안해서 이렇게 하나부터 열까지 통제하려는 걸까? 아니면 자신이 다른 곳에 있더라도 마음만은 아이들 곁에 남겨 두고 싶다는 엄마의 마음이 반영된 결과일까? 반면에 빌 사장님은 그렇지 않았어요. 제가 선생으로서 자격을 갖췄을지언정 어쨌든 현재는 낯선 사람이나 다름없는데 그런 저에게 아이들을 맡겨 놓고 떠나면서도 거리낌 하나 없었거든요. 파일을 보면 사모님은 사장님과 완전히 다른 유형의 부모였어요. 사모님이 처한 현재 상황에 매우 혼란스러워하는 부모였다고요. 그렇게 불안해하면서 사모님은 왜 굳이 사장님과 함께 가려는 걸까요? 집에 남는 게 나을 텐데요. 직업적 자부심 때문에 그러는 걸까요? 아니면 다른 뭔가가 있는 걸까요?

콘크리트 식탁 가운데에 놓인 커다란 대리석 과일 그릇에 신선한 오렌지, 사과, 귤, 바나나가 가득 담겨 있었어요. 전 한숨을 쉬며 바나나를 하나 집어 껍질을 까고 먹기 좋게 잘라 페트라의 접시에 몇 개 올려놨어요. 그러고는 매디가 돌아왔는지 보려고 놀이방으로 갔어요. 매디는 놀이방에 없었어요. 거실에도, 제가 아는 한 집 안 어디에도 없었어요. 결국 다용도실로 가서 숲을 향해 소리쳤어요.

"매디! 엘리! 지금 페트라랑 아이스크림 먹는 중인데." 잠시 말을 멈추고 발자국 소리나 나뭇가지 밟히는 소리가 나는지 들어 봤지만 아무 소리도 들리지 않았어요. "스프링클도 뿌려져 있지." 솔직히 아이스크림에 스프링클이 뿌려져 있는지 그렇지 않은지 몰랐어요. 하지만 아이들이 어디 있는지만 알 수 있다면 거짓말도 불사할 생각이었어요.

새소리만 들릴 뿐 사방이 고요했어요. 해가 지면서 기온이 내려갔는지 온몸이 떨리면서 맨살이 드러난 두 팔에 소름이 돋았어요. 아직 6월인데도 아이스크림보다 따뜻한 코코아를 마셔야 할 것 같은 날씨였어요.

"좋아!" 전 좀 더 큰 목소리로 외쳤어요. "선생님이 남은 스프링클 다 뿌려 먹는다!"

전 옆문을 살짝 열어 놓은 채 집 안으로 들어왔어요.

하지만 주방에 들어서자마자 깜짝 놀라 멈칫하고 말았죠.

페트라가 식탁 한쪽 끝에 놓인 높다란 아기 의자 위에 서서 바나나 한 송이를 의기양양하게 흔들어 대는 거예요.

"젠장!"

온몸의 피가 다 빠져나가는 것 같았어요. 전 그 자리에 얼어

붙어 아기 의자에 위태위태하게 서 있는 페트라를 바라봤어요. 페트라의 작은 다리가 미끄러운 나무 위에서 흔들거리고 있었어요. 그 밑에는 자비라고는 눈곱만치도 없는 단단한 콘크리트 바닥이 있었고요.

전 정신을 차리고 페트라 쪽으로 달려갔어요. 중간에 바닥에 널브러진 곰 인형 때문에 삐끗했지만 불상사가 생기기 전에 페트라를 낚아채 안아 들 수 있었어요. 너무 놀라서 심장이 튀어나올 것 같았어요.

"세상에, 페트라. 이건 나쁜 짓이야. 이럼 안 돼! 맙소사, 큰일 날 뻔했잖아."

중요한 건 말이죠. 하마터면 페트라가 죽을 수도 있었다는 거예요. 의자에서 떨어져서 콘크리트 바닥에 머리라도 부딪쳤다면 뇌진탕에 걸리지 않았을까요.

어쩌다 이런 어리석은 실수를 한 거야?

갓난아기를 돌본 게 하루 이틀도 아닌데요. 제가 할 수 있는 조치란 조치는 다 취해 놓고 페트라가 발로 식탁을 밀지 못하도록 의자를 식탁에서 멀찍이 떼어 놓기까지 했거든요. 안전벨트도 단단히 채워 놨고요. 아기 의자 안전벨트는 되게 빽빽해서 아기 손가락으로는 풀 수 없었단 말이에요.

그런데 어떻게 벨트를 푼 걸까요?

페트라가 어떻게 빠져나온 걸까요?

안전벨트를 살펴봤어요. 한쪽은 잘 채워져 있었지만 다른 한쪽이 풀려 있더라고요. 젠장. 한쪽을 제대로 끼워 넣지 않았던 모양이에요. 그래서 페트라가 꿈틀대다가 느슨해진 벨트를 풀고 빠져나왔나 봐요.

가타부타 할 거 없이 제 잘못이었어요. 제 실수를 인지하니 두려움에 두 손이 차가워지고, 자괴감에 얼굴에 열이 올랐어요. 사모님이 있을 때 이런 일이 일어나지 않아서 정말 다행이었어요. 안전 문제는 아이 돌보미가 갖춰야 하는 기본 소양이었으니까요. 사모님이 봤다면 그 자리에서 저를 해고하고도 남았을 거예요.

물론…… 여전히 가능성은 있었죠. 사모님이 감시 카메라를 보고 있었다면요. 결국 참지 못하고 천장을 흘깃 봤어요. 주방 구석에 제 방에서 봤던 것과 같은 달걀 모양으로 된 하얀색 반구가 하나 보였죠. 얼굴이 상기되는 게 느껴졌어요. 죄책감으로 물든 제 모습을 사모님이 보고 있기라도 한 것 같아 급히 얼굴을 돌렸어요.

젠장. 젠장.

다른 방도가 없었어요. 사모님과 사장님이 밤낮으로 감시 카메라 영상을 꼼꼼하게 들여다보지 않기만을 바라는 수밖에요. 빌 사장님은 집을 떠난 후로 홈 관리 앱을 거들떠보지도 않았을 거라고 자신할 수 있었어요. 하지만 산드라 사모님은…… 면접 때는 느긋하고 쾌활해 보여서 잘 몰랐는데 파일을 보니 상상 외로 꼼꼼한 성격이었어요.

어쩌면 운 좋게 엘린코트 내외분이 네트워크가 잘 안 되는 곳에 있다거나 비행기에 탔을 수도 있었어요. 다만 영상이 녹화되는 건지, 그렇다면 녹화된 영상이 얼마나 오래 저장되는지 알 길이 없었죠. 이런 정보까지 그 빨간 파일에 있었을까요.

불안했어요. 사모님이 실시간으로 저를 감시하는 중인지도 모를 일이었고요.

페트라를 단단히 끌어안고 떨리는 입술을 페트라의 정수리에 살짝 갖다 대는데 이상하게도 마치 연극을 하는 것 같은 기분이었어요. 입술에 아기의 부들부들한 정수리가 느껴졌어요. "다신 그러지 마." 전 단호하게 말했어요. 몸속에서는 여전히 아드레날린이 솟구쳤어요. 흥분을 가라앉히려고 애쓰면서 페트라를 안아 올리고는 싱크대로 데려가서 얼굴을 닦아 줬어요. 그러고는 손목시계를 보면서 천천히 숨을 고른 다음 페트라가 혼을 쏙 빼놓기 전에 제가 뭘 하고 있었는지 떠올려 봤어요.

오후 1시가 막 지난 시각이었어요. 파일대로라면 페트라는 12시 30분에서 1시 사이에 점심을 먹고 오후 2시에 낮잠을 자야 했어요. 그런데 페트라가 벌써부터 졸린지 칭얼대면서 눈을 비비더라고요. 속으로 일정을 따져 보면서 낮잠 문제를 어떻게 처리할지 고민했어요. 어린이집에서는 1시경에 아이들에게 점심을 먹이고 곧장 아이들을 재웠거든요.

이른 시간부터 페트라의 일정을 엉망으로 만들고 싶진 않았지만 피곤해서 짜증을 부리는 아이를 정해진 시간에 맞춰 재우는 것 또한 그다지 좋은 생각은 아니었어요. 아이들은 피곤할수록 더 흥분해서 밤에 잠을 잘 못 잘 수도 있거든요. 페트라의 정수리를 내려다보며 어떻게 해야 할지 고민했어요. 그러다 번뜩 한 시간쯤 페트라를 재우면 매디와 엘리를 찾아서 데려올 수 있겠구나, 하는 생각이 떠오르는 거예요. 징징거리는 아기를 데리고 돌아다니는 것보다 일정이 좀 어그러지는 편이 훨씬 낫지 않겠어요?

페트라가 동그랗게 말아 쥔 주먹으로 눈을 비벼 대며 짜증 내고 칭얼거리기 시작하자 결단을 내렸어요.

"가자." 큰 소리로 말하며 페트라를 2층으로 데려갔어요.

방에는 암막 블라인드가 쳐져 있었어요. 전 파일에 적힌 대로 반짝거리는 모빌의 전원을 켜고 페트라를 조심스럽게 침대에 눕혔어요. 페트라는 몸을 굴려 엎드리더니 매트리스에 얼굴을 비볐어요. 전 그 옆에 조용히 앉아서 꼼지락거리는 페트라의 등을 부드럽게 쓸어 줬어요. 부드러운 불빛이 천장과 벽을 비췄어요. 페트라는 계속 칭얼대긴 했지만 그 소리는 점점 잦아들었어요. 곧 잠들 것 같았죠.

마침내 페트라가 깊이 잠든 것 같았어요. 전 조심조심 일어나서 페트라가 깼을 때 찾기 쉽도록 토끼 애착 이불을 페트라의 손위에 올려놔 줬어요. 순간 페트라가 뒤척거리는 바람에 그 자리에 얼어붙었지만, 다행히 페트라는 낮게 코를 골면서 고사리 같은 손으로 이불을 움켜쥐기만 했어요. 안도의 한숨을 내쉬며 아기 침대 끝에 걸려 있던 베이비 모니터를 허리띠에 끼워 넣고 까치발로 방을 나왔어요.

집 안은 쥐 죽은 듯 고요했어요. 층계참에 내려서서 아이들이 달려가는 소리나 깔깔거리는 웃음소리가 들리는지 들어 봤어요.

매디랑 엘리는 대체 어디 있는 거야?

산드라 사모님과 빌 사장님 방에는 아직 들어가 보지 않았지만, 저택 평면도를 미리 봐 뒀기 때문에 그 방 창문에서 진입로가 보인다는 걸 알고 있었어요. 전 조심스럽게 사모님과 사장님의 방문을 열었어요.

순간 눈앞에 펼쳐진 광경에 숨이 턱 막혔어요. 아주 큰 방이었어요. 적어도 침실 두 개를 합쳐 놓은 게 분명했어요. 아니면 세 개요? 방에는 엄청나게 커다란 침대가 있었어요. 새하얀 시트가 씌워져 있었는데 그 위에 푹신푹신한 쿠션들이 높게 쌓여 있더라고요. 침대 맞은편에는 조각 장식이 달린 커다란 돌 벽난로가 있었고요. 집 앞쪽으로 모슬린 커튼이 달린 기다란 창문 세 개가 나 있었어요. 살짝 열린 창문으로 미풍이 불어와 커튼을 살랑살랑 흔들었어요.

서랍장이며 붙박이장이 조금씩 열려 있더라고요. 은회색 카펫을 가로질러 중앙 창문으로 가는 길에 그 안을 들여다보고 싶은 호기심이 슬쩍 일었지만 그냥 서랍과 농문을 닫았어요. 사모님과 사장님이 저를 지켜보고 있을지도 모르는 일이잖아요. 진입로 쪽 창문을 내다보는 것까진 그럴 수 있다 쳐도 옷장을 뒤지는 건 변명의 여지가 없으니까요.

창가를 내다봤지만 엘리는 어디에도 보이지 않았어요. 엘리가 엎드려 있던 진입로의 곡선 구간은 텅 비어 있었어요. 이게 안심할 일인지 아닌지 잘 모르겠더라고요. 적어도 잭이 차를 몰고 돌아오다가 엘리를 치는 일은 없을 테지만요. 그나저나 엘리는 대체 어디 있는 걸까요? 사모님은 아이들이 숲속으로 달아나도 크게 걱정하지 않는 것 같았어요. 하지만 전 아니었어요. 몸속에서 뼈 부러지는 소리가 나는 것처럼 불편했어요. 어린이집에서는 공원 산책부터 오트밀죽 촉감 놀이에 이르기까지 모든 활동의 위험 요소를 계산해야 했어요. 예측할 수 없는 위험이 수 없이 많았으니까요. 근처에 연못이라도 있으면 어떡하지? 아니면 가파른 비탈이 있다면? 아이들이 나무에 올라갔다가 못 내려오면? 울타리가 튼튼하지 않아서 아이들이 도로로 빠져나가 헤매는 건 아닐까? 혹시 개가······.

전 머릿속에서 떠오르는 온갖 최악의 상황들을 차단해 버렸어요.

그러고 보니 개들이 있었어요. 사모님네 개는 누가 돌보는지 물어본다는 걸 까맣게 잊어버렸더라고요. 뭐 개 데리고 산책 좀 한다고 탈이 날 건 없었죠. 어쩌면 아이들을 찾아낼 수 있을지도 모르고요. 게다가 개들과 산책하는 척하며 나가면 아이들한테 너무 끌려다닌다는 인상을 주지 않고 숲을 수색할 수 있잖아요. 초반에 기선 제압이 필요했어요. 그렇지 않으면 돌보미로서의 제 권위가 산산조각 나서 회복이 힘들지 않겠어요?

리안논이 돌아와 돌봐야 할 10대 소녀가 한 명 더 늘어나면 어떻게 될까, 하는 불안한 생각은 잠시 접어 뒀어요. 그전에 사모님이 돌아와서 저를 도와줄 수 있기만을 바랐죠.

개들은 아래층 주방에 있는 도그 바스켓에 누워 있더라고요. 제발 산책 좀 시켜 달라는 간절한 눈빛으로 저를 바라보면서요.

"산책 가자." 발랄하게 외치자마자 개들이 펄쩍 뛰어올랐어요. "착하지······ 클로드." 클로드가 흥분해서 제 주변을 뛰어다녔어요. 그 바람에 수컷인지 암컷인지 모를 그 개의 목줄을 겨우 손안에 쥘 수 있었어요. 마침내 헤로의 목줄까지 잡고 만일을 대비해 주머니에 간식을 한 움큼 넣은 다음 다용도실 밖으로 나왔어요. 그리고는 자갈이 깔린 마당을 가로질러 마구간을 지나 숲으로 향했어요.

날씨가 정말 좋았어요. 아이들 걱정으로 마음은 불안했지만 개들과 함께 나무 사이로 구불구불하게 이어지는 오솔길을 따라 걷자니 저도 모르게 아름다운 주변 풍경에 눈이 가더라고요. 머리 위를 지붕처럼 덮은 나뭇잎 사이로 스며드는 햇살이며, 비옥한 흙 위를 밟으며 걷고 있는 저와 개들의 발치에서 회오리 치며 솟아오르는 금빛 먼지, 고요한 공기 속에 햇살을 머금고 떠다니는 작은 꽃가루 분자와 송라(松蘿)[12] 까지.

개들은 우리가 어디로 가는지 잘 알고 있는 것 같았어요. 그래서 개들이 앞장서도록 내버려 뒀어요. 두 개는 자기네 마당이나 다름없는 데서 왜 목줄에 묶여 다녀야 하는지 의아해했지만 어쩔 수 없었어요. 개들을 풀어 줬다가 다시 불렀을 때 제대로 돌아오게 할 수 있을지 자신이 없었거든요. 개들마저 잃어버리는 위험까지 떠안기 싫었어요.

비탈을 내려가서 나무에 가려 잘 보이지 않는 진입로 아래쪽으로 향했어요. 뒤쪽에서 나뭇가지 부러지는 소리가 나길래 돌아봤지만 아무도 없었어요. 그냥 동물이 지나간 거였나 봐요.

마침내 무성한 나무를 헤치고 나와 작은 공터에 도착했어요. 순간 불안감에 심장이 철렁 내려앉았어요. 거기 연못이 있는 거예요. 아이들이 사라진 이후로 가장 우려했던 상황이 펼쳐진 거나 다름없었어요. 연못이 그리 깊진 않았지만 작은 아이라면 익사하고도 남을 만큼의 깊이는 됐어요. 염분이 섞인 흙탕물에 썩은 솔잎에서 나온 기름이 둥둥 떠 있었어요. 혹시나 하는 마음에 막대기로 수면을 한번 찔러 봤어요. 그러자 고여 있던 공기 방울이 표면으로 천천히 떠올랐어요. 다행히 연못의 다른 부분은 사람의 손을 타지 않은 듯했어요. 제가 막대기로 휘저어 놓은 곳을 뺀 나머지는 깨끗했거든요. 어느 누구도 손대지 않은 것 같았어요. 연못 저편으로 돌아가니 둑에 찍힌 작은 신발 자국이 보였어요. 어린아이 둘이 물가에서 노닥거린 듯한 흔적이었죠. 언제 생긴 자국인지는 알 수 없었지만 오래돼 보이지 않았어요. 신발 자국은 둑 아래로 이어져 부드러운 진흙 위에 점점 더 깊이 새겨지더니 다시 왔던 길을 돌아와 숲속으로 사라졌어요. 전 그 자국을 따라갔어요. 몇 미터쯤 갔을까 땅바닥이 너무 딱딱해서 더 이상 자국이 남지 않았을 때쯤 신발 두 쌍이 나타났어요. 적어도 두 아이가 같이 있다는 건 알 수 있었죠. 그리고 둘 다 안전하다는 것도요. 개들이 진흙탕에 뛰어들어 장난치고 싶은지 낑낑거리면서 목줄을 잡아당겼어요. 그렇다고 풀어 줄 순 없었어요. 근무 첫날부터 진흙투성이가 된 개를 목욕시킬 맘은 추호도 없었다고요.

발자국이 이어진 방향으로는 제대로 된 길이 나 있지 않았지만 발자국을 계속 따라갔어요. 그때였어요. 갑자기 찢어지는 비명 소리가 공기를 갈랐어요. 전 죽은 듯이 멈춰 섰어요. 그날 들어 두 번째로 심장이 튀어나올 것처럼 뛰는 순간이었죠. 개들이 미친 듯이 짖어 댔고 목줄을 끌어당기면서 펄쩍펄쩍 뛰어올랐어요.

순간적으로 뭘 어떻게 해야 할지 모르겠더라고요. 그저 같은 자리에 서서 주위를 두리번거리는 수밖에요. 비명 소리는 가까운 곳에서 들렸지만 사람이라고 할 만한 형체는 보이지 않았죠. 우리 개들 소리 말고는 다른 동물 발자국 소리조차 들리지 않았어요. 그때 귀를 찌르는 날카로운 고음이 다시 길게 이어졌어요. 순간 아차 싶은 생각이 들면서 덜덜 떨리기 시작했어요.

주머니에서 베이비 모니터를 꺼내 살펴봤어요. 밝게 빛나는 불빛이 길고 날카롭게 울려 퍼지는 공포에 찬 비명 소리로 물들었어요.

전 베이비 모니터를 한 손에 든 채 온몸이 마비된 사람처럼 꼼짝할 수가 없었어요. 개들의 목줄이 제 손목을 휘감았어요. 카메라에 접속해야 할까요?

떨리는 손으로 휴대 전화를 꺼내 홈 관리 앱 아이콘을 눌렀어요. '해피에 접속하신 걸 환영합니다, 로완 씨.' 화면에서 고통스러울 정도로 느린 음성이 흘러나왔어요. '집이야말로 해피가 머무는 곳이랍니다!' 이어서 실망스럽기 짝이 없는 소리가 들렸어요. '사용자 권한을 업데이트하세요. 조급해하지 마세요. 집이야말로 해피가 머무는 곳이랍니다!'

전 욕설을 내뱉으며 휴대 전화와 베이비 모니터를 주머니에 넣고 달리기 시작했어요.

저택까지 가는 길이 너무나 멀더라고요. 숲을 벗어나 저택이 눈앞에 나타났을 때는 어찌나 숨이 차던지 목구멍이 찢어질 것 같았어요. 정신없이 달린 탓에 목줄이 제 손아귀에서 빠져나간 것도 몰랐다니까요. 다행히 개들은 멀리 가지 않고 제 주변을 뛰어다니고 있더라고요. 기분이 좋은지 즐겁게 짖어 대면서요. 이 끔찍한 달리기를 무슨 신나는 놀이로 안 모양이에요.

저택 현관에 도착해 보니 문이 살짝 열려 있었어요. 집을 나설 때 분명히 닫았는데 말이죠. 다용도실로 나오면서 매디와 엘리가 돌아올지 모르니 다용도실 문만 살짝 열어 놨거든요. 동시에 속이 메슥거렸어요. 도대체 무슨 짓을 한 거야, 로완? 가여운 페트라에게 무슨 일이 생긴 걸까?

너무 두려워서 비틀거리는 바람에 페트라의 방으로 가는 계단을 다 오르지 못할 것만 같았어요. 그래도 억지로 몸을 움직였어요. 개들이 온몸에 목줄을 휘감으며 뛰어다니건 말건 복도에 내버려 둔 채요. 마침내 페트라의 방문 앞에 도착했어요. 눈앞에 어떤 상황이 펼쳐질지 몰라 공포심이 극에 달했어요.

페트라의 방문은 나올 때 닫아 둔 그대로더라고요. 문 앞에 섰는데 눈물이 나는 거예요. 목구멍으로 차오르는 울음을 간신히 누르며 문을 열었어요. 그런데 제 눈앞에 나타난 광경은 너무나 뜻밖이었어요. 전 문턱에 우두커니 멈춰 섰어요. 어찌된 영문인지 몰라 눈만 깜박이며 가빠진 호흡을 가다듬었어요.

페트라가 아기 침대에 그대로 잠들어 있는 거예요. 분홍빛 뺨에 닿을 정도로 길고 까만 속눈썹이 달린 두 눈을 꼭 감고 대자로 누워 곤히 자더라고요. 왼손으로는 애착 이불을 꼭 쥔 채로요. 재워 놓고 나갈 때 자세 그대로였어요.

이해가 되지 않았어요.

간신히 마음을 다잡고 방에서 나왔어요. 문을 닫자마자 복도 바닥에 쓰러지듯 주저앉아 울퉁불퉁한 난간에 등을 기댔어요. 얼굴을 두 손에 파묻고 그제야 해일처럼 밀려드는 충격과 안도감에 엉엉 울고 싶은 심정이었어요. 가슴이 쌕쌕거리는 게 느껴져서 숨을 깊이 들이마시며 미친 듯이 날뛰는 맥박을 진정시켜야 했어요.

떨리는 손으로 흡입기를 꺼내 입에 물고 들이마셨어요. 그러고는 지금 이 상황을 차근차근 곱씹어 봐야 했죠. 대체 뭐가 어떻게 된 거지?

그 소리가 베이비 모니터에서 난 게 아니라고? 그럴 리 없었어요. 베이비 모니터의 음량을 낮춰 놓으면 아기가 울 때 베이비 모니터에 불빛이 반짝거리거든요. 그리고 전 분명히 불빛을 봤고요. 그 비명 소리는 베이비 모니터에서 난 게 확실했어요.

혹시 페트라가 자다가 악몽이라도 꾼 걸까요? 그래서 그렇게 악을 쓰며 울었을까요? 아니에요. 그럴 리 없었어요. 그러고 보니 그 소리는 아기의 울음소리와는 거리가 멀었어요. 그랬기 때문에 극도로 공포스러웠던 거고요. 어린이집에서 자주 들어 잘 알고 있는 짜증 섞인 울음소리가 전혀 아니었어요. 좀 더 나이 많은 아이나 어른이 겁에 질렸을 때 낼 법한 소리였다고요.

"누구 없어요?"

난데없이 아래층에서 사람 목소리가 들려 저도 모르게 앉은 자리에서 펄쩍 뛰어올랐어요. 이번에는 너무 놀라서 정말 경기라도 일으킬 것 같았어요. 맥박이 어찌나 빠르게 뛰던지……. 일어서서 난간을 내려다봤어요.

"누구세요?" 전 날카롭지 않으면서도 권위적인 목소리로 말하려고 애썼어요. 실상은 두려움에 덜덜 떨고 있었지만요. "거기 누구 있어요?" 성인 여성의 목소리가 들리더라고요. 이어서 복도를 걷는 발자국 소리가 들리더니 저를 힐끗 올려다보는 얼굴이 보였어요.

"새로 온 돌보미죠?"

5, 60대쯤 돼 보이는 여자였어요. 얼굴이 붉더라고요. 위에서 내려다봐서 그런지 몸집이 실제보다 더 작아 보였어요. 여자는 푸근한 어머니상을 하고 있었지만 목소리와 표정에서 형언할 수 없는 뭔가가 느껴졌어요. 저를 달가워하지 않는 게 분명했어요. 그러니까…… 못마땅해한다 할까요?

제 머리에 나뭇잎이 엉겨 붙어 있었어요. 1층으로 내려가는 계단에는 페트라에게 달려가면서 남겨 놓은 흙 발자국이 여기저기에 찍혀 있었고요.

블라우스 단추 두 개가 아무렇게나 풀려 있어서 급히 잠그고는 헛기침을 했어요. 두려움에 질려서 숨 가쁘게 뛰어온 직후라 얼굴은 여전히 상기된 채였어요.

"아, 안녕하세요? 네, 맞아요. 전 로완이고요. 그쪽은…….”

"진이요. 진 맥켄지.” 진은 못마땅한 기색으로 저를 위아래로 훑고는 고개를 절레절레 흔들었어요. "뭐 어련히 알아서 잘 하겠지만 문을 잠그면 안 돼요. 애들이 못 들어와요. 이 일을 알면 산드라 사모님도 썩 좋아하진 않으실걸요.”

"문을 잠그다니요?” 전 잠시 어리둥절했어요. "무슨 말씀이신지……?”

"청소하러 왔는데 매디랑 엘리가 원피스 차림으로 계단 위에서 덜덜 떨고 있는 걸 봤다고요.”

"하지만 전…….” 전 진 아주머니의 말을 막기 위해 한 손을 뻗었어요. "잠깐만요. 전 문 안 잠갔어요. 애들이 도망쳐 버렸어요. 그래서 애들 찾으러 나간 거였고요. 나갈 때 다용도실 문을 열어 뒀는데요.”

"제가 왔을 때는 잠겨 있었어요." 진 아주머니가 뻣뻣하게 말했어요. 전 고개를 가로저었어요.

"바람이 불어서 닫혔나 봐요. 전 진짜 문 안 잠갔어요. 절대요."

"제가 왔을 때는 잠겨 있었다니까요." 진 아주머니는 고집스럽게 자기 말만 했어요. 페트라로 인해 공포로 가득 찼던 속이 이번에는 눈앞의 이 여자 때문에 분노로 들끓었어요. 제가 거짓말을 했다고 몰아붙이는데 어찌나 열이 받던지요.

"그럼…… 걸쇠가 떨어져 나갔거나 뭐 다른 문제가 있었겠죠." 결국 제가 한발 물러나는 수밖에 없었어요. "애들은 괜찮나요?"

"네. 부엌에서 간식 먹어요."

"아주머니가……." 전 말을 하려다가 멈췄어요. 그렇지 않아도 저를 낮잡아 보는 사람 앞에서 어떻게 말해야 체면을 구기지 않을지 잠시 고민했어요. 이유는 몰라도 진 아주머니는 저를 좋아하지 않았어요. 그런 사람한테 사모님에게 일러바칠 거리를 줄 순 없잖아요. "베이비 모니터에서 페트라 소리가 나서 돌아왔어요. 혹시 소리 들었어요?"

"페트라는 찍소리도 안 냈는데요." 진 아주머니가 단호하게 대답했어요. "제가 아이 셋 전부 다 잘 살펴보고 있었거든요." 진 아주머니의 다음 말은 듣지 않아도 충분히 짐작할 수 있었어요. '당신은 안 그랬지만.' "페트라가 짜는 소리를 냈다면 당연히 제가 들었을 거예요."

"짜는 소리요?"

"우는 소리 말이에요."진 아주머니가 짜증스럽게 말했어요.

"매디는요? 엘리도 같이 있어요? 둘 다 돌아온 거예요?"

"둘 다 저랑 같이 주방에 있었어요."진 아주머니의 목소리에 날이 서 있었어요. "그럼 전 이만 애들한테 가 봐야겠네요. 애들 끼리 두면 너무 안쓰럽잖아요."

"네. 그럼요."진 아주머니의 뼈 있는 말에 얼굴이 달아오르 더라고요. "하지만 애들 보는 건 제 일이니까 애들 점심은 제가 줄게요."

"애들 점심은 이미 줬어요. 그 어린것들이 얼마나 허겁지겁 먹던지. 오랫동안 추위에 떨었으니 속을 덥힐 따뜻한 게 필요했 겠죠."

화가 치밀었어요. 오전에 받은 스트레스로 너덜너덜해진 멘 털이 완전히 나가 버릴 것 같았어요.

"저기요……."갑자기 이름이 생각나지 않아 더듬거리다가 다시 말을 이었어요. "진 아주머니, 좀 전에도 말씀드렸지만 애 들이 달아난 거예요. 제가 아이들을 쫓아내고 문을 잠근 게 아 니라고요. 애들이 누군가 문을 열어 주길 기다리는 동안엔 무섭 고 추웠을지 모르겠네요. 하지만 다음번에 또 달아나고 싶을 때 는 좀 더 신중해지겠죠. 괜찮다면 전 이만 일하러 가야겠어요."

전 진 아주머니를 지나쳐 주방으로 성큼성큼 걸어갔어요. 뒤 통수에 따가운 시선을 느끼면서요.

주방에서 매디와 엘리가 아일랜드 식탁에 앉아 초콜릿칩쿠 키를 먹고 주스를 마시더라고요. 싱크대 옆 접시에는 먹다 남은 피자 조각이 있었어요. 악관절이 딱딱하게 굳어지더군요. 그 음식들은 사모님이 파일에 적어 놓은 '가끔씩 주는 보상' 목록과 정확하게 부합했어요. 계획대로라면 오후에 TV방에 쿠키를 준비해 놓고 아이들에게 영화 한 편을 보여 줬을 건데, 그런데 애들이 간식을 먹어 버렸지 뭐예요. 사람 좋은 진 아주머니 덕분에요. 졸지에 전 아이들을 쫓아내고 문을 잠근 것도 모자라 저녁에 아이들에게 억지로 건강식을 먹여야 하는 나쁜 아이 돌보미가 됐고요.

짜증이 났지만 꾹 눌러 참고 상냥하게 미소를 지었어요.

"얘들아, 아까 숨바꼭질한 거야?"

"네." 엘리가 깔깔거렸어요. 하지만 오전에 저와 실랑이를 벌였던 게 떠올랐는지 이내 인상을 쓰며 말했어요. "선생님이 내 손 아야 했어요."

엘리가 한 손을 내밀었어요. 엘리의 가늘고 창백한 손목에 멍이 들어 있는 거예요.

전 억울함에 얼굴이 벌겋게 달아올랐어요.

엘리에게 한마디할까 했지만 진 아주머니 앞에서 그 문제를 들먹이고 싶지 않았어요. 게다가 두 아이의 미움을 사는 일은 이미 충분히 한 것 같았고요. 차라리 자존심을 굽히고 들어가는 게 나았죠.

"엘리, 정말 미안해." 전 식탁에 앉은 엘리와 시선을 맞추고 진 아주머니에게 들리지 않게 나지막이 말했어요. "그럴 생각은 진짜 없었어. 그냥 네가 길에 있다가 다칠까 봐 걱정됐어. 그래도 팔을 너무 세게 잡았다면 선생님이 사과할게. 실수였어. 널 아프게 해서 선생님도 마음이 아팠어. 우리 친구가 될 수 있을까?"

순간 엘리가 흔들리는 것 같았어요. 하지만 홍 하고 몸을 돌려 버리더라고요.

식탁 아래로 매디의 손이 무릎 안쪽으로 획 사라지는 게 보였어요.

"매디, 혹시 무슨 일 있었니?" 제가 조용히 말했어요.

"아뇨. 아무 일 없었어요." 매디가 들릴락 말락 한 목소리로 말했어요. 시선은 역시나 제가 아니라 접시에 쏠려 있었고요.

"엘리?"

"아무 일 없었다고요." 엘리가 팔을 문지르며 말했지만 옅은 파란색 눈동자에 눈물이 맺혀 있었어요.

"그렇지 않은 것 같은데. 팔 좀 보여 줄래?"

"아무것도 아니에요!" 엘리가 강하게 말했어요. 엘리는 카디건을 당겨 내리며 화난 눈빛으로 저를 노려봤어요. "아무것도 아니라고 했잖아요. 저리 가요!"

"그래. 알았어."

전 하는 수 없이 자리에서 일어났어요. 엘리나 매디와 친해질 기회가 조금이나마 남아 있었다 해도 제 손으로 다 날려 버리고 만 거죠.

진 아주머니가 팔짱을 끼고 카운터에 기대서서 우리를 지켜보다가, 마른행주를 접어 오븐 손잡이에 걸며 말했어요.

"애들아, 아줌마는 이만 가 볼게." 저한테는 정 없이 짧게 딱딱 끊어 말하던 진 아주머니가 아이들에게는 아주 부드럽고 다정하게 말하더군요. 진 아주머니는 아이들의 정수리에 차례로 입을 맞췄어요. 처음에는 엘리의 곱슬곱슬한 금발에, 다음에는 매디의 숱이 적은 검은 머리에. "페트라에게는 대신 인사 좀 전해 줘."

"네, 아줌마." 엘리가 순하게 대답했어요. 매디는 아무 말도 하지 않았지만 한 팔로 진 아주머니의 허리를 꽉 껴안았어요. 집을 나가는 진 아주머니를 쫓는 매디의 시선에 아쉬움이 듬뿍 담겨 있었어요.

"잘 있어, 애들아." 진 아주머니가 한 번 더 인사하고 사라졌어요. 곧이어 시동 거는 소리와 진입로를 달려가는 자동차 소리가 들렸어요.

주방에는 두 아이와 저만 남았어요. 갑자기 진이 빠지는 것 같아서 구석에 있던 안락의자에 주저앉았어요. 엉엉 울고 싶은 심정이었어요. 저를 이렇게까지 적대적으로 대하는 이 두 아이를 어떡하면 좋을지 모르겠더라고요. 마냥 애들 탓만 할 순 없는 노릇이잖아요. 일면식 없는 사람이랑 일주일씩이나 같이 지내야 한다면 저라도 기분이 그다지 좋지 않았을 거예요.

어쨌든 다시는 아이들을 잃어버리고 싶지 않았어요. 그래서 아이들이 쿠키를 먹는 동안 복도로 나가 현관문을 살펴봤어요. 처음 이곳에 도착했을 때 봤던 것처럼 열쇠도, 열쇠 구멍도 없었어요. 대신 하얀 패널로 된 지문 감지기만 덩그러니 있었죠. 사모님이 떠나던 날 아침 일찍 자기 휴대 전화 앱에 제 엄지 지문을 등록하고 사용법을 알려 줬거든요.

안쪽에도 패널이 하나 있었어요. 패널을 살짝 터치했더니 아이콘 몇 개가 살아났어요. 그중 하나는 커다란 열쇠 모양이었어요. 사모님이 설명해 준 게 기억나서 열쇠 모양을 조심스럽게 눌렀어요. 그러자 문 안쪽 자물쇠가 딸깍하고 걸리는 소리가 났어요. 마치 감옥 문이 잠기는 것처럼 극적이다 못해 음산하기까지 한 소리였어요. 적어도 문은 안전하게 잠겼지만요. 발판 없이는 매디나 엘리가 패널을 건드릴 수 없었어요. 사모님이 아이들의 지문을 등록해 놨을 것 같지도 않았고요. 아이들만 있으면 자물쇠를 열 길이 없었어요.

그다음으로 다용도실을 확인하러 갔어요. 다용도실 문은 일반 자물쇠와 열쇠로 여는 것이었어요. 산드라 사모님과 빌 사장님이 예산 부족으로 그렇게 둔 건지, 직원용 출입구는 신경 쓰지 않아서 그런 건지는 모르겠어요. 어쩌면 문 하나쯤은 옛날식으로 여닫아야 하는 현실적인 이유가 있었을 수도 있죠. 정전이나 건축법 따위 때문에요. 어쨌든 간에 일반인이 다룰 수 있는 게 하나라도 있어서 다행이다 싶었어요. 파일에 적힌 대로 열쇠를 자물쇠에 단단하게 끼워 넣고 돌려 뺀 다음 문틀 위에 올려놓는데 마음이 그렇게 편할 수가 없는 거예요. '옛날 방식으로 여는 문 열쇠는 각 문틀 위에 올려놓음. 비상시에 꺼내기 쉬우면서도 아이들의 손이 안 닿는 곳임.' 파일에 이렇게 적혀 있었어요. 아이들의 작은 손이 닿지 않는 저 높은 곳에 놓인 열쇠가 든든한 아군 같더라고요.

임무 완성! 전 다시 주방으로 돌아갔어요. 최대한 밝고 환한 미소를 가면처럼 얼굴에 쓰고서요.

"자, 얘들아, TV방에 가서 영화 볼까? '겨울 왕국'? '모아나'?"

"'겨울 왕국'이요!" 엘리가 말하는데 매디가 불쑥 끼어들었어요.

"우린 '겨울 왕국' 싫어해요."

"정말?" 전 의심스럽다는 투로 물었어요. "진짜? 선생님은 '겨울 왕국' 좋아하는데. 화면에 가사가 나오는 싱어롱 버전이 있는데 거기 나오는 노래들 다 잘 따라 부를 수 있어."

매디 뒤에 선 엘리의 얼굴에 간절함이 서려 있었어요. 하지만 엘리는 언니인 매디가 두려워서 감히 맞설 수 없었죠.

"우린 '겨울 왕국' 싫어해요." 매디가 고집스럽게 되풀이했어요. "엘리, 가자. 우리 방에 가서 놀자."

매디가 의자에서 미끄러져 내려와 쿵쾅거리며 복도로 걸어갔어요. 개들이 당황스러운 눈빛으로 매디의 뒷모습을 쫓았어요. 매디는 문간에 잠시 멈춰 서더니 고개를 획 돌려 뭔가 할 말이 있는 눈빛으로 엘리를 쏘아봤어요. 엘리의 아랫입술이 파르르 떨렸어요.

"엘리, 지금이라도 '겨울 왕국' 보고 싶으면 봐." 전 최대한 밝은 목소리로 말했어요. "우리 다 같이 '겨울 왕국' 보자. 선생님이랑 매디랑 엘리랑 같이. 팝콘도 먹을까?"

순간 엘리는 흔들리는 기색이 역력했어요. 하지만 이내 얼굴을 딱딱하게 굳히고는 대답 대신 고개를 가로저으며 의자에서 내려왔어요. 그러고는 매디를 따라 가 버렸어요.

계단을 올라가는 두 아이의 발자국 소리를 듣는데 절로 한숨이 나더라고요. 이왕 이렇게 된 거 차나 한잔 마시자며 물을 끓이기로 했어요. 어떻게 된 영문인지 혼자 조용히 생각할 시간이 필요했어요. 적어도 30분 이상은요.

하지만 주전자에 미처 물을 채우기도 전에 주머니 속의 베이비 모니터가 지지직거리더니 짜증스러운 아기 울음소리가 터져

나왔어요. 페트라가 깬 거죠. 어쩔 수 없이 돌보미 업무에 복귀
해야 했어요.

못된 마녀는 쉴 자격도 없는 건가요.

전 어쩌자고 이 집 일을 맡았을까요?

저도 알아요. 본론은 대체 언제 시작할 건가 싶으시죠? 제가 왜 수감됐는지, 왜 감옥에 있으면 안 되는지 궁금하실 거예요.

믿어 주세요. 곧 말씀드릴게요. 하지만 제가 겪은 일은 그리 간단하게 풀어낼 만한 게 아니에요. 게이츠 변호사님과 잘 맞지 않았던 것도 그 때문이에요. 게이츠 변호사님은 저에게 제대로 설명할 기회를 충분히 주지 않았어요. 그 집에서 겪은 사소한 일 하나하나부터 잠 못 이루던 밤들과 저를 힘들게 한 고독, 고립감, 그리고 곳곳의 감시 카메라와 그 집의 모든 것들이 뿜어내던 광기가 어떻게 쌓이고 쌓여서 그런 일이 벌어지게 됐는지 설명이 필요했거든요. 하지만 게이츠 변호사님은 들으려고 하지 않았죠. 어쩌다 그런 일이 터졌는지 그 배경을 알아야 하는데도요. 날이면 날마다. 특히 매일 밤 일어났던 일들을 한 조각씩 맞춰 봐야 해요. 반드시.

이렇게 말하니까 종국엔 제가 뭔가를 완성해 낸 것처럼 들리네요. 퍼즐 맞추듯이 말이에요. 실상은 그 반대였는데. 전 조각조각 찢겨 나가고 있었어요.

그리고 바로 그날 밤 첫 조각이 모습을 드러냈어요.

그 첫날 저녁은…… 최악은 아니었지만 그렇다고 막 좋지도 않았어요.

페트라가 낮잠을 자다가 깨서 짜증을 부렸고, 매디와 엘리는 오후 내내 방에 콕 박혀 코빼기도 보이지 않았어요. 심지어 저녁도 먹으러 나오지 않았죠. 수없이 어르고 달랬지만 소용없더라고요. 급기야 최후통첩을 했어요. "다섯 셀 때까지 아래층에 안 내려오면 푸딩 없다. 하나, 둘, 셋⋯⋯." 계단을 내려오는 소리는 들리지 않았어요. "넷, 넷 반⋯⋯."

넷 반이라고 세는 순간 저의 패배가 확실해졌어요.

아이들은 끝내 내려오지 않았어요.

그냥 아이들을 끌고 내려올까 하는 생각을 잠깐 했어요. 엘리는 작아서 손목을 잡고 아래층으로 끌고 내려올 수 있었어요. 하지만 그런 식으로 첫 테이프를 끊었다가는 아이들과의 관계를 다시는 돌이킬 수 없다는 사실을 모를 정도로 정신 나간 상태는 아니었어요. 사실 엘리는 문제도 아니었어요. 매디가 골칫거리였죠. 발버둥 치고 소리 지르며 반항하는 고집쟁이 여덟 살 아이를 끌고 길게 이어진 계단을 내려오기란 쉽지 않으니까요. 설령 어찌어찌해서 주방까지 데려온다 해도 강제로 의자에 앉혀서 뭔가를 먹일 수야 있겠냐고요.

결국 제가 한발 물러섰어요. 파일에 적힌 사모님의 추천 메뉴를 확인한 다음 페스토파스타를 들고 아이들 방에 갔어요. 진 아주머니가 챙겨 준 초콜릿칩쿠키를 먹는 데 집중하던 두 아이의 작은 머리통이 생각나 쓸쓸함이 밀려왔어요. 아이들의 방문을 두드리자마자 매디가 사납게 외쳤어요. "저리 가!"

"선생님이야." 전 최대한 부드럽게 말했어요. "파스타 가져왔어. 문 앞에 놔둘게. 선생님은 페트라랑 아래층에서 아이스크림 먹고 있을 거야. 푸딩 먹고 싶으면 내려오고."

전 파스타를 내려놓고 왔어요. 그거 말고는 달리 할 수 있는 일도 없었고요.

전 아래층 주방으로 돌아와 파스타를 바닥에 던지는 페트라를 진정시켜야 했어요. 아이패드로 매디와 엘리가 뭘 하고 있는지 지켜보면서요. 제 개인 계정으로 로그인하면 아이들 방, 놀이방, 주방, 바깥의 감시 카메라를 볼 수 있었고, 다른 몇몇 방의 조명과 음악을 조절할 수 있었어요. 단 화면 왼쪽에 회색으로 처리된 메뉴들은 사용 권한이 없었어요. 사모님 계정으로 들어가야 활성화되는 모양이었어요.

이렇게 멀리 떨어져서 아이들을 감시한다는 자체가 좀 소름 끼쳤어요. 그래도 유용하긴 참 유용하더라고요. 아래층 주방 식탁에 앉아서 위층에 있는 매디가 자기 방에 가는 모습을 볼 수 있었으니까요. 다시 화면에 잡힌 매디는 음식이 담긴 쟁반을 끌어당기고 있었어요.

방 한가운데 작은 탁자가 하나 있었어요. 매디가 엘리에게 앉으라고 지시하고는 음식 쟁반을 올려놓은 다음 엘리의 맞은편에 앉는 게 보였어요. 소리가 들리진 않았지만 매디가 엘리에게 파스타를 먹으라고 시키는 게 분명했어요. 엘리의 거부하는 몸짓으로 보건대 매디가 엘리에게 제가 페스토에 섞어 놓은 콩을 먹어 보라고 하는 것 같았어요. 그 장면을 보니 분노와 연민과 애정이 뒤섞여 밀려왔어요. 전 매디에게 말해 주고 싶었어요. 아이고 매디, 그렇게까지 할 필요는 없단다, 우리끼리 굳이 적이 될 필요는 없잖아, 하고요.

그렇지만 적어도 그때 그 순간에는 매디와 제가 이미 적이 된 것 같았죠.

저녁 식사 후 매디와 엘리의 방에서 흘러나오는 오디오 북 소리에 귀를 반쯤 열어 두고서 페트라를 목욕시켰어요. 그러고 나서 페트라를 재웠어요. 아니, 재우려고 했어요.

파일에 적힌 그대로 했어요. 점심시간에 그랬던 것처럼 파일에 적힌 지시대로 다 했다고요. 하지만 이번에는 파일이 통하지 않았어요. 페트라가 칭얼대고 몸부림치면서 기저귀를 벗어 던졌어요. 전 단호하게 기저귀를 채우고 잠옷을 입혔어요. 페트라는 기저귀를 빼서 던지지 못하게 되자 큰 소리로 울기 시작했어요.

30분이 넘도록 파일에 적힌 지시대로 해 봤어요. 페트라를 안고, 페트라가 딸랑딸랑하는 모빌 소리를 들으며 천장에서 돌고 있는 불빛을 쳐다볼 수 있게 해 줬어요. 하지만 소용없더라고요. 페트라는 점점 더 심하게 짜증을 부렸어요. 짜증 섞인 울음소리는 분노에 찬 소리로 바뀌었고 급기야 경기를 일으키는 듯한 소리로 높아졌어요.

페트라를 안은 손과 손목이 저려 왔지만 페트라가 불편해하지 않도록 애쓰면서 계속 다독였어요. 전 방구석의 카메라를 신경질적으로 한번 쳐다봤어요. 지금 이 순간에도 누군가 저를 지켜보고 있을지 몰랐으니까요. 기업 행사장에 간 사모님이 샴페인을 홀짝거리면서 휴대 전화로 감시 카메라 영상을 확인하고 있을지 누가 알겠어요. 만일 그렇다면 이런 상황에서 어떻게 해야 하는지 산드라 사모님에게 전화해서 물어보는 게 나았으려나요?

파일대로라면 불을 끄고 페트라를 아기 침대에 눕히면 됐어요. 하지만 소용이 없었어요. 결국 페트라를 안아 들고 방을 왔다 갔다 했어요. 그런데도 페트라는 화가 나는지 시끄럽게 울어대며 제 손아귀에서 빠져나가려고 등을 한껏 뒤로 젖히며 몸부림을 치더라고요. 전 페트라를 다시 아기 침대에 내려놨어요. 페트라는 침대에서 일어서더니 빨갛게 달아오른 작은 얼굴을 난간에 파묻고 사납게 울어 젖혔어요.

제가 할 수 있는 게 없었어요. 페트라는 저를 보기만 해도 화가 나는 모양이었는걸요.

전 죄송스러운 마음을 담아 카메라를 한 번 더 힐끗 쳐다보고는 포기를 선언했어요.

"잘 자, 페트라." 전 큰 소리로 말하고 일어나서 방문을 닫았어요. 멀어지는 페트라의 울음소리를 들으며 복도로 걸어 나왔어요.

저녁 9시가 지난 시간이었어요. 너무 피곤했어요. 저녁 내내 아이들과 씨름하느라 완전히 지쳐 버린 거예요. 당장 아래층으로 내려가 와인 한잔하고 싶었지만 매디와 엘리가 잘 있는지 확인하는 게 먼저였죠.

아이들 방에서는 아무 소리도 나지 않았어요. 열쇠 구멍으로 안을 들여다봤지만 깜깜해서 아무것도 보이지 않았어요. 아이들이 불을 끈 걸까요? 노크를 해 볼까 하다가 그러지 않기로 했어요. 아이들이 이미 잠들었다면 노크 소리에 깨 버릴 테니까요.

대신 문손잡이를 조용히 돌려서 문을 열었어요. 문이 살짝 열리는가 싶더니 꼼짝도 하지 않았어요.

좀 이상해서 문을 더 세게 밀었어요. 그러자 뭔가가 와르르 쏟아지는 소리가 났어요. 뭔진 모르겠지만 문 안쪽에 쌓여 있는 게 바닥으로 떨어지는 소리였어요. 전 숨을 참고 칭얼거리는 소리가 터져 나오길 기다렸어요. 하지만 아무 일도 일어나지 않았어요. 아이들이 완전히 곯아떨어진 모양이었어요.

조심스럽게 문을 밀어서 틈새를 더 벌리고는 휴대 전화 손전등으로 안쪽을 살펴봤어요. 순간 웃어야 할지 울어야 할지 모르겠더라고요. 글쎄, 아이들이 물건이란 물건은 모조리 옮겨다가 쌓아 놓은 거예요. 쿠션, 곰 인형, 책, 의자, 방 가운데 있던 작은 테이블까지 전부 다 문 앞에 끌어다 놓고 바리케이드를 친 거 있죠. 그 광경에 절로 헛웃음이 나왔지만 한편으론 애처로웠어요. 대체 누구를 못 들어오게 막으려고 그런 건지. 저였을까요?

전 휴대 전화 손전등으로 방 이곳저곳을 비춰 봤어요. 아이들이 침대 옆에 있던 스탠드 하나를 물건 더미 맨 위에 올려 뒀던 모양이에요. 제가 문을 여는 바람에 맨 위에 있던 스탠드가 바닥에 떨어진 거죠. 스탠드의 갓이 덜커덩거리긴 했지만 다행히 전구는 깨지지 않았더라고요. 전 갓을 똑바로 씌우고 엘리의 침대 옆 협탁에 스탠드를 올려놓은 다음 플러그를 꽂았어요. 부드러운 분홍 불빛이 방 안에 퍼졌어요. 두 아이가 매디의 침대에서 웅크린 채 잠들어 있었어요. 아무리 봐도 작은 천사들이 따로 없었어요. 매디는 엘리를 두 팔로 단단히 안고 있었어요. 마치 엘리를 가둬 둔 것처럼. 엘리를 감싼 매디의 팔을 풀까 하다가 말았어요. 좀 전에도 크게 한 방 터뜨렸다 간신히 살아남았는데 또 다시 배를 흔들어 뒤집을 필요는 없었으니까요.

그냥 문 앞에 널브러진 물건들이 무너지지 않게 대충 치워서 사람이 드나들 정도의 길을 냈어요. 그러고는 방을 나오면서 아이들이 잠에서 깼는지 알 수 있도록 해피의 듣기 기능을 켜 놨어요.

페트라의 방을 까치발로 조용히 지나가는데 페트라가 여태 울고 있더라고요. 아까보다는 소리가 좀 약해져 있었지만요. 전 마음을 단단히 먹고 방을 열어 보지 않기로 했어요. 혼자 내버려 둬야 페트라가 더 빨리 잠들 수 있으리라고 스스로를 다독였어요. 게다가 전 낮 12시부터 아무것도 먹지도 마시지도 못한 상태였어요. 아이들 먹일 거 준비하고 페트라 목욕을 시키느라 정신이 없어서 저녁도 챙겨 먹지 못했어요. 갑자기 배가 엄청나게 고프더라고요. 살짝 현기증이 나면서 음식 생각이 간절해졌어요.

아래층 주방으로 들어가 냉장고로 향했어요. 냉장고 문손잡이를 잡는 순간 '우유가 떨어졌어요.' 하는 기계음이 들려서 깜짝 놀라 저도 모르게 펄쩍 뛰었어요. '쇼핑 목록에 우유를 추가할까요?'

"어…… 그래." 전 간신히 대답했어요. 가전제품과 대화를 하다니 미친 것 아닌가 하는 생각이 들었어요.

'쇼핑 목록에 우유를 추가합니다.' 밝은 기계음이 흘러나오더니 냉장고 문의 스크린이 다시 밝아지며 식료품 쇼핑 목록이 떴어요. '맛있게 드세요, 로완!'

대체 저 기계가 냉장고 앞에 서 있는 사람이 누구인지 어떻게 알아낸 건지 궁금했지만 신경 쓰지 않기로 했어요. 얼굴 인식 기능인가? 아니면 휴대 전화를 감지한 건가? 어느 쪽이든 불안하긴 매한가지였으니까요.

냉장고가 철저하게 건강식품으로만 채워지진 않았더라고요. 칸칸이 초록색 채소가 가득했고 생 파스타를 담아 놓은 통, 김치, 하리사[13] 등 갖가지 반찬과 소스가 든 용기도 있었어요. 연못 물 같은 게 든 커다란 병도 있었는데 콤부차였을 거예요. 그러다 콤부차로 추정되는 병 바로 뒤쪽으로 유기농 요구르트에 가려진 피자 상자를 발견했어요. 힘겹게 반찬통들을 헤치고 피자를 꺼냈어요. 오븐 트레이에 피자를 올리고 오븐에 넣는 찰나 식탁 저편의 유리 벽에서 꽝 하는 굉음이 들렸어요.

전 깜짝 놀라 주방을 둘러봤어요. 날은 이미 어두워졌고 빗방울이 창문을 때리고 있었어요. 제가 서 있던 자리의 반대쪽은 어둠에 묻혀 있긴 했지만 커다란 유리창을 타고 떨어지는 빗방울이나 바깥 풍경 등을 어렴풋하게나마 볼 수 있었어요. 그때였어요. 검은 형체가 잿빛 장막 위로 어스름한 검은빛을 뿌리며 지나갔어요. 순간 제가 잘못 본 건가 싶었어요. 아니면 뭐 유리창으로 날아드는 새를 본 걸 수도 있고요. 그런데 뭔가, 아니 누군가 창밖에 있었어요.

"누구세요?" 저도 모르게 날카로운 목소리가 튀어나왔어요. 아무 소리도 나지 않았어요. 전 식탁을 돌아 나가서 어둠으로 덮인 유리 벽으로 다가갔어요.

그쪽에는 스위치 패널이 없더라고요. 제가 찾지 못했을 수도 있고요. 불현듯 음성 인식 기능이 떠올랐어요.

"불 켜 줘." 제가 날카롭게 말하자 놀랍게도 작동이 됐어요. 머리 위쪽의 커다란 브루탈리즘 양식의 샹들리에가 켜지더니 LED 불빛이 주방을 환하게 밝혔어요. 불빛이 하도 밝아서 눈을 제대로 뜰 수 없었어요. 안타깝게도 눈이 불빛에 적응하자마자 실수를 했다는 걸 깨달았어요. 불이 켜지니 밖은 하나도 보이지 않고 유리에 비친 제 모습만 보이는 거예요. 밖에 누가 있는지 몰라도 제 모습이 똑똑히 보였을걸요.

"불 꺼 줘." 즉시 모든 등이 꺼지면서 주방은 다시 칠흑 같은 어둠에 잠겼어요.

"짜증 나." 전 숨을 죽이고 더듬더듬하며 문 옆의 스위치 패널 쪽으로 갔어요. 망막이 타들어 갈 것 같은 지극히 밝은 상태와 한 치 앞도 보이지 않는 암흑 상태의 중간쯤 되는 밝기로 조절할 생각이었죠. 샹들리에 불빛이 어찌나 밝았던지 불을 껐는데도 여전히 눈이 부시고 아프더라고요. 다행히 손을 더듬어 스위치 패널을 찾아내 밝기를 조절했어요. 그러고는 창문 쪽으로 다시 눈을 돌렸는데 확실하진 않았지만 뭔가가 저택 옆으로 획하고 사라지는 걸 봤어요.

피자를 데우는 내내 어둠에 잠긴 주방 한쪽을 초조하게 힐끗거리며 애꿎은 손톱만 물어뜯었어요. 바깥 소리를 더 잘 들으려고 베이비 모니터를 꺼 버렸어요. 그럼에도 페트라의 울음소리가 계단을 타고 계속 희미하게 들려오는 거예요. 어찌나 스트레스가 쌓이던지요.

음악을 좀 틀고 싶은데 음악 소리 때문에 혹시나 있을지 모를 침입자의 인기척을 듣지 못할까 봐 불안하더라고요. 그렇다고 경찰을 부를 만큼 확실한 뭔가를 보거나 들은 것도 아니었고요. 검은 형체와 노크 소리의 정체가 그냥 도토리 떨어지는 소리였을 수도 있고, 새 아니면 다른 동물이었을 수도 있잖아요. 공포 영화 아니고서야······.

10분이나 15분쯤 흘렀던 것 같아요. 그보다 훨씬 더 길게 느껴졌지만요. 또다시 무슨 소리가 들렸어요. 이번에는 집 옆쪽에서 나는 것 같았어요. 노크 소리였어요. 그 바람에 다용도실의 도그 바스켓에서 자고 있던 개들이 일어나 짖어 대기 시작했어요.

갑작스런 노크 소리 때문에 화들짝 놀라긴 했지만 방금 전 공허하게 꽝꽝거렸던 소리보다는 훨씬 더 친근하고 일상적인 소리였어요. 빗방울이 튀는 유리창 너머로 검은 형체가 보였어요. 그 검은 형체가 입을 열자 쏴쏴 하는 빗소리에 섞인 사람의 목소리가 새어 나왔어요.

"저예요, 잭."

다행히 잭이었어요.

"잭!" 반가운 마음에 문을 여니 잭이 비옷 차림으로 양손을 주머니에 넣은 채 문간에 서 있더라고요. 잭의 앞머리와 코에서 빗물이 줄줄 흘러내리고 있었어요.

"잭, 좀 전에도 당신이었어요?"

"좀 전에요?" 잭이 어리둥절한 표정으로 되물었어요. 전 설명을 하려다가 아무 말도 하지 않기로 했어요.

"아무것도 아니에요. 신경 쓰지 마세요. 뭐, 도와 드릴까요?"

"오래 붙잡지 않을게요. 그냥 오늘 첫날인데 잘 지내는지 살펴보려고 들른 거예요."

"고마워요." 전 끔찍했던 오후 시간과 아직까지 울고 있는 페트라를 떠올리며 어색하게 말했어요. 그때 충동적으로 덧붙였어요. "저기, 들어올래요? 애들은 잠들었어요. 저 혼자 저녁 먹으려던 중이었어요."

"그래도 괜찮아요?" 잭이 손목시계를 봤어요. "좀 늦었는데."

"괜찮아요." 전 잭이 다용도실로 들어올 수 있게 뒤로 물러섰어요. 잭은 매트 위로 빗방울을 뚝뚝 떨어뜨리며 서 있다가 조심스럽게 부츠를 벗었어요.

"너무 늦은 시간에 와서 미안해요." 잭이 저를 따라 주방으로 들어오며 말했어요. "좀 일찍 들르려고 했는데 망할 잔디 깎이를 인버네스에 갖다 주고 와야 했어요."

"못 고쳤어요?"

"네. 작동하나 싶더니 어제 또 고장 났어요. 문제가 뭔지 알 수가 있어야죠. 신경 쓰지 말아요. 제 일이 얼마나 힘든지 얘기하려고 온 게 아니잖아요. 아이들과 지내는 건 어때요?"

"그게……." 전 말을 하려다 말았어요. 두려움에 제 의지와 다르게 아랫입술이 덜덜 떨렸어요. 왠지 의연한 표정을 짓고 싶은 거예요. 잭이 보고 들은 걸 사모님과 사장님에게 죄다 보고할 수도 있으니까요. 그렇지만 아무렇지 않은 척을 할 수가 없었어요. 게다가 감시 카메라 영상만 보면 무슨 일이 있었는지 다 알게 될 텐데요. 그때 확실하게 못을 박으려는 심산인지 페트라의 울음소리가 시끄럽게 들려왔어요. 잭이 소리가 나는 계단 쪽으로 고개를 돌렸어요.

"하, 이런, 그냥 사실대로 말할게요." 전 비통한 목소리로 말했어요. "솔직히 끔찍했어요. 사장님과 사모님이 집을 떠나자마자 매디랑 엘리가 사라져 버렸어요. 그래서 숲으로 애들을 찾으러 갔는데 그 여자가 나타나서. 이름이 뭐였더라? 맥킨티 부인?"

"진 맥켄지요." 잭이 대답했어요. 잭은 비옷을 벗고 식탁에 걸터앉았어요. 전 식탁 맞은편 의자에 쓰러지듯 주저앉았고요. 펑펑 울고 싶었지만 겨우 마음을 가다듬고는 어색한 미소를 지었어요.

"네. 진 아주머니요. 진 아주머니가 청소하러 왔다가 문간에 앉아 있는 애들을 발견했다고 하더라고요. 애들이 제가 문을 잠갔다고 했대요. 전 절대 안 그랬어요. 오히려 애들이 먼저 올지도 모르니 문을 열어 놓기까지 했는데요. 잭, 애들이 절 싫어해요. 페트라는 계속 울고요. 한 시간도 더 된 것……."

다시 페트라의 울음소리가 들렸어요. 그 소리에 맞춰 제 스트레스 지수도 솟구치는 것 같았어요.

"앉아 있어요." 제가 일어서려는데 잭이 단호하게 말했어요. 잭은 저를 의자에 앉혔어요. "제가 가서 달랠 수 있는지 보고 올게요. 페트라는 로완 씨가 낯설어서 그럴 거예요. 내일이면 괜찮아질 겁니다."

아이 돌보미로서 지금까지 제가 배웠던 모든 안전 수칙에 위배되는 일이었어요. 하지만 전 너무 피곤해서 누군가의 보살핌이 절실하게 필요했어요. 게다가 잭이 아이들에게 위험한 인물이라면 산드라 사모님과 빌 사장님이 그 사람을 주변에 둘 리가 없잖아요.

계단을 올라가는 잭의 발자국 소리가 멀어졌을 때 베이비 모니터를 켜고 페트라의 방문이 부드럽게 열리는 소리에 귀를 기울였어요. 잭이 아기 침대에서 페트라를 안아 올리자 질식하기 일보 직전으로 헐떡이며 울던 페트라의 울음소리가 잦아들었어요.

"그래, 그래, 우리 귀염둥이." 나지막하고 친근한 목소리를 듣고 있는데 문득 도청이라도 하는 것 같아 당황스러웠어요. 베이비 모니터가 켜져 있다는 건 잭도 분명히 알고 있을 거예요. "그래. 알아. 가엾은 우리 애기." 잭의 억양이 다소 강해졌어요. "쉬…… 쉬, 페트라…… 그래, 그래…… 아무것도 아냐."

페트라의 울음소리가 점점 낮아졌어요. 긴 울음 끝에 딸꾹질 소리와 툴툴거리는 소리가 잔상처럼 남았어요. 잭이 페트라를 안고 방 안을 왔다 갔다 하는 건지 잭의 발밑에서 삐걱거리는 마룻바닥 소리가 들렸어요.

마침내 페트라가 조용해졌어요. 잭의 발자국 소리도 멈췄고요. 잭이 몸을 숙여 페트라를 아기 침대에 조심스럽게 눕히다가 침대 난간을 살짝 건드는 소리까지 들을 수 있었어요.

한참 동안 침묵이 흘렀어요. 그러다 카펫 위로 문이 스르르 밀리는 소리가 나더니 계단을 내려오는 잭의 발자국 소리가 다시 들렸어요.

"성공했어요?" 전 믿기 어렵다는 듯이 물었어요. 잭은 주방으로 들어와 고개를 끄덕이고는 입꼬리를 슬쩍 올려 미소를 지었어요.

"네. 그 불쌍한 것이 완전 녹초가 됐나 봐요. 누가 툭 건드리기만 해도 잠들 태세더라고요. 제가 안자마자 잠들었어요."

"잭, 당신이 어떻게 생각할지. 제가 완전……." 전 뭐라고 해야
할지 몰라 잠시 뜸을 들였어요. "그러니까 아이 돌보미는 저잖아
요. 그런 일은 엄연히 제가 잘해야 하는 건데."

"그런 소리 말아요." 잭이 맞은편에 앉으며 말했어요. "애들도
로완 씨를 더 알고 나면 좋아질 거예요. 지금이야 애들한테 낯선
사람이라서 그렇죠. 하지만 거기까지예요. 애들은 그냥 로완 씨
를 시험하는 거예요. 작년에 돌보미가 자주 바뀌어서 아이들이
새로 온 사람을 못 믿는 부분도 있고. 애들이 어떤지 잘 알잖아
요. 로완 씨가 이 집에 오래도록 머물면서 애들을 버리고 떠나지
않을 거라는 걸 알면 괜찮아질 겁니다."

"잭……." 누군가가 꺼내 주기를 기다렸던 이야기였어요. 마
침내 그 이야기가 나왔는데 막상 닥치니 어떻게 물어봐야 할지
모르겠더라고요. "잭, 다른 돌보미들은 어떻게 된 거예요? 산드
라 사모님은 이 집에 유령이 나온다면서 다들 떠났다던데 그 말
을 어떻게 받아들여야 할지…… 모르겠네요. 말이 안 되잖아요.
혹시 뭐 본 거 있어요?"

잭에게 묻는 순간 좀 전에 봤던 정체불명의 그림자가 떠올랐
지만 얼른 머릿속에서 지워 버렸어요. 여우 아니면 바람에 흔들
리는 나무였을 테니까요.

"전……." 잭이 말을 길게 끌더니 궂은 일로 거칠어진 커다란
손을 뻗었어요. 손톱에는 여러 번 문질러 씻은 게 분명한데도 여
전히 옅은 회색 기름때가 끼어 있었어요. 잭은 제가 식탁에 올려
둔 베이비 모니터를 조심스럽게 뒤집어 놨어요. "전……."

175

잭이 무슨 말을 하려고 했는지는 몰라도 다소 위압적이고 시끄러운 목소리에 가로막혀 말이 끊겼어요. "로완 씨?"

순간 잭이 입을 다물었고 전 너무 놀라 혀를 깨물었어요. 어디서 들려오는 목소리인지 알아보려고 주위를 두리번거렸어요. 아이가 아니라 성인 여자 목소리였어요. 해피가 내는 기계음과는 완전히 다른 진짜 사람 목소리요. 집 안에 누가 있는 걸까요?

"로완 씨, 거기 있어요?" 다시 목소리가 들렸어요.

"누, 누구세요?" 간신히 물었어요.

"아, 로완 씨, 잘 있죠? 산드라예요."

안도감과 분노가 뒤섞여 솟구치는 순간 깨달았죠. 스피커였어요. 사모님이 저택의 시스템에 접속해 앱으로 말을 건 거예요. 너무 심한 사생활 침해 같아서 솔직히 기분이 더러웠어요. 그냥 전화를 하시지.

"사모님." 전 분노를 집어삼키며 면접 때처럼 활기찬 목소리를 내려고 고군분투했어요. "안녕하세요! 잘 도착하셨어요?"

"네!" 사모님의 목소리가 서라운드로 증폭돼 높다란 유리 천장에 부딪혔다 튕겨 나오며 온 주방에 울렸어요. "좀 피곤하긴 하지만요! 그보다 로완 씨는 어땠어요? 집에 아무 일 없었어요?"

저도 모르게 제 앞에 앉아 있는 잭에게 시선이 가 닿았어요. 잭이 페트라를 재운 일이 스쳐 지나갔어요. 사모님이 그걸 봤을까요? 제가 먼저 그 일에 대해 언급해야 할까요? 제가 사모님과 대화하는 도중에 잭이 끼어들지 않으면 싶었는데 다행히 잭은 그렇게 하지 않았어요.

"지금은…… 조용해요." 전 고심 끝에 말했어요. "애들은 다 잠들었어요. 사실 페트라는 재우기 좀 힘들었어요. 낮에는 순한 양처럼 잘 잤는데 낮잠을 너무 오래 잔 건지 저녁에는 재우기가 좀 힘들더라고요."

"뭐 지금은 잠든 거죠? 수고하셨어요."

"네. 지금은 잠들었어요. 엘리와 매디도 아주 조용히 잠들었고요."

매디와 엘리는 전혀 호의적이지 않았지만 어쨌든 자기들끼리 조용히 방에 있었던 건 사실이었으니까요. 게다가 지금은 잠들었고요.

"둘 다 피곤해 보여서 방에서 저녁을 먹게 됐어요. 괜찮나요?"

"그럼요." 사모님은 별거 아니라는 듯 말했어요. "애들이 얌전히 굴던가요?"

"아이들은……." 전 어디까지 이야기해야 할지 몰라 잠시 말을 끊었어요. "사모님이 떠나고 나서는 좀 속상해했어요. 특히 엘리가요. 하지만 오후에는 둘 다 차분해졌어요. 애들한테 '겨울왕국' 보자고 했는데요. 싫다면서 둘이 놀이방 가서 놀았어요." 이건 어디까지나 사실이었죠. 두 아이가 방에서 나오지 않았다는 게 문제였지만요. "저, 사모님, 정원에 관한 규칙이 있나요?"

"그게 무슨 말이죠?"

"애들이 정원이나 숲을 마음대로 돌아다니게 둬도 되는지 궁금해서요. 아니면 집 밖으로 나가지 못하게 해야 하나요? 사모님과 사장님은 별로 걱정하지 않으시는 것 같은데 숲에 연못이 있더라고요. 조금 걱정이 돼서요."

"아, 그거요." 사모님이 웃었어요. 주방에 메아리치는 사모님의 웃음소리를 듣고 있자니 스피커 음량 조절 방법을 알면 좋겠다 싶었어요. "깊이가 15센티도 안 되는 연못이에요. 솔직히 말해서 남편이랑 전 애들이 자유롭게 뛰놀 수 있는 넓은 곳을 갖고 싶어서 이 집을 산 거예요. 아이들의 일거수일투족을 전부 감시하진 않으셔도 돼요. 우리 애들은 어리석은 짓을 하면 안 된다는 걸 잘 알고 있거든요."

"저, 전……." 전 잠시 말을 멈췄어요. 사모님의 양육 방식을 비난하지 않으면서 제가 걱정하는 부분을 어떻게 잘 전달할지 모르겠더라고요. 게다가 맞은편에 앉아 있는 잭이 너무 신경 쓰였어요. 잭은 다른 곳을 바라보며 저와 사모님의 대화를 듣지 않는 척했어요. "당연히 사모님이 저보다 아이들을 더 잘 아시죠. 사모님이 괜찮으시면 저도 그렇게 할게요. 다만 전 좀 더 철저하게 감독하는 데 익숙해서요. 특히 물 근처에서는요. 연못 물이 깊지 않은 건 알지만 진흙이……."

"잠시만요." 사모님의 목소리가 다소 방어적으로 들리길래 전 속으로 제게 욕을 퍼부었어요. 비난조로 들리지 않게 무진 애를 썼는데 소용이 없었나 봐요. "물론 로완 씨는 상식에 따라 행동해야겠죠. 애들이 이건 아니다 싶은 짓을 하면 로완 씨 선에서 제재하세요. 아이들을 감독하는 건 두말할 것 없이 로완 씨 일이니까요. 하지만 햇살 가득한 아름다운 정원이 집 바로 밖에 펼쳐져 있는데 오후 내내 아이들을 텔레비전 앞에 붙잡아 둘 이유는 없지 않겠어요?"

순간 뜨끔했어요. 영화 따위로 아이들의 환심을 사려 한 저를 비꼰 걸까요?

불편한 침묵이 흘렀어요. 무슨 말을 해야 할지 고민했죠. 그냥 사실대로 말하고 싶었어요. 다섯 살과 여덟 살 아이, 잘 걷지도 못하는 아기를 혼자서 돌보는 건 버겁다고요. 다섯 살, 여덟 살밖에 안 된 아이들이 몇 천 제곱미터나 되는 숲속을 마음대로 돌아다닐 때는 더더욱 그렇다고요. 하지만 그렇게 말했다가는 당장 해고당할 것 같았죠. 사모님은 아이들이 막 돌아다니다가 위험에 처할 수도 있다는 경우의 수에 대해 골치 아프게 생각하고 싶지 않은 게 분명했어요.

"네. 무슨 말씀인지 잘 알겠어요, 사모님. 저도 이 저택의 아름다운 자연을 마음껏 즐기고 싶어요. 전……." 어떻게 하면 사모님의 심기를 건드리지 않을지 잠시 생각했어요. "사모님 말씀대로 상식적으로 할게요. 어쨌든 오늘 하루는 무사히 잘 보냈어요. 애들도 안정돼 보이고요. 내일 다시 연락드릴까요?"

"내일은 하루 종일 회의가 있어요. 애들이 잠자리에 들기 전에 연락할게요." 사모님의 목소리가 아까보다 한층 부드러워졌어요. "오늘은 애들이 자기 전에 연락하지 못해서 미안해요. 고객과 저녁 약속이 있었어요. 애들이 불안해했을지도 모르겠네요. 뭐 눈에서 멀어지면 마음에서도 멀어진다고 초반에는 제가 안 보이는 게 더 나을 거예요."

"그렇죠. 배려해 주셔서 감사합니다."

"그럼 잘 자요. 푹 주무세요. 아마 내일은 더 일찍 일어나셔야 할걸요."

"네. 그럴게요." 전 목소리에까지 스며들도록 활짝 미소를 지었어요. "안녕히 주무세요, 사모님."

사모님이 먼저 전화를 끊을 때까지 기다렸어요. 그런데 딸깍 하는 소리도, 통화가 끊어졌다거나 앱이 종료됐다는 그 어떤 신호도 들리지 않는 거예요.

"사모님?" 불안한 목소리로 사모님을 불렀는데 사모님은 이미 끊은 것 같았어요. 전 의자에 몸을 푹 파묻고 한 손으로 얼굴을 쓸어내렸어요. 완전히 진이 빠져 버렸어요.

"전 이만 가 봐야겠어요." 피곤에 지친 저를 보더니 잭이 쭈뼛거리며 일어섰어요. "시간이 많이 늦었어요. 로완 씨는 내일 아침에 애들이랑 일찍 일어나야 하잖아요."

"아니에요. 그냥 계세요." 전 숨겨진 눈과 귀와 스피커가 가득한 이 커다란 집에 혼자 덩그러니 남고 싶지 않았어요. 영혼 없는 소리가 아니라 진짜 피와 살로 된 사람 냄새가 간절하더라고요. "제발요. 저녁 같이 먹을 사람이 있으면 좋겠어요." 그때 오븐에서 타는 냄새가 났어요. 갑자기 오븐에 데우던 피자 생각이 났어요. "저녁 드셨어요?"

"아뇨. 하지만 로완 씨 먹으려던 거 아닙니까?"

"괜찮아요. 잭 씨가 오기 바로 직전에 피자를 오븐에 넣었어요. 좀 탔을지도 모르지만 피자가 되게 커요. 혼자 다 못 먹는다니까요. 같이 먹어요. 부탁할게요."

"그럼……." 잭이 다용도실 문을 힐끗 봤어요. 차고가 있는 쪽이었죠. 차고 위에 있는 잭의 작은 방 창문은 어둠에 잠겨 있었어요. "뭐…… 정 그렇다면."

"고마워요." 전 오븐 장갑을 끼고 오븐을 열었어요. 피자가 다

데워졌더라고요. 너무 바싹 익어서 치즈가 굳고 가장자리가 탔지만 배가 엄청 고팠기 때문에 전혀 문제되지 않았어요. "죄송해요. 피자가 좀 탔네요. 오븐에 넣어 둔 걸 완전히 잊어버렸지 뭐예요. 좀 탔는데 괜찮을까요?"

"괜찮습니다. 저도 너무 배가 고파서 살짝 탄 피자는 말할 것도 없고 말 한 마리도 통째로 잡아먹을 수 있을 것 같은데요." 잭이 구릿빛 뺨에 팔자 주름을 지우며 싱긋 웃었어요.

"전 와인 한잔하려는데. 잭 씨는요?"

"저야 주면 좋죠."

전 피자를 자르고 찬장에서 와인 잔 두 개를 찾아냈어요.

"그냥 이대로 팬에 놓고 먹어도 될까요?" 제가 묻자 잭이 더 크게 웃었어요.

"괜찮고말고요. 로완 씨 몫을 따로 떼어 놓지 않으면 제가 다 먹어 치울지도 모릅니다. 뭐 그래도 괜찮다면 전 사양 않겠습니다."

"괜찮고말고요." 잭의 말투를 흉내 내며 살짝 수줍은 미소로 화답했어요. 아까까지만 해도 억지로 지어야 했던 희미한 미소가 아니라 마음에서 우러난 진짜 미소요.

몇 분간 침묵이 흘렀어요. 잭과 저는 기름이 좔좔 흐르는 피자를 각자 한 조각씩 들고 맛있게 먹었어요. 잭이 세 조각째 피자를 집어 들고 말을 꺼냈어요. 피자가 기울어지면서 오븐 트레이로 기름이 뚝뚝 떨어졌어요.

"아까 물어봤던 거 말인데요." 잭이 말했어요.

"초자연적인 현상이요?"

"아, 네. 사실 전 아무것도 못 봤어요. 하지만 진 아주머니는…… 엄밀히 말해 초자연적인 건 아니고요. 하지만 진 아주머니가 이야기를 좋아해요. 애들한테 맨날 옛날이야기를 들려주더라고요. 물개 셀키[14]니, 나무 요정 켈피[15]니 하는 것들이요. 이 집은 아주 오래됐어요. 그렇다 보니 죽음과 폭력에 관한 이야기가 심심찮게 얽혀 있나 보더군요."

"그럼…… 진 아주머니가 애들에게 그런 얘기를 들려주고 애들이 그 얘기를 돌보미에게 전한 걸까요?"

"그럴지도 모르죠. 확실하다고는 말 못하겠네요. 그런데 전에 여기서 일했던 돌보미들은 나이가 많이 어린 편이었어요. 다는 아니었지만 대부분이요. 시내나 술집에서 멀리 떨어진 이런 외딴 곳에 적응하는 게 어디 쉽겠어요? 더군다나 혈기 왕성한 젊은 돌보미들은 특히 더 이런 곳에서 일하기 싫어하죠. 에든버러나 글래스고처럼 나이트클럽도 있고, 언어가 통하는 사람들이 있는 데서 일하고 싶을 겁니다."

"그렇죠." 전 창밖을 내다봤어요. 너무 어두워서 아무것도 보이지 않았어요. 하지만 제 마음속에는 바깥 풍경이 쫙 펼쳐졌어요. 어둠 속으로 쭉 뻗은 도로, 굽이굽이 이어지는 언덕, 멀리 보이는 산맥. 빗소리 빼고는 아무 소리도 들리지 않았어요. 자동차 소리도, 지나가는 행인 소리도, 아무것도요. "네. 무슨 말인지 알겠어요."

우리는 잠시 말없이 앉아 있었어요. 잭이 속으로 무슨 생각을 했는진 모르겠고, 적어도 제 마음속은 낯선 감정들로 뒤죽박죽이었어요. 스트레스, 피로, 앞으로 펼쳐질 날들과 그보다 훨씬 더 불안한 뭔가에 대한 두려움. 잭과 관련된 것들도요. 마지막 남은 피자를 깔끔하게 말아 두 입에 먹어 치우는 잭이라는 사람 자체에 대해서요. 넓은 광대뼈를 따라 흩뿌려진 주근깨며, 팔뚝에 불끈 솟아난 근육이 제 마음을 점령해 버렸어요.

"이제 진짜 가야겠어요." 잭이 일어서서 기지개를 켜자 관절에서 뚝뚝 소리가 났어요. "저녁 고마워요. 이야기를 나눌 사람이 있어서 좋았습니다."

"저도요."

잭에게 속마음을 들킨 것 같아 갑자기 부끄러웠어요.

"혼자 괜찮겠어요?"

전 고개를 끄덕였어요.

"전 마구간이었던 자리에 있는 차고 위쪽에서 지내니까요. 필요한 거 있으면 그리로 와요. 제비가 그려진 초록색 문으로 오면 됩니다. 혹시 밤에 무슨 일이 생기면……."

"무슨 일요?" 제가 토끼 눈을 뜨고 끼어들자 잭이 실소를 터뜨렸어요.

"말이 헛나갔네요. 제 도움이 필요하면 언제든지 찾아와도 좋다고 말하려던 것뿐입니다. 사모님이 제 전화번호 알려 주던가요?"

"아뇨."

잭은 냉장고에서 전단지를 떼어 내 빈 공간에 휴대 전화 번호를 갈겨쓰고는 저에게 건네줬어요.

"여기요. 혹시 모르니까."

'혹시 뭘 모른다는 거죠?' 이렇게 묻고 싶었지만 잭이 대수롭지 않게 웃어넘길 거라는 걸 알았기에 참았어요.

잭은 저를 안심시키려고 했지만 전 전혀 마음이 놓이지 않았어요.

"어, 고마워요, 잭." 제가 어색하게 말하자 잭이 다시 싱긋 웃었어요. 잭은 비옷을 걸친 다음 다용도실 문을 열고 빗속으로 사라졌어요.

잭이 가고 나서 다용도실 문을 잠가야겠다고 생각했어요. 든 자리는 몰라도 난 자리는 안다더니 잭이 없는 집 안은 전보다 훨씬 더 적막이 흐르는 것 같았어요. 한숨을 내쉬며 열쇠를 찾으려고 문틀 위로 손을 뻗었어요. 그런데 열쇠가 없는 거예요.

문틀 위쪽을 쭉 더듬어 봤지만 먼지와 죽은 벌레만 손끝에 느껴졌을 뿐 다른 건 없었어요.

열쇠가 바닥에 떨어진 것도 아니었고요.

진 아주머니가 딴 데다 둔 걸까요? 아니면 청소하다 떨어뜨렸으나요?

진 아주머니가 집에 간 다음 사모님의 지시대로 비상시를 대비해 열쇠를 아이들의 손이 닿지 않는 문틀 위에 올려놨던 게 똑똑히 기억났어요. 그렇다면 열쇠가 떨어졌을 수도 있다는 이야기인데. 떨어져서 어디로 갔을까요? 열쇠는 커다랬고 놋쇠로 만든 것이었어요. 상당히 컸기 때문에 떨어지면 눈에 띄지 않을 수 없을뿐더러 청소기 파이프에 빨려 들어갈 수도 없었죠. 혹시 누가 발로 차서 어딘가 아래로 들어가 버린 걸까요?

엎드려서 휴대 전화 손전등으로 세탁기며 건조기 아래를 살

퍼봤지만 아무것도 보이지 않더라고요. 평평한 하얀색 타일과 제 입김에 날아가는 먼지 뭉치뿐이었어요. 물걸레 양동이 뒤에도 없었어요. 혹시나 하고 진공청소기를 넣어 두는 아래층 벽장도 열어 봤어요. 먼지 통은 비어 있었어요. 청소기는 먼지 봉투가 따로 없고 내용물이 다 보이는 투명한 실린더형이었어요. 열쇠가 안에 들어갈 수 있는지 여부는 둘째 치고 설사 들어갔다 하더라도 워낙 존재감이 커서 못 알아보고 버릴 만한 여지도 없었다니까요.

주방도 샅샅이 뒤졌어요. 쓰레기통까지 확인했지만 열쇠는 그 어디에도 없었어요.

결국은 다용도실 문을 열어 놓고 쏟아지는 빗줄기 사이로 마구간을 빤히 쳐다봤어요. 위층 창문에 불이 켜져 있었어요. 잭을 불러야 할까요? 잭한테 여분의 열쇠가 있을까요? 그렇다 해도 도와주겠다는 말을 들은 지 10분밖에 되지 않았는데 쪼르르 달려가면 제 꼴이 너무 한심해 보이지 않을까요?

제가 망설이는 사이에 잭 방의 불이 꺼졌어요. 잠든 것 같았죠.

너무 늦어 버렸어요. 잠옷 차림의 잭을 불러낼 생각은 눈곱만큼도 없었고요.

마지막으로 열쇠가 바깥으로 튕겨 나갔나 싶어 문밖의 마당을 한번 보고 문을 닫았어요.

내일 아침에 잭한테 물어보기로 했어요.

그럼 그때까지는 어떻게 하면 좋을까요? 뭔가…… 뭔가로 문을 막아 놔야 했어요. 웃긴 소리로 들린다는 거 알아요. 인적이 드문 외딴 곳이고 저택 대문도 잠겨 있는데 뭘 걱정하는 거냐고

하시겠죠. 하지만 문을 잠그지 않은 게 마음에 걸려서 잠을 제대로 잘 수 없을 것 같았어요.

문손잡이는 동그란 모양이라서 의자를 받쳐 돌아가지 못하게 할 수 있는 게 아니었어요. 걸쇠도 없었고요. 한참 동안 주변을 뒤진 끝에 찬장에서 도어 스토퍼를 찾았어요. 그걸 문 아래 틈새에 단단히 끼워 넣고는 시험 삼아 손잡이를 돌려 봤어요.

놀랍게도 문이 열리지 않았어요. 작정하고 침입해 들어오는 도둑까지는 막지 못하겠지만, 그렇게 따지면 진짜 도둑을 막을 수 있는 건 거의 없잖아요. 남의 집에 침입하려고 마음먹은 사람이라면 창문을 깨고 들어올 수도 있으니까요. 어쨌든 적어도 문이 잠겨 있는 것처럼은 보였어요. 그 정도면 편하게 잠을 자도 되겠다 싶었어요.

피자 상자와 접시를 치우려고 주방으로 돌아갔을 때 오븐 시계에 11시 36분이라는 숫자가 찍혀 있었어요. 절로 앓는 소리가 나오더라고요. 아이들이 아침 6시에 일어날 테니 훨씬 전에는 잠자리에 들었어야 했는데요.

너무 늦어서 어찌할 도리가 없었어요. 샤워는 건너뛰고 가능한 한 빨리 자야 했어요. 너무 피곤해서 샤워 한 번 거르는 건 문제도 아니다 싶었어요.

"불 꺼 줘." 큰 소리로 말했어요.

즉시 주방이 어둠에 잠겼어요. 복도에서 새어 들어오는 희미한 불빛만이 콘크리트 바닥을 비췄어요. 하품을 참으면서 계단을 올라가 제 방으로 들어갔어요. 그러고는 옷을 다 벗기도 전에 반쯤 잠들어 버렸어요.

뭔가에 깜짝 놀라서 깨어났을 때는 사방이 깜깜했어요. 순간 현실 감각을 상실한 듯했어요. 여긴 어디지? 누가 날 깨운 거야? 그러다 정신을 차렸어요. 헤더브레 저택. 엘린코트 부부. 아이들. 잭.

침대 옆 탁자 위에 뒀던 휴대 전화로 시간을 확인했어요. 새벽 3시 16분이더라고요. 입에서 터져 나온 끙 하는 소리가 나무 바닥에 가 부딪혔어요. 사방이 어두운 게 당연했죠. 아직 한밤중이었으니까요.

멍청하긴.

대체 뭐 때문에 깬 거지? 페트라 때문인가? 아니면 다른 아이가 자다가 깨서 울었나?

전 누운 채로 잠시 귀를 기울였어요. 아무 소리도 들리지 않았어요. 전 아이들과 한 층 떨어져 있었고 그 사이에 닫힌 문이 두 개나 더 있었거든요.

한숨을 삼키며 일어나서 가운을 걸치고 층계참으로 나갔어요.

집 안은 조용했지만 뭔가가 느껴졌어요. 뭔가…… 잘못된 것 같았어요. 그게 뭔지는 정확히 모르겠지만요. 그새 비는 그쳤더라고요. 아무 소리도 나지 않았어요. 심지어 멀리서 희미하게 들리는 자동차 소리나 바람에 흔들리는 나뭇가지 소리조차 들리지 않았어요.

그때 거슬리는 게 두 가지 있었어요. 하나는 눈앞의 벽에 드리워진 그림자였어요. 아래층 식탁에 놓인 시들어 가는 모란꽃이 드리운 그림자였죠.

누군가 아래층 복도의 불을 켜 놓은 거예요. 제가 자러 갈 때 분명히 껐는데요.

까치발로 조심스레 계단을 내려가기 시작했을 때 두 번째로 거슬리는 게 나타났어요. 바로 발자국 소리였어요. 순간 그 소리에 놀라 숨이 턱 막히는가 싶더니 심장이 걷잡을 수 없이 뛰기 시작했어요.

예전에 이 집에 왔을 때 밤에 들었던 소리와 같은 게 분명했어요. 나무 바닥 위를 천천히 조심조심 걷는 소리요.

끼익. 끼익. 끼익.

쇳덩이로 된 고리가 심장을 옥죄는 것 같았어요. 두 계단 정도 내려갔을까, 그 소리를 듣고는 그 자리에 얼어붙어 버렸어요. 아래층의 불빛을 봤다가 소리가 나는 것 같은 위를 올려다봤어요. 맙소사! 설마 집에 우리 말고 누가 있는 거야?

불이 켜진 건 이상한 일이 아니었어요. 매디나 엘리가 화장실에 가려고 일어났다가 켰을 수도 있었거든요. 희미하게 빛나는 작은 야간 등 몇 개가 벽에 달려 있긴 했지만 아이들이 복도 불을 켰을 수도 있으니까요.

하지만 발자국 소리는 뭘까요?

사모님의 목소리가 난데없이 주방의 사운드 시스템에서 울려 퍼졌던 게 생각났어요. 그것과 비슷한 건가? 그 짜증 나는 해피 앱에서 나는 소리인가? 하지만 어떻게? 아니 그보다 왜 거기서 그런 소리가 나지? 말이 안 되더라고요. 앱에 접속할 수 있는 사람은 사모님과 사장님뿐이었어요. 그분들이 뭐 하러 저를 놀래주겠냐고요. 오히려 저를 아이 돌보미로 고용하기 위해 무진 애를 쓰고 큰돈을 썼는데요.

무엇보다 그 소리는 스피커에서 나오는 것 같지 않았어요. 주방에서 들은 사모님의 목소리처럼 실체가 없는 기계음이 아니었죠. 사모님과 통화할 때는 사람의 말소리라기보다 스피커에서 흘러나오는 소리라는 티가 팍팍 났거든요. 지금 제가 들은 소리는 그런 유와는 완전히 달랐어요. 천장 한쪽 구석에서 들리기 시작한 발자국 소리가 천천히 다른 쪽으로 이동하는 듯했어요. 그러다가 잠시 멈추더니 왔던 길을 되돌아갔어요. 마치…… 누군가 제 머리 위의 방을 왔다 갔다 하는 소리 같았어요. 하지만 말도 안 되는 일이었어요. 위에는 방이 없었으니까요. 천장에 다락으로 연결되는 문 같은 것도 없었고요.

그때 뇌리를 스치는 게 하나 있었어요. 이곳에 도착한 첫날 이후로 눈여겨보지 않았던 것이었죠. 제 방에 있는 잠긴 문이요. 그 문은 어디로 연결된 거지? 혹시 뒤에 다락방이 있나? 누군가 제 방을 통과해서 그 문으로 들어갔을 것 같진 않았으나 분명히 위에서 발자국 소리가 들렸어요.

몸이 떨리기 시작했어요. 발소리를 죽여 방으로 돌아가서 침대 옆에 있는 조명을 켰어요. 그런데 불이 켜지지 않는 거예요.

욕이 나왔어요. 변호사님, 저도 제가 부끄러운 짓을 했다는 거 알아요. 알면서도 오랫동안 큰 소리로 욕설을 내뱉었어요. 스위치를 눌러서 불을 껐으면 다시 스위치를 눌렀을 때 불이 켜져야죠. 왜 안 되는 거죠? 무슨 놈의 조명 시스템이 이토록 멍청할 수 있죠?

분노가 치밀어서 음악이든 난방 시스템이든 아니면 다른 뭐가 켜지든 상관하지 않고 스위치 패널을 막 눌러 댔어요. 스위치 패널의 사각형과 다이얼을 마구잡이로 누르자 손바닥 아래에서 불빛이 깜빡였어요. 옷장 전등이 켜졌다 꺼지고, 화장실 환풍기가 돌아가고, 클래식 음악이 방 안을 가득 채웠다가 빠르게 꺼졌어요. 천장의 환풍기 몇 대도 갑자기 켜져서 시원한 바람을 뿜어 냈어요. 그러다 마침내 메인 조명이 켜졌어요.

전 숨을 몰아쉬며 스위치 패널에서 손을 뗐어요. 어쨌든 불이 켜졌으니 제가 이긴 거죠. 방에 불이 켜지자 잠겨 있는 그 문을 열어 보기로 했어요.

처음에는 다른 방문 열쇠들처럼 문틀에 올려진 침실 열쇠를 꽂아 봤지만 맞지 않더라고요.

혹시나 해서 옷장 열쇠를 넣어 봤지만 역시 맞지 않았어요.

잠긴 문틀의 위에는 먼지만 쌓여 있을 뿐 다른 건 없었어요.

최후의 수단으로 무릎을 꿇고 앉아서 열쇠 구멍 안을 들여다 봤어요. 심장이 어찌나 쿵쾅거리는지 토할 것 같았어요.

열쇠 구멍으로는 아무것도 보이지 않았어요. 그저 끝없는 어둠만이 이어져 있었죠. 하지만 분명히 뭔가가 느껴졌어요. 서늘한 바람이 약하게 불어와 눈을 깜빡였어요. 뭐라도 보려고 눈을 부릅뜬 탓에 눈물이 고였어요. 전 열쇠 구멍에서 눈을 떼고 뒤로 물러섰어요.

문 안쪽은 벽장이 아니었어요. 다른 뭔가가 있었어요. 어쩌면 다락방이 있을지도 몰랐죠. 어쨌든 찬바람이 일 정도로 넓은 공간이 있는 건 분명했어요.

어느새 발자국 소리는 멈췄지만 다시 잠들 수 없었어요. 이불을 몸에 둘둘 말고 침대에 앉아 한 손에 휴대 전화를 들었어요. 그리고는 그 잠겨 있는 문을 응시했죠.

제가 뭘 기다렸는지는 모르겠어요. 손잡이가 돌아가지 않을까? 누군가 나타나지 않을까? 아니면 사람이 아닌 다른 뭔가가?

뭐가 됐든 간에 아무 일도 일어나지 않았어요. 제가 할 수 있는 거라고는 그저 침대에 앉아서 창밖이 밝아오는 걸 지켜보는 일뿐이었어요. 옅은 누런색의 빛줄기가 카펫 위에 길게 늘어지며 천장의 조명과 뒤섞이고 있었어요.

두려움과 피곤함으로 속이 울렁거렸어요. 다시 시작되는 하루를 또 어찌 보내야 할지…….

짜증 섞인 울음소리가 아래층에서 나지막하게 들렸어요. 휴대 전화를 쥔 손아귀의 힘을 풀고 뻣뻣해진 손가락을 오므렸다 폈다 했어요. 휴대 전화 화면에 오전 5시 57분이라는 숫자가 떠 있었어요.

아침이었죠. 아이들이 잠에서 깨고 있었어요.

침대에서 일어나면서 무의식중에 한 손으로 목걸이를 더듬어 찾았어요. 하지만 손에 쇄골만 잡히는 거예요. 그제야 면접 직전에도 그랬듯 근무 첫날 밤에 목걸이를 빼서 침대 옆 탁자에 올려놨던 게 떠올랐어요.

목걸이를 다시 차려고 탁자 위를 봤는데 목걸이가 없더라고
요. 이맛살이 찌푸려졌어요. 작은 스탠드 뒤쪽도 찾아봤지만 없
었어요. 진 아주머니가 치웠을까요?

아래층에서 다시 울음소리가 들렸어요. 아까보다 더 큰 소리
로요. 짧은 한숨을 내쉬고는 목걸이 찾기를 멈췄어요. 목걸이는
나중에 찾아보면 되니까요.

일단은 또다시 밝아 온 하루를 무사히 보내는 게 급선무였
어요.

'커피 머신 ─ 원두는 채워져 있고 수도에 연결돼 있음. 앱으로 조작 가능함. 앱에서 가전 용품을 선택하고 바리스타를 눌러 사전에 프로그램된 메뉴 중 하나를 고르거나 취향대로 커스터마이징할 수 있음. 화면에 원두 모양이 나타나면 원두를 채워 넣어야 함. 느낌표 모양이 뜨면 와이파이 연결에 문제가 있거나 수압에 문제가 있다는 뜻임. 매일 특정 시간에 커피가 나오게 세팅할수 있음. 아침에 매우 유용함. 단 전날 밤에 컵을 미리 놔둘 것! 사전에 프로그램된 메뉴는……'

하, 이 집에 오고 나서 차만 죽어라 마셨어요. 커피 머신이 너무 부담스러운 거예요. 이 집의 커피 머신은 온갖 버튼, 손잡이, 다이얼로 뒤덮인 스테인리스 괴물 같았어요. 사모님은 커피 머신이 앱과 연동돼 편리하다고 했지만 해피 앱 하나 조작하는 것조차 버거운 저에겐 무리였어요. 하지만 잠을 제대로 못 잔 터라 페트라가 쌀가루로 만든 미니 케이크 한 접시를 해치우는 동안 평소의 반만큼이라도 정신을 차리려면 커피를 마셔야겠다 싶었어요. 그래서 커피 머신을 작동시켜 보기로 했어요.

전원을 켜려는데 갑자기 뒤에서 소리가 났어요.

"똑똑……."

전 깜짝 놀라 휙 돌아섰어요. 어젯밤에 느꼈던 진득한 공포가 아직 남아 있어 신경이 날카로워졌나 봐요.

잭이었어요. 재킷을 걸친 잭이 개 목줄을 잡고 다용도실 문간에 서 있었어요. 잭이 들어오는 소리를 듣지 못했는데 말이에요. 제 얼굴에 큰 충격을 받은 것 같은 깜짝 놀란 표정이 떠올라 있었던 모양이에요.

"미안해요. 놀라게 하려던 건 아니었는데. 노크했는데 못 들었나 봐요. 그래서 그냥 들어왔어요. 개들 산책시키려고요."

"아니에요." 전 돌아서서 페트라의 케이크 접시를 치우며 말했어요. 페트라는 먹을 만큼 먹었는지 남은 케이크를 자기 귀에다 대고 문지르는 중이었어요. 잭의 갑작스러운 등장으로 말미암아 한 가지 의문은 해결됐어요. 개 산책은 제 일이 아니었던 거죠. 할 일 목록에서 적어도 하나는 제칠 수 있게 됐어요. 클로드와 헤로는 빨리 나가고 싶은지 흥분해서 방방 뛰어다녔어요. 잭이 단호하게 개들을 진정시키자 바로 조용해졌어요. 개들이 사모님보다 잭의 말을 훨씬 더 잘 듣더라고요. 잭이 개의 목줄을 움켜쥐고 리드 줄을 끼워 넣기 시작했어요.

"잘 잤어요?" 리드 줄이 제자리에 딱 미끄러져 들어갔을 때 잭이 무심하게 물었어요.

전 페트라의 얼굴을 닦아 주던 자세 그대로 고개만 돌려 잭을 쳐다봤어요. '잘 잤냐고?' 무슨 뜻으로 한 말이지? 혹시 잭이…… 잭이…… 어제 일을 알고 있는 거야?

전 입을 벌린 채 멍하니 서 있었어요. 그 틈을 타 페트라가 케이크를 제 소매에 문댔어요.

잭은 그저 예의상 물어본 거였는데 전 진지하게 답했어요.

"실은 잘 못 잤어요." 행주로 소매를 닦고 페트라의 케이크를 멀리 치우면서 다소 퉁명스럽게 말했어요. "어젯밤에 다용도실 문 열쇠를 못 찾아서 문을 제대로 못 잠갔거든요. 혹시 열쇠 어디 있는지 아세요?"

"이 문 열쇠요?" 잭이 한쪽 눈썹을 치켜올리며 다용도실 쪽으로 고개를 젖혔어요. 전 끄덕하며 말했어요.

"걸쇠도 없더라고요. 어쩔 수 없이 도어 스토퍼를 끼워 놨어요." 어젯밤에만 해도 나름 괜찮은 방법이라 생각했는데 잭은 문에 뭐가 끼어 있는지도 모르고 그냥 문을 밀어서 열었나 봐요. "이곳 자체가 외져서 크게 걱정할 필요가 없다는 걸 아는데도 편히 못 자겠더라고요."

더불어 의문의 발자국 소리까지. 그렇지만 잭한테 발자국 이야기는 할 수 없었어요. 밝은 대낮에 생각해 보니 미친 소리 같은 거예요. 게다가 그게 꼭 발자국 소리였다고도 확신할 수 없었고요.

중앙난방 파이프가 팽창하는 소리, 태양열로 뜨거워졌던 지붕이 밤새 식으면서 들보가 움츠러드는 소리, 아니면 워낙 낡은 집이라 집 자체에서 나는 소리였을지도 몰라요. 하지만 맹세컨대 절대 그런 소리는 아니었어요. 확실해요. 다만 잭이 제 말을 믿게 할 자신이 없었어요. 어쨌든 소리는 그렇다 쳐도 열쇠는 다른 문제였어요. 뭔가 더 명확하고…… 구체적인 문제요.

잭이 인상을 썼어요.

"사모님은 문 열쇠를 문틀 위에 놔둬요. 애들이 열쇠 갖고 장난칠까 봐 열쇠를 꽂아 놓는 걸 싫어해요."

"저도 알아요." 침착하려 했지만 목소리에 초조함이 묻어 나왔어요. 이런 일이 생긴 게 잭의 탓은 아니었으니까요. "저도 사모님한테 들었어요. 파일에도 적혀 있었고요. 제가 어제 문틀 위에 열쇠를 올려놨는데 없는 거예요. 진 아주머니가 가져갔으려나요?"

"진 아주머니요?" 잭이 짤막하게 웃더니 고개를 저었어요. "아뇨. 그럴 리 없어요. 진 아주머니가 뭐 하러 그걸 가져갔겠어요? 진 아주머니 열쇠는 따로 있는데요."

"그럼 다른 사람이?"

잭은 또다시 고개를 저었어요.

"여기 들어오려면 저를 거쳐야 해요. 안 그럼 대문을 통과하는 것 자체가 안 돼요."

제가 매디와 엘리를 찾으러 갔다가 돌아왔을 때 진 아주머니가 문이 잠겨 있었다고 했다는 말을 또 하진 않았어요. 전 문을 잠그지 않았으니까요. 도대체 누가 문을 잠갔을까요?

"어디 떨어졌을지도 몰라요." 잭이 열쇠를 찾으려고 다용도실을 두리번거렸어요. 개들은 충성스러운 그림자처럼 킁킁거리며 잭의 뒤를 따라다녔어요. 잭은 건조기를 옆으로 밀치고 세탁기 아래를 살펴봤어요.

"거긴 이미 찾아봤어요." 전 속에서 슬금슬금 치밀어 오르는 짜증을 누르며 말했어요. 그런데도 잭은 계속 그 자리를 살피며 열쇠를 찾는 거예요. "잭? 제 말 들었어요? 제가 이미 다 찾아봤다고요. 쓰레기통까지요."

하지만 잭은 끙 소리를 내며 세탁기를 옆으로 밀었어요. 타일이 깔린 바닥 위에서 세탁기 바퀴가 끼익거리며 밀려났어요.

"잭? 듣고 있어요? 제가 이미 찾아⋯⋯."

잭은 제 말을 무시한 채 선반 너머로 몸을 숙여 세탁기 뒤쪽으로 긴 팔을 쭉 뻗어 내렸어요.

"잭⋯⋯." 짜증이 폭발해 퍼부으려던 찰나 잭이 끼어들었어요.

"찾았어요."

잭이 의기양양하게 먼지투성이 열쇠를 손에 들고 몸을 일으켰어요. 열쇠를 보는 순간 입을 다물 수밖에 없었어요. 저도 찾아봤어요. 다 찾아봤다고요. 세탁기 아래도 샅샅이 살펴봤지만 보이는 거라곤 먼지뿐이었는걸요.

"하지만⋯⋯."

잭이 저에게 다가와 제 손바닥에 열쇠를 떨궜어요.

"하지만⋯⋯ 거기도 분명히 찾아봤는데."

"세탁기 바퀴 뒤쪽에 끼여 있더라고요. 그래서 못 봤을 거예요. 문이 닫힐 때 떨어져서 거기로 들어갔나 봐요. 어쨌든 찾았으니까 됐죠?"

전 열쇠를 꼭 쥐었어요. 손안에 열쇠의 굴곡이 느껴졌어요. 저도 찾아봤어요. 아주 유심히 봤단 말이에요. 세탁기 바퀴에 끼였든 안 끼였든 7센티가 넘는 커다란 열쇠를 어떻게 못 봐요. 더군다나 눈에 불을 켜고 찾던 건데요.

열쇠가 거기 있었다면 제가 못 봤을 리 없었어요. 그렇다면⋯⋯ 열쇠는 거기 없었던 거예요. 누군가 그 자리에 떨어뜨려 놓은 게 확실했어요.

고개를 들어 잭을 쳐다봤어요. 잭의 천진한 적갈색 눈동자가 눈에 들어왔어요. 잭은 엷은 미소를 지으며 저를 보고 있었어요. 잭이 그런 일을 벌였을 것 같진 않았어요. 그 사람은 아주 친절했으니까요.

'잭, 왜 제일 먼저 세탁기부터 찾아본 거죠? 거기 있는 줄 어찌 알고요?'라고 묻고 싶었어요.

하지만 마음속 의심을 입 밖에 낼 순 없었어요.

대신 이렇게 말했어요. "고마워요." 하지만 고맙다는 저의 말소리는 제가 듣기에도 전혀 달갑지 않았어요.

잭은 말없이 손에 묻은 먼지를 털면서 밖으로 나가고 있었어요. 두 마리 개만이 잭을 빙빙 돌며 짖어 댔어요.

"한 시간쯤 후에 볼까요?" 잭이 웃으며 말했어요. 잭의 미소에도 제 마음은 더 이상 들뜨지 않았어요. 오히려 목줄을 짧게 움켜쥔 손등에 울룩불룩 튀어나온 힘줄만이 눈에 들어오더군요. 그가 개를 제압하는 모습이 마냥 거슬렸어요.

"네." 전 작은 소리로 대답했어요.

"참, 깜빡할 뻔했네. 오늘 진 아주머니 쉬는 날이라 안 오실 거니까 설거지 정도는 직접 하셔야 할 거예요."

"아, 알겠어요."

잭이 돌아서서 마당을 가로지르자 개들이 그 뒤를 졸래졸래 따라갔어요. 잭의 뒷모습을 지켜보면서 지금까지 일어났던 일들을 순서대로 정리해 봤어요. 도대체 뭐가 어떻게 된 상황인지 파악해야 할 필요가 있었죠.

잭에게 진 아주머니가 열쇠를 가져간 게 아니냐고 물어보긴 했지만, 솔직히 진 아주머니가 열쇠를 가져갔다고는 생각지 않았어요. 분명히 진 아주머니가 가고 난 다음에 열쇠를 문틀 위에 올려놨으니까요. 진 아주머니가 돌아온 게 아닌 이상은 진 아주머니를 용의선상에 올릴 수 없었죠.

그다음으로…… 잭이 다용도실에 왔을 때 제가 직접 문을 열어 줬는지 가물가물했어요. 아니다……. 문이 이미 열려 있었던 것 같아요. 잭도 열쇠가 있으니까 아마 그걸로 문을 열었겠죠? 아니면 문을 열어 뒀었나? 확실하게 기억이 나지 않았어요.

잭이 어젯밤에 다용도실 열쇠를 가져갔다가 열쇠를 찾아 주는 척하면서 떨어뜨려 놨을 가능성도 생각해 볼 수 있었죠. 그렇다면 이유가 뭘까요? 저를 겁줘서 쫓아내려고요? 하지만 잭이 그런 짓을 할 하등의 이유가 없잖아요. 새로 온 아이 돌보미를 쫓아내서 잭이 득 볼 게 뭐가 있겠어요?

진 아주머니가 그랬다면 좀 더 그럴듯하게 들렸을 거예요. 진 아주머니는 저를 싫어하는 티를 팍팍 냈으니까요. 하지만 진 아주머니가 몰래 돌아왔을 가능성은 생각하면 할수록 희박했어요. 게다가 그런 가능성은 둘째 치고 진 아주머니는 아이들에 대한 애정만큼은 진심 같았어요. 그런 사람이 아이들이 잠들어 있는 집을 일부러 안전하지 못한 곳으로 만들어 놓을 리는 없잖아요.

결국 끔찍한 가설 하나만이 남게 됐어요. 그건 바로 누군가 한밤중에 저택에 침입할 목적으로 열쇠를 가져간 게 아닌가 하는 가설이었죠. 열쇠를 가져간 사람이 진 아주머니나 잭이 아닌…… 제3자라는 가설이요.

하, 아닐 거예요……. 제가 너무 앞서가는 걸 거예요. 전 너무 과민 반응하는 거라며 속으로 침착하자, 침착하자, 하고 되뇌었어요. 열쇠는 계속 그 자리에 있었을지도 몰라요. 잭 말대로 세탁기 바퀴 뒤쪽에 끼여 있었던 거죠. 단순히 제가 꼼꼼하게 살피지 않았던 게 아닐까요?

전 다용도실을 빙글빙글 돌며 열쇠에 대한 생각에서 한동안 헤어 나오지 못하고 있었어요. 그때 주방에서 칭얼대는 소리가 들렸어요. 급히 주방으로 돌아가니 페트라가 아기 의자에 앉아 짜증스런 발길질 중이었어요. 전 아기 의자의 벨트를 풀고 페트라를 안아 올려서 주방 한쪽에 있는 안전 펜스 안에 내려 줬어요. 그러고는 포니테일로 묶은 머리를 단단하게 조이고 아주 친절해 보이는 미소로 중무장한 다음 매디와 엘리를 보러 갔어요.

두 아이는 놀이방 구석에 앉아서 뭔가를 속삭이고 있었어요. 제가 손뼉을 치자 두 아이가 고개를 돌려 저를 바라봤어요.

"좋아! 얘들아, 우리 소풍 가자. 먹을 거 잔뜩 챙겨서 말이야. 샌드위치랑 감자칩이랑 케이크랑……."

전 아이들이 십중팔구 싫다고 할 거라고 생각했어요. 그런데 놀랍게도 매디가 일어나서 레깅스의 먼지를 툭툭 털어 내며 말했어요.

"어디로요?"

"정원 어때? 정원 구경 좀 시켜 줄래? 너희들 비밀 장소도 있다고 잭한테 들었는데." 그건 새빨간 거짓말이었어요. 잭은 그런 말을 전혀 하지 않았거든요. 하지만 아이들이라면 응당 아지트나 은신처 같은 게 있기 마련이니까요.

"우리 비밀 장소는 못 보여 줘요." 엘리가 제 말이 끝나기가

무섭게 대답했어요. "비밀이에요. 그니까……." 엘리가 매디의
화난 얼굴을 보고는 말을 멈췄어요. "그런 건 없어요." 엘리가
힘없이 말했어요.

"그래? 아쉽네." 전 가볍게 말했어요. "그래도 괜찮으니까 신
경 쓰지 마. 다른 재밌는 곳도 많을 거야. 둘 다 장화 신고. 페트
라는 돌아다니지 못하게 유모차에 태워서 갈 거야. 자, 가자. 선
생님한테 너희들이 좋아하는 소풍 장소 맘껏 자랑해 봐."

"좋아요." 매디의 목소리는 차분하고 침착했는데 정확히는
살짝 의기양양해하는 투였죠. 전 그런 매디가 어딘지 의심스러
웠어요.

매디가 순순히 따라 줬음에도 이것저것 챙기고 다 함께 집 밖
으로 나가기까지 꽤 오랜 시간이 걸렸어요. 마침내 소풍 준비를
끝내고 집 뒤쪽으로 향했어요. 작은 언덕으로 이어진 울퉁불퉁
한 자갈길을 따라 올라갔다가 반대편으로 넘어가자 눈앞에 장관
이 펼쳐졌어요. 저 멀리 거대한 산맥들이 보였거든요. 사실 좀 을
씨년스러운 면도 없잖아 있었어요. 우리가 서 있는 쪽과 산맥 사
이에 농장이라든가 마을 같은 게 있을 법도 한데 그런 건 눈 씻
고 찾아봐도 없고 오로지 크고 작은 나무들이 무성한 숲뿐이었
어요. 훨씬 더 멀리 떨어진 곳에서는 맹금류로 보이는 새 한 마리
가 나무 위를 느릿하게 회전하면서 먹잇감을 찾는 중이었고요.

채소가 무성하게 자란 곳을 지나가면서 매디가 산딸기와 허
브를 알려 주기도 했어요. 이럴 땐 마냥 착한 아이인데……. 우
리는 분수대도 지나쳤어요. 분수대의 물에 염분이 살짝 섞여 있
는지 거품이 뽀글거렸어요. 분수대는 작동하지 않는 모양이었

어요. 게다가 꼭대기의 조각상은 군데군데 갈라진 데다 이끼가 무성하더라고요. 황량한 상태로 방치된 정원은 헤더브레 저택의 모습과 매우 대조적이었죠. 부서져 가는 우울하고 황폐한 정원이 아니라 앉을 공간이 있는 멋진 실외 인테리어와 관리가 잘된 조경이 어우러진 정원을 기대했거든요. 사모님이 야외 활동을 좋아하지 않아서일까요? 아니면 저택을 손보는 게 너무 오래 걸려서 정원까진 아직 손을 못 댄 걸까요?

다 허물어져 가는 온실 뒤로 그네가 한 쌍 있었어요. 엘리와 매디는 그네에 펄쩍 뛰어올라가 서로 더 높이 올라가려고 경쟁하기 시작했어요. 전 그런 아이들을 바라보고 있었고요. 그때 주머니에서 뭔가가 윙윙거리는 바람에 화들짝 놀랐어요. 휴대 전화였어요.

휴대 전화를 꺼내 발신자 이름을 보는 순간 심장이 덜컹 내려앉았어요. 전혀 예상치 못한 사람이었거든요. 호흡을 가다듬고 나서 전화를 받았어요.

"여보세요?"

"안녕 –!" 친근한 목소리가 시끄럽고 날카롭게 귀에 꽂히는 바람에 휴대 전화를 귀에서 떼어 놔야 했어요. "나야! 어떻게 지냈어? 세상에, 너무 오랜만이다!"

"나야 잘 지내지. 지금 어디야? 통화 요금 엄청 나오는 거 아냐?"

"맞아. 인도에서 전화하는 거거든. 여기 진짜 근사해. 물가도 엄청 싸고! 너도 일 그만두고 여기로 오면 좋겠다."

"이…… 이미 그만뒀어." 전 살짝 어색하게 웃으며 말했어요.

"내가 말 안 했나?"

"진짜?"

전 또다시 휴대 전화를 귀에서 멀찍이 떼어 냈어요. 통화한 지가 워낙 오래돼서 친구의 목소리가 얼마나 큰지 잊고 있었더라고요.

"응." 전 여전히 휴대 전화를 귓가에서 떨어뜨린 채 대답했어요. "리틀 니퍼스에는 퇴사하겠다고 이미 통보했고. 며칠 전에 그만뒀어. 재닌한테 그 지긋지긋한 일 혼자 다 해 먹으라고 말해 주는데 그때 재닌 표정을 네가 봤어야 해. 진심 통쾌했다니까."

"와, 상상된다. 재닌 진짜 못된 년이잖아. 나 그만둘 때 발 원장님이 그 자리 너한테 안 준 거 아직도 어이없어."

"나도. 참, 안 그래도 너한테 전화하려고 했는데. 할 얘기가 있어서. 나 아파트에서 나왔어."

"뭐?" 지지직 소리가 나더니 이역만리 인도에서 날아오는 친구의 목소리가 웅웅거렸어요. "잘 안 들려. 아파트에서 나왔다고?"

"응. 입주 일자리를 찾았어. 하지만 걱정 마. 집세는 아직 내고 있어. 여기 보수가 좋거든. 네 짐은 우리 아파트에 잘 있으니까 여행 끝나면 언제든지 돌아오면 돼."

"그게 가능해?" 멀리서 들려옴에도 불구하고 친구의 목소리에 실린 감동이 느껴졌어요. "우와! 진짜 보수가 좋은가 보다. 그런 일을 어떻게 잡은 거야?"

일을 어떻게 구했냐는 친구의 물음에 두루뭉술하게 답하고는 말을 돌렸어요.

"사람을 급하게 구하는 곳이었어." 어쨌든 이건 사실이었으니까요. "그건 그렇고 넌 어때? 돌아올 계획은 있는 거야?" 어떤 대답이 나올지 몰라 가슴이 콩닥거렸지만 아무렇지 않게 물었어요.

"그럼. 당연하지." 친구의 웃음소리가 울려 퍼졌어요. "아직은 아니지만. 아직 7개월은 여기 더 체류할 수 있어. 그렇지만 친구야, 네 목소리 들으니까 너무 좋다. 보고 싶어!"

"나도."

엘리와 매디가 그네에서 내려와 무성한 야생화 사이로 난 구불구불한 벽돌 길을 걷기 시작했어요. 전 휴대 전화를 어깨와 귀 사이에 끼우고 울퉁불퉁한 길로 유모차를 밀면서 아이들 뒤를 따라 걸었어요.

"나 사실 지금 일하는 중이라서…… 그만 끊어야……."

"응. 괜찮아. 나도 이만 끊어야 할 거 같아. 안 그럼 전화 요금 폭탄 맞을걸. 별일 없는 거지?"

"그럼. 걱정하지 말고."

잠시 어색한 침묵이 흘렀어요.

"그래. 잘 있어."

"안녕."

잠시 후 전화가 끊어졌어요.

"누구예요?" 팔꿈치 근처에서 작은 목소리가 들려 깜짝 놀라 내려다보니 매디가 얼굴을 찡그리며 저를 쳐다보고 있는 거예요.

"아…… 예전에 같이 일했던 친구. 런던에서 같이 살았던 룸메이트인데 지금은 여행 중이야."

"그 친구 좋아해요?"

좀 웃긴 질문이라 실소가 터져 나왔어요.

"응? 그럼. 당연히 좋아하지."

"말하기 싫은 것처럼 들리던데."

"매디가 왜 그런 생각을 했는지 모르겠네." 저희는 좀 더 멀리 걸어갔어요. 유모차가 느슨하게 빠져나온 벽돌에 걸려 덜커덩거렸어요. 전 매디의 말을 곰곰이 생각해 봤죠. 내가 진짜로 그랬나? "외국에서 걸려온 전화라 통화료가 엄청 비싸. 요금이 너무 많이 나올까 봐 빨리 끊은 거야."

매디가 저를 물끄러미 보더라고요. 매디의 까만 두 눈이 마치 제 속을 꿰뚫어 보는 것 같은 이상한 기분이 들었어요. 매디는 곧 엘리에게 쏜살같이 달려가더니 소리쳤어요. "따라와요! 빨리요!"

벽돌 길은 저택에서 점점 더 멀어졌고 점점 더 울퉁불퉁해졌어요. 빗살 무늬로 깔린 벽돌이 서리를 맞아 갈라지고 느슨하게 삐져나와 있었어요. 몇 개는 완전히 빠진 상태였고요. 멀리에 벽돌 벽이 보였어요. 15센티미터 정도 되는 높이의 벽에 철문이 있었는데 아이들은 그곳으로 향하는 것 같았어요.

"여기가 정원 끝이니?" 제가 소리쳤어요. "잠깐만. 그 뒤에 들판으로는 나가지 않았으면 좋겠어."

아이들이 멈춰 서서 저를 기다렸어요. 엘리는 두 손을 엉덩이에 올린 채 씩씩거리며 숨을 골랐어요. 작은 얼굴이 빨갛게 달아올라 있었어요.

"여기는 화원이에요. 방처럼 벽도 있어요. 하지만 지붕은 없어요." 엘리가 말했어요.

"오, 재밌네. 《비밀의 화원》처럼 말이야. 그 책 읽어 봤니?"

"당연히 못 읽어 봤죠. 얘는 아직 어려서 그런 책 못 읽어요." 매디가 대신 대답했어요. "텔레비전으로는 봤어요."

마침내 벽에 가까워졌어요. 그제야 엘리의 말이 무슨 뜻인지 알 수 있었죠. 무너져 가는 붉은 벽돌로 된 벽은 제 키보다 살짝 높았는데 정원의 한쪽 구석을 둘러싸고 있는 것처럼 보였어요. 직사각형의 그 공간은 정원의 나머지 구역과 분리돼 있었어요. 예민한 허브와 과일나무를 서리로부터 보호하려고 텃밭을 에워싸고 있는 그런 구조요. 그렇지만 제가 보기에 거기 있는 나무며 식물들은 먹을 수 있는 것들은 아니었어요.

전 문을 열어 보려고 했어요.

"잠겼네." 두 짝의 철문 너머로 무성한 덤불과 넝쿨 식물이 보였어요. 녹색 잎사귀에 반쯤 뒤덮인 조각상 같은 것도 있었고요. "아쉽다. 저 안에 들어가면 재미있을 것 같은데."

"잠긴 것처럼 보이는 거예요." 엘리가 흥분해서 말했어요. "하지만 매디 언니랑 나는 들어가는 방법을 알아요."

"글쎄……." 말을 끝맺기도 전에 엘리가 작은 손을 복잡하게 얽힌 창살 사이로 집어넣었어요. 어른 손은 아무리 뼈대가 가늘어도 들어가지 않을 만큼 아주 좁은 틈새더라고요. 엘리가 반대쪽 걸쇠를 끌렀는지 문이 활짝 열렸어요.

"우와! 어떻게 한 거야?" 전 진심으로 감탄해서 외쳤어요.

"쉬워요." 엘리가 자랑스럽게 말했어요. "안쪽에 걸쇠가 있어요."

전 부드럽게 문을 밀었어요. 문이 끼익 소리를 내며 열렸어요. 머리 위에 매달린 넝쿨 식물의 늘어진 잎사귀를 옆으로 치우면서 유모차를 안쪽으로 밀고 들어갔어요. 나뭇잎들에 쓸린 얼굴이 쐐기풀에라도 쏘인 것처럼 따끔거렸어요. 매디는 나뭇잎에 쓸리지 않으려고 제 뒤에서 몸을 수그렸고 엘리도 따라 들어왔어요. 엘리의 얼굴에 짓궂은 표정이 떠올랐어요. 문득 사장님과 사모님이 이곳을 왜 잠가 놨는지 궁금해졌어요.

안으로 들어가자 비바람에 노출된 바깥 식물들과는 달리 벽 안의 식물들은 안전하게 보호받고 있었어요. 바깥의 시들시들한 야생화들과 나무들, 저 너머의 삭막한 황무지와는 완전히 대조되는 모습이었어요. 온갖 종류의 열매가 가득 달린 싱싱한 상록수들, 무성하게 자라 얽히고설킨 넝쿨 식물들, 그 사이에서 살아남으려고 애쓰는 꽃들. 그중에서 월계수의 짙은 나뭇잎 사이로 솟아오른 헬레보어[16], 스노베리[17], 금사슬 나무[18] 따위는 알아보겠더라고요. 모퉁이를 돌아 오래돼 보이는 주목 아래를 지나갔어요. 얼마나 오래됐는지 주목의 잎사귀가 길 위로 늘어져 터널을 이루고 있었어요. 발밑에서는 튜브 모양의 낯선 열매가 바스락거리며 밟혔어요. 주목 잎들이 토양을 오염시켜 그 아래에는 아무것도 자라지 못했어요. 바깥보다 화원에 온실이 더 많았어요. 온실의 크기는 작았지만 부서진 창틀일지언정 나름 유리가 끼워져 있어 내부에 수증기가 가득 차 있었어요. 유리 안쪽에 이끼와 곰팡이가 잔뜩 껴 있어 식물들이 잘 보이진 않았어요. 몇몇 식물이 지붕의 부서진 틈새로 삐져나와 있긴 했지만요.

화원 중앙에서부터 뻗어 나간 벽돌 길 네 개는 화원을 네 구역으로 나누고 있었어요. 화원 가운데에는 담쟁이덩굴과 다른 넝쿨 식물로 뒤덮여 형체를 알아보기 힘든 조각상이 자리하고 있었고요. 가까이 다가가서 나뭇잎을 치워 보니 가냘프고 수척한 모습의 부서진 여자 조각상이 보였어요. 너덜너덜한 넝마를 걸친 해골 같은 얼굴에 텅 빈 눈동자가 비난하는 눈빛으로 저를 노려봤어요. 뺨에 긁힌 자국 같은 게 있었고, 좀 더 가까이 가 보니 손가락은 뼈만 남아 앙상하고 손톱은 길고 뾰족했어요.

"어머 이게 뭐야!" 전 뒤로 물러섰어요. "너무 끔찍하다. 대체 누가 이런 걸 세워 놨어?" 아무도 대답하지 않았어요. 매디와 엘리는 초록빛 덤불 속으로 사라져 보이지 않았거든요. 조각상에 더욱 가까이 다가가자 받침대에 적힌 이름이 보였어요. '아클리스'. 기념비의 일종인가?

갑자기 으스스할 정도로 무성하게 자란 식물 더미에서 빠져나가고 싶은 충동이 격하게 일었어요. 산과 공터가 있는 탁 트인 곳으로 나가고 싶었죠.

"매디!" 날카롭게 외쳤어요. "엘리, 어디 있니?"

대답이 없었어요. 순간 치솟아 오르는 불안감을 간신히 억눌렀어요.

"매디! 이제 점심 먹을 거야. 점심 먹을 데 찾아보자."

한참을 기다렸지만 아무 반응이 없는 거예요. 또다시 극심한 공포에 질려 온몸이 굳어 버릴 것 같았는데 깔깔거리는 웃음소리가 났어요. 아이들이 어딘가에 숨어 있었던 모양이에요. 매디와 엘리가 저를 지나쳐 철문을 향해 전력 질주했어요. 아이들은 화원 바깥의 서늘하고 깨끗한 공기 속으로 내달렸어요.

"빨리 와요." 매디가 소리쳤어요. "저기 개울이 있어요."

오전 나절은 별다른 사건 없이 지나갔어요. 정원 모퉁이를 가로지르는 짙은 토탄색 개울가에서 조용하고 근사한 점심시간을 보냈어요. 점심을 먹고 난 후 아이들은 신발과 양말을 벗고 물에 들어갔어요. 물이 차갑다고 소리를 질러 대며 얼음장 같은 물을 저와 페트라에게 튀겼어요. 정말 물은 생각보다 차갑더라고요. 전 꺅 소리를 질렀고 흥분한 페트라는 시끄럽게 옹알이를 했어요. 두 가지 사건만 빼면 아주 완벽한 점심시간이었을 거예요. 엘리의 신발이 개울에 빠져 버렸거든요. 제가 간신히 건져 냈지만 엘리의 눈에는 이미 눈물이 그렁그렁했어요. 갈 시간이 됐을 때까지 신발이 마르지 않아서 엘리는 축축한 신발을 신고 집으로 돌아가는 내내 엉엉 울었죠.

또 다른 사건은 넝쿨 식물이 닿았던 제 이마가 심상치 않은 것이었어요. 처음에는 따끔하기만 했는데 시간이 지나면서 쐐기풀에 쏘인 것처럼 가려웠고 무엇보다 너무 아팠어요. 개울에서 차가운 물을 퍼 올려 이마를 씻어 냈음에도 가려움은 여전했어요. 참을 수 없을 만큼요. 알레르기 반응인 걸까요? 식물 알레르기 같은 건 없었는데, 어쩌면 제가 살던 남부 지방에서는 접하기 힘든 스코틀랜드산 식물 때문인지도 몰랐죠. 어쨌든 아이들과 함께 있는데 알레르기 증상이 심해질까 봐 걱정이 됐어요. 설상가상으로 호흡기도 집에 놔두고 온 상황이었고요.

불행 중 다행이라 할까요. 먹구름이 몰려온 덕분에 집으로 돌아갈 구실이 생겼어요. 페트라는 집으로 오는 길에 잠이 들었어요. 유모차를 다용도실에 두고 두 아이에게 영화를 보자고 했어요. 놀랍게도 매디와 엘리는 군말 없이 따라 줬어요. 으쓱한 마음에 아이들을 껴안고 TV방에 앉았을 때였어요. 지지직 하더니 사모님의 목소리가 스피커에서 흘러나왔어요.

"로완 씨? 지금 통화 괜찮아요?"

"사모님, 안녕하세요." 두 번째라 그런지 스피커 속 사모님의 목소리가 살짝 적응은 됐지만 당황스러운 건 여전했어요. 제가 어느 방에 있는지 사모님이 알려나 궁금한 마음에 카메라를 힐끗 올려다봤어요. 아이들은 영화에 푹 빠져 있어서 스피커에서 흘러나오는 엄마 목소리를 듣지 못한 것 같았어요. "잠시만요. 주방으로 갈게요. 거기라면 아이들을 방해하지 않고 이야기를 나눌 수 있을 거예요."

"로완 씨 휴대 전화로 돌려서 통화할 수도 있어요." 엘리를 안고 있던 팔을 풀고 일어나 주방으로 향하는 제 뒤를 실체 없는 사모님 목소리가 따라왔어요. "해피 앱 연 다음에 휴대 전화 아이콘 클릭하고 전환 화살표를 누르면 돼요." '집이야말로 해피가 머무는 곳이랍니다!'라는 인사말을 무시하고 사모님의 지시대로 앱을 조작한 다음 휴대 전화를 귀에 갖다 댔어요. 휴대 전화로 사모님의 목소리를 들으니 한층 마음이 편안했어요.

"됐어요?"

"네. 지금 휴대 전화로 말하는 중이에요. 방법을 알려 주셔서 감사해요." 어젯밤에 알려 줬더라면 잭 앞에서 어색하게 대화를 나누지 않아도 됐을 텐데…… 뭐 지난 일은 어쩔 수 없죠. 이마에 난 두드러기가 따끔거렸지만 긁지 않으려고 꾹 참았어요.

"뭘요." 사모님이 기분 좋은 듯 말했어요. "해피는 익숙해지기만 하면 진짜 멋진 앱이거든요. 복잡한 기능을 다 파악하려면 시간이 좀 걸린다는 단점은 있지만요! 아무튼 오늘은 어땠어요?"

"아주 좋았어요." 전 스툴에 걸터앉아 되도록 구석에 달린 카메라를 의식하지 않으려고 했어요. "잘 지내고 있어요. 페트라는 잠들었고, 매디와 엘리는……." 어제 사모님이 했던 말이 생각나서 잠시 멈칫했지만 사실대로 말하기로 했어요. 제 자신을 탓해 봤자 아무 소용없었으니까요. 게다가 사모님이 전화하기 전에 감시 카메라를 확인했다면 아이들이 어디 있는지 당연히 알고 있을 테니까요. "매디와 엘리는 영화 보고 있어요. 오전에 바람을 좀 쐬고 와서요. 아이들에게 텔레비전을 보여 줘도 사모님이 싫어하지 않을 거라고 생각했거든요. 아이들이 좀 쉬어야 할 것 같아서요."

"싫어한다고요?" 사모님이 가볍게 웃었어요. "천만에요. 전 간섭쟁이 엄마는 아니에요."

"아이들을 바꿔 줄까요?"

"네. 실은 그거 때문에 전화했어요. 로완 씨가 잘 지내는지도 확인할 겸. 엘리 먼저 바꿔 줄래요?"

전 엘리에게 휴대 전화를 넘겨 줬어요.

"엄마야."

212

휴대 전화를 받아드는 엘리의 얼굴에 설마 하는 표정이 떠올랐어요. 그러다 엄마의 목소리를 듣더니 엘리의 얼굴이 미소로 환해졌어요. 전 사모님과 아이들이 통화할 수 있게 자리를 피해 주며 주방 쪽으로 물러났어요. 혹시 몰라 한쪽 귀는 열어 뒀고요. 엘리가 사모님과 대화하다가 매디를 바꿔 달라는 소리를 들었는지 짧막하게 칭얼거렸어요. 잠시 후 매디의 목소리가 들렸고 엘리가 침울한 표정으로 제게 터벅터벅 걸어왔어요.

"엄마 보고 싶어요." 엘리의 아랫입술이 떨렸어요.

"당연히 보고 싶지." 전 거부당할까 봐 안아 줄 생각까진 못하고 엘리와 시선을 맞추며 엘리를 달랬어요. "엄마도 엘리를 너무 보고 싶어 하셔. 하지만 우리는……."

매디가 수상한 눈빛으로 불쑥 끼어들어 휴대 전화를 내미는 바람에 말을 다 하지 못했어요. 매디의 눈에 알 수 없는 두려움과 기쁨이 뒤섞인 것 같은 감정이 깃들어 있었어요.

"엄마가 바꿔 달래요." 전 휴대 전화를 다시 건네받았어요.

"로완 씨." 사모님의 짜증 섞인 딱딱한 목소리가 들렸어요. "아이들을 잠겨 있는 화원에 데리고 들어갔다고요?"

"아……." 깜짝 놀랐어요. 뭐지? 정원에 출입 금지 구역이 있다는 이야기는 듣지 못했는데. "네. 그랬어요. 하지만……."

"애들의 안전을 위해서 단단히 잠가 둔 금지 구역에 애들을 데리고 들어가면 어떡해요? 그렇게 무책임한 행동을……."

"잠시만요. 제가 실수를 했다면 죄송해요, 사모님. 하지만 정원에 출입 금지 구역이 있는지 몰랐어요. 제가 억지로 열고 들어간 것도 아니고요. 엘리랑 매디가……."

엘리와 매디가 화원의 철문을 여는 법을 알고 있는 것 같다고 말하려고 했지만 사모님은 제 말을 끝까지 듣지 않았어요. 대신 몹시 화가 난 한숨으로 제 말을 가로막았죠. 전 더 이상 사모님과 말을 섞기 싫어서 입을 닫았고 그 침묵이 사모님을 더욱 짜증 나게 한 듯했어요.

"상식을 발휘하라고 말했잖아요. 독이 있는 화원에 들어가는 게 상식이라니⋯⋯."

"네?" 전 예의 따위는 던져 버리고 사모님의 말을 잘랐어요. "그게 무슨 말씀이세요?"

"그 화원에는 독이 있어요." 사모님이 내뱉듯이 말했어요. "제가 준 파일을 읽어 봤다면 알았을 건데 안 읽어 봤나 봐요."

"독이라니⋯⋯." 전 파일을 찾아서 미친 듯이 페이지를 넘기기 시작했어요. 억울했어요. 그 빌어먹을 파일을 읽어는 봤지만 분량이 250쪽이나 되는걸요. 중요한 정보라면 응당 앞에다 놔야죠. 아이들에게 먹여도 괜찮은 과자 종류와 운동에 적합한 신발 종류를 줄줄이 열거해 놓은 부분 사이에 파묻어 둘 게 아니라요. "독이라니 그게 무슨 소리죠?"

"헤더브레 저택의 예전 주인이 생물 독을 전공한 분석 화학자였어요. 화원은 전 주인의 개인⋯⋯." 사모님은 너무 화가 나는지 말도 제대로 잇지 못했어요. "개인 실험실이었던 것 같아요. 그 화원에 있는 식물은 다 어느 정도 독성이 있다고요. 일부는 치명적인 독이 있는 식물이고요. 굳이 먹지 않고 피부에 닿거나 만지기만 해도 중독되는 식물이 수두룩해요."

'이럴 수가.' 타는 듯한 통증이 느껴지는 이마의 발진에 절로 손이 가더라고요.

"화원을 처리할 최선의 방법을 백방으로 찾고 있지만 그 망할 화원이 유산이라나 뭐라나. 그때까지는 화원을 단단히 잠가 둘 수밖에 없는 상태고요. 로완 씨가 애들을 데리고 거기로 산책을 갈 줄은 정말 상상도 못했네요."

이제는 제가 끼어들어 항변할 차례였죠.

"사모님." 전 차분하고 평온하고 또 이성적으로 말했어요. "파일의 그 부분을 충분히 주의 깊게 보지 않아서 정말 죄송합니다. 그건 전적으로 제 잘못이에요. 그 점은 즉시 시정할게요. 하지만 화원에 들어가자고 한 건 제가 아니에요. 매디와 엘리가 열쇠 없이도 문을 여는 방법을 이미 알고 있었어요. 안쪽에 보조 걸쇠가 있는지 엘리가 안으로 손을 뻗어 끌렀거든요. 애들이 예전에도 그곳에 들어갔던 게 분명해요."

이렇게 말하자 사모님이 입을 다물었어요. 휴대 전화 건너편은 조용했어요. 전 사모님이 어떻게 나올지 기다렸어요. 정적이 흐르는 가운데 사모님의 숨소리만 들렸죠. 아이들이 마음대로 돌아다니는 걸 사모님이 모른다는 사실을 지적하지 말았어야 했나 싶었어요. 그때 사모님이 헛기침을 하며 말했어요.

"이 문제는 당분간 덮어 두기로 해요. 매디 좀 바꿔 줄래요?"

그게 다였어요. 굳이 '팩트'를 알려 줄 필요는 없다는 식이었어요. 자신이 금메달감 부모가 아니라는 것도 인정하지 않았고요. 하지만 사모님에게 그런 걸 바라는 자체가 무리수였는지도 모르죠.

휴대 전화를 매디에게 넘겨 줬어요. 엷은 미소를 짓는 매디의 검은 두 눈에 악의가 잔뜩 서려 있었어요.

매디는 휴대 전화를 건네받아 TV방으로 돌아갔고, 엘리는 엄마와 한 번 더 통화할 기회가 오길 바라며 매디의 뒤를 따라갔어요. 매디의 통화하는 소리가 멀어지자 전 주방 조리대 위에 있던 태블릿을 집어 들어 인터넷에서 '아클리스'를 검색했어요.

끔찍한 이미지 몇 개가 화면 상단에 나타났어요. 다양한 형태로 썩어 들어가는 해골 같은 새하얀 여자 얼굴들이었어요. 야위고 창백하면서도 아름다운 얼굴들, 일그러진 입가에서 뿜어내는 죽음의 냄새로 부패하는 듯한 또 다른 얼굴들.

인터넷 화면을 내리니 이미지 아래로 다양한 검색 결과가 나왔어요. 그중에서 아무거나 하나 골라 클릭해 봤어요.

'아클리스 – 그리스 신화에 나오는 죽음, 고통, 독의 여신'.

태블릿 화면을 꺼 버렸어요. 파일을 봤든 안 봤든 위험 신호를 알아차리지 못한 건 다름 아닌 저였어요. 화원 가운데 있던 조각상에 아클리스라는 이름이 보란 듯이 적혀 있었으니까요. 굳이 제 잘못을 따진다면 그 이름에 담긴 메시지를 읽어 내지 못한 것쯤이요?

"통화 끝났어요." TV방에서 매디의 목소리가 들려왔어요. 전 짜증을 꾹꾹 눌러 담으며 TV방으로 돌아갔어요. 두 아이가 소파에 웅크리고 앉아 두려움이 담긴 눈빛으로 저를 바라보고 있었어요. 매디에게서 휴대 전화를 건네받으면서 아무 말도 하지 않았어요. 그냥 소파 한쪽 끝에 앉아서 계속 영화를 봤어요. 간간이 저를 힐끗거리는 아이들의 시선이 느껴졌어요. 두 아이의 얼굴에는 서로 다른 표정이 떠올라 있었어요. 엘리는 걱정스러운 얼굴로…… 혼날까 봐 잔뜩 긴장해 있었죠. 그 화원에 들어가면 안 된다는 걸 알면서도 문을 열어 보임으로써 자기가 얼마나 영리한지 보여 주고 싶었던 거예요. 감정이 얼굴에 그대로 드러나는 엘리와는 달리 매디는 얼굴 표정만으로 속으로 무슨 생각을 하는지 읽어 내기 어려웠어요. 하지만 한 가지는 짐작할 수 있었어요. 승리자의 얼굴.

매디는 제가 곤경에 처하기를 바랐고, 그 바람이 이뤄진 거죠.

시간이 지나 저녁 식사 때였어요. 페트라의 볼에 묻은 토마토 소스를 닦아 주고 제 몫의 알파벳 모양 파스타를 한 입 먹고 나서 아무렇지 않은 듯 말했어요. "얘들아, 화원에 있는 식물이 위험하다는 거 알고 있었어?"

엘리의 시선이 매디에게 날아가 꽂혔어요. 매디의 눈빛도 흔들리는 것 같았어요.

"무슨 화원이요?" 마침내 매디가 입을 열었지만 진짜로 궁금해서 묻는 건 아니었죠. 시간을 더 벌려는 심산이었을까요. 전 매디에게 사람 좋은 미소와 함께 눈으로 말했어요. '얘야, 날 엿 먹일 생각은 꿈에도 하지 마라.'

"독이 있는 화원이더라고. 조각상 있는 데 말이야. 엄마 말로는 거기 들어가면 안 된다고 하던데. 알고 있었어?"

"어른 없이 우리끼리 들어가면 안 돼요." 매디가 얼버무렸어요.

"엘리, 너도 알았니?" 전 엘리 쪽으로 시선을 돌렸어요. 엘리가 제 눈을 피하려고 하기에 얼굴을 돌리지 못하게 엘리의 턱을 움켜쥐었어요.

"악!"

"엘리, 선생님 봐. 거기 있는 식물들이 위험하다는 거 알았어?"

엘리는 대답 대신 제 손아귀에서 빠져나가려고 안간힘을 썼어요.

"알았냐고!"

"네." 마침내 엘리가 작은 소리로 대답했어요. "어떤 여자애가 죽었어요."

이건 제가 예상했던 대답이 아니었어요. 깜짝 놀라 엘리의 턱을 잡고 있던 손을 놨어요.

"그게 무슨 말이야?"

"어떤 여자애가 죽었어요." 엘리가 여전히 제 눈을 피하면서 재차 말했어요. "여자애가 죽었대요. 진 아줌마가 그랬어요."

"뭐라고?" 너무 놀란 나머지 저도 모르게 소리쳤어요. 매디가 히죽 웃는 걸 보고는 매디가 다음번에 사모님과 통화할 때 그 이야기를 하려고 했다는 걸 깨달았죠.

"언제? 무슨 일이 있었던 거야?"

"오래전 일이래요." 매디가 말했어요. 엘리와 달리 매디는 거리낌 하나 없이 그 이야기를 꺼냈어요. 오히려 재미있어하는 기색까지 느껴졌다니까요. "우리가 태어나기 전에요. 이 집에 살았던 사람 딸이었대요. 걔가 죽어서 그 남자 머리가 상했대요."

순간 머리가 상했다는 게 무슨 말인가 했다가 곧 이해가 됐어요. 매디가 진 아주머니의 스코틀랜드 억양을 흉내 냈던 거였어요.

"머리가 이상해졌다고?"

"네. 그래서 병원에 가야 했대요. 곧바로는 아니고 좀 있다가요. 그래서 이 집에서 그 여자애 귀신이랑 같이 살았대요." 매디가 무미건조하게 말했어요. "그 사람은 밤에 여자애 우는 소리에 깼대요. 여자애가 죽고 나서요. 진 아줌마가 말해 줬어요. 남자가 잠을 못 자고 밤새 왔다 갔다 하다가 미쳐 버렸대요. 사람이 잠을 오랫동안 못 자면 미친대요. 미쳐서 죽는대요."

왔다 갔다 한다고? 그 말에 전 깜짝 놀랐어요. 순간 뭐라고 말해야 할지 모르겠더라고요. 그러다 다른 게 떠올랐어요.

"매디." 전 침을 꿀꺽 삼키고는 어떻게 물어봐야 좋을지 생각했어요. "매디…… 예전에…… 그게 무슨 말이었니? 예전에 나한테 말했었잖아. 유령들이 싫어할 거라고 했던 거 말이야."

"무슨 말인지 모르겠어요." 매디의 얼굴이 딱딱해지면서 표정이 사라졌어요. 매디가 앞에 있던 접시를 밀어냈어요.

"내가 왔던 첫날 나를 안고 말했잖아. 유령들이 싫어할 거라고."

"안 그랬는데요." 매디가 차갑게 말했어요. "선생님 안은 적 없는데요. 난 아무도 안지 않아요." 마지막 말을 하지 않았다면 매디의 말을 믿었겠죠. 제가 잘못 들었다고요. 하지만 필사적으로 저를 끌어안던 매디를 어떻게 잊을 수가 있겠어요. 그때 매디는 저를 껴안았어요. 확실해요. 그 사실을 떠올리니 제가 잘못 들은 게 아니었다는 확신이 섰어요. 전 절레절레하며 말했어요.

"너도 유령 같은 건 없다는 거 알지? 진 아주머니가 뭐라고 하셨든 다 헛소리야, 매디. 누군가가 죽으면 슬프고 그 사람을 다시 보고 싶은 마음에 그런 이야기를 지어내는 거야. 죽은 사람을 볼 수 있다고 상상하는 거지. 하지만 죄다 말도 안 되는 소리야."

"무슨 말인지 모르겠어요." 매디가 고개를 세차게 가로저으며 말했어요. 매디의 검은 머리카락이 흔들려 얼굴을 쓸었어요.

"귀신 따위 없어, 매디. 진짜야. 다 환상일 뿐이야. 귀신은 너나 나, 우리 누구도 해칠 수 없어."

"자러 가도 돼요?" 매디가 딱딱하게 말하기에 한숨을 푹 쉬며 물었어요.

"푸딩 안 먹을 거야?"

"배 안 고파요."

"그래. 그럼 그만 올라가." 매디가 의자에서 미끄러져 내려왔고, 엘리가 유순한 작은 그림자처럼 매디의 뒤를 따랐어요.

전 페트라 앞에 요거트를 내려놓고 두 아이의 접시를 치우러 식탁 반대편으로 돌아갔어요. 엘리의 접시는 여느 때처럼 토스트 부스러기와 파스타소스로 엉망이 돼 있었고, 콩이란 콩은 몽땅 숟가락 아래에 숨겨져 있었어요. 그런데 매디의 접시는…… 접시에 남은 음식을 긁어모아 쓰레기통에 버리려다가 멈칫했어요.

매디의 접시에 알파벳 모양 파스타 몇 개가 남아 있더라고요. 그런데 남긴 음식을 음식물 쓰레기 처리기에 부으려다 보니 알파벳 파스타들이 뭔가 의미 있는 글자를 이루는 것 같은 거예요. 접시에 대각선으로 만들어진 글자라 쓰레기통에 버리려고 접시를 기울인 상태에서도 읽을 수 있었죠.

우린

당신이

싫어

'우린 당신이 싫어.'

천진난만하게 알파벳 파스타로 만든 글자가 다른 어떤 것보다 더 모질게 제 속을 뒤집어 놨어요. 접시에 남은 음식을 거칠게 쓸어 담아 음식물 쓰레기 처리기에 신경질적으로 쏟아 버렸어요. 처리기 뚜껑 안쪽에 파스타 찌꺼기가 튀었지만 닦을 기분이 아니었어요. 빈 접시는 싱크대에 던져 버렸고요. 그 바람에 접시와 유리잔이 부딪쳐서 산산조각이 났고, 유리 조각과 토마토소스가 사방으로 튀었어요.

젠장.

젠장. 젠장. 젠장. '젠장.'

'나도 네가 싫어!' 넷플릭스를 보러 TV방으로 조용히 들어가는 매디의 뒤통수에 대고 소리치고 싶었어요. '나도 네가 싫어. 이 영악하고 징글징글한 애새끼야!'

하지만 사실은 그렇지 않았어요. 전혀요.

물론 아이들이 밉긴 했어요. 그 순간에는요. 하지만 그런 아이들의 모습 위로 제 어린 시절이 오버랩됐어요. 어린아이가 이해하거나 감당하기에는 너무나 버거운 감정들을 속에 가득 담고 있던 자그마한 소녀가 보였다고요.

"엄마 미워." 제가 좋아하는 곰 인형이 너무 오래되고 낡은데다 아기나 갖고 노는 장난감이라며 엄마가 내다 버렸을 때 베개에 얼굴을 파묻고 울었던 기억이 났어요. "엄마 완전 미워!"

하지만 진짜로 엄마가 미웠던 게 아니었어요. 전 엄마를 사랑했어요. 사랑이 넘치는 나머지 엄마가 숨이 막혀 할 정도였어요. 저에게 대놓고 말한 건 아니지만 엄마 속으로는 그렇게 생각했을 것 같단 말이에요. 엄마는 자기 옷소매며 치맛단을 잡아끌고 목을 감으며 매달리는 제 작은 두 손을 떼어 내고 또 떼어 냈죠. "그만 좀 해. 머리 망가지잖아. 세상에, 손 더러운 것 좀 봐. 아기 짓 좀 그만해. 다 큰 애가 왜 이래." 오랜 세월 동안 사랑에 굶주린 지저분하고 탐욕스러운 두 손을 멋지고 깨끗하고 사랑스럽게 바꾸려고 얼마나 노력했는지 몰라요.

엄마는 저를 원하지 않았어요. 늘 그런 건 아니고 가끔요.

하지만 어린 저에게 엄마는 전부였는걸요.

매디는 저보다 훨씬 더 많은 것을 갖고 있었죠. 아빠도 있고 언니와 동생도 있고, 아름다운 대저택에 커다란 개 두 마리까지. 그럼에도 그 아이에게서 슬픔, 분노, 좌절 따위가 떠나지 않았던 거예요. 미운 오리 새끼마냥 금발 머리 자매들 사이에서 매디 혼자 검은 머리였어요.

저랑 매디는 왠지 외모조차 닮은 것 같았어요.

크고 새까만 두 눈에 의기양양한 빛을 띠고 저를 바라보는 매디에게 뭔가 있다 싶었는데 이제야 그게 뭔지 알겠더라고요. 매디의 눈은 결의에 찬 제 진갈색 눈동자와 닮은 꼴을 하고 있었어요. 매디는 저처럼 목적이 있었던 거예요. 그 목적이 뭔진 모르겠지만.

전날 잠을 거의 자지 못한 터라 너무 피곤했어요. 아이들을 재우기에는 터무니없이 이른 시간이었지만 상관없었어요. 아이들을 일찍 재워 버리려고 위층에 데려갔어요. 아이들은 불평하지 않았어요. 아이들도 저만큼이나 피곤했던 게 아니었을까요.

페트라는 칭얼대는 시늉만 하다가 잠들었어요. 페트라가 잠든 걸 확인하고 매디와 엘리를 보러 갔는데 두 아이는 이미 잠옷으로 갈아입었더라고요. 정확히 말하면 엘리는 거의 다 입어 가고 있었어요. 전 엘리가 잠옷 윗도리의 앞을 찾을 수 있게 거들어 주고 나서 아이들을 화장실로 몰고 갔어요. 아이들은 제가 지켜보는 앞에서 얌전하게 이를 닦았어요.

"책 읽어 줄까?" 아이들을 작은 침대에 눕히면서 물었어요. 엘리가 매디를 흘끗 보더라고요. 대답해도 되는지 눈치를 살핀 거겠죠. 하지만 매디는 고개를 저었어요.

"아뇨. 우린 다 커서 필요 없어요."

"속마음은 그렇지 않은 거 다 알아." 제가 가볍게 웃으며 말했어요. "잠자리에서 들려주는 동화는 다들 좋아하는걸."

다른 날이었다면 매디가 싫다고 해도 자리를 잡고 앉아 책 한 권을 펼쳐 읽어 줬을 거예요. 하지만 그날은 너무 피곤했어요.

죽을 만큼 피곤했죠. 아침부터 저녁까지 하루 종일 아이들과 지내는 건 어린이집 근무와는 비교도 안 될 만큼 지치는 일이었어요. 그때까지 입주 아이 돌보미 일이 그렇게 힘들 거라고는 예상 못했어요. 아니 실감을 못했다고 하는 게 맞는 말일 거예요. 아이들을 어린이집에 데려다주면서 육아의 고통을 호소하던 학부모들이 떠올랐어요. 그런 학부모들을 대할 때마다 끽해야 아이 하나 아니면 둘 보는데 뭐가 그렇게 힘들다고 징징대는지 한심하게 생각했었어요. 하지만 직접 겪어 보니 그들의 심정이 완전히 이해가 가는 거예요. 어린이집에서 일할 때처럼 육체적으로 힘들거나 업무의 강도가 센 게 아니었어요. 입주 아이 돌보미의 일이란 해도 해도 끝이 없고, 한시도 멈출 수 없으며, 아이들을 동료에게 맡기고 짤막하게나마 담배 한 대 피울 시간조차 없는 것이었어요.

이 집에는 휴식 시간이란 게 없더라고요. 시간이 지나면 나아질지 모르지만 적어도 한동안은 그럴 터였죠.

"그럼 이렇게 할까?" 전 엘리의 떨리는 턱을 보면서 말했어요. "오디오 북을 듣는 거야."

전 휴대 전화를 꺼내 해피의 미디어 시스템에서 오디오 파일을 찾아 스크롤을 아래로 내렸어요. 구조가 좀 복잡했지만 다른 파일 유형들과 크게 다르지 않아 보였어요. 모차르트의 곡과 함께 '모아나' 주제곡, 델로니어스 몽크, L. M. 몽고메리의 곡들이 주르륵 나왔어요. 스크롤을 계속 내리는데 팔 아래로 파고드는 작고 따뜻한 뭔가가 느껴졌어요. 엘리가 작은 손으로 휴대 전화를 잡더라고요.

"이거 어떻게 하는지 알아요." 엘리가 판다처럼 생긴 아이콘을 누르고 이어서 납작 눌린 V자 같아 보이는 아이콘을 눌렀어요. 그제서야 그게 책을 가리키는 아이콘이라는 걸 알았죠.

아동용 오디오 북 목록이 짠 하고 나타났어요.

"엘리가 좋아하는 책을 찾을 수 있겠어?" 하고 물었더니 엘리가 가만히 고개를 저었어요. 전 목록을 훑어보고는 아무거나 하나 골랐어요. 딕 킹 스미스의 《꼬마 돼지 베이브》는 잠자리에서 듣기 딱 좋았어요. 아주 길고 조용하고 근사하고 유익한 이야기거든요. 재생을 누르고 스피커 목록에서 '아이들 방'을 선택한 다음 도입부 음악의 첫 소절이 나오길 기다렸어요. 그러고는 엘리에게 이불을 덮어 줬어요.

"뽀뽀해 줄까?" 엘리는 말없이 고개만 살짝 끄덕였어요. 전 엘리의 마음이 바뀌기 전에 얼른 몸을 숙여 부드러운 엘리의 이마에 살짝 입을 맞췄어요.

다음에는 매디에게 갔어요. 매디는 눈을 꼭 감고 누워 있었어요. 하지만 종이처럼 얇은 눈꺼풀 아래로 바쁘게 움직이는 눈동자가 다 보였어요. 숨소리만 들어도 잠든 게 절대 아니란 걸 알 수 있었어요.

"매디도 뽀뽀해 줄까?" 어떤 대답을 들을지 뻔히 알면서도 물어봐야 공평할 것 같았어요.

역시 매디는 아무 말도 하지 않았어요. 잠시 가만히 서서 매디의 숨소리를 듣다가 말했어요. "얘들아, 잘 자. 좋은 꿈꾸고. 내일은 학교 가니까 푹 자 둬." 그러고는 문을 닫고 나왔어요.

복도로 나와 안도의 한숨을 내쉬었어요.

꿈은 아니겠지? 아이들이 이렇게 쉽게 잠자리에 든다? 군말 없이 씻고 이 닦고, 누구 하나 떼쓰는 일 없이? 어젯밤과 비교하면 믿을 수 없을 정도로 모든 것이 쉬웠어요.

어쩌면…… 이렇게 한고비 넘긴 게 아닌가 싶었어요. 아이들이 처음에 그렇게 화내며 반항했던 건 엄마와 떨어져 생전 처음 보는 사람의 손에 넘겨진 충격 탓이었는지도 모르죠. 다 함께 즐거운 하루를 보내고 나서 엄마와 전화 통화까지 했으니 마음이 풀어졌을 수도 있었고요.

덩달아 저도 감정이 좀 누그러지더라고요. 다용도실 문이 잠겼는지 확인한 다음 현관 패널과 복도 전등을 조작하느라 한바탕 전쟁을 치렀어요. 그러고는 쓰러지기 일보 직전인 몸을 끌고 가까스로 계단을 올라가 제 방으로 향했어요.

그런데 사장님과 사모님 방을 지나갈 때였어요. 무슨 소리를 들은 것 같았어요. 뭔가를 본 것도 같았는데 그게 무엇인지는 모르겠어요. 문과 문틀 사이의 어둠 속에서 작은 형체가 휙 지나갔어요. 그저 착각이었을까요? 너무 피곤해서 헛것을 본 걸까요?

아이들을 깨우고 싶지 않아서 아주 조심스럽게 조용히 손바닥으로 문을 밀었어요. 두툼한 은색 카펫 위로 문이 스윽 밀리는 소리가 들렸어요.

방 안은 텅 비어 있었고 고요했어요. 커튼은 열려 있었고요. 런던이었다면 날이 벌써 어두워졌겠지만 북부 지방이라 해가 이제 막 산 아래로 미끄러져 내려가는 중이었어요. 네모난 붉은빛이 바닥으로 비스듬히 새어 들어와서 카펫이 마치 불타는 체스판처럼 보였어요. 방구석은 꿰뚫어 볼 수 없는 짙은 어둠에 휩싸여 있었어요. 침대에 깔린 도톰하고 뽀송뽀송한 면 이불을 손으로 쓸며 그늘진 방구석을 힐끗거렸어요. 허락 없이 주인 부부 방에 들어온 터라 심장이 떨리더라고요. 만약 사모님이 지금 감시 카메라를 보고 있다면 뭐가 보일까요? 자기 침대 주변을 돌아다니면서 이부자리를 만지작거리는 사람? '무슨 소리가 난 것 같아서…….' 안방에 들어온 것에 대해 사모님이 추궁하면 뭐라고 변명할지 생각해 봤어요. 하지만 진짜 이유는 그게 아니었어요. 어떻게든 구실만 생기면 안방에 한번 들어와 보고 싶었을 뿐이에요.

문에서 제일 가까이 있는 침대 협탁에 귀걸이 한 쌍이 놓여 있었어요. 그쪽이 사모님 자리인 게 분명했어요. 그렇다면 사장님이 자는 곳은…….

최대한 그늘진 구석에 몸을 숨기면서 까치발로 침대 반대편으로 돌아갔어요. 매디와 엘리의 침실 카메라 덕분에 어둠 속에서는 해상도가 그리 좋지 않다는 걸 알고 있었거든요. 야간 등에서 뿜어져 나오는 빛만으로는 깜깜한 방에 뭐가 있는지 알아보기 힘들었죠. 게다가 안방 침대 반대쪽은 방으로 들이치는 석양과 방 안의 짙은 어둠이 빚어 내는 극명한 대조로 인해 시야 확보가 잘 안 됐어요.

전 아주 조용히 사장님의 침대 협탁 서랍을 열었어요. 서랍 안에는 개인 소지품들이 어지럽게 보관돼 있었어요. 줄이 끊어진 시계, 동전 여러 개, 티켓 몇 장, 비염 스프레이, 빗. 제가 뭘 기대하고 서랍을 열어 봤는지 모르겠어요. 하지만 이토록 거대한 저택의 이토록 호화로운 침실에서 빳빳한 하얀색 베개에 머리를 대고 잠드는 사람이 누구인지 캐내려는 의도였다면 아마 실망했을 거예요. 서랍 속에는 사적인 물건이라고는 단 하나도 없었거든요.

주방에서 사장님을 처음 뵀던 순간을 떠올렸어요. 청바지를 입은 사장님의 다리가 거침없이 제 허벅지 사이로 미끄러져 들어왔을 때 전 알겠더라고요. 한두 번 해본 솜씨가 아니구나. 구역질이 났어요. '빌, 당신은 대체 어떤 인간인 거야.'

그러다 문득 당장 여기서 나가야겠다는 생각이 들더라고요. 사모님이나 사장님이 보거나 말거나 몸을 숨겼던 어둠 속에서 빠져나와 체크무늬 카펫 위를 달려 방에서 나왔어요. 볼 테면 보라지. 누가 보든 알 게 뭐야.

방으로 돌아온 저는 문을 닫았어요. 마치 제 공간과 집 안의 다른 모든 공간을 차단하듯이 말이에요. 커튼이 창유리에 자동으로 드리워지기에 창밖 광경을 한번 쳐다봤어요. 멀리 떨어진 케언곰 산봉우리 뒤쪽으로 가닥가닥 넘어가는 핏빛 노을이 옅어지고, 잭의 방 창문에서 나온 빛이 어두운 마당을 흔들림 없이 비췄어요.

부드러운 구스 베개에 머리를 대고 누우려는데 잭 생각이 났어요. 아침에 봤던 잭의 두 손, 흥분해서 날뛰던 개 두 마리를 손쉽게 제압해 자기 발치에 묶어 뒀던 손이 떠올랐어요. 다용도실 문 열쇠 생각도 났어요. 잭이 어쩜 그리 정확하게 열쇠가 있는 곳, 심지어 제가 이미 찾아봤지만 없었던 곳으로 직행했을까요?

또 다른 것들도 생각났어요. 근무 첫날 밤에 잭은 배려심 넘치게도 제 상태를 살피러 왔었죠. 그리고 목이 쉬어라 울던 페트라를 부드러운 노랫소리로 잠재웠고, 그런 잭의 목소리를 베이비 모니터로 훔쳐 듣는데 이상하게 속이 울렁거렸던 순간도 떠올랐어요. 그런 잭의 친절함, 온화함에 거짓은 없었어요. 위선적이지도 않았고요. 그 부드러운 모습만큼은 진짜였다니까요.

그날 밤 주방에서 사장님이 아니라 잭이 저를 희롱했더라면 지독한 혐오감에 다 토해 내고 싶었을까요? 아니면 다르게 반응했을까요? 어쩌면 두 다리를 순순히 벌려 줬을지도 모르죠. 상기된 얼굴로 몸을 앞으로 숙이면서 말이에요.

하지만 어둠 속에서 그런 상상을 하다 보니 또 다른 잭이 다시 떠올랐어요. 다용도실 바닥에 무릎을 꿇고 앉아 휴대 전화 손전등 불빛으로 세탁기 아래를 비춰 보던 잭이요. 그때는 열쇠가 거기 없었는데. 잠깐 사이에 열쇠가 나타났으니 의심의 여지가 없었어요. 확실했어요.

그렇다면…….

전 넝쿨 식물에 쓸려서 생긴 상처를 긁지 않으려고 두 손으로 얼굴을 문질렀어요. 터무니없는 추측이었죠. 잭이 무슨 부귀영화를 누리겠다고 제 신경을 긁으면서 열쇠를 훔치냐고요. 잭한테는 따로 열쇠가 있었고, 현관 패널에는 잭의 지문도 등록돼 있었어요. (물론…… 현관으로 드나든 기록은 다 저장되지만, 구식 자물쇠와 열쇠를 사용한 기록은 남지 않겠죠.)

하지만 그럴 리 없어요. 절대요. 말도 안 돼요. 잭이 뭐 하러 수고스럽게 몇 시간 동안 열쇠를 숨겨 놔요? 대체 뭘 얻겠다고요? 제 경계심만 높이는 꼴이 될 텐데요. 그러고 보니 제 목걸이도 없어졌잖아요. 제대로 찾아볼 시간은 없었지만 아직 목걸이를 찾지 못했어요. 잭이 범인일 리가 없었어요. 다 피해망상에 불과했어요. 물건을 잃어버리는 건 일도 아니죠. 높은 데 둔 열쇠는 얼마든지 떨어질 수 있고요. 목걸이는 주머니와 서랍에 넣어 놨다가 어디 뒀는지 나중에야 생각나서 찾게 되는 일이 비일비재하잖아요. 충분히 있을 수 있는 일들이었어요. 음모론을 펼칠 하등의 이유가 없었어요.

전 복잡한 생각을 접어 두고 돌아누워 두툼한 이불 속으로 파고들며 잠이나 자려고 했어요.

잠들기 전 마지막으로 머릿속에 떠오른 것은 잭도, 열쇠도, 사장님도 아니었어요. 다락방에서 났던 발자국 소리였어요.

그리고 독이 있는 화원에서 딸을 잃었다던 남자도 생각났죠.

'어떤 여자애가 죽었어요.'

손으로 목을 더듬어 목걸이를 만지작거리고 싶었지만 헛수고였어요. 목걸이는 거기 없었으니까요. 그러다 마침내 잠에 빠져들었어요.

비명과 소란스러움이 뒤섞인 소리에 잠이 깼어요. 어찌나 시끄러운지 양손으로 귀를 막고 벌떡 일어나 앉았어요. 추위에 떨며 멍하니 방을 둘러봤어요.

불이 켜져 있더라고요. 방 안의 모든 조명이 눈이 아플 정도로 최대치로 밝게 켜져 있었어요. 방은 얼음장처럼 차가웠어요. 그리고 저를 깨운 시끄러운 소리가 들렸어요.

그건 음악 소리였어요. 아니 음악 소리인 것 같았어요. 하지만 소리가 너무 크고 왜곡돼 있어서 무슨 음악인지 전혀 알아들을 수 없었어요. 천장에 달린 스피커에서 나오는 끽끽거리고 울부짖는 소리는 실체를 가늠할 수 없는 잡음으로 바뀌었어요.

잠시 머리가 하얘져 뭘 어떻게 해야 할지 모르겠더라고요. 그러다 정신을 차리고 벽에 있는 패널의 버튼을 마구 눌렀어요. 머리로 피가 쏠린 탓인지 뒷목에서 맥박이 펄떡거리는 게 고스란히 느껴졌어요. 소리는 멈추지 않았어요. 설상가상으로 붙박이장의 조명에까지 불이 들어왔어요.

"음악 꺼! 스피커 꺼! 소리 줄여!" 소리소리 질렀지만 아무 소용이 없었어요.

아래층에서 개가 사납게 짖는 소리가 났어요. 페트라의 방에서는 증기 기관차처럼 악쓰는 소리가 들렸고요. 결국 패널을 두드려 대던 걸 멈추고 가운을 걸친 다음 방 밖으로 뛰어나갔어요.

아이들 방 밖에서도 음악 소리가 시끄럽게 울렸어요. 소리는 좁은 복도의 벽에 부딪혀 더 시끄럽게 울려 퍼졌어요. 아래층 불도 켜져 있어서 아기방 문간 너머로 페트라가 보였어요. 페트라는 아기 침대를 붙잡고 깨 있었어요. 자다 일어나 머리는 엉망이었고 겁에 질려 소리를 지르며 울고 있었어요.

전 페트라를 올려 안고 복도 끝에 있는 아이들 방으로 달려갔어요. 문을 여니 매디가 몸을 동그랗게 만 채 침대에 누워서 두 손으로 귀를 틀어막고 있더라고요. 엘리는 어디 있는지 보이지 않았고요.

"엘리는 어디 갔어?" 전 매디의 얼굴에 대고 소리쳤어요. 매디가 침대에서 내려와 계단을 뛰어 내려가기 시작했어요. 전 다급하게 매디의 뒤를 쫓아갔어요.

출입구 복도 쪽에서 끔찍한 소리가 났어요. 계단 발치의 페르시안 러그 한가운데에 엘리가 있었어요. 엘리는 양팔로 머리를 감싸고 작은 공처럼 웅크리고 있었어요. 개들은 겁을 먹고 다용도실의 보금자리에서 뛰쳐나와 미친 듯이 짖어 댔어요.

"엘리? 무슨 일이야? 뭘 눌렀어?" 제가 소리쳤어요.

엘리가 이해할 수 없다는 듯 멍한 눈빛으로 저를 올려다봤어요. 이 상황에서 엘리를 다그쳐 봤자 소용없었죠. 전 아일랜드 식탁 위에 놓여 있는 태블릿으로 달려갔어요. 그러고는 곧장 홈 관리 앱을 열어 접속 코드를 눌렀지만 반응이 없었어요. 코드가 틀렸나? 다시 눌러 봤어요. 성난 개들이 마구 짖어 대는 소리에 머리통이 부서질 것 같았어요. 망할 접속도 되지 않았고요. '계정이 잠겼습니다.' 화면에 뜬 메시지를 읽으려는데 화면이 순간적으로 밝아졌다가 꺼져 버렸어요. 충전이 필요하다는 붉은색 아이콘이 깜박였다가 사라졌어요. '젠장.'

벽면의 패널을 내려치니 인덕션 위쪽에 있는 전등에 불이 들어왔고, 냉장고 전면 스크린에 유튜브가 켜졌어요. 음악 소리는 여전했어요. 음악을 끌 방법은 모르겠지, 심장은 미친 듯이 뛰지, 전 점점 더 패닉 상태로 빠져들었어요. 스마트 하우스? 이렇게 멍청한 집이 스마트 하우스는 개뿔! 이 집의 시스템은 제가 알던 '스마트함'과는 거리가 멀어도 한참 멀었어요.

아이들은 덜덜 떨고 있었어요. 페트라는 제 귀에다 대고 집이 떠나가라 소리를 지르며 울고 있었고, 개 두 마리는 정신 사납게 우리 주변을 빙빙 돌고 있었어요. 전 소용없는 걸 알면서도 태블릿의 홈 버튼을 다시 눌렀어요. 역시나 먹통이었어요. 이제 태블릿 화면은 완전히 꺼져 버렸어요. 제 휴대 전화는 위층에 있었고요. 잔뜩 겁에 질린 아이들만 놔둔 채 휴대 전화를 가지러 갔다 올 수도 없고 미쳐 버릴 것 같았어요.

당황한 마음에 어찌해야 할지 몰라 넋이 나간 채 주변을 두리번거리는데 뭔가가 어깨에 닿는 게 느껴졌어요. 전 너무 놀라 페트라를 떨어뜨릴 뻔했어요. 인상을 쓰며 돌아본 곳에 잭이 있었어요. 제 뒤에 너무 바짝 붙어 있어서 돌아서는 순간 제 어깨가 잭의 맨 가슴에 닿았어요. 순간 저와 잭은 둘 다 흠칫하며 뒤로 물러섰어요. 전 하마터면 의자에 걸려 넘어질 뻔했다니까요.

잭은 상의를 탈의한 채 그 자리에 있었어요. 상태로 봐서 자다가 급히 나온 게 분명했어요. 잭이 문을 가리키면서 뭐라고 소리 쳤지만 무슨 말을 하는지 모르겠더라고요. 제가 안 들린다는 듯 고개를 젓자 잭이 양손으로 귀를 막은 채 더 가까이 다가왔어요.

"무슨 일이에요? 마구간에서도 들릴 정도로 시끄러워요."

"저도 모르겠어요." 제가 소리쳤어요. "자고 있는데 누가 뭘 건드렸나 봐요. 소리를 끌 수가 없어요."

"제가 해 볼까요?" 잭이 외쳤어요. 이 난리통에도 잭의 얼굴 에는 웃음이 걸려 있는 것 같았어요. 과연 잭이 할 수 있을까? 전 잭이 소리를 멈추게 할 수만 있다면 무엇이든 하겠다는 절박한 심정이었어요. 전 잭에게 태블릿을 내밀었어요.

"한번 봐 주세요!"

잭은 태블릿을 켜려다가 배터리가 없다는 표시를 보고는 다 용도실로 가서 찬장을 하나 열었어요. 그 안에는 전기 계량기와 함께 와이파이 공유기가 있었어요. 거기서 잭이 정확히 뭘 했는 지는 잘 몰라요. 전 좀처럼 흥분을 가라앉히지 못하는 페트라를 달래느라 혼이 쏙 빠져 있었거든요. 그때 갑자기 사방이 깜깜해 지더니 시끄러운 소리가 뚝 끊어졌어요. 소리의 잔상이 귓가에 남아서 여전히 웅웅거리긴 했지만요.

갑자기 내려앉은 침묵 속에 엘리가 흐느끼는 소리만이 남았 어요. 매디는 불안한 듯 몸을 앞뒤로 흔들어 대고 있었고요.

제 품에 안겨 있던 페트라는 드디어 울음을 그쳤어요. 페트 라의 작은 몸이 어찌나 놀랐는지 뻣뻣하게 굳어 있더라고요. 그 러다 잠시 후 페트라의 깔깔거리는 웃음소리가 터져 나왔어요.

"밤! 밤!" 페트라가 말했어요.

이어서 딸깍하는 소리가 들리자 불이 켜졌어요. 이번에는 너무 밝지 않게 전보다 적은 개수의 불이 켜졌어요.

"됐습니다." 잭이 말했어요. 잭이 이마를 훔치며 돌아왔고, 조용해진 개들이 잭의 뒤를 얌전히 따라왔어요. "초기화시켰어요. 나 원 참, 이제 괜찮을 거예요."

공기가 제법 서늘했음에도 잭의 이마에 땀방울이 맺혀 있었어요. 잭이 태블릿을 들고 주방 조리대 앞에 앉았을 때 두 손이 떨리는 게 보였어요.

페트라를 매디 옆에 내려놓던 제 손도 떨렸고요.

잭은 태블릿을 충전기에 꽂고 전원이 켜질 때까지 기다렸어요.

"고, 고마워요." 전 힘없이 말했어요. 엘리는 여전히 복도에서 울고 있었어요. "엘리, 울지 마. 이제 괜찮아. 어디 보자…… 어……."

전 찬장을 뒤지기 시작했어요. "어디 있더라…… 여기 있다. 제이미 도저 쿠키 먹자. 매디도 하나 먹고."

"이 닦았어요." 매디가 딱 잘라 말했어요. 이 와중에 저 따위 말을 하는 매디 때문에 어이가 없어서 실소가 터질 뻔했지만 잘 눌러 담았어요. 망할 놈의 이 타령은, 하고 쏴 주고 싶은 걸 간신히 집어삼켰어요.

"이번 한 번은 괜찮을 거야. 우리 모두 엄청 놀랐잖아. 이럴 땐 단거 먹으면 좋아."

"아, 맞아요." 잭이 다소 근엄하게 말했어요. "옛날에는 달달한 차를 마셨죠. 하지만 전 차에 설탕 넣는 걸 싫어해서 제이미 도저 쿠키 하나 먹을게요. 고마워요, 로완."

"거봐." 전 잭에게 쿠키를 건네주고 저도 하나 먹었어요. "맛

있다." 쿠키를 먹으면서 말했어요. "매디, 너도 하나 먹을래?"

조심스럽게 쿠키를 받아 든 매디는 누가 뺏어 먹을세라 쿠키를 곧장 입안으로 밀어 넣었어요.

엘리도 천천히 쿠키를 먹었어요.

"나도!" 페트라가 두 팔을 치켜들며 소리쳤어요. 될 대로 되라 싶었어요. 건강에 좋은 것만 챙겨 주는 아이 돌보미가 될 생각은 애초에 집어치웠죠. 더 이상 그런 것에 연연하지 않기로 했어요. 쿠키 하나를 반으로 쪼개서 하나는 페트라에게 주고, 나머지는 개 두 마리에게 나눠 줬어요.

"됐어요. 이제 다시 돌아가 볼까요." 페트라가 신나게 쿠키를 입에 넣는데 잭이 말했어요. 순간 잭이 무슨 말을 하는 건가 싶었는데, 잭이 태블릿을 들고 있더라고요. 태블릿 화면이 잭의 얼굴에 어렸어요. "앱 열었어요. 비밀번호 입력해 볼래요?"

전 태블릿을 건네받아 메뉴에서 제 이름을 선택하고 사모님이 알려 준 비밀번호를 입력했어요.

'계정이 잠겼습니다.' 화면에 메시지가 떴어요. 메시지 옆의 작은 'i'자를 누르자 다른 메시지가 열렸어요. '죄송합니다. 해피 앱의 비밀번호 오류 입력 횟수를 초과해서 계정이 잠겼습니다. 운영자 비밀번호를 입력하거나 네 시간 후에 다시 시도해 주세요.'

"아!" 잭이 짧게 탄식했어요. "이런 당황스러운 상황에서는 비밀번호도 잊어버릴 만해요."

"잠깐만요." 전 짜증을 내며 말했어요. "말도 안 돼요. 아까 비밀번호를 한 번밖에 입력 안 했는데요. 그런데 어떻게 계정이 잠길 수 있죠?"

"그럴 리 없는데. 세 번 잘못 입력하면 경고 문구가 나오거든
요. 아까 같은 상황이라면······."

"진짜 한 번만 입력했어요." 재차 말했어요. 잭이 아무 말도
하지 않길래 더 단호하게 덧붙였죠. "딱 한 번이라니까요!"

"네. 네. 알겠어요." 잭이 부드럽게 말했어요. 하지만 앞머리
아래로 제 쪽을 곁눈질하는 그의 시선에서 저를 이리저리 재는
눈빛을 느낄 수 있었어요. "제가 해 볼게요." 잭에게 태블릿을 다
시 건네는데 괜히 화가 났어요. 잭은 제 말을 믿지 않는 눈치였
어요. 뭐가 어떻게 된 일일까요? 누가 제 이름으로 로그인을 시
도했던 걸까요?

제가 지켜보는 가운데 잭이 사용자를 변경해서 본인의 비밀
번호를 입력했어요. 화면이 밝아지더니 접속이 됐어요.

잭이 접속한 앱 화면은 제 것과 달랐어요. 잭은 저한테 없는
권한을 갖고 있었죠. 차고며 외부 감시 카메라 접근 권한 같은
거요. 하지만 아이들 방과 아기방 감시 카메라 접속 권한은 없
었어요. 그 방 아이콘들은 비활성화 처리돼 있어 이용이 불가능
했어요. 그런데 그때 잭이 주방 아이콘을 클릭하고 앱으로 조명
을 조절하는 거예요.

이건 좀 충격적이었어요.

"잠깐만요." 어떻게 말할지 생각해 보기도 전에 말이 먼저
툭 튀어나왔어요. "당신 이름으로 로그인해도 주방 조명 조절
이 돼요?"

"제가 여기 있을 때만요." 잭이 다른 화면으로 넘어가면서 말

했어요. "마스터 사용자는 모든 것을 원격으로 조절할 수 있지만 나머지 사람들은 자기가 있는 데서만 조절할 수 있어요. 마스터 사용자는 당연히 사모님과 사장님이고요. 위치랑 관련 있다고 보면 돼요. 당신이 특정 방의 패널과 가까이 있으면 그 공간의 시스템에 접속할 수 있어요."

충분히 일리 있는 말이었어요. 전등 스위치에 닿을 만큼 가까이 있는 사람에게 그 방의 나머지 제어 장치에 접근 권한을 주지 않을 이유는 없죠. 하지만…… 가깝다는 건 얼마나 가까운 걸 의미하는 걸까요? 그때 우리는 매디와 엘리의 방 바로 아래쪽에 있었어요. 잭이 거기서도 휴대 전화로 조명을 제어할 수 있을까요? 바깥 마당에서도?

끝 간 데 없이 흘러가는 생각을 잡아 멈췄어요. 부질없었어요. 잭이 굳이 마당에서 조명을 제어할 필요가 없었어요. 열쇠가 있었으니까요.

다만…… 본인이 해 놓고 그 사실을 숨기려고 했다면요?

전 고개를 내저었어요. 너무 멀리 갔어요. 엘리였을 수도 있으니까요. 엘리가 한밤중에 태블릿을 만지작거렸는지 누가 알아요. 캔디 크러시를 하거나 영화를 보려고 내려왔다가 실수로 누르면 안 되는 걸 눌렀는지도 모르고요. 아니면 제가 사전에 프로그램돼 있는 걸 실수로 잘못 눌렀을 수도 있잖아요. 사장님과 사모님일지도 모르고요. 이왕 피해망상적인 추론을 시작했다면 끝장을 봐야지 별 볼 일 없는 잡역부만 잡아 봤자 뭐 하겠어요? 다른 사람들을 의심하지 않을 이유가 없잖아요. 다만 이제 막 저를 고용한 엘린코트 내외분이 저를 쫓아낼 의도를 가졌을 가능성은 희박했어요. 아니면 다른 사용자들은요? 리안논이 앱 접근 권한을 갖고 있을지도 모르고요.

갑자기 잭의 시선이 느껴졌어요. 잭은 맨 가슴 위로 팔짱을 낀 채 저를 쳐다보고 있었어요. 그제야 주방 유리 벽에 비친 제 모습이 눈에 들어왔어요. 노브라 탱크톱에 얼굴에는 베개 자국이 남아 있었고, 머리는 새가 집을 지은 것마냥 헝클어져 있었고요. 하루 종일 유지하려고 애썼던 단정하고 차분한 전문가 이미지와는 거리가 멀어도 한참 먼 꼴이었어요. 비웃어도 뭐라 할 수 없을 정도로 상반되는 모습이었죠. 얼굴이 불타오르는 것 같았어요.

"어머, 죄송해요. 그러지 않아도……." 전 말을 하다가 멈췄어요.

잭은 시선을 아래로 내렸다가 반쯤 헐벗은 자기 모습을 확인하고는 어색하게 웃었어요. 잭의 광대뼈가 붉게 물들었어요.

"뭐라도 걸치고 왔어야 했는데. 다들 자고 있을 것 같아서 그냥 나왔는데…… 이러면 어떨까요? 로완 씨는 아이들을 재우러 가고, 그동안에 전 옷 좀 걸치고 와서 걔들 진정시키고 앱에 이상이 없는지 바이러스 검사를 할게요."

"꼭 지금 하지 않아도 되는데요." 하지만 잭은 고개를 가로저었어요.

"아니요. 제가 하고 싶어서 그래요. 왜 이런 일이 생겼는지 도통 알 수가 없네요. 하룻밤 사이에 이런 소동이 두 번이나 일어나게 둘 순 없어요. 확인 끝날 때까지 기다리지 않아도 돼요. 다 하고 나면 제가 문 잠그고 가면 됩니다. 혹시 걱정되면 오늘밤은 제가 여기서 자고 갈게요." 잭이 소파를 가리켰어요. "이불만 갖고 오면 돼요."

"안 돼요!" 의도한 건 아니지만 날카롭고 단호한 목소리가 튀어나왔어요. 전 너무 과했나 싶어 급히 수습하려고 했어요. "아니. 제 말은…… 그렇게까지 하지 않아도 된다고요. 제가……."

'입 다물어. 이 멍청한 여자야.'

전 마른침을 삼켰어요.

"애들 재워 놓고 올게요. 오래 안 걸릴 거예요."

희망 사항이었죠. 페트라는 완전히 잠이 깨 버린 것 같았거든요.

한 시간쯤 걸렸나 봐요. 그날 밤 두 번째로 아이들을 침대에 눕혀 이불을 덮어 주고, 페트라도 완전히는 아니지만 거의 재워 놓은 다음 주방으로 돌아갔어요. 마음 한구석에서는 제발 잭이 일을 끝내고 가 버렸기를 바랐어요. 하지만 잭은 저를 기다리고 있었어요. 이번에는 체크무늬 플란넬 셔츠를 걸친 채 한 손에는 찻잔을 들고 있었어요.

"한잔 마실래요?" 잭이 물었어요. 순간 잭이 무슨 말을 하는지 모르겠다는 듯 잠시 멍했다가 찻잔을 들어 올리는 걸 보고서 고개를 저었어요.

"괜찮아요. 이 시간에 카페인 흡입하면 잠을 못 잘 거 같아요."

"그렇죠? 그나저나 좀 괜찮아요?"

별것 아닌 질문에 왜 그랬는지 모르겠어요. 잭의 목소리에 진심 어린 걱정이 묻어 나와서인지, 아니면 긴 시간 동안 아이들하고만 보내다가 어른을 만나니 마음이 확 풀어져서인지. 어쩌면

240

방금 전에 받았던 충격이 뒤늦게 터져 나오기 시작한 건지도 모르죠. 순식간에 눈물이 주르르 흘러내렸어요.

"어, 이런." 잭은 주머니에 손을 집어넣은 채 어색하게 서 있었어요. 그러다가 다시 손을 꺼내더니 결심한 듯 재빨리 저에게 다가와 한 팔로 저를 감싸 안았어요. 전 몸을 돌려 잭의 어깨에 얼굴을 묻었어요. 어쩔 수 없었어요. 온몸이 떨리도록 울음이 터지는 걸 막을 수가 없었어요. "저, 이러지 말고……." 잭이 다시 말했어요. 이번에는 더욱 깊고 부드러운 목소리가 그의 가슴에서 천천히 흘러나와 제게 와 닿았어요. 잭의 손이 제 어깨 위를 맴돌다가 아주 부드럽게 제 머리에 내려앉았어요. "로완, 괜찮을 거예요."

한마디였어요. '로완.' 그 한마디에 정신이 돌아왔어요. 제가 누구인지, 그가 누구인지, 제가 거기서 뭘 하고 있었는지. 헉하고 숨을 들이쉬고는 한 걸음 물러나 소맷자락으로 눈물을 닦았어요.

"어머, 잭. 정말 미, 미안해요."

울어서 거칠어진 제 목소리가 여전히 떨리고 있었어요. 그때 잭이 손을 내밀었어요. 순간적으로 제 뺨을 만지려는 건가 했어요. 만일 그렇다면 그의 손길을 피해야 할지, 그 위로의 손길에 기대야 할지 모르겠더라고요. 다행이라 할까 잭은 휴지를 건넸어요. 전 휴지를 받아 들고 코를 흥 풀었어요.

"하아, 이게 무슨 꼴인지." 겨우 말을 꺼내며 주방 소파로 걸어갔어요. 다리가 꺾여 버릴 것 같았어요. "멍청이도 저런 멍청이가 없다 싶으시죠."

"로완 씨도 엄청 무서웠을 텐데 애들을 위해 침착하게 행동했잖아요. 그리고 또……."

잭이 말을 멈추고는 입술을 살짝 깨물었어요. 전 이맛살을 찌푸리며 물었어요.

"또 뭐요?"

"아니. 아무것도 아닙니다."

"아무것도 아닌 게 아닌 것 같은데요." 잭이 무슨 말을 하려고 했는진 몰라도 그 말을 꼭 듣고 싶었어요. 그와 동시에 대체 무슨 말을 하려다 만 건지 두렵기도 했어요. "말해 줘요." 제가 고집을 부리자 잭이 한숨을 쉬었어요.

"이런 말하면 안 되는데. 전 원래 고용주 험담하는 사람이 아니에요."

아하. 그렇다면 제가 혹시나 했던 말은 아니었나 봐요. 그걸 깨닫고 나니 무슨 말일지 더욱 궁금해지는 거예요.

"하지만?"

"하지만……." 잭이 다시 말을 끊고 입술을 잘근잘근 씹었어요. 그러다 마침내 결심을 한 듯 말했죠. "젠장, 될 대로 되라죠, 뭐. 이미 너무 많은 말을 했으니. 사모님과 사장님 말이에요. 로완 씨를 이런 상황에 몰아넣지 말았어야 했다고요. 당신이나 애들에게 너무 불공평한 처사예요."

오.

이제는 외려 제가 어색해지는 것 같았어요. 이럴 땐 어떻게 대화를 이어 나가야 할까요?

"제가 자처한 일인걸요." 전 생각 끝에 이렇게 말했어요.

"아, 네. 하지만 다 듣고 온 거예요?" 잭이 제 옆에 앉자 소파 쿠션이 삑삑거렸어요. "두 분이 모든 사실을 다 말해 준 것 같진 않은데요."

"아, 매디 얘기요?"

잭이 고개를 끄덕였고 전 한숨을 쉬었어요.

"네. 맞아요. 다 말해 주지 않으셨어요. 그 문제는 언급조차 하지 않았어요. 하지만 전 양육 전문가예요, 잭. 안 겪어 본 일이 거의 없을 정도죠."

"그래요?"

"네. 매디 같은 경우는 처음이긴 하지만 매디는 그저 어린 여자아이일 뿐이에요. 우리는 서로를 알아가는 중이고요. 오늘은 아주 즐겁게 보냈어요."

일부는 사실이 아니었죠. 매디가 저를 곤경에 빠트리려고 했잖아요. 처음에는 저를 속여서 빌어먹을 독 화원에 들어가게 했고, 두 번째는 엄마한테 화원에 간 사실을 일러바쳐 아이들을 보호해야 할 의무가 있는 돌보미인 저를 아주 몹쓸 사람으로 만들었죠.

"잭, 가능한 일인지 모르겠는데……." 전 말을 멈추고 하려고 했던 말을 살짝 바꿨어요. "매디나 엘리 중 하나가 한 짓일 수도 있을까요? 일전에 애들이 태블릿을 갖고 놀기도 했는데…… 잘 모르겠지만…… 사전에 세팅된 걸 실수로 눌렀다거나?"

아니면 일부러 그랬을지도 모른다고 생각했지만 입 밖으로 꺼내지는 않았어요.

잭은 고개를 좌우로 저었어요.

243

"그럴 리가요. 로그인 기록이 남아서 그럴 가능성은 없어요. 그건 그렇고 아까 보니까 집 안의 모든 스피커와 조명 시스템이 차단됐더라고요. 태블릿 사용자 중에서 그런 권한을 갖고 있는 사람은 없어요. 운영자 비밀번호가 필요하거든요."

"그럼…… 어쨌든 기본적으로 사장님이나 사모님만 가능하다 그 말인가요?" 말도 안 되지만 제 마음속 의혹이 얼굴에 그대로 드러났을 게 분명했어요. "혹시 애들이 그 비밀번호를 알수 있을까요?"

"어쩌면요. 하지만 아이들은 이 태블릿 사용자로 등록돼 있지도 않아요." 잭이 홈 관리 앱의 메뉴를 클릭해 접속 가능한 사용자 목록을 보여 줬어요. 잭, 진 아주머니, 저, 그리고 마지막으로 '손님' 이렇게 넷이 끝이었어요.

"그렇다면……." 전 생각에 잠겨 천천히 말했어요. "사모님의 비밀번호가 없어도 휴대 전화만 있으면 운영자 접근 권한을 얻을 수 있겠네요?"

"그건 그렇죠." 잭이 휴대 전화를 꺼내 패널을 보여 줬어요. "봐요. 제 휴대 전화에 설정된 사용자는 저뿐이에요. 이런 식으로 설정하는 겁니다."

"그럼 새로운 사용자를 등록하려면……."

"특수 코드가 있어야 돼요. 여기 왔을 때 사모님이 주던가요?"

제가 고개를 끄덕였어요.

"그럼 그 코드를 생성할 수 있는 사람은……."

"운영자죠. 아무튼 대략적인 상황은 이렇습니다."

말이 안 되잖아요. 산드라 사모님이나 빌 사장님이 왜 이런 일

244

을 벌이겠어요? 현실적으로 있을 수 없는 일이었어요. 사모님한테 처음 설명을 들었을 때 홈 관리 앱에 대해 알아봤었어요. 인터넷만 연결돼 있으면 어디서나 모든 시스템을 조절할 수 있어요. 스위스의 베르비에에서 휴가를 보내는 동안에 CCTV를 확인할 수 있고, 위층에서 아래층의 전등을 켤 수 있고, 인버네스에서 도로가 막혀 꼼짝하지 못하는 상황에서도 난방 온도를 낮출 수 있죠. 하지만 사장님이나 사모님이 뭐 하러 그런 짓을 하겠어요?

제가 아이들을 침실로 데려갔을 때 잭이 했던 말이 떠올랐어요. 지푸라기라도 잡고 싶은 심정으로 잭에게 물어보지 않을 수 없었어요.

"바이러스 검사 결과는 어때요?"

잭이 이상하다는 듯 고개를 갸웃거리며 말했어요.

"태블릿은 이상 없더라고요. 완전히 깨끗합니다."

"이런 젠장." 전 양손으로 머리카락을 마구 헤집었어요. 잭이 다시 제 어깨를 쓰다듬었어요. 순간 찌르르 전기가 흐르는 것 같아 팔에 소름이 돋는 거예요. 전 가볍게 몸을 떨었어요.

잭은 제 떨림을 오해했는지 안쓰럽다는 표정을 지었어요.

"어이쿠, 눈치 없이 계속 말을 시켰네요. 로완 씨 춥고 피곤할 텐데. 어서 올라가서 눈 좀 붙여요."

사실 제 속마음은 정반대였어요. 춥지도 않았고요. 갑자기 피로가 싹 달아나는 것 같았어요. 오히려 잭과 술 한잔 같이했음 싶었어요. 아주 독한 거면 더 좋겠더라고요. 원래 독한 술을 잘 마시지 않지만 주방 찬장에 스카치가 있다는 말이 혀끝에서 맴돌았어요. 그렇지만 일단 술을 마시면 돌이킬 수 없는 진짜 바보 같은 짓을 하고 말 거라는 걸 잘 알았죠.

"그래요. 그게 좋을 것 같아요. 고마워요, 잭."

제가 일어서자 잭도 따라 일어나 찻잔을 내려놓고는 기지개를 켰어요. 관절에서 우드득 소리가 났어요. 셔츠와 허리띠 사이로 납작하고 탄탄한 복근이 보였어요.

바로 그때 저 자신조차 놀랄 만한 일을 저지르고 말았어요. 제가 해 놓고도 전혀 의식하지 못했던 행동이었죠.

전 까치발을 하고 잭의 어깨를 잡아당겨서 볼에 키스를 했어요. 야윈 피부, 하루 정도 깎지 않은 듯 거친 턱수염, 따뜻한 온기가 느껴졌어요. 걷잡을 수 없는 욕망에 몸이 달아오르며 배 속이 죄어들었어요.

뒤로 물러서니 역습이라도 당한 듯 멍한 잭의 얼굴이 보였어요. 순간 제가 끔찍한 실수를 저질렀구나 싶은 거예요. 불안감에 속이 울렁거려 토할 것 같았어요. 그때 잭의 입꼬리가 쓰윽 올라가더니 환한 미소가 피어났어요. 잭은 허리를 숙여 제 뺨에 답키스를 해 주었죠. 잭의 따뜻하고 부드러운 입술이 느껴졌어요.

"잘 자요, 로완. 이제 괜찮아진 거 맞죠? 제가 옆에…… 없어도 괜찮죠?"

잭의 마지막 말이 잠깐 끊어졌다가 다시 이어졌어요.

"그럼요."

잭이 고개를 끄덕이더니 돌아서서 다용도실 문으로 나갔어요.

전 나가는 잭의 뒤를 따라가 문을 잠갔어요. 열쇠가 찰칵 돌아가는 소리에 마음이 놓였어요. 열쇠를 빼서 문틀 위에 올려놨어요. 마구간 창문에서 새어 나오는 불빛 아래 자신의 작은 방으로 돌아가는 잭의 실루엣이 보였어요. 잭은 문 앞에 다다르자 돌아서서 저를 향해 손을 흔들었어요. 어둠 속이라 제가 잘 안 보일 수도 있었지만 저도 손을 흔들어 보였어요.

마침내 잭의 모습이 사라지고 문이 닫혔어요. 바깥 불도 소등돼 칠흑 같은 어둠이 내려앉았어요. 어둠 속에 홀로 서 있으니 방금 전 잭의 입술이 닿았던 뺨을 손끝으로 어루만지고 싶은 충동이 일면서 몸이 떨려 왔어요.

잭이 무슨 생각으로 같이 있어 주겠다고 했는지 알 수 없었어요. 그 사람이 저에게 뭘 기대하고 뭘 바라는지 어떻게 알겠어요.

그렇지만 최소한 제가 뭘 원했는지는 알아요. 전 잭이 제 곁에 남아 주길 간절히 바랐죠.

변호사님께서 뭐라 생각하실지 잘 알아요. 사건에 하등의 도움이 되지 않는 이야기라고 하시겠죠. 게이츠 변호사도 그렇게 말했으니까요.

변호사님도 그렇고 저도 그렇고, 피차 이 일이 어떻게 흘러가게 될진 알고 있잖아요.

비 내리는 여름날 밤이었죠. 전 베이비 모니터를 들고 저택을 빠져나갔어요. 그리고는 마당을 가로질러 마구간 위에 있는 방에 갔어요.

바로 그날 밤에 아이의 시신을 찾아냈고요. 하지만 진짜 아니에요. 제가 아니라고요. 머릿속에 떠올리는 것조차 싫어요. 생각만으로도 눈물이 쏟아진다니까요. 감옥에서 정신줄을 놓으면 진짜 정신병자가 된다는 사실을 뼈저리게 느끼고 있어요. 전 견딜 수 없는 고통을 달래는 방법이 그렇게 많은 줄 미처 몰랐어요. 하지만 여기 와서 제 두 눈으로 똑똑히 봤어요. 스스로 살을 베고, 머리카락을 쥐어뜯고, 자기 감방에 피, 똥, 오줌 따위를 처바르는 여자들을 말이에요. 마약을 흡입하고 주사로도 놓고 피우기도 하며 망각의 늪으로 빠져드는 여자들. 식사를 거부하고 침대 밖으로 한 발짝도 나오지 않은 채 오로지 뼈, 잿빛 피부, 절망만이 남을 때까지 자고 자고 또 자는 여자들.

변호사님께는 솔직하게 말씀드릴게요. 게이츠 변호사는 이해하지도, 이해할 수도 없었던 이야기예요. 애초에 제가 감옥에 들어온 건 제가 쓰고 있었던 가면 때문이었어요. 단추를 채운 단정한 카디건 차림에 얼굴에는 이식한 게 아닌가 싶을 정도로 늘상 미소를 머금고 이력서에는 오점 하나 없는, 완벽한 아이 돌보미 로완이라는 가면이요. 그 깔끔하고 밝은 가면 뒤에는 완전히 딴사람이 숨어 있었어요. 담배를 줄창 피워 대고 술을 퍼마시고 아무렇지 않게 욕설을 내뱉는 여자, 한 대 치고 싶어 손이 근질거렸던 적이 한두 번이 아니었던 여자요. 전 그 여자를 감추려고 애썼어요. 성질을 이기지 못하고 티셔츠를 바닥에 내팽개치고 싶어도 참고 예쁘게 개려고 노력했고, 엘린코트 부부에게 꺼지라며 윽박지르고 싶어도 사람 좋은 미소를 지으려고 노력했죠. 게이츠 변호사는 경찰서에서 심문을 받을 때도 그런 가면을 쓰고 진짜 제 모습을 숨기라고 조언해 줬어요. 하지만 바로 그 가면 때문에 여기에 갇힌 거라고요.

전 반드시 진실을 알려야 해요. 모든 진실을요. 오로지 진실만을 이야기해야 한다고요. 이야기의 일부가 빠졌는데 어떻게 진실이 되겠냐고요. 저의 무죄를 증명해 줄 수 있는 부분만 털어놨다가는 다시 옛날의 함정에 빠져들고 말 거예요. 애초에 그런 꼼수가 저를 감옥행으로 이끌었으니까요. 저로서는 오직 진실만이 감옥에서 나갈 유일한 길이라고 믿을 수밖에요.

날짜 감각마저 상실한 채 아침에 눈을 떴어요. 알람이 울렸을 때 게슴츠레한 눈으로 아이들 목소리가 들리는지 귀를 기울여 봤지만 사방이 고요했어요. 전 알람을 끄고 다시 잠에 빠져들었어요. 하지만 10분 만에 다시 깼어요. 아래층에서 무슨 소리가 나는 것 같았어요. 10분가량 됐으려나, 침대에서 밍기적거리며 하루를 시작할 마음의 준비를 하고는 침대 밖으로 다리를 핵 내밀어 비틀비틀 일어섰어요. 잠이 부족한 탓인지 살짝 어지러웠어요. 전 주방으로 직행했어요. 매디와 엘리는 보이지 않았고, 진 아주머니가 설거지를 하면서 저를 뚱한 얼굴로 쳐다봤어요.

"애들은 아직 안 일어났어요?"제가 눈을 문지르면서 커피가 간절한 표정으로 주방에 들어가자 진 아주머니가 물었어요.

"아뇨. 우린……." 뭐라고 해야 할까요? 갑자기 속속들이 다 이야기하고 싶지 않더라고요. "어젯밤에 잠을 좀 설쳤어요."전 이렇게만 말했어요. "그래서 좀 더 자게 놔두려고요."

"주말이라면 상관없지만 벌써 7시 25분이에요. 어서 씻고 옷을 갈아입어야 8시 15분에 차를 타죠."

8시 15분? 마음속으로 일정을 되새긴 후에야 아차 싶었어요. 젠장.

"세상에, 오늘 월요일이군요."

"네. 안 늦으려면 서둘러야 할걸요."

"안 갈래요." 매디가 양손으로 귀를 틀어막고 침대에 엎드려 있었어요. 전 조급해지기 시작했어요. 사모님에게 아이들을 학교에 보낼 수 없었다고 말하는 것 자체로 큰일은 나지 않겠지만, 그것보다 제가 쉴 시간이 절실했다고요. 어젯밤에 세 시간도 채

못 잤거든요. 칭얼대는 아기 한 명쯤이야 거뜬히 감당할 수 있었어요. 하지만 매디처럼 까다롭고 반항적인 아이 한 명도 힘든데 초등학생을 둘씩이나 돌보기는 무리였어요.

"학교는 가야 해."

"안 가요. 선생님 뜻대로 안 될걸요."

발칙한 녀석. 여기다 대고 제가 뭐라고 해야 할까요? 매디 말마따나 그 아이가 제 말을 듣겠냐고요.

"지금 옷 갈아입으면 코코팝스 먹게 해 줄게."

다른 수가 없더라고요. 장애물에 맞닥뜨릴 때마다 사모님의 금지 식품 목록에 있는 간식을 줄 수밖에요. 엘리한테는 그게 먹혔거든요. 어쨌든 엘리는 부족하나마 옷을 입고(씻거나 이를 닦진 않았지만) 아래층에서 진 아주머니와 시리얼을 먹고 있었어요.

"난 코코팝스 싫어해요. 그거 안 좋아한다고요. 아기들이나 먹는 거예요."

"네가 아기처럼 행동하고 있는 거 보니까 너한테 딱 맞는 음식 같은데." 전 딱 부러지게 말했다가 매디의 웃음소리를 듣고는 곧바로 후회했어요.

반응하지 마, 하고 속으로 다짐했어요. '매디에게 휘둘리면 안 돼. 차분하게 행동해야 해. 아니면 매디가 널 쥐고 흔들 거야.'

열까지 셀까 싶었어요. 하지만 일전에 '하나 반'을 외쳤던 뼈아픈 패배가 떠올라 서둘러 방법을 바꿨어요.

"매디, 선생님 기다리기 힘들어지려고 하는데. 잠옷 차림으로 학교에 가고 싶은 게 아니라면 옷 갈아입는 게 좋을 거야."

매디는 대꾸하지 않았어요. 전 한숨을 내쉬며 말했어요.

"그래. 네가 아기처럼 굴겠다면 나도 널 아기처럼 보살펴 줄게. 페트라처럼 옷도 갈아입혀 주고."

전 옷을 집어 들고 천천히 침대로 다가갔어요. 매디가 겁을 집어먹고 얼른 일어나 옷을 갈아입길 바랐죠. 하지만 매디는 그대로 온몸을 최대한 무겁게 늘어뜨린 채 누워서 움직이지 않았어요. 하는 수 없이 힘을 써 매디의 몸을 들어 올렸다 내려놨다 하며 옷을 입히는데 허리가 막 쑤시더라고요. 매디는 헝겊 인형처럼 축 늘어져 있었어요. 무게는 그보다 백배는 더 나가는 것 같았고요. 어찌어찌 옷을 다 입히고 나니 얼마나 숨이 차던지요. 치마는 삐뚜름하고, 티셔츠에 억지로 목을 집어넣고 질질 끌어내려 머리도 엉망이었죠. 아무튼 옷을 거의 다 입긴 입었어요.

매디가 축 늘어져 있는 틈을 타서 양말에 신발까지 신겼어요.

"다 됐다." 전 의기양양하게 말했어요. "옷은 다 입었어. 잘했어, 매디. 선생님은 아래층에 가서 엘리랑 코코팝스 먹을 거야. 너도 먹고 싶으면 오고. 싫으면 15분 후에 차에서 보자."

"이 안 닦았는데요." 매디가 입술을 움직이지 않은 채 무표정한 얼굴로 말했어요. 전 살짝 웃었어요.

"그딴……." 거친 말이 튀어나오려는 걸 간신히 억누르고 말을 바꿨어요. "이까지 안 닦아도 돼. 그래도 굳이 하겠다면……."

전 복도 화장실에 가서 칫솔에 치약을 살짝 묻혔어요. 매디가 진짜 이를 닦을지 말지 알 수 없었지만요. 칫솔을 들고 방으로 돌아가니 매디가 침대에 앉아 있더라고요.

"이 닦아 주세요." 몇 분 전만 해도 부루퉁하게 골을 내던 매디가 아무 일 없었다는 듯 말하는 거예요. 저도 모르게 인상이 써졌어요. 여덟 살이면 혼자서 이 닦을 수 있는 나이 아닌가요? 파일에 뭐라고 적혀 있었는지 기억이 나지 않더라고요.

"음…… 알았어."

매디가 순한 작은 새마냥 입을 벌렸어요. 칫솔을 매디의 입속에 넣고 칫솔질을 하려던 찰나에 매디가 고개를 비틀어 칫솔을 빼더니 제 얼굴에 침을 뱉었어요. 민트 향이 섞인 하얀 침이 볼과 입술을 타고 상의에 뚝뚝 떨어졌어요.

순간 말문이 막혔어요. 아무 말도 할 수 없었어요. 잠시 후 제가 뭘 하고 있는지 미처 깨닫기도 전에 손이 먼저 올라갔어요.

매디가 움찔했어요. 전 정말 초인적인 힘으로 손이 매디의 얼굴에 닿기 직전에 멈췄어요. 호흡이 빨라지고 심장이 찢어지는 것 같았죠.

매디와 눈이 마주쳤어요. 매디가 웃기 시작했어요. 즐거워서 웃는 소리가 전혀 아니었어요. 매디의 기분 나쁜 웃음소리를 들으니 도대체 뭐가 문제인지 매디를 붙잡고 윽박지르고 싶은 마음이 굴뚝같았어요.

아드레날린이 치솟으면서 온몸이 부르르 떨렸어요. 정말 아슬아슬했죠. 다 안다는 듯 건방 떠는 작은 얼굴을 내리쳐서 능글대는 웃음을 눈앞에서 치워 버리고 싶었어요. 제 아이였다면 진작 그렇게 했을 거예요. 뜨겁다 못해 차가운 분노가 속에서 들끓었어요.

하지만 전 멈췄어요. 거기서 멈춰야 했어요.

사모님이 보고 있었다면 제 모습이 어땠을까요?

무슨 말이 제 입에서 튀어나올지 저조차 장담할 수 없었어요.

그래서 입을 꾹 다문 채 일어섰어요. 침대에 걸터앉아 무미건조하게 웃어 젖히는 매디를 뒤로하고 칫솔을 손에 꽉 쥐고서 비틀거리며 화장실로 향했어요. 떨리는 손으로 얼굴과 옷에 묻은 치약을 닦아 내고 입가에 튄 침 덩어리를 씻어 냈어요.

그러고는 물을 틀었어요. 양손으로 세면대 가장자리를 짚고 고개를 푹 숙였어요. 온몸이 억눌린 흐느낌으로 떨려 왔어요.

"로완 씨?" 흐르는 물소리와 흐느끼는 숨소리 너머로 아래층에서 저를 부르는 소리가 희미하게 들렸어요. "잭 그랜트가 차에서 기다려요."

"가, 가요." 전 간신히 마음을 다잡았어요. 목소리에 울먹임이 묻어나지 않길 바랄 뿐이었죠. 급히 눈물을 씻어 내고 매디가 기다리는 침실로 돌아갔어요.

"매디." 전 최대한 차분한 목소리로 말했어요. "학교 갈 시간이야. 잭이 바깥에 와 있대. 기다리게 하지 말자."

놀랍게도 매디는 조용히 일어나 가방을 들고 계단으로 향했어요.

"차 안에서 바나나 먹어도 돼요?" 매디가 물었어요. 전 아무일도 없었다는 듯 고개를 끄덕였어요.

"그래." 건조한 목소리가 제 귓가에 가 닿았어요. 그때 뭔가말을 해야겠다 싶었어요. 이대로 그냥 넘어갈 순 없었어요. "매디, 아까 일 말인데. 그렇게 사람한테 침 뱉으면 안 돼. 그건 정말 나쁜 짓이야."

"네?" 매디가 상처 입은 표정으로 돌아봤어요. "재채기한 건데요. 참을 수가 없었어요."

그러고는 계단을 달려 내려가 밖에 서 있는 차에 탔어요. 20분간의 씁쓸한 기 싸움이 한순간에 저만의 착각이 돼 버렸어요.

페트라의 카 시트를 확인하고 조수석에 앉아 안전벨트를 메고 나니 좀 전에 벌어진 기 싸움에서 과연 승자는 누구일까, 하는 생각이 들었어요. 문득 이 뭐 같은 상황의 실체를 깨달았어요. 꼬일 대로 꼬인 여자애와 저의 관계는 서로를 배려하고 돌보는 관계가 아니라 누가 이기고 지는지 가르는 원수지간이었던 거예요.

아니죠. 결과와 상관없이 전 절대 이길 수 없는 전쟁이었죠. 매디와 전쟁을 시작한 순간 전 이미 진 거나 다름없었어요.

하지만 매디를 때리진 않았잖아요. 적어도 가장 흉악한 제 본능과는 싸워서 이긴 셈이라 할까요.

제 속의 악마가 이기게 둘 순 없었어요. 이번만은 절대로.

교문이 철컹거리며 닫혔어요. 미약한 안도감이 밀려들면서 철로 된 펜스에 기댄 채 맥없이 주저앉았어요.

제가 해냈어요. 해냈다고요. 적어도 다섯 시간은 숨 좀 돌릴 수 있게 됐어요. 물론 페트라가 있었지만 엘리의 듣기 싫은 불평이라든가 매디의 씁쓸한 복수 작전 따위 없는 페트라와의 다섯 시간은 아주 귀한 것이었죠.

어찌어찌해서 몸을 일으키고 모퉁이를 돌아 잭과 페트라가 기다리고 있는 차로 돌아갔어요.

"성공?" 조수석에 앉자마자 잭이 물었어요. 숨길 수 없는 안도감에 제 얼굴에 환한 미소가 떠올랐어요.

"네. 애들은 이제 몇 시간 동안은 갇힌 신세죠."

"거봐요, 로완 씨 잘하고 있잖아요." 잭이 편하게 말을 꺼내면서 액셀러레이터를 밟았어요. 우리가 탄 차가 조용히 미끄러지며 연석에서 벗어났어요.

"잘하고 있는 건지 모르겠네요." 전 씁쓸하게 대답했어요. "솔직히 매디를 차에 태우는 것도 간신히 성공한걸요. 이렇게 하루를 또 버티네요. 어쩌면 버텼다는 자체에 의의를 둬야 하는 걸까요?"

"자, 뭐 하고 싶어요?" 아이들의 학교가 위치한 작은 시내의 중심가로 향하는데 잭이 물었어요. "할 일 있으면 집으로 바로 가고요. 아니면 커피 한잔 마시러 가도 되고요. 또 아니면 카른 교 구경 가도 되고요."

"주변 관광을 좀 해 보는 것도 나쁘지 않겠어요. 헤더브레 저택 말고 다른 데를 둘러볼 기회가 없었어서. 올 때 보니까 카른 교 정말 예쁘더라고요."

"아, 네. 예쁘죠. 패리치 팟이라는 괜찮은 커피숍도 하나 있어요. 시내 끝에 있는데 거기는 주차 공간이 많지 않아요. 일단 교회 옆에 차를 주차해 놓고 난 다음에 시내 중심가 쪽으로 걸어가면서 구경시켜 줄게요."

10분 후 페트라를 힘겹게 유모차에 태운 다음 카른교의 메인 거리를 걸었어요. 잭이 주변 가게와 술집을 가리키면서 가끔씩 마주치는 행인들에게 눈인사를 했어요. 생각보다 작았지만 고풍스러운 곳이었어요. 화강암으로 된 건물들은 멀리서 봤던 것보다 깔끔하면서도 협소했어요. 비어 있는 가게들도 더러 있었고요. 한때 정육점, 서점, 문구점이었던 듯한 가게들도 있었어요. 제가 그것들을 가리키자 잭이 고개를 끄덕였어요.

"근처에 큰 상점이 많아서 작은 가게가 버티기 힘들어요. 그나마 관광객을 상대하는 데는 괜찮은 편이지만, 작은 가게는 대형 마트와 가격 경쟁이 안 되니까요."

패리치 팟은 시내 아래쪽에 위치한 소담한 빅토리아풍 찻집이었어요. 잭이 저와 페트라가 들어갈 수 있게 문을 잡아 주는 동안 문에 달린 청동 벨이 짤랑짤랑 울렸어요.

카운터에서 세상 자애로워 보이는 여자 하나가 나와 우리를 반갑게 맞아 줬어요.

"재키 그랜트! 저번에 조각 케이크 하나 먹고 간 후로 정말 오랜만에 오는 거 아냐? 어떻게 지냈어?"

"저야 잘 지냈죠. 감사합니다. 사장님은 어떻게 지내셨어요?"

"뭐, 나도 별일 없었지. 저 숙녀 분은 누구신가?" 앤드루 아주머니는 알 수 없는 표정으로 저를 바라봤어요. 뭐랄까…… 장난기 가득한 표정이랄까. 굳이 적당한 표현을 찾자면요. 뭔가 할 말이 있는데 참는 것 같은 얼굴이었어요. 아니면 단순한 호기심이 어린 걸 수도 있고요. 하여간 나이 든 사람들이란. 지금이 1950년대도 아니고. 카른교가 아무리 작은 촌 동네라 할지라도 남녀가 차 한잔 같이한다고 사람들의 입방아에 오르내릴 만한 시대는 아니잖아요.

"아, 이쪽은 로완이에요." 잭이 편하게 말했어요. "로완, 이분은 앤드루 사장님이세요. 로완 씨는 헤더브레에 새로 온 아이 돌보미 교사시고요."

"아하." 앤드루 아주머니가 활짝 미소 지으며 말했어요. "진 맥켄지한테 들었는데 깜박했네요. 만나서 반가워요. 다른 아가씨들보다는 더 오래 계시면 좋겠네."

"저도 들었어요." 제가 조심스럽게 입을 뗐어요. 앤드루 아주머니는 웃으면서 고개를 절레절레했어요.

"다들 오래 못 버텼어요. 하지만 로완 씨는 쉽게 겁먹을 분 같아 보이지 않네요." 전 앤드루 아주머니의 말을 곱씹으며 유모차의 벨트를 풀었어요. 그리고는 잭이 찻집 뒤쪽에서 가져온 아기 의자에 페트라를 앉혔어요. 앤드루 아주머니의 말이 사실일까요? 아마 며칠 전이라면 그렇다고 당당히 말했을 거예요. 하지만 뻣뻣하게 굳은 채 벌벌 떨면서 침대에 누워 끼익…… 끼익…… 하고 천장에서 들리는 발자국 소리에 신경을 곤두세웠던 기억을 떠올리니 자신 있게 그렇다고 말할 수 없었죠.

"잭, 혹시 제 방 위쪽에 뭐가 있는지 아세요?" 주문을 하고 음료가 나오길 기다리다가 참지 못하고 잭에게 물었어요.

"로완 씨 방 위에요?" 잭이 놀란 표정을 지었어요. "그 위에 다른 층이 있다고요? 그건 몰랐는데. 창고나 다락이요?"

"모르겠어요. 올라가 본 적은 없어서요. 제 방에 잠겨 있는 문이 하나 있는데 위쪽으로 통하는 것 같아서요……." 어떻게 말해야 좋을지 모르겠더라고요. "며칠 전…… 밤에 이상한 소리를 들은 것 같아요."

"생쥐 소리 같은 거요?" 잭이 한쪽 눈썹을 치켜올리며 물었어요. 전 너무 당황스러워서 진짜 속마음을 털어놓지 못하고 어깨만 으쓱했어요.

"모르겠어요. 그럴지도 모르고, 아닐지도 몰라요. 그 소리가……." 차마 '사람이 내는 소리 같았다'는 말은 못하고 "점점 더 커졌어요."라고 말했죠.

"생쥐들이 밤에 좀 시끄럽게 돌아다니죠. 그럴 수도 있다고요. 저한테 열쇠 꾸러미가 있는데 이따 오후에 맞는 열쇠가 있는지 한번 볼래요?"

"고마워요." 제 마음속에 품고 있던 두려움을 조심스럽게나마 털어놓자 다소 위안이 됐어요. 하지만 한편으론 괜히 그런 바보 같은 소리를 했나 싶기도 했어요. 사실 제 방 위에 뭐가 있다

해도 거기 올라가 봤자 먼지며 낡은 가구밖에 더 있겠어요? 그
래도 가 본다고 해가 될 건 없었으니까요. 그런 소리가 나는 그
럴듯한 이유를 찾을지도 모르는 일이었고요. 창문이 열려 있다
든지, 바람에 낡은 의자가 삐걱댄다든지, 미풍에 전등이 흔들린
다든지. "정말 감사해요."

"음료 나왔습니다." 뒤쪽에서 목소리가 들려 돌아보니 앤드
루 아주머니가 커피 두 잔을 들고 있었어요. 빌어먹을 앱이 아
니라 진짜 사람이 만든 제대로 된 카푸치노였죠. 뜨거운 커피를
한 모금 마셨어요. 목구멍이 따끈따끈해지면서 몸에 온기가 퍼
졌어요. 여기 온 지 며칠 만에 처음으로 자신감이 되살아나는 듯
한 기분이었어요.

"커피 너무 맛있어요. 감사합니다." 앤드루 아주머니가 편안
한 미소를 지으며 말했어요.

"뭘요. 사모님 댁에 있는 고급 커피 머신이랑은 비교도 안 되
겠지만 제 나름대로 최선을 다해 만들었답니다."

"감사해요." 진짜 사람과 하는 대화가 이런 거지, 하는 마음에
진심이 우러나왔어요. "사실 헤더브레의 커피 머신은 너무 복잡
해서 어떻게 사용하는지도 몰라요."

"진 맥켄지한테 들었는데 집 전체가 그렇다면서요? 전등 하
나 켜는 데 목숨을 걸어야 한다고."

전 웃으며 잭과 시선을 주고받았을 뿐 대꾸는 하지 않았어요.

"집 자체는 제 취향이 아니지만 엘린코트 부부가 들어와 살
아서 다행인 것 같아요." 앤드루 아주머니가 앞치마에다 손을
닦으며 말을 이었어요. "이 주변에서 그런 내력이 있는 데가 많

지 않거든요."

"무슨 내력이요?" 전 깜짝 놀라서 고개를 쳐들었어요. 앤드루 아주머니는 손을 휘휘 내저었어요.

"아이고, 괜한 소리를 했네. 수다스러운 동네 아줌마가 떠드는 소리니 신경 쓰지 말아요. 그런데 그 집에 뭔가가 있긴 있다니까요. 애가 죽었대요. 그것도 한 명이 아니래요. 의사의 어린 딸이 처음이 아니었다더라고요."

"그게 무슨 말씀이세요?" 속에서 스멀스멀 피어오르는 불안감을 억누르며 커피를 한 모금 더 들이켰어요.

"그 집이 옛날에는 스트루안 집안 저택이었대요." 앤드루 아주머니가 목소리를 낮춰 말했어요. "스트루안은 아주 오래된 가문이었는데 어딘가……." 앤드루 아주머니가 입술을 깨물었어요. "그러니까 머리가 좀 이상한 사람들이 있었다나 뭐라나. 처 자식을 욕조에 빠뜨려 익사시킨 사람, 전쟁에서 돌아와 총으로 자살한 사람이 있었다더라고요."

맙소사. 헤더브레 저택의 온갖 설비가 갖춰진 호화로운 가족 화장실을 떠올렸어요. 대형 욕조와 모로코풍 타일. 당연히 같은 욕조는 아니겠지만 같은 장소일 가능성은 있는 거잖아요.

"전 다른 일이 있었다고 들었는데…… 독살에 관한 거요." 제가 머뭇거리며 말하자 앤드루 아주머니가 고개를 끄덕였어요.

"아, 의사 선생님이요. 그랜트라고, 마지막 남은 스트루안 가문 사람이 저택을 팔고 외국으로 떠난 후에 50대의 그랜트 박사님이 이사를 왔어요. 그분이 어린 딸을 독살했대요. 소문이 그랬어요. 실수였다는 사람들도 있었지만……."

그때 손님이 들어와서 문에 달린 종이 딸랑거리는 바람에 앤드루 아주머니의 말이 끊어졌어요. 앤드루 아주머니는 앞치마를 매만져 바르게 펴고는 미소를 머금은 채 돌아섰어요.

"또 주책없이 떠들어 댔네요. 그냥 다 소문이고 미신일 뿐이에요. 신경 쓰지 마세요. 어서 와요, 캐롤린. 오늘 아침에는 뭘 드릴까요?"

앤드루 아주머니가 다른 손님을 맞기 위해 멀어지는 모습을 지켜보다가 문득 무슨 뜻으로 그런 이야기를 제게 했을까 하는 생각이 드는 거예요. 하지만 이내 쓸데없는 생각이라며 떨쳐 버렸어요.

앤드루 아주머니 말대로 다 미신 아니겠어요. 그 정도로 오래된 저택에는 늘상 죽음이니 비극이니 하는 뒷이야기들이 얽혀 있기 마련이니까요. 헤더브레 저택에서 과거에 아이가 죽었다는 소문 따위는 현 시점에서 아무 의미 없다고 생각했죠.

그런데도 페트라의 턱받이를 단단하게 고정시켜 주고 케이크를 덜어 주는 내내 엘리의 말이 머릿속에서 떠나질 않는 거예요.

'어떤 여자애가 죽었어요.'

헤더브레 저택으로 돌아올 때는 멀리 돌아서 왔어요. 토탄색 개울, 햇살로 물든 소나무 숲을 천천히 지나왔어요. 페트라는 뒷좌석에서 잠들었고, 잭은 주변 명소를 가리키며 하나하나 친절하게 알려 줬어요. 폐허가 된 성, 버려진 요새, 비칭(리처드 비칭 박사로 1960년대에 영국 국영 철도의 주요 노선만 남겨야 한다고 주장했다 - 옮긴이)이 폐쇄한 빅토리아풍 철도역, 멀리 흐릿하게 보이는 산맥들. 전 잭이 가르쳐 주는 산봉우리들을 빼놓지 않고 기억해 뒀어요.

"등산 좋아해요?" 교차로에서 화물차가 지나가기를 기다리는 동안 잭이 물어보는데 뭐라고 대답해야 할지 모르겠더라고요.

"전…… 잘 모르겠어요. 등산 안 해 봐서요. 걷는 건 좋아하긴 해요. 왜요?"

"아…… 그게……." 갑자기 머뭇거리는 목소리가 들려서 잭을 곁눈질했더니 잭의 광대뼈가 붉게 물들어 있었어요. "그냥…… 제 생각에는…… 사장님, 사모님이 돌아오시면 로완 씨도 주말에 쉴 수 있으니까 저랑 같이…… 산에 갈 수 있지 않나 해서요. 물론 가고 싶다면요."

"저…… 저도 좋아요." 이번에는 제 뺨이 붉어졌어요. "가고 싶어요. 좀 천천히 가도 상관없다면…… 등산화랑 다른 필요한 것들을 챙겨야겠죠?"

"좋은 신발이 필요해요. 방수되는 걸로요. 산에서는 날씨가 워낙 들쑥날쑥해서. 하지만……."

그때 잭의 휴대 전화에서 작은 알림 소리가 났어요. 잭이 힐끗 내려다보더니 미간을 찌푸렸어요. 잭이 휴대 전화를 제게 건네며 말했어요.

"미안해요. 사장님 문자예요. 무슨 내용인지 좀 읽어 줄래요? 운전할 때 문자 보는 거 안 내키는데 사장님은 급한 일 아니면 문자 안 하시는 분이라서요."

문자 메시지 아이콘을 누르니 미리 보기가 보였어요. 휴대 전화가 잠겨 있어서 전체 내용을 볼 순 없었지만 그 정도면 충분했어요.

'잭, 오늘 밤까지 팸버턴 서류 출력 자료가 급히 필요해요. 관련 서류를 전부 가져다줘요.' 그다음은 보이지 않았어요.

"젠장." 잭이 무심코 내뱉고는 미안했는지 백미러로 잠든 페트라를 힐끗 봤어요. "욕해서 미안해요. 저도 모르게 그만. 오늘 오후와 저녁 시간이 다 날아가게 생겨서요. 내일도 거의 다 써야 할 것 같아요. 다른 계획이 있었는데."

무슨 계획인지는 묻지 않았어요. 갑자기 가슴이 철렁 내려앉으면서…… 상실감은 아니고…… 두려움도 아니었지만…… 왠지 모를 불안감이 엄습했어요. 잭이 가 버리고 나면 하루의 절반 이상을 아이들하고만 있어야 했으니까요. 잭이 사장님 심부름을 갔다가 좀 쉬고 나서 다시 돌아올 때까지 말이에요.

하나가 더 있었어요. 어두컴컴한 소나무 터널에서 6월의 태양 아래로 빠져나왔을 때 생각난 거였는데요. 잭이 돌아오기 전까지는 다락방 문을 열어 보지 못한다는 걸요.

잭은 저택에 도착하자마자 떠났어요. 잭이 개들을 데리고 가겠다고 해서 흔쾌히 좋다고 했어요. 덕분에 개들을 먹이고 산책시키는 일을 덜어서 한층 홀가분해졌어요. 다 떠나고 나니 집 안이 너무 조용해서 낯설게 느껴지더라고요. 페트라에게 점심을 먹이고 낮잠을 재운 다음 횅한 주방에 가만히 앉아 있었어요. 손가락으로 콘크리트 식탁을 두드리면서 길쭉한 창밖으로 시시각각 변해 가는 하늘을 바라봤어요. 너무나 눈부신 한낮의 풍경이었어요. 엘린코트 내외분이 왜 빅토리아풍 가구를 훼손시켜 가면서까지 저택의 절반을 잘라 냈는지 알겠더라고요. 아마도 언덕이며 황무지가 드넓게 펼쳐진 이 아름다운 풍경을 놓치지 않으려고 그런 게 아닌가 싶었어요.

그럼에도 여전히 이상한 분위기가 집에 남아 있었어요. 현관은 조금도 훼손되지 않은 단정한 모양이었지만 뒤쪽이 뜯겨 나가서 집 안이 훤히 들여다보였어요. 뭐랄까, 겉은 멀쩡하지만 옷을 들춰 보면 봉합이 안 된 상처에서 피가 줄줄 흐르는 환자 같았어. 이 집에는 자아가 분열된 것 같은 왠지 모를 꺼림칙함이 깃들어 있었어요. 비유하자면, 집은 하나의 통일된 존재가 되고 싶었지만 엘린코트 내외분이 가차 없이 사지를 자르고 심장을 가르고 유서 깊은 뼈를 발라 저택의 의지에 반하는 존재로 만들어 버렸다 할까요. 군건하고 겸허하게 우뚝 서 있고 싶었던 저택을 유행에 민감하고 호화로운 현대식 저택으로 바꿔 버린 거죠.

'유령들이 싫어할 거예요……' 매디의 작은 하이 톤의 목소리가 또다시 들리는 것 같아 몸서리를 쳤어요. 유령이라니. 말도 안 되는 소리잖아요. 동네에 전해 내려오는 전설이나 소문일 뿐이죠. 그저 아이를 잃고 여생을 슬픔에 잠겨 살았던 늙은이의 이야기일 뿐이라고요.

딱히 할 일이 없어서 휴대 전화로 '헤더브레 저택, 아이 사망, 독 화원'을 검색해 봤어요.

페이지 윗부분에는 관련 없는 검색 결과만 나왔어요. 스크롤을 쭉 내리다 아마추어 역사학자가 쓴 흥미로운 지역 소식 블로그를 찾았어요.

스트루안 – 스코틀랜드 카른교 근처의 스트루안 저택(지금은 헤더브레 저택임)은 정원 역사학자들에게 흥미로운 장소다. 영국에 현존하는 몇 안 되는 독 화원 중 하나가 있기 때문이다(노섬벌랜드의 안위크 성에 유명한 독 화원이 하나 더 있다). 1950년대에 분석 화학자 켄위크 그랜트가 처음 만든 이 화원에는 독성이 강하고 희귀한 국내 식물들이 있다고 한다. 1973년 그랜트의 어린 딸 엘스페스가 열한 살이 되던 해에 실수로 화원의 식물을 먹고 사망한 것으로 전해진다. 안타깝게도 그 사건 이후로 화원은 황폐해졌다. 그랜트 박사는 한창 때만 해도 학자들 및 일반인들에게 화원을 공개했지만 딸이 죽고 나서는 화원을 완전히 폐쇄해 버렸다. 2009년 그랜트 박사 사망 후 개인이 스트루안 저택을 사들였다. 그 후로 스트루안 저택은 헤더브레 저택으로 명칭이 바뀌었고 대대적으로 리모델링됐다고 한다. 독 화원이 남아 있는지의 여부는 알려지지 않았다. 헤더브레 저택의 현 주인이 역사적으로나 식물학적으로 중요한 그랜트 박사의 독 화원을 소중한 유산으로 여기고 길이 보존해 주기를 바란다.

검색된 이미지가 없어서 '켄위크 그랜트 박사'로 다시 검색했어요. 흔치 않은 이름이라 검색 결과가 몇 개 안 나오더라고요. 여러 이미지가 떴는데 다 동일한 남자인 것 같았어요. 첫 번째는 40대 정도로 보이는 남자의 흑백 사진이었어요. 단정하게 다듬은 염소수염에 작은 은테 안경을 쓴 남자가 저와 아이들이 어제 갔었던 화원의 철문처럼 보이는 장소 앞에 서 있었어요. 남자는 무표정한 얼굴이었는데 어차피 잘 웃는 사람도 아닌 것 같더라고요. 차분하고 진지한 표정에 그 사람의 자부심이 묻어났어요.

다음 이미지 속의 남자는 완전히 딴판이었어요. 동일한 사람이 분명한 흑백 사진 속의 남자는 50대의 그랜트 박사였어요. 그 사진 속 남자는 전혀 다른 표정을 짓고 있었어요. 슬픔인지 두려움인지 공포인지 모를 감정, 어쩌면 그 세 가지가 다 섞였을지도 모르는 감정이 서린 얼굴이었어요. 그랜트 박사는 사진에는 보이지 않는 사진작가를 향해 달려가면서 한 손을 뻗고 있었어요. 눈앞의 카메라를 치우라는 건지, 자기 얼굴을 가리려는 건지는 알 수 없었죠. 염소수염에 가려진 입매가 닥치는 대로 뭐든 물어뜯을 것처럼 사납게 비틀려 올라가 있었어요. 그 모습이 어찌나 섬뜩한지 작은 화면으로 보는데도 소름이 끼치더라니까요.

마지막 이미지는 화원의 철창 사이로 촬영한 듯한 컬러 사진이었어요. 사진에는 누런 작업복 차림에 챙이 넓은 모자를 쓴 허리가 구부정한 노인이 있었어요. 초췌하게 마른 몸을 지팡이에 기댄 노인은 두꺼운 안경 탓인지 눈빛이 흐릿해 보였어요. 그럼에도 사진을 촬영하는 사람을 사납게 노려보며 뼈가 앙상한 손을 위협적으로 치켜들고 있었어요. 혹시 다른 설명이 있나 보려고 이미지를 클릭했지만 아무것도 없더라고요. 세부 정보 없이 핀터레스트에 올라온 사진이었어요. 켄위크 그랜트 박사, 2002년. 이 한 줄이 전부였어요.

휴대 전화 화면을 그만 꺼 버렸어요. 절망적인 슬픔이 밀려들어 감당하기 힘들더라고요. 그랜트 박사, 박사의 딸, 헤더브레 저택, 그와 관련된 모든 비극적인 사건들에 마음이 아팠어요.

진정이 안 돼서 자리에서 일어나 베이비 모니터를 주머니에 집어넣었어요. 가스레인지 옆 서랍에서 노끈 한 뭉치를 움켜쥐고 다용도실로 나가 전날 아이들이 알려 줬던 길로 갔어요.

오전의 태양이 숨어 버려 독 화원으로 이어지는 자갈길 위에 섰을 때는 쌀쌀함에 몸이 떨렸어요. 6월에 추위를 느끼다니 이상했죠. 런던에 있었다면 짧은 치마에 민소매를 입고도 땀을 흘리면서 리틀 니퍼스의 거지 같은 에어컨을 욕하고 있었을 건데요. 북극권까지 절반이나 가까워진 곳에 머물 걸 알면서도 두꺼운 겉옷을 챙기지 않은 걸 후회했어요. 주머니 속의 베이비 모니터는 조용했어요. 철문 앞에 도착해 철창 사이로 한 손을 넣어서 엘리가 했던 대로 걸쇠를 풀려고 했어요.

보기보다 어렵더라고요. 철창 틈새가 너무 좁아서 손을 넣는 일 자체가 힘들었을 뿐만 아니라 각도 맞추는 것도 생각처럼 되지 않았어요. 손마디의 피부가 벗겨지는 아픔에 연신 욕을 하면서 억지로 손을 넣었는데도 도무지 손가락으로 걸쇠를 잡을 수가 없는 거예요.

축축한 자갈길에 무릎을 꿇고 앉아서 자세를 이리저리 바꿔 봤어요. 서늘한 기운이 얇은 타이츠를 뚫고 들어왔어요. 마침내 걸쇠에 손끝이 닿았어요. 몇 번의 시도 끝에 그제야 탕 하고 문이 열렸어요. 하마터면 닳고 닳은 벽돌 길에 나자빠질 뻔했다니까요.

눈앞에 펼쳐진 곳을 일반적인 화원으로 착각했다니, 어떻게 그런 실수를 저질렀는지 저 자신도 믿기 어려웠어요. 그곳의 역사를 알고 나니 사방에서 위험 신호가 목격되는 거예요. 통통한 검정색 월계수 열매들, 주목의 바늘 같은 얇은 잎사귀들, 자연적으로 파종돼 제멋대로 자라난 디기탈리스[19], 쐐기풀 덩어리. 처음 왔을 때 그냥 잡초라고 생각했던 쐐기풀 앞에 '애기쐐기풀'이라고 적힌 녹슨 금속 팻말이 땅에 깊숙이 박혀 있었어요. 뭔지 알아보지 못한 다른 식물들도 있었고요. 화려한 연보라색 꽃이 핀 식물, 작은 바늘로 찌르듯 제 다리를 꼭꼭 찌르는 식물, 세이지[20] 같이 보이지만 뭔가 다른 종류인 게 분명한 식물. 금방이라도 무너질 것 같은 헛간의 미닫이문을 열자 어둠 속에서도 꿋꿋하게 자라난 버섯들과 독버섯들이 잔뜩 보였어요.

조용히 문을 닫는데 온몸의 떨림을 억누를 수가 없었어요. 그곳은 독풀 천국이었어요. 한번 만져 보고 싶을 정도로 예쁜 풀과 정반대로 생긴 풀, 어디서 많이 본 듯한 풀과 아주 생소한 풀. 어떤 풀들은 어찌나 예쁜지 꺾어다가 주방 유리병에 꽂아 두고 싶기도 했어요. 물론 그렇게 하진 않았지만요. 그런데 그곳에서는 익숙해 보이는 풀마저도 이상하고 불길하게 느껴지더라고요. 나중에는 사랑스러운 빛깔의 꽃들은 더 이상 눈에 들어오지도 않고 오로지 치명적인 독풀만 보였어요.

화원을 돌아다니는 내내 두 팔로 몸을 감싸 안아야 했어요. 저를 보호하려는 본능적인 몸짓이기도 했지만, 화원의 식물들이 너무 제멋대로 자라 있어서 아예 닿지 않고 지나다니기 힘들었거든요. 잎이 닿은 피부가 따끔거렸어요. 진짜 독이 있는 식물에 닿아서 아픈 건지, 아니면 단순히 잎에 쏠려서 간지럽고 따끔거리는 것뿐인데 과민 반응하는 건지 모르겠더라고요.

그만 나가야겠다고 생각하고 돌아서는데 뭔가가 눈에 들어왔어요. 화단 하나를 막고 있는 나지막한 벽돌 벽에 전지가위 하나가 놓여 있는 거예요. 녹슬지 않고 반짝거리는 새거였어요. 고개를 들어 보니 위쪽의 덤불이 정리돼 있었어요. 많이는 아니지만 길이 날 만큼은 다듬어져 있었죠. 더 위에는 넝쿨 식물을 묶을 때 쓰는 노끈 조각이 있었어요.

보면 볼수록 그저 방치된 화원 같지 않다는 확신이 들었어요. 누군가 화원을 관리하는 게 분명했어요. 매디나 엘리는 당연히 아니었고요. 아이 손으로 늘어진 나뭇가지를 그토록 깔끔하게 잘라 낼 순 없으니까요. 설령 높다란 가지에 닿을 수 있을 정도로 키가 큰 아이라 해도 전지가위로 말끔하게 자르지 않고 가지를 뚝 꺾어 버리거나 몸을 숙여 그 아래로 지나갔겠죠.

그럼 대체 누굴까요? 사모님은 절대 아니었어요. 확실했어요. 진 아주머니? 아니면 잭?

잭의 이름을 떠올리는 순간 머리를 뭔가로 얻어맞은 듯 땅했어요. 잭…… 그랜트?

물론 그랜트가 특이한 성은 아니죠. 특히 이 동네에서는 더더욱 평범한 성이고요. 그렇다 하더라도 켄위크 그랜트와 성이 같은 게 그저 우연일까요?

한창 생각에 잠겨 있는데 주머니 속의 베이비 모니터에서 칭얼대는 소리가 들렸어요. 현실로 돌아와 본업에 충실해야 할 시간이었죠.

전지가위를 챙겨 들고 급히 철문으로 나와 문을 세게 잡아당겨 닫았어요. 문이 꽝 닫히는 소리에 소나무 숲에서 새 떼가 비탈길로 날아올랐어요. 문소리가 맞은편 언덕까지 퍼졌다가 메아리쳐 돌아오는 것 같았지만 마음이 너무 급해서 그런 데 신경쓸 틈이 없었어요.

주머니에서 노끈을 꺼내 적당한 길이로 잘랐어요. 까치발을 들고 철문의 상단을 끈으로 칭칭 감았어요. 아이들의 손이 닿지 않는 문 윗부분과 가로대를 끈으로 감으니 문이 단단하게 고정됐어요. 마지막으로 십자 매듭까지 짓고는 노끈의 양 끝을 손가락에 감아 손끝이 하얘질 때까지 세게 조여 마무리했어요.

베이비 모니터의 울음소리가 더 커졌어요. 그러거나 말거나 일단은 철문을 아이들이 열지 못하게 잠가 놔서 뿌듯했어요. 설사 매디와 엘리가 사다리를 동원한다 해도 다시는 철문을 열 수 없었죠. 전지가위를 주머니에 넣고 휴대 전화를 꺼내 해피 앱의 스피커 아이콘을 눌렀어요.

"선생님 가고 있어, 페트라. 우리 아가 울지 마. 지금 가는 중이야."

전 자갈길을 달려 저택으로 되돌아갔어요.

이후 몇 시간 동안은 페트라를 돌보면서 테슬라 운전법을 연구했어요. 아이들을 학교에서 데려와야 했으니까요. 잭은 엘린코트 부부 소유의 다른 차인 랜드로버를 몰고 사장님에게 갔어요. 잭이 떠나기 전에 테슬라 다루는 법을 속성으로 간단하게 가르쳐 줬지만 운전 방식이 일반 자동차와 완전히 달랐어요. 몇 킬로를 몰아 보고 나서야 조작이 손에 익더라고요. 클러치도 없고 기어도 없고, 액셀러레이터에서 발을 뗄 때마다 희한하게 속도가 느려지는 거예요.

학교를 마친 아이들은 무척 피곤해했어요. 집으로 오는 차 안에서 말 한마디 없더라고요. 그날 오후와 저녁은 아무런 사건 사고 없이 조용히 지나갔어요. 매디와 엘리는 저녁을 먹고 번갈아 가면서 태블릿을 갖고 놀다가 잠옷으로 갈아입고 찍소리도 안 하고 잠자리에 들었어요. 저녁 8시쯤이었을 거예요. 불을 끄고 이불을 덮어 주려고 아이들 방으로 올라갔을 때였어요. 스피커에서 어른 목소리가 들렸어요.

처음에는 아이들이 오디오 북을 듣는 건가 했어요. 그런데 매디가 뭐라고 말하는 소리가 들리더라고요. 목소리가 너무 작아서 문밖에서는 잘 들리지 않았지만 스피커 속에서 나는 목소리는 잘 들렸어요. "와, 우리 딸 잘했어! 백발백중이네! 정말 자랑스럽다, 우리 딸! 엘리는 어땠어? 엘리도 글씨 쓰기 연습했어?"

사모님이었어요. 사모님이 아이들 방으로 전화해서 아이들과 담소를 나누고 있었어요.

전 손잡이를 잡은 채 문밖에 서서 세 사람의 대화에 귀를 기울였어요. 혹여 저에 대한 말이 나오는 건 아닌지 기대 반 두려움 반으로 마음을 졸였어요.

하지만 저에 대해 별다른 언급 없이 사모님은 아이들에게 잘 자라고 인사했어요. 방의 불빛이 약해지나 싶더니 사모님이 자장가를 부르기 시작했어요.

사랑이 넘치는 순간이었어요. 사모님은 고음이 잘 나오지 않는데도 떨리는 목소리로 자장가를 불러 줬어요. 엄마와 딸들의 지극히 개인적인 순간이었죠. 전 그 은밀한 순간을 엿듣는 사람이 된 것 같아 기분이 묘했어요. 지금 당장 조용히 방에 들어가 아이들을 끌어안고 작고 따스한 이마에 뽀뽀해 주고 싶었어요. 몸은 곁에 있어 주지 못할지언정 마음만은 아이들 곁에 두고 싶어 하는 엄마가 있다는 게 얼마나 큰 행운인지 말해 주고 싶었어요.

하지만 그렇게 했다가는 바로 지금 엄마가 곁에 있는 듯한 착각에 빠져 있는 아이들의 시간을 망쳐 버릴 거라는 사실을 알았기 때문에 슬며시 뒤로 물러났어요. 사모님이 저에게 할 말이 있다면 아이들과 통화를 끝내고 주방으로 따로 전화를 걸겠죠.

저녁을 먹고 뒷정리를 한 다음 행여 스피커에서 사모님의 목소리가 들릴세라 살짝 긴장한 상태로 대기했어요. 하지만 아무 소리도 나지 않았어요. 9시가 되니 집 안이 침묵에 휩싸였어요. 문단속을 하고 제 방으로 향하는데 살얼음 위를 걷는 것만 같았어요.

이를 닦고 불을 끈 후 침대에 누웠어요. 어찌나 피곤한지 삭신이 쑤셨어요. 그럼에도 휴대 전화를 손에서 놓을 수가 없는 거예요. 휴대 전화를 충전하고 잠자리에 드는 대신 포털에서 다시 그랜트 박사를 검색했어요.

그랜트 박사로 검색했을 때 뜬 이미지들을 보며 오늘 낮에 앤드루 아주머니네 카페에서 들었던 이야기를 생각했어요. 첫 번째 이미지와 마지막 이미지는 아주 극명한 대조를 이루고 있었어요. 슬픔과 고통으로 얼룩진 긴 세월을 보낸 듯한 박사의 마지막 사진 속 모습은 헤더브레 저택 안에서 보고 있어서인지 더욱 충격적으로 다가왔어요. 온 동네에 무성한 소문, 그리고 딸아이와의 고통스러운 추억을 오랜 시간 동안 안고 살아가야 했던 이 저택에서의 삶은 과연 어땠을까요?

전 다시 검색창을 켜고 '엘스페스 그랜트 사망, 카른교'를 입력하고 검색했어요.

관련 이미지는 한 장도 없더라고요. 더 뒤지면 있었을지도 모르지만 어쨌든 전 못 찾았어요. 엘스페스의 사망 기사도 그다지 길지 않았고요. 〈카른교 소식〉—지금은 폐간된—에 실린 한 단락이 전부였죠. '켄위크 그랜트 박사와 고(故) 에일사 그랜트의 사랑스러운 딸 엘스페스 그랜트가 1973년 10월 21일에 세인트 빈센트 코티지 병원에서 열한 살의 나이로 사망했다.'

몇 주 후에는 〈인버네스 가제트〉에 검시 결과와 엘스페스의 사인 조사 결과가 간략하게 실렸더라고요. 엘스페스는 월계수귀룽이라는 장미과 나무 열매가 실수로 들어간 잼을 먹고 사망했다고 나와 있었어요. 잘 모르는 사람이 보면 체리나 딱총나무 열매로 착각하기 쉬운 열매였죠. 아마도 아이가 열매를 직접 따서 가사 도우미에게 갖다 줬고, 가사 도우미는 제대로 확인하지 않고 그 열매로 요리를 했던 모양이었어요. 그랜트 박사는 오트밀과 소금을 더 좋아해서 잼을 먹지 않았고요. 가사 도우미는 따로 살던 터라 동네에 있는 본인 집에서 식사를 했대요. 엘스페스의 돌보미는 사건이 터지기 두 달 전에 일을 그만뒀고요. 결국 독을 먹은 사람은 엘스페스뿐이었던 거예요. 엘스페스는 잼을 먹자마자 바로 상태가 안 좋아졌고, 아이를 구하기 위한 눈물겨운 사투에도 불구하고 결국 복합 장기 부전으로 숨을 거두고 말았대요.

부검 결과 사고사로 판정됐기 때문에 이 사건으로 기소당한 사람은 없었고요.

정황상 잼을 먹고 위험에 빠질 수 있었던 사람은 엘스페스뿐 이었으니까요. 아마 그래서 동네에 그런 소문이 돈 것 같았어요. 하지만 이름 모를 아이 돌보미가 아니라 그랜트 박사가 악의적 인 소문의 대상이 된 이유는 분명하지 않았죠. 잘 모르는 타지 사람보다 익숙한 동네 사람을 마녀사냥하기 더 쉬워서였을까요? 아이 돌보미는 어땠을까요? 기사에 따르면 엘스페스의 돌보미 는 '사건 발생 두 달 전에' 일을 그만뒀어요. 아이 돌보미의 무고 함을 간단한 문장 한 줄로 암시한 듯했어요. 아마 아이 돌보미는 사건과 아무 상관없었을 거예요. 그게 아니라면 사건 당시에 응 당 조사를 받았겠죠. 아이가 열매를 딸 때 본 사람이 전혀 없었 던 이유를 설명하기 위해 돌보미 이야기를 등장시킨 거였어요. 보호자가 없는 상황에서는 엘스페스가 독이 있는 식물을 알아보 지 못하는 실수를 저지를 가능성이 훨씬 높아지니까요.

그렇지만 생각할수록 과연 엘스페스가 실수로 열매를 땄을 까, 하는 의혹이 깊어지더라고요. 1990년대에 런던 교외에서 어린 시절을 보냈던 저 같은 사람이야 열매 따러 다닐 일도 없 고, 딱총나무 열매니 월계수니 하는 게 어떻게 생겼는지 잘 모 를 수 있죠. 하지만 치명적인 식물들이 가득한 화원 같은 통제 시설을 관리하는 독 전문가의 딸이 그런 실수를 범할 확률이 얼 마나 될까요?

기사를 재차 정독하는데 갑자기 엘스페스의 돌보미 심정이 이해됐어요. 아이 돌보미는 그 사건에서 빠진 연결 고리였어요.

인터뷰도 하지 않았죠. 그녀가 어떻게 됐는지도 언급되지 않았고요. 만일 엘스페스의 돌보미가 몇 주만 더 늦게 일을 그만뒀더라면 분명 사건에 연루되지 않았을까요? 자기가 돌보던 아이가 죽었다면 그 돌보미의 미래가 어떻게 됐겠어요? 안 봐도 뻔했겠죠.

언제 잠이 들었는지 모르겠어요. 휴대 전화를 손에 든 채 잠들어 버렸어요. 갑자기 무슨 소리가 나서 깜짝 놀라 깼을 때는 아주 늦은 시각이었어요. 익숙한 알람 소리가 아니라 초인종 소리처럼 딩동 하는 소리였어요. 눈을 비비며 일어나 보니 제 휴대 전화에서 나는 거예요. 해피 앱이 깜박거리고 있었어요. '초인종이 울립니다.' 또다시 나지막하게 '딩동' 하는 소리가 났어요. 제가 설정해 놓은 방해 금지 모드를 완전히 무시하는 소리였죠. 앱을 누르자 '문을 열까요? 허용 / 거부'라는 팝업이 떴어요.

서둘러 거부를 누른 다음 카메라 아이콘을 클릭했어요. 휴대 전화 화면에 현관이 나타났어요. 하지만 바깥 전등이 꺼져 있어서 새까만 어둠 외에는 아무것도 보이지 않았어요. 잭이 돌아온 건가? 열쇠를 잃어버렸나? 초인종이 또 울렸을 때는 초인종 소리가 제 휴대 전화에서만 나는 게 아니라 계단을 타고 올라왔어요. 아이들을 깨우지 않으려면 응답을 해야 했어요.

방 안이 이상할 정도로 서늘했어요. 가운을 걸치고 조용히 아래층으로 내려갔어요. 두 발에 두툼한 카펫에 닿는 부드러운 감촉이 느껴졌어요. 아이들을 깨우고 싶지 않아 불을 켜지 않은 채로 어둑어둑한 실내를 더듬어 현관으로 갔어요. 이번에도 어김

없이 현관 앞 스위치 패널을 조작하는 데 애를 먹었어요. 겨우 현관문을 열었는데 밖에는…… 아무것도 없었어요.

바깥은 완전히 깜깜했죠. 랜드로버가 있던 주차 공간은 여전히 텅 비어 있었고요. 마당의 동작 감시 보안등은 하나도 켜져 있지 않았어요. 문턱을 넘어가자마자 현관 조명이 동작을 감지하고 바로 켜졌어요. 주변이 갑자기 밝아져서 눈이 부셨어요. 손 그늘을 만들어 마당과 진입로 쪽을 세세하게 살폈어요. 밤기운이 차가워 으슬으슬 춥더라고요. 밖에는 진짜 아무것도 없었어요. 잭의 방에도 불빛이 보이지 않았어요. 뭔가가 실수로 초인종을 건드렸을까요?

문을 닫고 천천히 제 방으로 향했어요. 그런데 2층으로 가는 계단의 반도 올라가지 못했는데 다시 초인종이 울리는 거예요.

빌어먹을.

전 한숨을 쉬면서 가운의 허리띠를 단단하게 조인 다음 이번엔 좀 서둘러서 아래층으로 내려갔어요.

현관문을 활짝 열어젖혔는데 또 아무도 없었어요.

순간적으로 짜증이 치밀어 올라 저도 모르게 문을 너무 세게 닫아 버렸어요. 칠흑 같은 복도에 서서 숨을 죽이고 귀를 쫑긋했어요. 위에서 페트라의 울음이 터지지 않을까 노심초사했지만 다행히 아무 소리도 나지 않았어요.

전 제 방으로 곧장 돌아가지 않고 페트라의 방을 들러 페트라가 평화롭게 자는 모습을 확인했어요. 매디와 엘리의 방도 들여다봤어요. 부드러운 야간 등 불빛 아래에 곤히 잠든 두 아이의 모습이 보였어요. 땀에 젖은 머리카락이 베개 위로 흩어져 있고,

천사처럼 사랑스러운 작은 입은 벌어져 있었어요. 부드럽게 코를 고는 소리가 조금의 파란도 일으키지 않고 정적 속으로 조용히 스며들었어요. 잠든 아이들의 모습이 너무 작고 연약해 보였어요. 아침에 매디에게 화를 냈던 게 생각나 마음이 아렸어요. 내일은 더 잘 해 줘야지, 하고 다짐했어요. 잠든 매디는 그저 유약한 어린아이일 뿐이었어요. 아이 돌보미랍시고 잘 알지도 못하는 사람과 남겨져서 얼마나 혼란스러울지 아이의 마음이 이해가 가더라고요. 어쨌든 매디나 엘리가 초인종으로 장난친 건 아니었어요. 전 문을 조용히 닫고 제 방으로 돌아왔어요.

방은 여전히 아주 추웠어요. 문을 닫는데 커튼이 흔들리는 게 보였어요. 그제서야 방이 왜 그렇게 추웠는지 파악됐어요. 창문이 열려 있었던 거예요.

전 인상을 쓰며 창문으로 걸어갔어요.

창문은 살짝도 아니고 아주 활짝 열려 있었어요. 마치 누군가 환기라도 시키려고 한 것처럼요. 창문은 최대치로 열려 있었어요. 누가 창밖으로 몸을 내밀고 담배라도 피운 거 아닌가 하는 엉뚱한 상상을 했어요. 물론 말도 안 됐죠.

방이 추울 만했어요. 적어도 창문 문제는 스위치 패널과 씨름하는 것보다 훨씬 쉽게 해결할 수 있었어요. 커튼, 문, 조명, 진입로 출입문, 심지어 커피 머신까지 죄다 자동이지만 창문은 빅토리아풍이라서 수동으로 여닫아야 했어요. 얼마나 다행인지.

창문을 힘껏 당겨 닫고는 청동 걸쇠를 걸어 잠갔어요. 그러고는 따뜻한 기운이 남아 있는 구스 이불 속으로 재빨리 기어 들어가 온기에 몸을 파묻고 기분 좋게 뒹굴었어요.

막 잠에 빠져들려던 찰나 무슨 소리가 들렸어요. 초인종 소리
는 아니었어요. 음산하게 울려 퍼지는 끼이익 소리였어요.

전 벌떡 일어나 앉아 휴대 전화를 꽉 움켜쥐었어요. 젠장, 젠
장, 젠장!

별안간 소리가 멈췄어요. 잘못 들었나? 전날 밤에 들었던 발
자국 소리가 아니었나? 다른 소리였나? 바람에 흔들리는 나뭇가
지 소린가? 아니면 마룻바닥이 벌어지는 소리?

귓바퀴 아래에서 맥 뛰는 소리만 들려올 뿐이었어요. 더 이상
소리가 나지 않길래 천천히 침대에 누웠어요. 휴대 전화를 여전
히 손에 꽉 쥔 채 어둠 속에서 눈을 감았어요.

하지만 모든 감각이 예민하게 곤두서는 바람에 잠을 이룰 수
가 없었어요. 40분이 넘도록 가만히 누워만 있는데 맥박이 뛰
고 피해망상적인 생각과 온갖 미신이 제 머릿속을 헤집었어요.

반은 두려운 마음으로, 반은 기대하는 마음으로 기다리는데
그 소리가 다시 들렸어요.

끼이이익…….

그러다 잠시 조용해지더니 또다시, 끼이이익…… 끼이이
익…… 끼이이익…….

이번에는 의심의 여지가 없었어요. 누군가 서성거리는 소리
가 분명했어요.

속이 요동치면서 심장이 몸 밖으로 튀어나올 것 같았어요. 맥
박이 너무 빨리 뛰어서 순간적으로 기절할 것 같았다가 다음에
는 분노가 치솟았어요. 전 침대에서 뛰쳐나와 방 한쪽의 잠겨 있
는 문으로 달려갔어요. 그 앞에 무릎을 꿇고 열쇠 구멍을 들여다

봤어요. 심장이 북 치듯 쿵쿵 울렸어요.

잠옷 차림으로 무릎을 꿇고 앉아 한쪽 눈을 크게 뜬 채 열쇠 구멍을 들여다보는 꼴이라니. 제 처지가 너무나 우습고 처량하게 느껴졌어요. 그때 누군가 이쑤시개 아니면 날카로운 필기도구 따위를 열쇠 구멍으로 밀어 넣어 눈을 찌르는 것 같은 느낌에 깜짝 놀라서 뒤로 물러났어요. 먼지 섞인 찬바람에 눈물이 맺혔어요.

열쇠 구멍 저편에는 정말 아무것도 없었어요. 악랄하게 제 눈을 찌르려고 했던 이쑤시개도 물론 없었죠. 티끌 하나 없었어요. 끝없이 펼쳐진 어둠과 다락방의 퀴퀴한 공기가 뒤섞인 서늘하고 먼지 가득한 미풍뿐이었어요. 설령 휘어진 계단이나 꼭대기의 닫힌 문에 가로막힌다 해도 다락방 안의 빛이 완전히 차단되진 않아서 어둠을 조금은 밝힐 수 있었을 거예요. 그런데 그런 빛줄기조차 보이지 않더라고요. 희미하게나마 반짝거리는 빛도 없었어요. 만에 하나라도 위에 누군가 있다면 뭘 하는진 몰라도 아주 캄캄한 어둠 속에서 수작을 부리는 게 분명했어요.

끼이이익…… 끼이이익…… 끼이이익. 또다시 소리가 들렸어요. 규칙적으로 들리는 그 소리는 견디기 힘들었어요. 잠시 침묵이 흐르다가 또다시 시작됐어요. 끼이이익…… 끼이이익…… 끼이이익.

"다 들려!" 결국 참다못해 소리쳤어요. 침묵 속에서 두려움에 떨면서 가만히 앉아 있을 수만은 없더라고요. 열쇠 구멍에 대고 분노와 공포가 뒤섞인 떨리는 목소리로 외쳤어요. "다 들린다고! 야, 이 미친놈아, 거기서 대체 뭐 하는 거야? 감히 나한테 이런 짓을 해? 당장 꺼지지 않으면 경찰 부를 거야!"

소용없었어요. 발자국 소리는 여전했어요. 끼이이익…… 끼이이익…… 끼이이익…… 그러다 방금 전처럼 소리가 멈추고 다시 시작됐죠. 끼이이익…… 끼이이익…… 끼이이익……. 경찰을 부를 수 없다는 사실은 저도 잘 알고 있었어요. 경찰서에 전화한들 뭐라고 말하겠어요? "경관님, 다락방에서 끼익거리는 소리가 나요."라고요? 게다가 제일 가까운 경찰서는 인버네스에 있었어요. 한밤중에는 전화도 받지 않을걸요. 그렇다면 급하게나마 119에 전화하는 수밖에 없는데요. 두려움에 떠는 와중에도 한밤중에 다락방에서 으스스한 소리가 난다고 히스테리를 부리는 여자에게 과연 119 대원은 뭐라고 대꾸할지 충분히 짐작하고도 남겠더라고요.

잭만 있었어도, 제가 보호해야 하는 어린아이 셋 말고 다른 누군가가 제 곁에 있어 주기만 했어도 그렇게까지 무섭진 않았을 텐데.

아, 갑자기 못 견디겠더라고요. 전임 네 명을 쫓아낸 농도 짙은 공포를 실감한 순간이었어요. 매일 밤 어둠 속에서 침대에 누워 잠겨 있는 문을, 어둠을 빨아들이는 열쇠 구멍을 노려보며 기다리는 수밖에 없다니…….

제가 할 수 있는 일은 아무것도 없었어요. 거실에서 잘 수도 있었지만 거기서도 소리가 들린다면 완전히 미쳐 버릴 것 같았어요. 게다가 아래층에서 자고 있는데 그 소리를 듣는다면 더 끔찍할 것 같았다고요. 제 방에 있으면 적어도 소리에 예의 주시하며 감시라도 할 수 있잖아요. 그럼 위에 뭐가 있든 함부로…….

목이 타서 마른침을 삼켰어요.

손바닥은 땀으로 흥건했어요. 머릿속에 떠오르는 생각을 멈출 수가 없었어요.

전 오늘 밤 다시 잠들긴 글렀다는 사실을 직감했어요.

공포로 떨리는 몸을 이불로 꽁꽁 싸매고 불을 켰어요. 휴대전화를 꼭 쥔 채 침대에 앉아 위에서 규칙적으로 들리는 발자국 소리에 집중했어요. 문득 헤더브레 저택에 살았던 그랜트 박사가 생각났어요. 산드라 사모님과 빌 사장님은 늙은 박사의 흔적이 사라질 때까지 저택을 새로 칠하고 박박 문질러 닦고 리모델링했을 테죠. 끔찍한 독 화원만은 미처 어쩌지 못하고 잠가 뒀지만요.

뭔지는 몰라도 한밤중에 다락방을 서성이는 저 소리 또한 어쩌지 못했던 모양이에요.

제 귓가에 대고 속삭이는 듯한 매디의 차갑고 건조한 목소리가 들렸어요. '남자가 잠을 못 자고 밤새 왔다 갔다 하다가 미쳐 버렸대요. 사람이 잠을 오랫동안 못 자면 미친대요.'

저도 미쳐 가는 걸까요? 누가 저를 미친 사람으로 만들어 버리려는 걸까요?

맙소사, 말도 안 되죠. 고작 이틀 못 잤다고 사람이 미치진 않아요. 전 상황을 너무 극단적으로 받아들이기 시작했어요.

끝없이 이어지는 느린 발자국 소리가 불러오는 극심한 공포에 먹혀 버릴 것 같았어요. 시선이 저도 모르게 자꾸만 잠겨 있는 문에 가 닿았어요. 문이 스르르 열리면서 안쪽 계단을 천천히 걸어 내려오는 발자국 소리가 가까워지고, 시체처럼 움푹 파

인 얼굴이 어둠 속에서 스윽 나타나 뼈만 남은 팔을 쭉 뻗을 것
만 같았어요.

'엘스페스······.'

위쪽이 아니라 제 마음속에서 들리는 소리였어요. 아이를 잃
은 슬픔에 잠긴 아버지의 숨넘어가는 목소리.

'엘스페스······.'

하지만 문은 열리지 않았어요. 아무도 튀어나오지 않았어요.
위에서는 발자국 소리가 몇 시간 동안이나 이어졌어요. 끼이이
익······ 끼이이익······ 끼이이익······. 누군가 잠시도 쉴 수 없다
는 듯 끊임없이 걸어 다니는 소리.

도저히 불을 끌 수 없었어요. 위에서 발자국 소리가 쉼 없이,
끊임없이 들리는데 어둠을 견딜 자신이 없었어요.

전 모로 누워 손에 휴대 전화를 꼭 쥐고 잠긴 문을 바라보며
마냥 기다렸어요. 침대 맞은편 창문 아래쪽 바닥이 희미하게 밝
아 올 때까지 기다리는 수밖에 달리 할 수 있는 일이 없었다고
요. 날이 밝기 시작해서야 피로로 뻣뻣해진 사지를 움직여 몸을
일으켰어요. 속이 울렁거렸어요. 전 온기가 감도는 주방으로 내
려갔어요. 아주 독한 커피를 마셔야 하루를 무사히 시작할 수 있
을 것 같았어요.

1층은 텅 비어 있어서 소리가 울렸어요. 평소 같았으면 두 마리 개가 쿵쿵대고 씩씩거렸을 건데 그마저 없으니 더욱 정적이 흘렀죠. 시도 때도 없이 코를 들이밀며 간식을 달라고 귀찮게 졸라 대던 개들이 그리워질 지경이었어요.

복도를 가로질러 주방으로 가는 길에 아이들이 남겨 놓은 흔적을 집어 들었어요. 복도 카펫에 흩어진 크레용들, 아일랜드 식탁 아래에 떨어진 마이 리틀 포니 인형. 그런데 기이하게도 주방 바닥 한가운데에 시들어 가는 보라색 꽃 한 송이가 놓여 있는 거예요. 허리를 숙여서 의아한 표정으로 그 꽃을 보며 대체 어디서 난 꽃일까 생각했어요. 딱 한 송이뿐이라서 꽃다발이나 집 안의 화초에서 떨어진 것 같긴 했는데 주방에는 꽃이 없었거든요. 아이들이 꺾어 온 걸까요? 하지만 언제?

꽃을 그냥 시들게 두기 뭣해서 머그잔에 물을 채워 꽃을 꽂은 다음 식탁에 올려 뒀어요. 꽃이 다시 살아날지도 모를 일이었고요.

커피를 두 잔째 조용히 들이키며 저택 동쪽의 언덕 위로 떠오르는 태양을 지켜봤어요. 그때 난데없이 사람 목소리가 들렸어요.

"로완……."

살짝 떨리는 고음의 목소리가 조용한 주방에 메아리쳐 울렸어요. 그 바람에 깜짝 놀라서 뜨거운 커피를 손목과 가운 소맷자락에 쏟고 말았어요.

"젠장." 커피 얼룩을 문질러 닦으면서 어디서 나는 목소리인가 싶어 몸을 비틀어 봤어요. 아무도 없었어요. 적어도 제 눈에는 보이지 않았어요.

"거기 누구 있어요?" 제가 소리쳤어요. 이번에는 계단 쪽에서 끼익하는 소리가 들렸어요. 간밤에 들었던 소리가 오버랩되며 심장이 덜컥 내려앉았어요. "누구예요?" 이번에는 저도 모르게 좀 더 사납게 소리치면서 화난 걸음으로 복도로 갔어요.

계단 위에서 머뭇대는 작은 형체가 보였어요. 엘리였어요. 얼굴에 걱정이 한가득인 채로 입술을 바르르 떨고 있었어요.

"이런, 엘리……." 순간 부주의한 과민 반응 아니었나 싶어 후회가 밀려들었어요. "미안해, 엘리. 나 때문에 놀랐지. 너한테 소리치려던 게 아니야. 이리 내려오렴."

"내려가면 안 돼요." 엘리가 말했어요. 엘리는 두 손에 움켜쥔 실크 이불의 가장자리를 비틀어 댔어요. 아랫입술이 툭 튀어나와 곧 울음을 터뜨릴 것처럼 움찔거렸어요. 갑자기 엘리가 다섯 살보다 더 어린아이로 보였어요.

"아니야. 내려와도 괜찮아. 누가 내려가지 말라고 했니?"

"엄마가요. 토끼 귀가 안 올라가서 밖으로 나가면 안 돼요."

엘리의 일찍 일어나는 버릇과 행복한 토끼 시계에 관한 규칙이 파일에 적혀 있었다는 게 생각났어요. 엘리는 아침 6시에 토끼가 완전히 잠이 깼을 때 일어나야 했죠. 주방 시계를 보니 5시 47분이었어요.

사모님의 규칙을 대놓고 어길 수는 없었지만…… 살아 있는 사람을 본 순간 마음이 놓였어요. 엘리와 함께 있으니까 밤새 저를 괴롭힌 유령 소동이 다 거짓말 같았어요.

"그래……." 전 고용주의 원칙을 존중하는 동시에 울기 직전인 작은 아이를 달래려고 애쓰면서 천천히 말했어요. "좀 일찍 일어났구나. 이번만 토끼가 일찍 일어난 걸로 할까?"

"엄마가 혼내면요?"

"네가 말하지 않으면 선생님도 말 안 할게." 전 이렇게 말했다가 입술을 깨물었어요. 기본적인 양육 원칙을 어기는 일이었거든요. 부모에게 비밀로 하라고 아이에게 말해서는 안 된다는 원칙이요. 그 원칙을 어겼다가는 온갖 위험한 행동과 오해를 불러일으킬 수 있어요. 하지만 말은 이미 나가 버렸죠. 엘리가 엄마 몰래 꿍꿍이를 벌이자는 게 아니라 그냥 가벼운 이야기다, 하고 흘려듣기만을 바랄 수밖에 없었어요. 주방 구석의 카메라에 절로 시선이 갔어요. 하지만 특별한 이유가 없는 한 사모님이 새벽 6시에 깨어 있을 리 만무했죠. "내려와서 핫초코 먹자. 토끼가 완전히 깨면 올라가서 옷 갈아입는 거야."

엘리는 주방의 높은 스툴에 앉아 발꿈치로 스툴의 다리를 탁탁 쳤어요. 전 인덕션에서 우유를 데우며 코코아가루를 휘저었어요. 엘리가 핫초코를 마실 동안 전 식은 커피를 홀짝였어요. 우리는 학교 이야기, 엘리의 친구 캐리 이야기, 보고 싶은 개들 이야기 등을 나눴어요. 그러다가 조심스럽게 엄마, 아빠가 보고 싶은지 물어봤어요. 엘리의 작은 얼굴이 살짝 구겨졌어요.

"오늘 밤에 엄마랑 통화할 수 있어요?"

"그럼. 물론이지. 바쁘시겠지만 그래도 한번 해보자."

엘리가 고개를 끄덕이고는 창밖을 내다보며 말했어요. "그 사람은 갔어요?"

"누구?" 전 어리둥절했어요. 아빠를 말하는 건지, 잭을 말하는 건지 알 수 없었어요. 아니면…… 다른 누가 또 있을까요? "누가 갔다는 거야?"

엘리는 대답 없이 애꿎은 스툴만 툭툭 찼어요.

"그 사람이 가는 게 더 좋아요. 사람들한테 하기 싫은 일을 시키니까요."

이유는 모르겠지만 엘리의 이야기를 듣는데 근무 첫날 밤 이후로 잊고 있던 게 갑자기 떠올랐어요. 카탸의 구겨진 쪽지에 적혀 있던 글 말이에요. 누군가 제 귀에 대고 속삭이듯 쪽지의 내용이 머릿속에서 들려왔어요. '전하고 싶은 이야기가 있어서……'

그 쪽지가 어느 때보다 더 강력한 경고의 메시지로 들렸어요.

"누구 말이야?" 전 참지 못하고 다급하게 물었어요. "누구 말하는 거야, 엘리?"

하지만 엘리는 제 질문을 못 알아들은 건지, 아니면 일부러 엉뚱한 소리를 하는 건지 알 수 없는 말만 했어요.

"여자애들이요." 엘리가 툭 내뱉었어요. 그러고는 핫초코를 내려놓고 의자에서 내려갔어요. "가서 TV 좀 봐도 돼요?"

"엘리, 잠깐만." 저도 엘리를 따라 일어서며 말했어요. 심장이 쿵쾅거렸어요. "아까 말한 게 누구야? 누가 갔다고? 누가 여자애

287

들한테 하기 싫은 일을 시킨다는 거야?"

하지만 제가 너무 서둘렀나 봐요. 저도 모르게 엘리의 손목을 꽉 쥐는 바람에 엘리가 겁을 집어먹고는 뒤로 물러섰어요.

"몰라요. 기억 안 나요. 거짓말이에요. 매디 언니가 그렇게 말하라고 했어요. 난 말 안 했어요." 점점 더 말도 안 되는 변명들만 튀어나왔어요. 엘리는 제 손에 잡힌 작은 손을 비틀어 빼냈어요. 뭐라고 해야 할지 모르겠더라고요. 주방을 빠져나가는 엘리를 뒤따라갈까 하다가 놀이방에서 흘러나오는 '페파 피그' 주제가를 듣고는 따라가 봤자 소용없겠구나 싶었어요. 제가 섣불리 엘리를 겁주는 바람에 기회를 날려 버린 거예요. 아무렇지 않은 척 무심하게 물어봤어야 했는데. 생각보다 훨씬 중요한 뭔가를 말했다 싶을 때 어린아이들이 그러듯 엘리도 입을 닫아 버렸어요. 상대방이 어떤 반응이 나올지 모르고 부적절한 말을 무심코 한 어린아이들이 그런 식으로 당황하는 모습을 여러 번 봤어요. 예상치 못한 반응에 깜짝 놀라서 모든 걸 다 차단해 버리고 했던 말도 부인하는 모습을요. 엘리를 더 밀어붙였다가는 제 발등을 찍는 꼴이 되겠죠. 아무런 이야기도 듣지 못하는 건 물론이고요.

'여자애들이요……. 사람들한테 하기 싫은 일을 시켜요…….'

속이 뒤집히는 것 같았어요. 모든 안전 지침이 경고음을 울려대며 결코 맞닥뜨리고 싶지 않은 악몽 같은 사태를 예고했어요. 하지만…… 엘리의 말이 과연 사실일까요? 엘리가 말한 여자애들은 누구일까요? 엘리 본인과 매디? 아니면 완전히 다른 여자애들이요? '그 사람'은 또 누구일까요? 사장님? 아니면 아예 다른 사람? 선생님이나 아니면……?

아닐 거예요. 휴대 전화 화면 속에서 슬픔에 잠긴 얼굴로 저를 노려보던 노인의 모습을 급히 지워 버렸어요. 순전히 환상에 불과했죠. 그런 일로 사모님을 찾는다면 사모님은 제 면전에 대고 폭소를 터뜨릴걸요.

하지만 엘리가 한 말이라고 하면 이야기가 다르지 않을까요? 엘리가 아무것도 아니라고 했지만, 진짜 아무것도 아닌 일일지도 모르지만, 적어도 사모님한테 보고할 거리 정도는 되지 않을까요? 꼬집어 말할 순 없지만 "좀 걱정스러워서요."라고요.

전 엘리의 뒷모습을 눈으로 쫓으면서 손톱을 물어뜯었어요. 그때 복도에서 나는 소리에 깜짝 놀라 돌아봤더니 문이 열리면서 진 아주머니가 나타났어요. 진 아주머니는 외투를 벗는 중이었어요.

"아주머니." 진 아주머니는 모직 스커트에 하얀 면 블라우스를 단정하게 걸치고 있었어요. 옷도 제대로 입지 않고 가운 차림으로 서 있는 제 모습이 의식됐어요.

"일찍 일어났네요." 진 아주머니 입에서 나온 건 이 말이 전부였어요. 저를 못마땅해하는 말투를 숨기지 않았죠. 잠이 부족해서인지, 아니면 엘리가 한 말 때문에 과하게 신경이 쓰였던 탓인지 갑자기 화가 났어요.

"왜 저를 싫어하세요?" 제가 다그쳐 물었어요.

진 아주머니가 복도에 있는 붙박이장에 외투를 걸다가 저를 돌아봤어요.

"네?"

"들으셨잖아요. 제가 여기 온 이후로 줄곧 저를 못마땅해하시잖아요. 왜 그러시는 거냐고요."

"뭘 잘못 생각하고 있는 것 같네요, 아가씨."

"아니라는 거 잘 아시잖아요. 첫날 일 때문이라면 그 망할 문을 닫은 건 제가 아니라고요. 애들이 못 들어오게 잠가 놓지 않았다고요. 제가 왜 그런 짓을 해요?"

"친절한 행동을 해야 친절한 사람이죠." 진 아주머니가 아리송하게 말하고는 돌아서서 다용도실로 향했어요. 전 아주머니를 쫓아가 팔을 붙들었어요.

"젠장, 그게 대체 무슨 말이에요?"

진 아주머니는 제 손을 뿌리치더니 증오가 가득한 눈빛으로 저를 노려봤어요.

"저에게 이런 식으로 행동하지 말아 줬으면 좋겠군요, 아가씨. 애들 앞에서 욕도 하지 말고요."

"전 지금 드릴 만한 질문을 드리는 거예요." 제가 쏘아붙였지만 진 아주머니는 무시한 채 과장된 몸짓으로 팔을 문지르며 다용도실로 걸어갔어요. 제가 막 아프게 잡아채기라도 한 것처럼 말이죠. "그리고 아가씨라고 부르지 마세요. 우리가 '다운튼 애비[21]' 찍는 것도 아니잖아요."

"그럼 뭐라고 불러 주면 좋겠어요?" 진 아주머니가 딱딱하게 말했어요.

전 매디를 깨우러 가려고 홱 돌아섰다가 뒤따라오는 진 아주머니의 말에 멈췄어요. 다시 홱 돌아서서 다용도실 싱크대로 허리를 숙이고 있는 진 아주머니의 등을 노려봤죠.

"뭐, 뭐라고 하셨어요?"

하지만 진 아주머니는 말없이 물을 틀었어요. 물소리에 제 목소리가 잠겨 버렸어요.

"잘 갔다 와, 얘들아!" 전 교문을 통과해 교실로 느릿느릿 걸어가는 아이들을 지켜보면서 외쳤어요. 매디는 고개를 폭 수그린 채 다른 여자아이들에게 눈길 한번 주지 않고 터덜터덜 걸어갔어요. 하지만 엘리는 빨강 머리 여자아이와 이야기를 하다가 고개를 돌리고 저에게 손을 흔들어 줬어요. 달콤하고 생기 넘치는 엘리의 미소에 제 얼굴에도 저절로 미소가 걸리는 것 같았어요. 페트라도 꺄르륵 웃고 있었고요. 태양이 밝게 비치고, 새들이 지저귀고, 아름다운 6월의 따뜻한 온기가 나뭇잎 사이로 스며들었어요. 지난밤의 두려움, 환청, 휴대 전화 화면 속 슬픔과 분노에 잠긴 노인의 얼굴은 대낮의 밝은 햇빛 아래에서 생각하니 다 터무니없는 것들이었어요.

페트라를 카 시트에 내려놓고 벨트를 채우는데 휴대 전화가 울렸어요. 중요한 건가 싶어 휴대 전화를 보니 메일 알림이었어요. 사모님이더라고요.

아, 젠장.

편집증적인 생각들이 머릿속을 헤집기 시작했어요. 제가 매디를 때리려고 했던 영상을 봤을까요? 아이들에게 사탕 뇌물을 줬던 걸 봤을까요? 다른 뭔가가 마음에 들지 않았을까요? 진 아주머니가 입방아를 떨었을까요?

긴장한 탓에 위가 꼬이는 것 같았어요. 메일을 열자 무미건조하기 짝이 없는 제목이 보였어요. '업데이트'. 뭘 업데이트하겠다는 건진 모르지만요.

로완 씨, 안녕하세요.

우선 메일로 전달하는 점 양해 부탁해요. 회의 중이라 통화
를 못해요. 여기 일이 어떻게 돼 가는지 간략하게 전해 주
고 싶어서요. 무역 박람회는 아주 잘 진행되고 있어요. 그런
데 빌이 몇 가지 문제 해결차 두바이에 갔어요. 그래서 제
가 켄싱턴 프로젝트를 맡게 됐는데. 그 바람에 여기 더 머
물러야 하지만 어쩔 수 없네요. 다음 주 화요일에는 돌아갈
거예요(일주일 후에요). 그때까지 괜찮겠어요? 할 수 있죠?
리안논은 오늘 학교를 마치고 집으로 가요. 친절하게도 엘
제네 엄마가 리안논과 엘제를 데리러 가겠대요(둘 다 피틀
로크리 근처에 살아서 집으로 가는 방향이 같거든요). 리안
논은 12시쯤 헤더브레에 도착할 거예요. 리안논에게 문자
보내서 상황 설명은 해 놨어요. 리안논은 로완 씨를 무척 만
나 보고 싶어 해요.
빌이 잭한테 들었는데 로완 씨가 아이들과 잘 지내고 있다
면서요. 그 이야기를 듣고 얼마나 기뻤는지 몰라요. 혹시 무
슨 일 있으면 연락 주세요. 오늘 밤에는 되도록 아이들이 잠
들기 전에 전화할게요.

산드라

안도감인지 두려움인지 모를 감정에 휩싸인 채 메일을 닫았어요. 그래도 안도감이 더 크게 느껴졌어요. 특히 잭이 저를 좋게 말해 줬다니 더더욱이요. 하지만 귀가일이 한 주 더 늦춰진다니…… 사모님의 메일을 읽기 전까지는 제가 이번 주 금요일에 도착할 사모님을 얼마나 기다리고 있었는지 미처 깨닫지 못했어요. 실형 선고를 기다리는 사람처럼 머릿속으로 하루하루를 헤아리고 있었던 거죠.

그런데 이제…… 나흘을 더 기다려야 했어요. 어린아이 셋에 리안논까지 돌보면서요. 제 기분이 어땠겠어요?

그래도 집 안에 다른 누군가가 한 명 더 있을 거라고 생각하니 마음이 한결 가벼워지더라고요. 그러다가 한밤중에 천천히 규칙적으로 왔다 갔다 했던 발자국 소리를 떠올리자 밝은 대낮인데도 팔에 소름이 돋았어요. 까칠한 열네 살 소녀라도 옆방에 있어 준다면 그나마 안심이 되지 않을까 싶었어요.

하지만 시동을 거는데 또 다른 이미지가 머릿속에 떠올랐어요. 리안논의 침실 문 앞에 휘갈겨져 있던 주황색 글씨 말이에요. '꺼져, 들어오면 죽어'. 거기에는 뭔가가 담겨 있었어요. 매디의 침묵하는 분노와 비슷한 뭔가가 깃들어 있었죠.

어쩌면 리안논과 함께 매디가 보이는 감정의 근본을 알아낼 수 있을지도 모르겠단 생각이 들었어요.

앞에서 얼쩡대는 밴 때문에 헤더브레로 돌아가는 길은 아침보다 더 오래 걸렸어요. 카른교부터 밴을 천천히 따라갔어요. 액셀러레이터를 살짝살짝 밟으면서 다음 교차로에서 밴이 다른 길로 가겠지, 하고 기대했건만 방향이 같은 것 같더라고요. 도로는 점점 좁아지고 길은 점점 더 험해졌어요. 헤더브레 앞 교차로에 거의 다다랐을 무렵에야 비로소 마음이 놓였어요. 막 왼쪽 깜빡이를 켜려고 하는데 밴도 깜빡이를 켜고 헤더브레 저택 진입로로 올라서는 거예요. 그 바람에 급브레이크를 밟을 수밖에 없었어요.

조용하게 떨고 있는 테슬라의 시동을 끄지 않은 채 잠시 기다리는데 밴의 조수석 문이 열리더니 어깨에 배낭을 걸친 여자애 한 명이 뛰어내렸어요. 여자애는 운전자에게 뭐라고 하더니 밴의 뒷문을 활짝 열었어요. 그러고는 커다란 여행 가방을 끌어내서 자갈길 위에 아무렇게나 던져 놓고는 쾅 소리 나게 조심성 없이 차 문을 닫았어요. 여자아이가 뒤로 물러서자 밴이 떠났어요. 전 창밖으로 몸을 내밀어 그 아이에게 누구냐고, 이렇게 외진 곳에서 뭘 하고 있냐고 물으려고 했어요. 그때 그 아이가 주머니에서 휴대 전화를 꺼내 문에 달린 센서에 대자 문이 활짝 열렸어요.

리안논일 리는 없었어요. 오후에야 도착한다고 했으니까요. 게다가 그 볼품없는 밴도 아이가 있는 엄마의 차처럼 보이지 않았고요. 이 저택에서 일하는 사람일까요? 그렇다면 저 커다란 가방은 뭘까요?

전 아이가 안으로 들어갈 때까지 잠시 기다렸다가 액셀러레이터를 밟았어요. 테슬라가 아이를 따라 진입로로 부드럽게 올라가자 아이가 놀란 얼굴로 돌아봤어요. 아이는 길을 비켜 주기는커녕 그 자리에 멈춰서 커다란 가방을 발치에 내려놨어요. 전 다시 브레이크를 밟았어요. 타이어가 자갈길 위로 돌돌돌 구르는 느낌이 났어요. 창문을 내리고 아이에게 물었어요.

"도와줄까요?"

"그건 제가 할 질문인데요." 아이가 말했어요. 긴 금발 머리 아이가 딱 부러지는 고급스러운 말투로 말하는데 스코틀랜드 억양이 전혀 묻어나지 않았어요. "대체 누군데 우리 부모님 차를 모는 거예요?"

눈앞의 여자아이는 바로 리안논이었어요.

"아, 리안논이구나. 몇 시간 후에나 도착할 줄 알았어. 난 로완 선생님이야."

제 소개에도 불구하고 아이는 멍하니 저를 쳐다보기만 했어요. 전 다소 초조한 마음에 이렇게 덧붙였어요. "새로 온 선생님이야. 엄마가 말씀하셨다던데."

차창 너머로 대화를 이어 나가는 게 좀 어색해서 차를 세운 다음 차에서 내려 리안논에게 정식으로 악수를 청했어요.

"반가워. 네가 지금 올 줄 몰랐어. 미안해. 12시 도착 예정이라 들었거든."

"로완 선생님이요? 하지만 당신은……." 아이가 좁은 이마를 잔뜩 찡그린 채 말을 꺼냈다가 뭔가 생각이 정리됐는지 고개를 가로저었어요. 리안논의 입가에 미소가 걸렸어요. 아주 상냥한 미소는 아니었지만요. "아무것도 아니에요."

"내가 뭐 어떻다고?" 전 내밀었던 손을 내렸어요.

"아무것도 아니라고 했잖아요. 엄마한테 들은 얘기는 신경 쓰지 마세요. 우리 엄마는 아는 게 하나도 없어요. 개짜증 나. 선생님도 이쯤 되면 감이 오지 않아요?" 리안논이 저를 위아래로 훑어보며 말을 이어 갔어요. "근데 왜 가만히 있어요?"

"뭐?"

"제 가방 들어 주셔야죠."

점점 더 짜증이 솟구쳤지만 첫발부터 잘못 내딛는 건 득 될 게 없었죠. 전 화를 삼키고 가방을 굴려서 차 뒷좌석으로 끌고 갔어요. 보기보다 훨씬 무겁더라고요. 리안논은 제가 가방을 차에 실을 때까지 기다리지도 않고 뒷좌석으로 뛰어올라 페트라 옆에 앉았어요.

"안녕, 우리 귀염둥이." 저한테 말할 때는 느껴지지 않았던 애정이 묻어나는 목소리였어요. 잠시 후 제가 운전석에 앉는데 리안논이 말을 걸었어요. "하루 종일 여기 앉아서 경치 구경할 거 아니면 그만 출발하시죠."

전 이를 갈면서 자존심을 꾹 눌러 참고 액셀러레이터를 세게 밟았어요. 테슬라는 바퀴 뒤쪽으로 자갈을 튀기며 헤더브레 저택 진입로를 따라 올라갔어요.

집에 도착하자 리안논이 페트라와 무겁고 큼직한 가방을 저에게 떠넘긴 채 거만하게 주방으로 걸어갔어요. 저도 페트라를 안고 가방을 굴리며 집 안으로 들어갔어요. 리안논은 식탁에 앉아 막 만든 듯한 큼지막한 샌드위치를 먹는 중이었어요.

"그래서―." 말을 길게 쭉 빼는 리안논의 목소리가 들렸어요. "선생님이 로완이에요? 생각했던 거랑 다르네요."

절로 인상이 써지더라고요. 리안논의 말투에서 왠지 모를 적의가 느껴졌어요. 대체 무슨 의미로 그런 말을 했는지 알 수 없었으니까요.

"어떨 거라고 생각했는데?"

"아…… 몰라요. 그냥 좀…… 달라요. 이름이랑 매치가 안 된다고 할까?" 리안논이 싱긋 웃더니 제가 뭐라고 하기도 전에 샌드위치를 한 입 더 베어 물고는 입안 가득 음식을 넣은 채 말했어요. "마요네즈 주문 좀 해 주세요. 어, 개는 어디 갔어요?"

전 눈을 깜박였어요. 명색이 제가 아이 돌보미인데 제가 질문을 던지고 따져 물어야 하는 게 아닌가 싶은 거예요. 대화의 주도권을 아이에게 완전히 뺏긴 기분이었어요. 하지만 당연히 나올 법한 질문이라서 최대한 차분한 목소리로 대답하려고 애썼어요.

"잭이 몇 가지 서류 작업 문제로 너희 아버지한테 불려 갔어. 개들도 데리고 갔어. 개들이 여행을 좋아할 것 같다면서."

마지막에 한 말은 잭이 한 게 아니었어요. 하지만 거만한 10대 아이 앞에서 어린아이 셋과 래브라도 두 마리를 모두 떠맡을 자신이 없었다고 인정하는 건 죽기보다 싫었어요.

"언제 와요?"

"잭? 나도 잘 몰라. 오늘 올 것 같긴 해."

리안논이 생각을 곱씹으며 고개를 끄덕이더니 여전히 입안에 음식물이 가득한 채 말했어요. "근데 오늘 밤에 엘제 생일 파티해서 엘제 엄마가 자고 가라고 했거든요. 자고 와도 돼요?"

리안논의 어조로 보아 형식적으로 물어보는 게 분명했지만 전 고개를 끄덕였어요.

"엄마한테 문자 보내서 물어보는 게 좋겠다. 내가 해도 되고. 엘제는 어디 살아?"

"피틀로크리요. 차로 한 시간 거리. 엘제네 오빠가 데리러 올 거예요."

전 알겠다는 뜻으로 고개를 끄덕이고는 사모님에게 빠르게 문자를 보냈어요. '리안논이 안전하게 집에 도착했어요. 오늘 밤 엘제네 집에서 자고 오고 싶다는데요. 괜찮을 것 같은데 어떤지 연락 주세요.'

즉시 답장이 날아왔어요. '괜찮아요. 이따 저녁 6시에 전화할 게요. 리안논에게 사랑한다고 전해 줘요.'

"엄마가 사랑한다고 전해 달래. 엘제 집에도 가도 괜찮다 하셨고." 제가 말하자 리안논은 '뭐, 알았어요.' 하고 건성으로 대꾸하듯 눈을 굴렸어요. "몇 시에 데리러 오기로 했어?"

"점심 먹고 나서요." 리안논은 의자 옆으로 두 다리를 홱 내려 놓고는 더러운 접시를 제 쪽으로 밀었어요. "나중에 봐요."

전 리안논의 뒷모습을 지켜봤어요. 리안논은 교복 차림으로 긴 다리를 성큼성큼 놀려서 우아하게 굽어진 계단을 올라가더니 이내 사라졌어요.

결국 리안논은 점심을 먹으러 내려오지 않았어요. 몇 시간 전에 먹어 치운 샌드위치를 생각하면 그다지 놀랄 일도 아니었죠. 하지만 페트라와 제 점심을 준비하던 차라 같이 점심을 먹을 건지 물어는 봐야 할 것 같았어요. 인터컴을 사용하려고 했지만 연결이 되지 않았어요. 대신 앱으로 문자가 날아왔죠. '배안 고파요.'

'알았어.' 저도 문자로 답했어요. 휴대 전화를 주머니에 넣다가 한 가지 생각이 떠올랐어요. 주머니에서 다시 휴대 전화를 꺼내 해피 앱을 열었어요. 살짝 불안한 기분에 제가 접근할 수 있는 카메라 목록을 보여 주는 버튼을 눌렀어요. 목록을 아래로 스크롤해서 'R'자에 다다랐을 때 절대 누르지 말자고 속으로 되뇌었어요. 다만 한 가지 사실을 알게 됐죠……. '리안논의 방'이 회색 처리돼 있어 저는 접근 권한이 없다는 것을요. 오히려 다행이다 싶었어요. 열네 살 아이의 방에 카메라가 있다는 건 아주 적절치 못한 일이잖아요.

저는 요거트를 떠서 한시도 가만있지 않는 페트라의 입에 떠넣었어요. 제가 든 숟가락을 낚아채려는 페트라의 정신 사나운 손짓을 요리조리 피하면서요. 계단에서 발자국 소리가 들려 복도를 돌아보니 리안논이 한 손에는 작은 가방을, 다른 손에는 휴대 전화를 들고 서 있었어요.

"엘제 오빠 왔어요." 리안논이 불쑥 말했어요.

"문 앞에?" 전 어리둥절해서 반사적으로 휴대 전화를 힐끗 쳐다봤어요. "벨 누르는 소리 못 들었는데."

"네. 뭐, 그렇죠."

"알겠어." 전 빈정거리고 싶은 충동을 억눌렀어요. "내가 문 열어 줄게."

제 휴대 전화는 조리대 위에 있었어요. 하지만 제가 열 수 있는 많은 문과 차고 메뉴를 훑어보기는커녕 앱을 열 시간조차 없었어요. 리안논이 벌써 문 앞까지 반쯤 가고 있었거든요.

"됐어요." 리안논이 엄지로 스위치 패널을 누르자 현관문이 활짝 열렸어요. "오빠가 도로 옆에서 기다리고 있어요."

"잠깐만." 전 페트라의 손이 닿지 않는 곳으로 요거트를 옮겨 놓고 서둘러 리안논을 쫓아갔어요. "잠깐 기다려. 엘제 엄마 전화번호 좀 알려 줘."

"어…… 왜요?" 리안논이 비꼬며 말했어요. 전 리안논의 반항적인 태도에 끌려다니지 않기 위해 단호하게 말했어요.

"넌 아직 열네 살이니까. 엘제 엄마는 내가 만나 보지도 못한 사람이고. 전화번호 아니? 아니면 너희 엄마한테 물어볼게."

"알아요." 리안논이 눈을 굴리면서 말했지만 휴대 전화를 꺼낼 생각조차 안 하는 거예요. 대신 메모할 데가 없나 하고 주변을 살폈죠. 마침 바닥에 매디의 그림 한 장이 떨어져 있었어요. 리안논은 그걸 집어 들고는 뒤쪽에 전화번호를 적었어요. "자, 여기요. 만족해요?"

"그래." 마음은 전혀 아니었지만요. 리안논은 문이 부서져라 꽝 닫고 나갔어요. 창문으로 리안논이 진입로 모퉁이를 돌아 사라지는 모습을 지켜보고는 쪽지를 확인했어요. 카스라는 이름과 함께 전화번호 하나가 적혀 있었어요. 전 휴대 전화에 그 전화번호를 입력했어요.

'안녕하세요! 전 헤더브레 저택에 새로 온 아이 돌보미 로완이에요. 오늘 밤 리안논을 초대해 주셔서 감사하다고 전하고 싶어서 연락드려요. 혹시 무슨 문제가 생기면 이 번호로 전화 주세요. 몇 시에 리안논을 데려다주실 수 있는지 알려 주시면 좋겠어요. 감사합니다.'

다행히 답장이 빨리 왔어요. 페트라에게 마지막 남은 요거트 한 숟가락을 떠넣어 주는데 휴대 전화 알림이 울렸어요.

'안녕하세요! 반가워요. 전 엘제 엄마 카스예요. 리안논은 언제든지 환영이에요. 내일 점심 때쯤 데려다줄 수 있을 것 같긴 한데요. 그때 가 봐야 확실히 알 것 같아요.'

매디의 그림을 갖다 놓으려고 계단을 올라갈 때였어요. 그림을 무심코 들여다보다가 근무 첫날 밤에 발견했던 그림이 생각나더라고요. 창밖을 응시하는 창백한 작은 얼굴이 그려져 있던 그림이요. 그런데 매디의 그림은 그보다 훨씬 더 어둡고 으스스했어요.

그림 한가운데에 조잡한 사람 형체가 있었어요. 곱슬머리에 항아리 모양 치마를 입은 작은 여자아이였어요. 아이는 감옥 같은 곳에 갇혀 있는 듯 보였어요. 하지만 그림을 더 자세히 보니 그곳은 감옥이 아니라 독 화원이 분명하다는 확신이 들었어요. 철문의 두껍고 까만 창살 뒤로 여자아이의 형체가 보였어요. 아이는 한 손으로 창살을 꽉 잡고 있고 다른 한 손에는 뭔가를 쥐고 있었어요. 초록색 나뭇잎과 빨간 열매가 달린 나뭇가지 같았어요. 여자아이의 눈에서는 눈물이 흘러내리고 있었고, 입은 쩍 벌어진 채 절망적인 울부짖음을 토해 내고 있었어요. 얼굴과 옷에는 빨간 핏방울이 묻어 있었고요. 그림은 전체적으로 짙은 검정색 나선에 둘러싸여 있어 망원경을 거꾸로 들고 과거로 통하는 악몽 같은 터널을 들여다보는 듯한 느낌이 들었어요.

어찌 보면 어린 여자아이의 그림에 불과했지만 달리 보면 어린이집에서 가끔씩 접했던 폭력적인 그림들과 다를 바가 없는 거예요. 나쁜 녀석들에게 총을 쏴 대는 슈퍼 히어로 그림, 강도들과 싸우는 경찰관들 그림처럼요. 하지만 또 다르게 보면…… 모르겠어요. 뭣 때문에 움찔했는지 모르겠어요. 그 그림에는 형언할 수 없는 끔찍한 뭔가가 깃들어 있었어요. 으스스한 걸 보면서 기뻐하고 흡족해하는 너무나 등골 서늘한 그림이라서 불에 데기라도 한 것마냥 종이를 떨어뜨리고 말았어요.

뒤에서 "내려, 내려! 페타, 내려, 지금!"이라고 크게 소리치는 페트라를 무시한 채 그 자리에 가만히 서서 바닥에 떨어진 그림을 바라봤어요. 그림을 구겨서 버려 버리고 싶었지만 전 리틀 니퍼스 어린이집에서 배웠던 아이 보호 원칙을 잘 알고 있었어요. 의심 가는 아이의 그림은 철해 두고, 어린이집 안전 보호관에게 알리는 거죠. 그러고 나서 적당한 시기에 그림에 관해 부모나 보호자와 상의하는 거예요.

물론 헤더브레 저택에는 안전 보호관이 따로 없었어요. 하지만 제가 사모님이라면 그 그림을 절대 간과하지 않았을 거예요. 매디가 대체 뭘 보고 겪었기에 그런 괴기스러운 그림을 그렸는지 알 수 없지만 앞으로는 더 이상 같은 일이 반복되지 않게 해야 했어요.

인정하고 싶지 않지만 생각보다 훨씬 불안한 마음으로 그림

을 집어 들어 서재에 있는 서랍에 조심스럽게 넣어 뒀어요. 그
러고는 주방으로 돌아가 페트라를 씻기고 낮잠을 재울 준비를
했어요.

페트라의 방에서 같이 잠들 생각은 없었어요. 하지만 깜짝 놀라 눈을 떠 보니 안락의자의 깅엄 체크무늬 커버가 제가 흘린 침으로 축축해져 있었어요. 심장이 이유 없이 쿵쾅거렸어요. 페트라는 여전히 아기 침대에 곤히 잠들어 있었고요. 전 무슨 일인지, 뭣 때문에 돌연히 잠에서 깼는지 알아보기 위해 힘겹게 몸을 일으켰어요.

페트라가 잠들기를 기다리다가 저도 잠이 들었던 모양이었어요. 젠장, 아이들 하교 시간까지 잠들어 버린 거야? 갑자기 배를 정통으로 한 방 얻어맞은 것 같은 충격에 빠졌어요. 다행히 그건 아니었어요. 휴대 전화의 시간은 아직 1시 30분이었어요.

그때 다시 소리가 들렸어요. 제가 잠에서 깬 이유였죠. 바로 초인종 소리였어요. '초인종이 울립니다.' 휴대 전화에 알림이 떴어요. 이어서 또 다른 알림이 떴어요. '문을 열까요? 허용 / 거부'

반사적으로 두려움이 전신으로 퍼져 나갔어요. 제가 아는 그 소리가 또 들리는 건 아닌지 지레 겁이 나서 몸이 마비된 것처럼 꼼짝 못하겠더라고요. 어젯밤에 들었던 끼익…… 끼익…… 하는 소리가 다시 시작될까 봐 숨을 죽이고 기다렸는데 아무 소리도 나지 않았어요. 전 억지로라도 의자에서 몸을 일으켜야 했어요. 바닥에 발을 딛고 일어서서 무섭게 치솟는 혈압이 가라앉고 귀 뒤에서 미친 듯이 날뛰는 맥박이 진정되기를 기다렸어요.

마침내 마음이 차분해지자 입가에 묻은 침을 닦아 내고 제 모습을 내려다봤어요. 트위드 스커트에 카디건의 단추를 단정하게 채운 완벽한 아이 돌보미 로완으로 분해 나타났던 게 불과 얼마 전이었는데. 며칠 사이에 완벽과는 아주 거리가 먼 몰골의 사람이 서 있더라고요. 구겨진 청바지에 페트라가 아침에 먹었던 음식이 묻어 얼룩덜룩한 스웨터 차림으로요. 우습지만 이게 본래의 제 모습과 훨씬 더 비슷했죠. 마치 가면의 갈라진 틈새로 제 본모습이 비집고 나와 저를 잠식해 가는 것 같았어요.

옷을 갈아입기에는 너무 늦었어요. 아기 침대에 평화롭게 잠들어 있는 페트라를 내버려 두고 계단을 내려가 복도로 나갔어요. 그러고는 현관문의 스위치 패널에 엄지를 대고 눌러 소리 없이 열리는 문을 응시했어요.

순간 어젯밤의 일이 이어지는 것만 같았어요. 밖에는 아무도 없었어요. 그때 진입로에 주차된 랜드로버가 보였어요. 자갈길 위로 누군가가 걸어오는 소리가 들려서 저택 옆쪽을 둘러봤더니 키가 크고 체격이 좋은 형체가 마구간 쪽으로 사라지는 게 보였어요. 개 두 마리가 펄쩍거리면서 그 뒤를 따르고 있었고요.

"잭?" 잠에서 덜 깬 잠긴 목소리가 나왔어요. 전 목청을 가다듬고 다시 잭을 불렀어요. "잭, 왔어요?"

"로완!" 잭이 제 목소리를 듣고 돌아보더니 싱긋 웃으면서 마당을 성큼성큼 가로질러 왔어요. "네. 제가 벨을 눌렀어요. 차 한 잔 같이할 건지 물어보려고요. 답이 없길래 집에 아무도 없는 줄 알았어요."

"아, 아니에요. 전⋯⋯." 전 뭐라고 해야 할지 몰라서 잠시 말을 멈췄어요. 하지만 잠에 취한 얼굴과 구겨진 옷차림을 의식하고는 사실대로 말하는 게 좋겠다고 생각했어요. "사실 잠들었어요. 페트라를 재우다가 같이 잠들어 버렸네요. 그게, 어젯밤에 잠을 잘 못 자서요."

"혹시⋯⋯ 애들이 말썽을 피웠어요?"

"아뇨. 그건 아니고요. 그게⋯⋯." 전 또다시 말을 멈췄다가 용기를 냈어요. "전에 말했던 그 소리 때문에요. 다락방에서 나는 소리 때문에 또 자다가 깼어요. 잭, 저번에 열쇠 꾸러미가 있다고⋯⋯."

잭이 고개를 끄덕였어요.

"네. 있어요. 지금 가 볼래요?"

안 될 게 뭐 있어? 아이들은 학교에 갔고, 페트라는 적어도 한 시간은 더 잘 게 분명했거든요. 아주 좋은 타이밍이었어요.

"네. 부탁드려요."

"일단 열쇠 꾸러미부터 찾아봐야 돼요. 10분만 기다려요. 금방 올게요."

"네." 벌써부터 기분이 좋아졌어요. 드디어 무슨 소리인지 알아낼 수 있게 됐으니까요. 소리의 정체를 확인하러 갈 수 있게 됐다고요. "전 물 올려놓고 있을게요. 10분 후에 봐요."

잭은 10분도 안 돼서 다시 나타났어요. 양손에 녹슨 열쇠 꾸러미와 공구 상자를 들고 있었어요. 공구 상자 위쪽으로 녹을 제

거하는 커다란 윤활 스프레이 통이 튀어나와 있었어요. 잭의 뒤에는 흥분해서 헐떡거리는 개들이 있었고요. 개들이 주방을 부지런히 돌아다니며 킁킁거리고, 아이들이 떨어뜨린 음식물을 게걸스럽게 핥아먹는 모습을 보는데 왠지 웃음이 나더라고요. 한참 집 안을 헤집고 다니던 개들은 지쳤는지 다용도실의 보금자리로 돌아가 철퍼덕 드러누웠어요.

주전자에서 물 끓는 소리가 났어요. 머그잔 두 개에 차를 붓고 하나를 잭에게 건넸어요. 잭은 열쇠 꾸러미를 뒷주머니에 쑤셔 넣은 다음 저에게서 찻잔을 받고 싱긋 웃었어요.

"저에게 꼭 필요하던 거였어요. 여기서 차를 마시고 올라갈까요? 아니면 들고 갈까요?"

"페트라는 지금 잠들어 있어요. 페트라 깨기 전에 가 보는 게 나을 것 같아요."

"좋아요. 저도 아침 내내 차를 몰고 오느라 계속 앉아만 있었거든요. 올라가면서 마시죠."

우리는 조심스럽게 위층으로 올라갔어요. 페트라의 방 앞을 지나갈 때는 까치발로 조용히 갔고요. 방 안을 슬쩍 들여다보니 페트라는 완전히 곯아떨어진 것 같았어요. 높은 곳에서 부드러운 매트리스 위로 툭 떨어진 것마냥 널브러져 있었어요.

제 방의 커튼은 여전히 쳐져 있었고, 침대는 정리되지 않은 채 방치돼 있었고, 낡은 옷가지들은 누런 카펫 위에 아무렇게나 던져져 있었어요. 뺨이 화르르 달아올랐어요. 찻잔을 내려놓고 전날 밤에 벗어 둔 브래지어와 속바지, 블라우스를 급히 주워 올려 화장실의 빨래 바구니에 던졌어요. 그런 다음에야 커튼을 열

307

어젯혔어요.

"죄송해요. 원래 이렇게 게으르진 않은데."

당연히 새빨간 거짓말이었죠. 그도 그럴 것이 런던에 있는 제 아파트에는 속옷 더미가 방구석에 산처럼 쌓여 있었거든요. 서랍에 깨끗한 옷이 없으면 그제야 빨래를 했어요. 하지만 헤더브레 저택에서는 꼼꼼하고 단정한 이미지를 유지하려고 무진 애를 쓰고 있었어요. 그 가면도 벗겨지고 있었지만요.

잭은 전혀 신경 쓰지 않는 것 같았어요. 제 말이 끝나기도 전에 이미 잠겨 있는 문을 열어 보고 있었거든요.

"이 문 맞죠?"

"네. 맞아요."

"찬장 안의 다른 열쇠들도 시도해 봤어요?"

"네. 열쇠란 열쇠는 다 집어넣어 봤어요."

"그럼 이 중에 맞는 게 있나 찾아봅시다."

잭이 들고 있는 열쇠고리에는 스무 개나 서른 개쯤 되는 다양한 크기의 열쇠들이 걸려 있었어요. 전자식 자물쇠를 설치하기 전에 있었던 옛날 대문 열쇠 같은 커다란 검정색 철 열쇠부터 책상이나 금고 열쇠처럼 보이는 작은 청동 열쇠까지 종류가 다양했어요.

잭이 중간 크기 열쇠 하나를 열쇠 구멍에 맞춰 봤지만 달가닥거리는 소리와 함께 열쇠가 안으로 쑥 들어가 버렸어요. 열쇠가 너무 작은 게 분명했죠. 이어서 좀 더 큰 열쇠를 넣어 봤지만 이번엔 열쇠가 돌아가지 않았어요.

열쇠 구멍 안쪽에 윤활 스프레이를 뿌리고 다시 돌려 봤지만 열쇠는 살짝 돌아가는 것 같다가 움직이지 않았어요.

"음…… 자꾸 억지로 돌리면 안쪽이 망가질 수도 있겠네요. 다른 열쇠도 한번 넣어 봅시다."

잭이 동일한 크기의 다른 열쇠 너덧 개를 시험 삼아 넣어 보는 걸 옆에서 지켜봤어요. 전부 다 구멍에 맞지 않거나 아예 들어가지도 않았어요. 잭은 결심을 했는지 두 번째 맞춰 봤던 열쇠를 다시 집어 들었어요.

"이 열쇠가 제일 잘 맞는 것 같은데. 좀 더 힘을 줘서 한번 더 해 볼게요. 혹시 부서지면 그땐 열쇠 수리공을 불러야 하겠지만. 그럴 일은 없길 바라면서."

"저도 그럴 일은 없길 바랄게요." 제 말이 끝나자 잭이 열쇠를 구멍에 밀어 넣기 시작했어요.

잭이 힘을 줘 열쇠를 넣는 모습에 제 몸이 움찔거렸어요. 처음에는 부드럽게 압력을 가하더니 점점 더 세게 힘을 주는 바람에 급기야 열쇠가 조금 구부러지는 게 보이는 거예요. 열쇠의 머리 부분이 비틀어져서…….

"그만해요!" 제가 소리쳤을 때 잭의 만족스러운 탄성이 터져 나오더니 시끄럽게 딸각하는 소리가 들렸어요. 그리고는 열쇠가 완전히 돌아갔어요.

"됐어요!" 잭이 손에 묻은 윤활 스프레이를 닦아 내며 일어섰어요. 저를 돌아보더니 정중하게 고개를 숙여 예를 갖추며 장난스럽게 말했어요. "직접 열어 보시겠습니까, 사모님?"

"아뇨!" 생각도 하기 전에 싫다는 말이 불쑥 튀어나와서 억지 웃음을 지었어요. "그게 아니라…… 전 아무래도 상관없다고요.

당신이 열어 봐요. 미리 말해 두는데 혹시 쥐라도 나오면 제가 소리를 지를 수도 있어요."

거짓말이었어요. 전 쥐 따위 무서워하지 않아요. 평소에는 별로 안 무서워한다고요. 건장한 남자 뒤에 숨는 연약한 여자 코스프레는 질색이지만 밤마다 머리 위에서 천천히 지속적으로 끼익…… 끼익…… 하는 소리를 들으면서 침대에 누워 있었던 사람은 잭이 아니었으니까요. 제 심정을 어찌 알겠어요.

"그럼 제가 해 보죠." 잭이 살짝 윙크하며 말했어요. 잭이 손잡이를 비틀자 문이 열렸어요.

제가 뭘 기대했는지 모르겠어요. 어둠 속으로 사라지는 계단? 거미줄이 쳐진 복도? 문이 활짝 열리는 순간 숨을 참고 잭의 어깨 너머를 힐끗 살펴봤어요.

제가 뭘 예상했건 그런 장면은 펼쳐지지 않았어요. 그저 또 다른 옷장에 불과했거든요. 먼지가 가득했고 마감이 제대로 되지 않아 석고 보드 마감재 사이로 벌어진 틈새가 보였어요. 제 옷을 걸어 두는 옷장보다 훨씬 작고 좁았는데 어쨌든 옷장이었어요. 텅 비어 있는 옷걸이 바가 천장에서 15센티쯤 아래쪽에 비스듬히 매달린 채 빈자리를 채워 줄 옷걸이와 옷을 기다리고 있는 것 같았어요.

"하." 잭이 침대에 열쇠를 던지며 생각에 잠겼어요. "이상한데요."

"이상해요? 쓸 만한 옷장을 잠가 둬서요?"

"뭐, 그것도 그렇지만 찬바람이 들어오는 게 이상하다고요."

"찬바람이요?" 제가 얼빠진 사람처럼 잭의 말을 되풀이하자 잭이 고개를 끄덕였어요.

"저 널빤지 좀 보세요."

잭이 가리키는 곳을 봤어요. 널빤지에는 줄무늬가 있었고, 좁은 틈 사이에 미풍에 빨려 들어간 게 분명한 먼지들이 끼어 있더라고요. 좀 더 자세히 살펴보니 얼룩덜룩한 먼지투성이 석고 보드 마감재도 마찬가지였어요. 한 손을 틈새에 대어 보자 희미하게 서늘한 바람이 느껴졌어요. 어젯밤에 열쇠 구멍 사이로 어둠 속을 들여다봤을 때 맡았던 눅눅한 냄새도 났어요.

"이건……."

"뒤에 뭔가 있어요. 누가 판자로 막아 놓은 거 같은데."

잭이 공구 상자를 뒤적거리기 시작했어요. 갑자기 이래도 괜찮은 건지 확신이 서지 않는 거예요.

"잭, 아무래도…… 사모님이 알면……."

"아, 사모님은 신경 안 쓰실 거예요. 나중에 판자를 다시 막아 놓으면 쓸 수 있는 옷장이 하나 더 생기는 거잖아요."

잭이 작은 쇠 지렛대를 하나 꺼냈어요. 전 뭔가 다른 말을 하려고 입을 열었어요. 제 침실에서 일을 벌였다가 수습이 안 되면 어쩌나 하는 뭐 그런 소리요.

하지만 너무 늦어 버렸어요. 드드득 소리가 나더니 석고 보드가 뜯기면서 앞으로 쓰러졌어요. 잭이 재빨리 옆으로 피했어요. 그러고는 가장자리에 튀어나온 녹슨 못을 피해 조심스럽게 석고 보드를 집어 들어 옷장 옆에 기대 놨어요. 길고 만족스럽게 메아리쳐 울리는 잭의 목소리가 들렸어요. "아……."

"왜, 왜 그래요?" 전 잭의 뒤를 힐끔거리면서 걱정스러운 목소리로 물었어요. 하지만 덩치 큰 잭이 문간을 가득 채우고 있는 바람에 시야에 들어오는 것은 짙은 어둠뿐이었어요.

"여기 봐요." 잭이 물러서며 말했어요. "직접 보세요. 당신 말이 맞았어요."

정말 제가 상상했던 그대로였어요. 나무 계단의 디딤판. 수많은 거미줄. 어둠 속으로 구불구불 이어지는 계단.

입안이 마르고 목이 깔깔해져서 침을 꿀꺽 삼켰어요.

"손전등 있어요?" 잭이 물었어요. 전 말문이 막혀 고개만 가로저었어요. 잭이 어깨를 으쓱거렸어요.

"저도 없는데. 휴대 전화를 써야겠어요. 못 있으니까 발 조심하고요." 잭이 어둠을 향해 앞장섰어요.

전 완전히 얼어붙어서 좁은 계단 위로 사라지는 잭을 바라만 봤어요. 잭의 휴대 전화 불빛이 짙은 어둠 속에서 희미하게 빛나고 그의 발자국 소리가 울렸어요. 끼익…… 끼익…….

어젯밤에 들었던 소리와 비슷했어요. 하지만 조금 차이가 있었어요. 뭐랄까, 더…… 속이 꽉 찬 것 같은 소리였어요. 삐걱거리는 석고 보드 소리와 뒤섞여서 좀 더 빠르게 울리는 말 그대로 진짜 사람이 왔다 갔다 할 때 나는 소리요.

"세상에." 위에서 잭의 목소리가 들렸어요. "로완, 빨리 올라와 봐요. 이것 좀 봐 봐요."

금방 울음이 터질 것처럼 목구멍이 꽉 막혀 왔어요. 진짜로 울 생각은 없었지만 두려움에 사로잡혀 잭에게 위에 뭐가 있는지, 뭘 발견했는지, 왜 그리 급하게 와 보라고 하는지 물어볼 엄두가 나지 않았어요.

대신 떨리는 손가락으로 휴대 전화 손전등을 켜고는 어둠 속으로 발을 내딛었어요.

잭은 다락방 가운데 서서 놀란 입을 다물지 못하고 주변을 둘러보고 있었어요. 휴대 전화 손전등은 꺼져 있었어요. 다락방 어딘가에서 희미한 회색 불빛이 흘러나오고 있었지만 어디서 오는 건지 알 수 없었어요. 어딘가에 창문이 있는 게 분명했지만 제 눈에는 보이지 않았거든요. 사방에 둘러싸인 벽이며 가구, 깃털 따위만 보였어요.

온 데 깃털이 흩뿌려져 있더라고요.

한구석을 차지한 부서진 흔들의자 위에, 뽀얗게 먼지가 앉은 거미줄투성이 아기 침대 안에, 부서질 것 같은 인형의 집과 먼지 쌓인 칠판 위에, 한쪽 벽면에 쌓인 망가진 도자기 인형 더미 위에 깃털이 가득했어요. 터진 베개 속에서 나온 깃털은 아니었어요. 두껍고 검은 게 커다란 까마귀 날개에서 빠진 깃털 같았어요. 눈앞에 드러난 다락방에는 그야말로 죽음의 냄새가 짙게 깔려 있었죠.

하지만 그게 다가 아니었어요. 깃털 따위는 끔찍한 것 축에도 끼지 않았다니까요.

제일 이상한 건 벽이었어요. 온 벽에 뭐가 써 있더라고요.

마치 아이들이 크레용으로 갈겨쓴 듯한 작은 글자들, 구불구불 기어가는 큰 글자들이 가득했어요. 모양도 기이하고 틀린 게 많아서 무슨 뜻인지 바로 알아보지 못했어요. 하지만 제 앞쪽 오른편에 있는 글자, 방 중앙의 작은 벽난로 위에서 저를 노려보고 있는 글자는 확실히 알아볼 수 있었어요. '우린 당신이 싫어.'

매디가 알파벳 파스타로 만들었던 것과 똑같은 말이었어요. 같은 말을 잠겨 있었던 곳, 심지어 판자로 막혀 아이들은커녕 저조차 드나들기 힘든 방에서 다시 보게 되다니요. 머리를 한 대 얻어맞은 것 같았어요. 휴대 전화 손전등을 들어 올려서 다른 글자들도 비춰 봤어요. 순간 모골이 송연해졌어요.

'유령들이 당신을 시러해.

그들이 당신을 시러해.

우리도 당신이 머리 가 버리면 좋겠어.

유령들이 화가 나써.

그들이 당신을 시러해.

꺼져.

그들이 화가 나써.

우린 당신이 시러.

정말 시러.

가.

우린 당신이 싫어.'

문 옆 모퉁이에 깊은 증오를 모아 새겨 넣은 크고 작은 글자들이 거대한 소용돌이처럼 휘휘 돌면서 처음 방에 들어왔을 때 봤던 벽난로 위까지 이어지고 있었어요.

'우린 당신이 싫어.' 파스타 접시 위에서 끈적끈적한 오렌지 주스 속으로 미끄러져 들어갔던 그 글자들만으로도 충분히 나빴어요. 그런데 또다시 사방의 회반죽 벽을 가득 채울 정도로 미친 듯이 갈겨쓴 글자들이 눈앞에 나타나 지독한 악의를 내뿜고 있는 거예요. 머릿속에 매디의 흐느끼는 소리가 울렸어요. 울먹이며 말하는 매디의 목소리가 귓가에 들리는 것 같았어요. '유령들이 싫어할 거예요.'

우연이라고 하기에는 너무나 똑같은 말이었어요. 하지만 있을 수 없는 일이잖아요. 그 방은 잠겨 있기만 한 게 아니라 판자로 막혀 있었는데요. 더군다나 유일한 출구는 제 침실에 있었고요. 그럼에도 누군가 그 다락방에 올라왔던 건 기정사실이었어요. 매디는 아니었어요. 매디가 잠든 걸 확인하고 나서 얼마 안 돼 왔다 갔다 하는 발자국 소리가 났으니까요.

글자도 매디가 쓴 게 아니었어요. 그런데 어쨌든 매디가 똑같은 말을 제게 하긴 했고요. 그럼…… 누가 매디에게 그 말을 반복적으로 들려줬던 걸까요?

"로완." 아주 멀리서 저를 부르는 소리가 들린 것 같았어요. 머릿속에서 날카롭게 윙윙거리는 소리 때문에 누가 뭐라고 하는지 잘 들리지 않았어요. 그때 팔에 와 닿는 손길이 느껴졌어요. "로완, 로완, 괜찮아요? 당신 좀 이상해요."

"아, 전…… 전 괜찮아요." 간신히 대답했지만 제가 듣기에도 전혀 괜찮지 않은 목소리였죠. "정말 괜찮아요. 그냥…… 세상에, 누가 쓴 걸까요?"

"애들이 장난친 거겠죠. 당신 생각도 그렇죠? 음, 아무래도 저것 때문에 그런 소리가 났나 봐요."

잭이 방구석에 있는 뭔가를 발로 툭툭 건드렸어요. 먼지 덩어리보다 좀 더 큰 썩어 가는 깃털과 뼈 무더기였어요.

"가엾게도 작은 새가 저 창문으로 들어왔다가 못 빠져나가고 몸부림치다 죽은 것 같은데요."

잭이 맞은편 벽을 가리켰어요. 거기에는 종이 한 장보다 조금 큰 창문 하나가 살짝 열려 있었어요. 잭이 제 팔을 놓고 성큼성큼 걸어가서 창문을 닫았어요.

"아, 윽, 세상에!" 숨을 쉴 수가 없었어요. 귓속에서 윙윙거리는 소리가 점점 커졌어요. 공황 발작이라도 일으키려는 건가 싶었어요. 뭔가 잡을 만한 것을 찾아 더듬거리다가 죽은 곤충을 움켜쥐고 말았어요. 억눌린 흐느낌이 입에서 새어 나왔어요.

"그만 나가요. 나가서 차 좀 마십시다. 이따 제가 다시 올라와서 죽은 새를 치울게요." 잭이 마음을 정한 듯 단호하게 말했어요.

잭이 제 손을 잡고 계단 쪽으로 이끌었어요. 제 손을 감싸 쥔 크고 따뜻한 손이 느껴지자 이루 말할 수 없이 든든했어요. 전 그 손길에 몸을 맡긴 채 문밖으로, 계단 아래로, 저택 안으로 끌려갔어요. 그런데 순간 제 안의 뭔가가 거부 의사를 드러냈어요. 그 다락방에 얽힌 진실이 뭔지는 몰라도 잭이 저의 흑기사는 아니라고요. 전 잠긴 문 뒤에 숨겨진 실체를 보지 못하게 보호받아야 할 겁먹은 아이가 아니라고요.

잭이 흔들거리는 의자들과 말라붙은 그림물감 사이로 빠져나가려고 몸을 비틀 때 틈을 놓치지 않고 손을 잡아 뺐어요.

어찌 보면 잭이 전혀 고맙지 않았어요. 잭은 저를 안심시키려고 했을 뿐이란 걸 잘 알고 있었어요. 하지만 제가 그 든든한 손에 제 자신을 맡겨 버리면 다시는 헤어 나오지 못할 거 같았어요. 잭이 저를 그런 여자로 생각하게 내버려 두는 건 싫었어요. 깃털 무더기와 어린아이들 낙서에 과하게 반응하는 여자, 미신에 홀려 히스테리를 부리는 여자로 잭의 기억에 남고 싶지 않았죠.

그래서 잭이 계단 아래로 사라졌을 때 전 발걸음을 멈추고 돌아서서 한참 동안 다락방을 훑어봤어요. 먼지가 겹겹이 쌓인 방은 망가진 인형들, 장난감들, 부서진 가구, 어린 시절의 버려진 잔재로 가득했어요.

"로완?" 잭의 목소리가 계단을 타고 올라와서 좁은 통로에 공허하게 울렸어요. "내려오고 있어요?"

"네!" 재빨리 대답하는 목소리가 갈라졌어요. 가슴이 죄어들어 기침도 나더라고요. "내려가요!"

전 재빨리 잭을 따라 내려갔어요. 갑자기 문이 닫힐까 봐, 먼지, 인형, 죽음의 냄새가 가득한 다락방에 갇힐까 봐 두려워졌어요. 계단을 디디려는데 발치에 뭔가가 걸렸어요. 뭔가가 와르르 쏟아지는 소리가 나면서 도자기 인형 더미가 무너져 내렸어요. 도자기 인형의 팔다리가 서로 부딪히면서 음산한 소리를 냈고, 올이 다 해지고 좀먹은 인형들 옷에 내려앉아 있던 먼지가 피어올랐어요.

"젠장!" 흡사 작은 산사태 같은 먼지가 서서히 진정되는 모습을 겁에 질려 지켜보는데 욕이 나왔어요.

마침내 사방이 고요해졌어요. 도자기 인형의 머리 하나만이 천천히 다락방 가운데로 데굴데굴 굴러오고 있었어요. 마룻바닥이 좀 기울어진 모양이었어요. 순간 도자기 인형의 머리가 천사 같은 미소를 지으면서 공허한 눈빛으로 저를 쫓아 계단을 내려오는 듯한 정신 나간 착각이 들었어요.

도자기 인형 머리는 문이 마주 보이는 데서 구르기를 멈췄어요.

한쪽 눈은 휑하니 뚫려 있었고, 분홍빛 뺨 한쪽에 갈라진 자국은 신기하게도 비웃음을 띠고 있는 것 같았어요.

'우린 당신이 싫어.' 누군가 제 귀에 속삭이듯 마음 한구석에서 매디의 말이 맴돌았어요.

그때 계단 아래쪽에서 저를 부르는 잭의 목소리가 또 들렸어요. 전 몸을 돌려 나무 계단을 내려갔어요.

집 안의 따뜻한 온기와 불빛 속으로 발을 내딛자 다른 세계에서 돌아온 것만 같았어요. 유독 어둡고 악몽처럼 무시무시한 나니아 같은 데 다녀온 것 같았다 할까요. 제가 나갈 수 있게 잭이 옆으로 비켜서더니 등 뒤로 문을 닫고 다시 잠갔어요. 열쇠가 반항이라도 하듯 끽끽거리며 돌아갔어요. 저는 잭과 함께 밝고 아늑한 주방으로 내려갔어요.

찻잔을 씻고 주전자를 불에 올리는데 손이 바들바들 떨렸어요. 잭이 보다 못해 저에게 다가오며 말했어요.

"그냥 앉아 있어요. 차는 제가 끓일게요. 아니면 좀 더 센 걸로 마실래요? 술 한잔 어때요?"

"위스키요?" 제가 깜짝 놀라서 묻자 잭이 싱긋 웃고는 고개를 끄덕였어요. 전 떨리는 웃음을 흘렸어요. "맙소사, 잭. 아직 점심 때도 안 됐는데."

"그래요. 그럼. 차 마셔요. 제가 차 끓일 테니까 앉아 있어요. 애들 쫓아다니며 챙기느라 맨날 바쁘잖아요. 가끔은 앉아서 좀 쉬어도 돼요."

하지만 전 고집스럽게 고개를 가로저었어요. 그런 여자가 될 순 없었어요. 앞서 나간 네 명의 아이 돌보미 꼴이 될 생각은 추호도 없었다고요.

"아니에요. 제가 끓일게요. 정 도와주고 싶다면……." 단칼에 거절하면 마음이 상할까 봐 잭에게 뭘 도와 달라고 부탁할지 생각해 봤어요. "비스킷 좀 찾아 줘요."

한밤중에 스피커에서 울려 퍼졌던 시끄러운 소리에 충격을 받았던 그날 밤, 매디와 엘리에게 제이미 도저 쿠키를 준 일이 기억났어요. '충격받았을 때 단거 먹으면 좋아.' 먹으면 안 되는 달콤한 간식 하나를 쥐어 주면 무서워하다가도 금세 기운을 되찾는 아이한테 하는 양 제 자신에게 속삭였어요.

'저 원래 이런 사람 아니에요.' 전 이렇게 말하고 싶었어요. 실제로도 그랬죠. 미신 따위 믿지 않았고, 불안증에 시달리지도 않았고요. 어디를 가든 불길한 신호나 징조를 찾아내는 사람도, 13일의 금요일에 검은 고양이를 보고 겁을 집어먹는 사람도 아니었다고요. 절대로요.

하지만 사흘째 잠을 거의, 아니 아예 자지 못했어요. 아무리 별거 아니라고 스스로를 다독여도 그 시끄럽고 선명한 소리들은 제 귀에 똑똑히 박혔어요. 잭 말처럼 그건 절대 새소리가 아니었어요. 갇혀서 빠져나가려고 몸부림치는 새였다면 겁에 질

려 요란스럽게 파닥거렸겠죠. 하지만 밤마다 저를 깨웠던 소리
는 끼익……끼익…… 하며 아주 천천히 규칙적으로 났단 말이
에요. 게다가 새는 죽어 있었잖아요. 그것도 오래전에 죽은 게
분명했는걸요. 어젯밤에 죽은 새가 그런 소리를 냈다는 게 말
이 안 되잖아요. 아니 어젯밤은 고사하고 쩍 소리도 내지 못한
지 오래됐을 거예요. 부패 상태와 냄새로 봐서는 몇 주 전에 죽
은 것 같던데요.

그 냄새…….

코가 막힐 정도로 퀴퀴한 냄새가 제 몸에 뱄어요. 손을 박박
씻었는데도 찻잔을 들고 소파까지 가는 내내 냄새가 나는 것 같
은 거예요. 옷이며 머리카락에 그 냄새가 달라붙어 있었어요. 옷
을 살펴보니 스웨터 소매에 회색으로 된 얼룩이 길게 묻어 있
었어요.

해가 저문 탓인지 바닥 난방이 가동 중인데도 집이 그리 따뜻
하지 않았지만 스웨터를 벗어서 옆에 치워 놨어요. 추위에 벌벌
떠는 한이 있어도 그 스웨터를 다시 입고 싶지 않았어요.

"여기 있어요." 잭이 제 옆에 앉는데 소파의 스프링이 끽 소리
를 냈어요. 잭이 주는 비스킷을 받아서 무의식적으로 차에 담갔
다가 꺼내 한 입 베어 물었어요. 몸이 떨려 왔지만 달리 어쩔 도
리가 없었죠. "추워요?"

"약간요. 많이는 아니에요. 스웨터가 있지만…… 입을 수가
없어서……."

전 마른침을 꿀꺽 삼켰어요. 우스워 보일 줄 알면서도 턱으로
스웨터 소매에 묻은 다락방의 얼룩을 가리켰어요.

"다락방에서 맡았던 냄새가 계속 나서요. 아무래도 스웨터에 냄새가 뱄나 봐요."

"그렇군요." 잭이 조용히 말했어요. 그러더니 제 마음을 읽기라도 했는지 거미줄이 묻은 재킷을 벗어서 옆으로 치워 뒀어요. 잭은 재킷 아래에 티셔츠만 입고 있었어요. 제 몸은 추웠지만 잭의 팔은 아주 따뜻했어요. 어찌나 따뜻한지 살갗이 닿지 않았음에도 2인용 소파에 불편할 정도로 가깝게 붙어 앉은 잭의 피부에서 피어오르는 열기가 느껴졌어요.

"팔에 소름 돋았어요." 잭은 이렇게 말하더니 마치 저에게 피할 시간을 주려는 것처럼 천천히 한 손을 들어 올려 제 팔을 부드럽게 쓸었어요. 다시 몸이 떨려왔죠. 이번엔 추워서 그런 게 아니었어요. 그대로 눈을 감고 잭에게 기대고 싶은 충동이 감당하기 어려울 정도로 밀려들었어요.

"잭." 제가 부르자 잭은 목청을 가다듬었어요. 그와 동시에 조리대 위에 있던 베이비 모니터에서 울음소리가 터져 나왔어요.

페트라.

"페트라한테 가 봐야겠어요." 전 찻잔을 조리대에 내려놓고 일어섰어요. 갑자기 일어선 탓인지 어지러워 비틀거렸어요.

"왜 그래요?" 잭이 같이 일어서며 제 팔을 잡아 줬어요. "괜찮아요?"

"괜찮아요." 정말 괜찮았어요. 현기증은 순식간에 사라졌거든요. "아무것도 아니에요. 저혈압이라 그래요. 그냥 어젯밤에 잠을 잘 못 자서 그런가 봐요."

윽, 잭에게 했던 이야기를 또 해 버렸어요. 그렇지 않아도 잭이 저를 약골로 볼 텐데 이젠 건망증까지 심하다고 생각하겠죠. 전 그보다 훨씬 괜찮은 사람이란 말이에요. 훨씬 강한 사람이에요. 강한 사람이 돼야 했어요.

담배 한 대가 간절했지만 사모님에게 제출한 이력서에 '비흡연자'라고 썼었어요. 사소한 올 하나가 풀리면 모든 게 다 풀려버릴지도 모르니 조심해야 했어요.

구석에서 항상 저를 지켜보는 카메라를 올려다봤어요.

"잭, 사모님께는 뭐라고 할 거예요?" 제가 물었을 때 베이비모니터가 다시 치지직 하고 소리를 냈어요. 이번에는 스피커로만 들리는 게 아니라 계단을 타고 내려올 정도로 시끄러운 울음소리가 들렸어요. "잠깐만요." 전 재빨리 계단을 달려 올라갔어요.

10분 후쯤 산뜻하게 옷을 갈아입은 페트라와 함께 아래층으로 내려왔어요. 부루퉁한 표정으로 눈을 깜박이는 페트라는 저만큼이나 혼란스럽고 어리둥절한 모양이었어요. 주방에 들어가자 페트라가 잭을 노려보면서 작은 손으로 제 상의를 움켜쥐었어요. 하지만 잭이 턱을 부드럽게 쓰다듬자 페트라는 마지못해 살짝 미소를 지었어요. 그러다 잭이 웃긴 표정을 짓자 깔깔대고 웃으면서 덩달아 웃긴 표정을 짓는 거예요. 기분이 좋아질 때 아이들이 으레 그러듯이요.

전 페트라를 높다란 아기 의자에 앉히고 귤 알맹이 몇 개를 손에 쥐어 줬어요. 그러고는 잭을 돌아보며 말했어요.

"아까 이야기하다 말았는데, 사모님과 사장님께 다락방에 대해 말씀드려야겠죠? 아님 두 분도 이미 알고 있으려나요?"

"그건 잘 모르겠어요." 잭이 생각에 잠겨 턱을 문질렀어요. 손가락이 까칠하게 자란 적갈색 수염을 쓸었어요. "두 분 다 완벽주의자들이라. 벽장 안쪽을 판자로 그렇게 막아 놓는 건 그분들 스타일이 아니에요. 안에 있던 허접쓰레기들을 방치하실 분들도 아니고요. 귀에 거슬리는 표현이었다면 미안해요." 잭이 가볍게 놀리듯, 하지만 정중하게 고개를 숙이며 말했어요. "다락방에 있던 잡동사니 말이에요. 엘린코트 내외분이 여기 이사 왔을 때 집을 깨끗하게 치웠다고 들었어요. 전 엘린코트 내외분이 이 집을 산 지 2년 정도 지난 시점에서 일을 시작했고요. 그래서 리모델링 과정은 못 봤어요. 하지만 빌 사장님은 누가 운만 띄워 주면 리모델링 뒷이야기를 끝없이 하실 분이죠. 그런 분들이 다락방을 보고도 그대로 뒀을 리 없어요. 아마 옷장 문을 열어 보지도 않았을 거예요. 위에 다락방이 있는 줄도 전혀 모를 거 같고요. 열쇠가 뻑뻑해서 잘 안 들어가니 안 맞다고 생각할 만하죠. 저야 워낙 고집불통이라서 억지로 집어넣은 거고요."

"하지만…… 독 화원도 그냥 뒀는데." 제가 천천히 말했어요. "다락방도 그냥 무시한 게 아닐까요?"

"독 화원이요?" 잭이 깜짝 놀라며 저를 쳐다봤어요. "그건 어떻게 알았어요?"

"애들 따라서 들어가 봤어요." 전 간단하게 설명했어요. "그때는 거기가 독 화원인 줄 꿈에도 몰랐죠. 그러니까 제 말은 독 화원도 그냥 뒀는데 다락방도 마찬가지 아닐까 싶어서요. 그냥 문만 닫아 두고 잊어버린 게 아닐까요?"

"음." 잭이 천천히 말을 이었어요. "그게…… 제 생각은 좀 달라요. 두 분은 원래 마당에 손도 대지 않았어요. 다락방에는 해가 될 만한 것도 없고요."

"벽에 써진 글자들은요?"

"아, 그건 좀 으스스했죠." 잭이 차를 한 모금 마시고 인상을 찌푸렸어요. "애들 짓 같던데. 그렇죠? 하지만 진 아주머니 말로는 이 저택에 40년 넘게 애들이 없었대요. 엘린코트 내외분이 이사 오기 전까지는요."

"애가 한 짓 같긴 했죠." 매디에 이어서 엘스페스, 밤마다 들었던 묵직한 남자 발자국 소리가 차례대로 떠올랐어요. 그건 절대 아이의 발자국 소리가 아니었어요. "아니면…… 아이의 짓인 것처럼 꾸몄거나요." 제가 천천히 덧붙이자 잭이 고개를 끄덕였어요.

"기물을 훼손하는 사람들 짓일 수도 있어요. 다른 사람들을 겁주려고 했겠죠. 저택이 오랫동안 비어 있었거든요. 하지만 그래도…… 아니에요. 말이 안 돼요. 기물 훼손이 목적인 인간들이 왜 판자로 입구를 막아 놓겠어요. 이 집에 살았던 예전 소유주 중 누군가 거기를 막아 놓은 게 분명해요."

"그랜트 박사가……." 그랜트 박사에 관한 기사를 읽은 후로 마음 한구석에 잠자고 있던 의문을 어떻게 말로 표현해야 할지 고민이 됐어요. "혹시…… 당신……?"

"친척이라든가. 저랑 관련 있냐고요?" 잭이 대신 말했어요. 잭은 껄껄 웃더니 고개를 저었어요. "맙소사, 절대 아니에요. 이 지역에서 그랜트라는 성은 쎄고 쎘어요. 글쎄요, 족보를 거슬러 올라가 보면 뭔가 관련이 있을지도 모르지만. 암튼 지금 저희 가족과는 아무 관계없는 사람이에요. 여기서 일하기 전에는 그랜트 박사라는 사람 이야기를 들어 본 적도 없었고요. 불쌍한 인간! 자기 딸을 죽였다고 하던데요?"

"전 잘 몰라요." 전 엉겅퀴처럼 엉킨 머리카락으로 덮인 부드럽고 연약한 페트라의 정수리를 내려다봤어요. "그 여자애한테 무슨 일이 있었는지는 잘 몰라요. 듣기로는 독이 있는 딸기를 먹었다고 하더라고요."

"재미 삼아 애한테 실험을 했다고 들었어요. 카른교 지역 주민들에게 물어보면 그렇게 말할 거예요."

"맙소사." 전 거부감인지 혐오감인지 모를 감정에 사로잡혀 절레절레했어요. 잭의 쾌활하지만 차가운 목소리로 그런 말을 들으니 굉장히 혼란스러웠어요. 대체 뭐가 그렇게 제 신경을 건드렸는지 저도 잘 모르겠어요. 그랜트 박사가 자식을 죽이고도 벌을 받지 않아서인지, 구체적인 증거도 없이 그랜트 박사를 살인범으로 낙인찍은 소문이 탐탁지 않아서인지 알 수 없었죠.

자기 자식을 독살하는 건 있을 수 없는 일 아닌가요? 인터넷에 있던 슬픔에 잠긴 얼굴로 봐서 그랜트 박사는 절대 그런 짓을 할 사람 같지 않았어요. 그랜트 박사는 지독한 고통과 절망에 빠져 망가질 대로 망가진 사람처럼 보였단 말이에요. 갑자기 전 그랜트 박사를 두둔하고 싶어졌어요.

"제가 찾아본 기사에서는 엘스페스가 월계수 열매를 엘더베리 같은 걸로 착각하고 따 왔고, 요리사가 그걸 못 알아보고 잼으로 만들었다고 하던데요. 그게 어떻게 실수가 아니고 다른 음모가 있는 사건일 수 있겠어요?"

"동네 사람들은 그랜트 박사가……." 잭이 페트라를 보고는 말을 멈췄어요. 페트라가 이해하지 못하더라도 아이 앞이라 어떻게 말해야 할지 고민하는 듯했어요. 잭의 심정이 어떤지 알 만했어요. 아이 앞에서 그런 끔찍한 이야기를 한 건 적절하지 못했죠. "뭐, 신경 쓰지 마세요. 사실 이야깃거리도 못 되니까요." 잭이 차를 다 마시고 잔을 식기세척기에 넣었어요. 그러고는 평소의 따뜻하고 환한 미소와는 달리 살짝 비틀린 미소를 지었어요. "사장님, 사모님이 이 저택을 구입하기 전에 10년 동안 집이 비어 있었던 이유가 있었어요. 이 근방에는 이 집을 뜯어고칠 돈이 있다 해도 스트루안 저택에 살려는 사람은 많지 않았죠."

스트루안. 기사에서 봤던 이름을 듣자 신경이 곤두섰어요. 엘린코트 내외분이 지워 버리려고 아무리 애썼어도 헤더브레 저택에는 지울 수 없는 과거가 있었고, 카른교 근처 주민들은 그 과거를 잊지 않고 있었어요. 잭은 아무렇지 않게 화제를 바꿨어요.

"그건 그렇고 다락방은 어떻게 했으면 좋겠어요?"

"네?" 전 깜짝 놀라서 되물었어요. "그걸 왜 제가 결정해야 하죠?"

"일단 당신 방과 연결돼 있으니까요. 전 미신 따위 안 믿지만 그런 다락방 근처에서 잠을 자고 싶지는 않을 것 같아요."

주체할 수 없을 만큼 온몸이 마구 떨렸어요.

"네. 저도요. 혹시…… 다른 방법이 있나요?

"다락방 입구를 판자로 다시 막아 놓을 순 있겠죠. 나중에 사모님이 돌아오시면 처리하고요. 아니면 제가…… 다락방을 좀 손볼 수도 있고."

"어떻게요?"

"페인트칠을 해서 벽에 있는 낙서를 지우는 거죠. 하지만 그러려면 문을 열어 놔야 될 거 같아요. 잠가 둘 수는 있지만 다락방을 수시로 드나들어야 하니까 판자로 다시 막아 두긴 좀 그래서요. 로완 씨 생각은 어떤지?"

전 입술을 깨물며 고개를 끄덕였어요. 그 방에서 자고 싶은 마음이 들지 않았어요. 솔직히 말해 거기서 잠을 잘 자신이 없었어요. 자려고 누웠는데 판자가 끼익…… 끼익…… 끼익…… 하는 소리가 계속 들린다고 생각하니, 잠겨 있는 얄팍한 옷장 문 하나를 사이에 두고 정신 나간 글귀가 가득한 다락방 옆에서 잔다고 생각하니 소름이 쫙 끼쳤어요. 그렇다고 판자로 다락방 출입구를 막는 방법 또한 그다지 나아 보이진 않았어요.

"페인트칠을 해야 할 것 같아요." 결국은 이렇게 말했어요. "사모님이 괜찮다고 하시면요. 이대로 둘 순 없을 것 같고요. 그건 생각만 해도 너무 끔찍해요."

잭이 동의한다는 듯 끄덕거렸어요. 그러고는 뒷주머니에서 열쇠 꾸러미를 꺼내 기다란 검정색 다락방 열쇠를 빼내기 시작했어요.

"뭐 하는 거예요?" 잭이 열쇠를 내밀었어요.

"받아요."

"제가요? 하지만 별로……." 전 속에서 우러난 공포감을 드러내지 않으려고 짐짓 침착한 체했어요. "거기 올라가고 싶지 않은데."

"이해해요. 하지만 저라면 열쇠를 갖고 있어야 훨씬 더 마음이 놓일 것 같아서요."

전 입술을 앙다문 채 열쇠를 받았어요. 무겁고 아주 차가운 열쇠였어요. 잭의 말이 맞았어요. 다락방 열쇠를 손에 쥐고 있으니 뭔가…… 아주 강력한 힘이 생긴 건 아니었지만, 적어도 제가 상황을 통제할 수 있다는 착각에 빠져드는 것 같았어요. 문은 잠겨 있고, 그 문을 열 수 있는 사람은 저뿐이라는 착각이요.

전 열쇠를 청바지 주머니에 넣었어요. 무슨 말이라도 해야 할 것 같아서 망설이는데 잭이 다시 고개를 까딱거렸어요. 시계를 보고 있었어요.

"몇 시예요?"

전 제 휴대 전화를 확인했어요.

"이런!"

아이들을 데리러 가야 하는데 그만 늦어 버렸어요.

"가 봐야겠어요. 고마워요, 잭."

"뭐가요?" 잭은 진심으로 놀란 것 같았어요. "열쇠를 줘서요?"

"아뇨. 그냥…… 제 말을 진지하게 들어줬잖아요. 아무것도 아닌 일에 벌벌 떠는 바보 취급하지 않고."

"사실 말이죠." 잭의 표정이 부드러워졌어요. "저도 벽에 써진 글씨 보고 겁먹었어요. 제가 항상 마당 건너편에 있다는 거 잊지 말아요. 어쨌든 미스터리는 풀렸네요. 그렇죠? 더 이상 영문 모를 소리도 없고, 괴상한 글씨도 없고, 잠긴 문 뒤에 뭐가 있는지 궁금해할 필요도 없다고요. 모든 게 다 밝혀졌으니까. 좀 으스스하고 음산하긴 하지만 다 끝난 일이에요. 그렇죠?"

"네. 그래요." 전 잭의 말에 전적으로 동의한다는 듯 고개를 끄덕였어요. 하지만 그때 알았어야 했어요. 그렇게 간단하게 끝날 일이 아니었다는 걸.

렉스햄 변호사님, 수감 생활은 정말 무서웠어요. 감옥에 들어간 첫날 밤 침대에 누워 다른 여자 죄수들의 웃음소리, 고함 소리, 비명 소리를 들으며 콘크리트 벽에 둘러싸인 좁디좁은 공간에 익숙해지려고 얼마나 애를 썼는지. 이런 밤이 몇 날 며칠 이어졌어요. 그러다 구내식당에서 한 죄수에게 얻어맞은 사건 이후로는 보호 차원에서 다른 동으로 옮겨졌어요. 새 감방에 누워 덜덜 떨면서 저를 때린 여자의 얼굴에 서려 있던 증오의 빛을 떠올렸어요. 저와 그 여자의 소동을 한참 동안 지켜만 보다가 뒤늦게 끼어들어 말리던 간수들의 행태도 곱씹었고요. 그러면서 그 사람들을 다시 봐야 하는 다음 날까지 몇 시간이나 남았는지 일분일초를 헤아렸어요. 꿈이 찾아드는 밤마다 그 여자의 얼굴이 떠올랐고, 코끝에 맴도는 피비린내에 깨서 몸서리를 쳤어요.

맙소사, 너무 무서웠어요.

하지만 헤더브레 저택에서 맞이했던 그날 밤만큼은 아니었어요.

고맙게도 아이들은 일찍 잠들었어요. 8시 30분쯤 셋 다 곯아떨어졌죠.

그래서 전 8시 45분쯤에 계단을 올라가 맨 위층 침실로 향했어요. 더 이상은 아늑한 저만의 공간이 아닌 그 방으로요.

숨을 참고 문손잡이를 잡았어요. 뭔가 끔찍한 게 튀어나와 저를 덮쳐 버릴 것만 같았어요. 갑자기 죽은 새가 날아와 얼굴을 할퀴거나 다락방에 있던 낙서들이 암세포처럼 퍼져 제가 누워 있는 침실의 벽까지 침범하진 않을까 하는 상상이 꼬리에 꼬리를 물어 머리가 터질 것 같더라니까요. 하지만 방에 들어는 가야 하니 마음을 다잡았어요 문이 벽에 꽝 소리를 내며 부딪힐 만큼 세차게 문을 밀어 열었어요. 안에는 아무것도 없었어요. 옷장 문은 닫혀 있었고, 방은 근무 첫날 밤과 똑같은 모습을 하고 있었어요. 잭과 함께 다락방에서 서둘러 나오면서 딸려 온 먼지 뭉치들만 빼면요.

도저히 그 방에서는 못 자겠더라고요. 전 베개 아래로 손을 집어넣어 재빨리 잠옷을 꺼냈어요. 마치 뭔가 위험한 게 베개 밑에 도사리고 있기라도 한 것처럼 말이죠. 화장실에서 잠옷으로 갈아입고 이를 닦고는 이불을 둘둘 말아 들고 계단을 내려가 TV 방으로 향했어요.

마냥 누워서 잠이 오기만을 기다렸다가는 쉽게 잠들 수 없을 것 같았어요. 밤새도록 다락방이 떠오르고, 다락방 벽의 글자들이 귓가에 맴돌 테니까요. 익숙한 영화나 드라마 한 편 보면서 다 잊는 게 더 나을 것 같았어요. 텔레비전에서 흘러나오는 요란한 음향에 집중하면 마룻바닥이 삐걱거리는 소리와 개들의 한숨 소리에 움찔하진 않을 테니까요. 정적 한가운데서 끼익⋯⋯ 끼익⋯⋯ 하는 소리가 다시 들리는 게 아닐까, 하고 신경을 곤두세우고 있을 수만은 없었다고요.

'프렌즈'가 몰입하기 딱 좋지 않나 싶었어요. 대형 텔레비전에 '프렌즈'를 틀어 놓고 이불을 턱까지 끌어올린 다음…… 잠이 들었어요.

비몽사몽 중에 눈을 떴는데 제가 어디에 있는 건지 헷갈리더라고요. 텔레비전은 절전 모드 상태였고, TV방의 암막 커튼 아래로 빛이 들어오고 있었어요.

다리에 닿는 따뜻하고 묵직한 뭔가가…… 하나가 아니라 묵직한 것 두 개가 느껴졌어요. 가슴이 너무 눌려서 숨쉬기가 힘들었어요. 겨우 몸을 일으켜 시야를 가리는 머리카락을 치우고 아래를 봤어요. 개 두 마리가 있을 거라고 예상했는데 검은 털북숭이 괴물 하나가 소파 발치에 널브러져 있는 거예요. 그 옆을 차지한 작은 몸뚱이는 엘리였고요.

"엘리?" 전 잠긴 목소리로 엘리를 부르며 가운 주머니를 더듬거렸어요. 늘 그랬듯이 흡입기가 들어 있었죠. 흡입기를 꺼내려 하는데 뭔가에 부딪혔어요. 그러자 갑자기 다락방 열쇠와 어제 겪었던 말도 안 되는 일들이 기억났어요. 흡입기를 가운에 문질러 닦은 다음 길게 한번 빨아들였어요. 즉시 마음이 안정되고, 가슴속의 압박감이 사라지는 듯했어요. 숨을 깊이 들이마시며 좀 더 큰 소리로 말했어요. "엘리, 여기서 뭐 해?"

엘리가 눈을 깜박이면서 어리둥절한 표정으로 일어났어요. 그제야 자기가 어디 있는지 생각난 건지 저를 보며 웃었어요.

"잘 잤어요, 선생님?"

"너도 잘 잤어? 근데 여기서 뭐 하는 거야?"

"잠을 못 잤어요. 나쁜 꿈을 꿨어요."

"그랬구나. 하지만……."

하지만 다음에는 뭐라고 해야 할지 떠오르지 않더라고요. 엘리가 제 옆에 있었다니 생각만 해도 몸이 떨렸어요. 어젯밤에 저 몰래 혼자서 얼마나 오랫동안 집 안을 돌아다닌 걸까요? 엘리는 소리 없이 침대에서 빠져나온 다음 계단을 내려와 제 옆에 떡하니 자리를 잡은 게 분명했어요.

하지만 그렇게 한 걸로 야단칠 순 없잖아요. 그저 졸음을 몰아내고 개 아래에 깔린 발을 빼 일어나는 수밖에요.

그때 뭔가가 이불에서 굴러 나와 바닥에 떨어지면서 둔탁한 도자기 부딪히는 소리가 났어요.

갑작스러운 소리에 깜짝 놀랐어요. 깜박하고 치우지 않은 커피 잔이나 다른 뭔가를 떨어뜨린 걸까요? 어젯밤에 따뜻한 우유를 한 잔 마시긴 했지만 컵은 안전하게 테이블에 올려놨거든요. 실제로도 우유를 마셨던 컵은 컵받침에 얌전하게 놓여 있었어요. 그럼 대체 무슨 소리였을까요?

블라인드를 걷고 이불을 개는데 소리의 정체를 발견했어요. 그 물건은 소파 아래로 반쯤 굴러가다가 멈춰서 저를 마주 보고 있었어요. 사악한 작은 눈에 비틀린 미소, 마치 저를 비웃는 것만 같은 표정.

그것은 다락방에서 봤던 인형의 머리였어요.

그 인형을 보는 순간 얼굴에 차가운 물세례를 뒤집어쓴 것 같았어요. 물밀듯 밀려드는 순도 백 퍼센트의 공포에 잠식돼 꼼짝도 하지 못하고 벌벌 떨면서 거친 숨을 몰아쉬었어요.

엘리의 높지만 작은 목소리가 아주 멀리서 들렸어요. "로완 선생님, 왜 그래요? 괜찮아요? 선생님 얼굴이 웃겨요."

엘리가 말을 걸고 있다는 사실을 깨닫고는 대답을 해야겠다고 생각했지만 발작하기 일보 직전에 이른 정신을 되찾아 오기가 쉽지 않았죠.

"로완 선생님!" 엘리의 목소리가 겁에 질린 흐느낌으로 변했어요. 엘리가 제 잠옷 윗도리를 잡아당겼어요. 제 손목에 닿은 엘리의 작은 손가락이 차가웠어요. "선생님!"

"괘, 괜찮아, 엘리." 간신히 대답했어요. 꽉 잠긴 목소리는 제가 들어도 낯설었어요. 소파에 앉아 제 자신을 진정시키는 일이 간절했지만 도저히 그 근처에 갈 수가 없는 거예요. 조롱하는 듯한 미소가 걸린 그…… 인형 가까이에는 얼씬도 하기 싫었다고요.

그래도 어쩌겠어요. 그 물건을 거기에 그대로 둘 수는 없는 노릇이었으니까요. 언제 터질지 모르는 작은 수류탄 같은 그 불길한 물건을 치워야 했어요.

대체 어떻게 된 일일까요? 어떻게 그 물건이 밖으로 나온 걸까요? 잭이 분명히 다락방을 잠갔어요. 제 눈으로 똑똑히 봤다고요. 잭은 저보다 먼저 계단을 내려갔고, 다락방 열쇠는 제 주머니 속에 있었어요. 주머니 속을 뒤져 보니 열쇠가 손에 잡혔어요. 체온 덕에 따뜻해진 열쇠가 허벅지에 느껴졌어요. 어떻게 이런 일이……?

말도 안 되는 일이었죠. 있을 수 없는 일이었어요.

그런데 그 물건이 제 눈앞에 있었단 말이에요.

제가 정신을 다잡으려고 온 힘을 다해 애쓰며 서 있는 그 자리에 있었다고요. 엘리가 허리를 숙여서 제가 응시하는 곳을 보더니 작게 꺅 하고 소리를 질렀어요.

"인형이다!"

엘리가 갓난쟁이처럼 엉덩이를 하늘로 치켜든 채 쪼그리고 앉아 손을 뻗었어요. 저도 모르게 외마디 소리를 질렀어요. "엘리, 안 돼! 만지지 마!" 전 제가 무슨 짓을 하고 있는지도 모르고 반사적으로 엘리를 낚아챘어요.

한참 동안 침묵이 이어졌어요. 제 두 팔에 안긴 엘리가 무겁게 축 늘어져 있었고, 가쁘게 몰아쉬는 제 숨소리가 귓가에 들렸어요. 이윽고 온몸이 뻣뻣하게 굳어 왔고, 충격을 받은 엘리는 화가 나서 울부짖기 시작했어요. 뭔가 잘못된 짓을 하지도 않았는데 야단을 맞아서 놀란 아이의 반응이었어요.

"엘리." 엘리를 달래려고 했지만 엘리는 제 팔 안에서 발버둥을 쳤어요. 엘리의 얼굴이 벌겋게 달아올랐고, 분노로 일그러졌어요. "엘리, 진정해. 혼내는 게 아니라······."

"놔줘!" 엘리가 소리쳤어요. 전 본능적으로 엘리를 더욱 꽉 껴안았지만 엘리는 고양이처럼 몸부림치면서 제 팔을 할퀴었어요.

"엘리, 엘리, 진정해. 널 해치려는 게 아냐."

"필요 없어! 놔줘!"

무릎을 꿇고 앉아 양손을 마구 휘두르며 저항하는 엘리와 몸싸움을 벌이다 결국 제가 먼저 엘리를 놔줬어요. 엘리는 풀려나자마자 카펫에 철퍼덕 엎어져서 흐느꼈어요.

"선생님 못됐어! 소리 질렀어!"

"엘리, 널 겁주려고 그런 게 아냐. 저 인형이……."

"저리 가! 선생님 싫어!"

엘리가 벌떡 일어나 밖으로 나갔어요. 전 혼자 남겨져 후회를 곱씹으며 팔에 난 상처를 살폈어요. 계단을 올라가는 엘리의 발자국 소리에 이어 방문이 꽝 닫히는 소리가 들렸어요.

한숨을 쉬며 주방으로 가서 태블릿을 두드렸어요. 카메라를 누르니 침대에 엎드린 엘리가 보였어요. 시끄럽게 울어 대는 게 분명했죠. 난데없는 소란에 놀란 매디는 어리둥절한 얼굴로 잠에서 깨 졸린 눈을 비비고 있었고요.

젠장. 어젯밤에 엘리가 저를 찾아왔는데. 엘리와 친해질 수 있는 절호의 기회였는데. 제가 다 망쳐 버렸어요. 또다시.

이게 다 그 기분 나쁜 인형 머리 때문이었어요.

그 인형 머리를 치워야 했어요. 하지만 그걸 건드릴 자신이 없었어요. 결국 다용도실에서 쓰레기봉투를 하나 가져와 일회용 장갑을 끼듯 한 손에 씌웠어요. 그러고는 무릎을 꿇고 앉아 소파 아래로 손을 뻗었어요.

먼지 쌓인 어둠 속으로 손을 뻗는데 숨이 턱 막혔어요. 작고 단단한 인형 머리를 손가락으로 더듬어 찾았어요. 대머리나 다름없는 작은 도자기 인형의 제멋대로 흐트러진 머리카락 몇 가닥이 제일 먼저 손에 닿았어요. 전 그 머리카락을 움켜쥐고 인형 머리를 더 가까이 끌어당겨 재빠르게 인형 머리를 감싸 쥐었어요. 그런 다음 죽은 쥐 내지는 죽고 나서도 사람을 물지 모르는 벌레를 퍼 올리듯 들어 올렸어요.

인형의 머리를 세게 움켜쥐었어요. 마치 터지지 못하게, 혹은 손아귀에서 빠져나가지 못하게 막으려는 것처럼요. 물론 그런 일은 벌어지지 않았어요. 그래도 조심스럽게 일어섰어요. 그때 집게손가락이 따끔거렸어요. 있는지도 몰랐던 날카로운 유리 조각 하나가 비닐을 뚫고 들어가 살을 파고든 거예요. 피가 송글송글 맺히더니 급기야 바닥으로 뚝뚝 떨어지기 시작했어요. 그제서야 그 인형 머리가 도자기가 아니라 채색된 유리라는 걸 깨달았어요.

싱크대에서 손가락에 낀 유리 조각을 빼내고, 키친타월로 다친 손가락을 감싼 다음 인형 머리를 마른행주에 싸서 다른 비닐봉투에 넣었어요. 비닐봉투 맨 위를 묶고는 쓰레기통 깊숙이 집어넣었어요. 마치 시체를 묻는 것 같은 기분이었다 할까요. 인형 머리가 든 비닐을 누르는 손가락이 욱신거렸어요.

"엘리가 왜 저러는 거예요?"

전 죄를 짓다가 들킨 사람마냥 깜짝 놀라서 뒤를 돌아봤어요. 문간에 매디가 서 있었어요. 매디는 평소보다 덜 사나워 보였어요. 자다 일어나 머리가 삐죽삐죽 선 평범한 어린 여자아이 그 이상도 이하도 아니었어요.

"아, 그거…… 선생님이 잘못해서 그래. 선생님이 엘리한테 소리쳤거든. 엘리가 부서진 유리를 만지려고 해서 못하게 막으려고 하다가 겁을 줘 버렸어. 엘리는 내가 화난 줄 알고…… 엘리를 혼내려고 그랬던 게 아냐." 전 후회막심한 말투로 대답했어요.

"엘리는 선생님이 인형을 못 갖고 놀게 했다던데요?"

"그냥 인형 머리야." 매디에게 자세한 이야기를 하고 싶지 않왔어요. "하지만 유리 인형 머리인 데다 갈라져서 날카로웠어. 선생님도 손 베였어."

전 증거로 한 손을 내밀었고, 매디는 충분하지 못한 제 설명에도 만족했는지 고개를 끄덕였어요.

"알겠어요. 아침에 코코팝스 먹어도 돼요?"

"그럼. 그런데 매디⋯⋯." 전 물어보고 싶은 게 있었지만 뭐라고 말을 꺼내야 할지 몰라 잠시 망설였어요. 자칫하다가는 안 그래도 얄팍한 매디와의 관계가 돌이킬 수 없는 강을 건너는 건 아닐까 걱정스러웠어요. 그렇지만 궁금한 게 너무 많아서 물어보지 않고는 견딜 수 없었어요.

"매디, 혹시 말이야⋯⋯. 그 인형 어디서 나온 건지 알아?"

"무슨 말이에요? 우리는 인형이 엄청 많아요." 어리둥절해하는 매디의 표정에서 거짓은 찾아볼 수 없었어요.

"그건 알아. 하지만 이 인형은 좀 특별해. 아주 오래된 거야."

그 끔찍한 인형 머리를 쓰레기통에서 다시 꺼낼 순 없었어요. 대신 휴대 전화를 꺼내 '빅토리아풍 인형'을 검색해 다락방에서 나왔던 인형보다는 조금 덜 사악한 인형을 찾아 보여 줬어요. 매디가 얼굴을 찡그리며 이미지를 봤어요.

"텔레비전에서 이런 거 봤어요. 아티크를 파는 프로그램이요."

"아티크?" 전 무슨 말인가 싶어 눈만 깜박거렸어요.

"네. 아주 비싸고 오래된 물건들이요. 어떤 여자가 오래된 인형을 팔려고 했는데 그 프로그램 사회자가 비싼 게 아니랬어요."

"아, 앤티크, 골동품 말이구나. 선생님도 그 프로 알아. 실제로는 본 적 없니?"

"그럴걸요." 매디는 이렇게 말하고 돌아섰어요. 전 매디의 표정을 읽으려고 했어요. 매디의 반응이 지나치게 자연스럽지 않았나? 보통 아이들이라면 호기심을 더 강하게 내보이지 않았을까? 그러다가 고개를 가로젓고 말았죠. 뭐든지 자꾸 곱씹어 생각하면 편집증이 되고 마니까요. 아이들은 본인과 상관없는 일에는 관심을 가지지 않아요. 어린이집에서 일하며 많이 겪어 봐서 잘 알고 있었어요. 그런 걸 궁금해하지 않는 어른들도 많고요.

전 다락방 벽의 글자들과 매디가 알파벳 파스타로 만들었던 글귀에 대한 이야기를 어떻게 꺼낼지 고심했어요. 하지만 매디는 한 가지 이야기만 고집하는 전형적인 아이들처럼 갑자기 주제를 바꿔서 원래 했던 질문을 다시 꺼냈어요.

"이제 코코팝스 먹어도 돼요?"

"그래⋯⋯." 전 입술을 깨물었어요. 사모님이 '가끔씩 주는' 음식을 너무 자주 주는 것 같았어요. 하지만 아이들에게 먹이고 싶지 않은 음식이라면 아예 집 안에 두지 않아야 하는 게 맞지 않나요? "그래. 먹어도 돼. 대신 오늘만이야. 이번 주는 코코팝스 먹는 거 오늘로 끝이야. 알겠지? 내일은 통곡물 시리얼 먹는 거야. 올라가서 옷 갈아입고 학교 갈 준비해. 내려올 때쯤에 코코팝스 준비해 놓을게. 아 참, 엘리한테도 먹고 싶다면 코코팝스 준비해 놓겠다고 말해 줄래?"

매디가 고개를 끄덕이고는 위층으로 사라졌어요. 전 주전자를 찾으러 갔어요.

다치지 않은 손으로 오트밀을 떠서 페트라에게 먹이고 있었어요. 그때 주방 문 앞에 작은 얼굴 하나가 나타났다가 빠르게 사라지면서 종잇조각을 떨어뜨렸어요.

"엘리?" 엘리인가 싶어 이름을 불렀지만 대답이 없었어요. 사라지는 발자국 소리만 들렸어요. 절로 한숨을 내쉬며 페트라가 앉아 있는 아기 의자의 벨트를 확인하고 종잇조각을 주우러 갔어요.

이메일 형식의 인쇄된 편지였어요. 제목은 없었고, '받는 사람' 칸에도 아무것도 적혀 있지 않았어요. 마침표 없는 간단한 글만 있더라고요.

오웬 선생님 선생님을 할퀴고 다라나고 선생님이 싫다고 해서 미안해요 화내지 마세요 다른 선생님들처럼 가 버리지 마세요 죄송해요 사랑하는 엘리가 저 혼자 옷도 갈아입었어요

오웬 선생님? 낯선 이름에 이맛살이 찌푸려졌지만 나머지 내용은 이상할 게 전혀 없었어요. 전 페트라의 의자 벨트를 풀고 페트라를 주방 한구석에 설치돼 있는 유아용 안전 펜스 안쪽에 내려 준 다음 다시 편지를 집어 들었어요.

"엘리?"

아무런 대답이 없었어요.

"엘리, 편지 잘 받았어. 아까는 소리쳐서 정말 미안해. 선생님 이야기도 들어줄래?"

한동안 침묵이 흘렀어요. 그러다 작은 목소리가 들렸어요. "저

여기 있어요."

전 TV방을 지나 거실로 향했어요. 처음에는 아무도 없는 듯
했는데 뭔가 움직이는 게 눈에 들어왔어요. 천천히 거실 건너편
코너로 걸어갔어요. 아직 해가 뜨지 않은 시간이라 집 구석구석
이 그림자에 묻혀 어두웠죠. 엘리는 소파 한쪽 끝과 벽 사이에
끼어 있어서 금발 머리와 신발 끝을 빼면 잘 보이지 않았어요.

"엘리." 전 웅크리고 앉아서 편지를 내밀었어요. "이거 네가
썼니?"

엘리가 고개를 끄덕였어요.

"정말 잘 썼구나. 이 많은 글자를 어떻게 다 쓴 거야? 매디가
도와줬어?"

"제가 했어요. 도…… 도토리가 도와줬어요."

"도토리?" 제가 어리둥절한 표정을 짓자 엘리가 고개를 끄
덕였어요.

"도토리를 누르고 쓰고 싶은 걸 말하면 도토리가 다 써 줘요."

"도토리가?" 전 더욱 혼란스러워졌어요. "어떻게 하는지 보여
줄 수 있어?" 엘리는 자기가 얼마나 똑똑한지 보여 줄 수 있어서
기쁘기도 하고 부끄럽기도 한지 얼굴이 빨개져서는 구석에서 빠
져나왔어요. 엘리의 교복 치마는 먼지투성이였고, 신발은 짝짝
이였어요. 하지만 전 못 본 척 무시하고 엘리를 따라 주방으로 갔
어요. 엘리가 주방에서 태블릿을 집어 들더니 지메일을 열고 키
보드 위쪽의 마이크 아이콘을 눌렀어요. 그제야 엘리가 무슨 말
을 한 건지 감이 왔어요. 마이크 아이콘이 아이 눈에는 도토리와
비슷해 보일 수 있겠다 싶더라고요. 특히 옛날 마이크가 어떻게

생겼는지 모르면 더더욱 도토리로 착각하기 쉬웠죠.

엘리가 태블릿에 대고 말을 하기 시작했어요.

"로완 선생님, 정말 미안해요, 사랑하는 엘리가." 엘리는 아직 정확하지 않은 발음으로 최대한 또박또박 천천히 말했어요.

그러자 마법처럼 화면에 글자가 나타났어요.

'오웬 선생님 저마 미안해요'

여기서 잠시 글자가 멈추더니 교정이 돼 화면에 다시 떴어요.

'정말 미안해요 사랑하는 엘리가'

"그리고 여기 점을 누르면 아빠의 서재에서 종이가 나와요." 엘리가 자랑스럽게 설명했어요.

"그렇구나." 이 상황에서 웃어야 할지 울어야 할지 모르겠더라고요. "와, 진짜 똑똑하네. 편지도 정말 잘 썼어. 선생님도 너무 미안해. 소리치지 말았어야 했는데. 그리고 떠나지 않겠다고도 약속할게."

엘리가 저를 꼭 끌어안았어요. 엘리의 묵직한 숨소리가 제 목덜미에 와 닿았고, 통통한 뺨이 제 뺨에 따뜻한 온기를 전해 줬어요.

"엘리." 전 힘들게 얻은 신뢰를 깨뜨리진 않을까 걱정됐지만 물어보지 않을 수 없어 부드럽게 말을 이었어요. "뭐 하나 물어봐도 될까?

엘리는 말없이 고개만 끄덕했어요. 엘리의 작고 뾰족한 턱이 제 쇄골과 어깨 사이를 파고들었어요.

"네가…… 네가 그 인형 머리를 선생님 무릎 위에 올려놨니?"

"아뇨." 엘리가 뒤로 물러나 살짝 화가 난 표정으로 저를 쳐다 봤어요. 하지만 제가 두려워했던 것만큼 크게 화가 난 것 같진 않아 보였어요. 엘리가 격하게 고개를 저어 대서 머리가 엉겅퀴의 갓털처럼 휘날렸어요. 눈을 커다랗게 뜬 채로요. 자신을 믿어 달라는 절박한 눈빛이었다니까요. 왜 그런 눈으로 저를 봤던 걸까요? 진실을 말하고 있어서? 아니면 거짓말이라서?

"진짜니? 사실대로 말해도 절대 화내지 않을게. 선생님은 그냥…… 그 인형이 어떻게 거기 있었는지 궁금해서 그래."

"제가 안 그랬어요." 엘리가 발을 쿵쿵 구르면서 말했어요.

"그래. 그래. 알았어." 기껏 좋아진 관계를 다시 망치기 싫어서 한발 물러나기로 했어요. "선생님은 엘리 말을 믿어." 잠시 침묵이 흘렀어요. 엘리가 제 손아귀에서 슬그머니 자기 손을 빼냈어요. "그럼……." 그렇지만 너무 중요한 문제라 좀 더 다그쳐 묻지 않을 수 없었어요. 전 조심스럽게 말을 골랐어요. "그럼 누가 그랬는지 알아?"

엘리는 고개를 돌려 제 시선을 피해 버렸어요.

"엘리?"

"어떤 여자애가요." 엘리가 말했어요. 이쯤 되니 더 이상은 엘리에게서 얻어 낼 게 없겠다 싶었어요.

"매디, 엘리, 어서 와!" 전 열쇠 꾸러미를 손에 들고 복도에 서 있었어요. 외투를 입고 신발을 갖춰 신은 매디가 날듯이 계단을 달려 내려왔어요. "잘했어. 혼자서 신발도 신었네!" 매디는 쭉 뻗은 제 팔을 싹 피해서 지나가 버렸어요. 하지만 아래층 화장실에서 나온 엘리는 동작이 그만큼 빠르지 않아서 전 곰처럼 으르렁거리며 엘리를 낚아채 올릴 수 있었어요. 엘리의 몰랑한 작은 배에 뽀뽀를 해 주자 엘리가 꺅꺅거리면서 깔깔깔 웃어 젖혔어요. 그러고는 제 언니를 따라서 차에 올라타기 위해 현관문을 잽싸게 빠져나갔어요.

아이들 책가방을 집어 들려고 돌아선 순간 진 아주머니와 부딪힐 뻔했어요. 진 아주머니는 주방으로 이어지는 아치 아래에서 팔짱을 낀 채 서 있었어요.

"젠장!" 생각할 겨를도 없이 욕이 튀어나오는 바람에 당황했어요. 진 아주머니에게 저를 싫어할 이유를 한 가지 더 안겨 줬다는 생각에 짜증이 나더라고요. "어머나, 오시는 소리 못 들었어요. 아주머니 때문에 정말 깜짝 놀랐네요."

"뒤쪽으로 들어왔어요. 신발이 더러워서요." 진 아주머니는 다른 말은 하지 않았어요. 하지만 얼굴 표정은 평소보다 살짝 더 부드러웠어요. 눈으로는 자동차로 향하는 아이들을 쫓고 있었어요. "당신은……." 진 아주머니가 말을 하다가 멈추더니 고개를 절레절레했어요. "아무것도 아니에요."

"네?" 전 짜증이 잔뜩 섞인 목소리로 말했어요. "하실 말씀 있으면 하세요."

진 아주머니는 입을 다물었고, 전 팔짱을 끼고 아주머니를 기다렸죠. 그런데 그때 정말 뜻밖의 일이 일어난 거예요. 진 아주머니가 웃었어요. 미소를 지은 진 아주머니는 우울한 표정일 때보다 훨씬 젊어 보였어요.

"선생님이 애들이랑 잘 지내고 있는 것 같다고 말해 주려고 했어요. 빨리 나가야죠. 안 그럼 늦겠어요."

카른교 초등학교에서 돌아오는 길이었어요. 페트라는 차 뒷좌석의 카 시트에 앉아서 창밖을 가리키며 알아듣기 힘든 옹알이를 열심히 했어요. 그때 잭과 함께 기차역에서 저택으로 왔던 첫날이 떠올랐어요. 미끄러지듯 언덕을 넘어가던 저녁노을, 추수가 끝난 논에서 풀을 뜯으며 노닐던 양들과 산악 지대의 소들, 돌다리 위를 조용히 웅웅거리며 달리던 자동차 소리. 그때와는 다르게 오늘은 비가 부슬부슬 내려 잿빛 풍경이 펼쳐져 있었어요. 춥고 음산해서 전혀 여름날 같지 않았죠. 머리를 축 늘어뜨린 채 비를 맞는 논밭의 소들도 부쩍 우울해 보였고요.

대문이 활짝 열리고 진입로를 따라 저택으로 차를 모는데 근무 첫날이 반복되는 듯 기시감이 일었어요. 잭이 운전하는 테슬라의 조수석에 앉아 희망과 포부로 벅차오르던 그날 밤 같앉어요.

진입로의 마지막 커브를 돌자 회색빛 헤더브레 저택이 보였어요. 처음 저택을 봤을 때만 해도 따스한 황금빛 가능성이 펼쳐질 것만 같았는데 말이죠.

그랬던 풍경이 그때와는 딴판으로 다가왔어요. 새로운 삶과 새로운 기회가 넘실거릴 것 같은 곳이 아니라 빅토리아 시대의 감옥처럼 음산하고 으스스한 곳처럼 보였죠. 빅토리아 시대라고 하기도 좀 그런 것이 건물 외관 자체도 일종의 눈속임 아닌가 싶은 거예요. 진입로 정면에서는 빅토리아풍으로 보였지만 저택 안으로 걸어 들어가면 절반을 뜯어내 유리와 강철로 이어 붙인 광경을 볼 수 있었으니까요.

무의식중에 지붕에 시선이 닿았어요. 지붕의 돌로 된 타일들이 비에 젖어 반질반질했어요. 잭이 닫아 둔 다락방 창문은 지붕의 안쪽 경사로 쪽으로 나 있어서 보이지 않았지만, 아무튼 거기 창문이 있다는 건 알고 있었어요. 그 생각만으로도 몸이 부들부들 떨렸어요.

진입로에 주차된 진 아주머니의 차가 보이지 않았어요. 진 아주머니는 벌써 집에 간 모양이었어요. 잭과 개들도 보이지 않았고요. 그동안 겪은 일을 생각하니 혼자서는 도저히 집 안으로 들어갈 수 없겠는 거예요. 일단 주차를 하고 카 시트 벨트를 풀었어요. 코를 들이밀며 치맛자락을 밀어 올리는 개들이라도 있다면 반가울 것 같았어요. 그 녀석들을 피하느라 정신이 팔려서 곳곳에 달걀 모양의 감시 카메라가 설치된 이 저택의 조용하고 경계하는 분위기를 떨쳐 낼 수 있을 테니까요.

적어도 저택 밖에서는 누군가 제 말이나 표정, 분위기를 하나하나 감시하고 지켜볼 거란 걱정 없이 생각하고 느끼고 말할 수 있었어요.

실수할까 봐 노심초사할 필요 없이 진정한 제가 될 수 있었죠.

"가자." 페트라에게 말했어요. 유모차는 트렁크에 있었어요. 트렁크에서 유모차를 꺼내 페트라를 태운 다음 방수 커버를 씌웠어요. "산책 가자."

"나 걸어!" 페트라가 방수 커버를 벗기려고 밀면서 소리쳤지만 전 고개를 가로저었어요.

"안 돼. 길이 너무 축축해. 비옷도 없잖아. 유모차가 포근하고 보송보송해요."

"지늑탕!" 페트라가 방수 커버를 가리키며 말했어요. "점프, 점프, 지늑탕!" 무슨 말인지 바로 알아듣지 못했어요. 페트라의 시선을 따라가니 오래된 마구간 마당의 자갈길에 고인 커다란 물웅덩이가 있더라고요. 그제야 페트라의 말이 무슨 뜻인지 알아차렸어요.

진흙탕. 페트라는 진흙탕에서 첨벙첨벙하고 싶어 했던 거예요.

"아하! 페파 피그처럼 말이지?" 페트라가 세차게 고개를 끄덕였어요. "장화도 없는데. 하지만……."

전 더욱 빨리 걷기 시작했어요. 그러다 조금씩 속도를 내면서 물을 엄청나게 튀겨 가며 빠르게 달렸어요. 유모차를 밀면서 진흙탕을 헤치고 달린 거죠. 물보라가 사방으로 튀어 제 비옷과 유모차의 방수 커버를 두드렸어요.

페트라가 웃으면서 소리를 질렀어요.

"또! 지늑탕 또!"

저택 옆을 돌아서 조금 더 가니 물웅덩이가 또 있었어요. 전할 수 없이 그 물웅덩이를 향해서 달렸어요. 관목 숲으로 이어지는 자갈길의 또 다른 물웅덩이도 첨벙거리며 통과했어요.

주방 텃밭에 도착했을 즈음 저는 물에 흠뻑 젖어 있었어요. 하지만 즐거웠어요. 물을 뒤집어쓴 탓에 몸이 으슬으슬해지던 터라 집이 살짝 반갑더라고요. 감시 카메라와 오작동하는 기계들이 가득할지라도 따뜻하고 쾌적했으니까요. 밖에 나와 있으니 전날 밤의 공포가 웃어넘길 만한 어리석은 해프닝에 불과한 게 아닌가 싶었어요.

"지늑탕!" 페트라가 유모차 안에서 몸을 위아래로 흔들며 소리쳤어요. "지늑탕! 또!"

전 웃으면서 말했어요.

"안 돼. 이제 그만해야 돼. 다 젖었어! 봐 봐!" 유모차 앞으로 돌아가 흠뻑 젖은 청바지를 페트라에게 보여 줬어요. 그러자 페트라는 다시 웃음을 터트렸어요. 구겨진 방수 커버 너머로 페트라의 작은 얼굴이 일그러지고 비틀려 보였어요.

"오안, 젖었어!"

오안. 처음으로 페트라가 제 이름을 부르려고 했어요. 복받치는 사랑으로 목이 다 메더라고요. 페트라에게 이런 제 마음을 보여 줄 수 없어 아쉽고 슬프기도 했어요.

"맞아!" 목이 메어 목소리는 떨렸지만 얼굴에는 진심 어린 미소가 떠올랐어요. "그래. 맞아. 로완이 젖었어!"

유모차를 돌려서 저택으로 돌아가려고 마음을 먹은 뒤에야 제가 얼마나 멀리까지 왔는지 깨달았어요. 독 화원으로 이어지는 길까지 와 있더라고요. 전 등 뒤의 독 화원을 힐끗 돌아보면서 가파른 벽돌 길로 유모차를 밀고 올라가기 시작했어요. 그러다가 갑자기 멈췄어요.

마지막으로 왔을 때와 달라진 점이 있었거든요.

뭔가가 빠져 있었어요.

자세히 살펴보고 나서야 뭐가 달라졌는지 알아차렸어요. 독 화원의 철문을 묶어 놨던 노끈이 사라졌던 거예요.

"잠깐만 기다려, 페트라." 전 "지늑탕 또!"라고 외치는 페트라를 무시한 채 유모차에 브레이크를 채우고 철문으로 달려갔어요. 몇 년 전 그랜트 박사가 자랑스러운 얼굴로 자신의 연구 장소를 과시하며 사진 촬영을 했던 그 문, 제가 아이들 손에 닿지 않는 높은 데에 끈으로 단단하게 묶어 둔 그 문을 향해 전력 질주했어요.

두꺼운 하얀색 노끈이 감쪽같이 사라졌어요. 풀려 있거나 잘려서 버려져 있는 게 아니라 흔적도 없이 사라져 버렸다고요.

제가 공들여 해 놓은 보호 조치를 누군가 풀어 버린 거죠.

대체 누가? 왜 그랬을까요?

언덕 위로 천천히 올라가는 동안 그 궁금증이 머릿속에서 떠나지 않았어요. 유모차 속 페트라의 짜증이 점점 심해졌어요. 유모차를 힘겹게 밀면서 언덕을 넘어 저택으로 돌아가는 길에도 의문은 계속 남아 있었어요.

페트라는 현관 앞에 도착해서도 여전히 짜증을 내며 칭얼거렸어요. 시계를 확인해 보니 간식 시간이 한참 지나 점심 먹을 시간이었어요. 유모차 바퀴는 진흙투성이였고요. 하지만 다용도실 열쇠를 저택 안에 두고 나와서 현관으로 들어갈 수밖에 없었어요. 결국 페트라를 업고 한 손으로 겨우 유모차를 접어 현관에 뒀어요. 물웅덩이를 찾아 나가려고 발버둥 치는 페트라를 단단히 잡고 엄지손가락으로 반짝거리는 하얀색 패널을 누른 다음 뒤로 물러섰어요. 그러자 현관문이 조용히 열렸어요.

순간 베이컨 굽는 냄새가 확 밀려들었어요.

"누구 있어요?"

페트라를 맨 아래 계단에 조심스럽게 내려놓고 문을 닫은 후 진흙투성이 부츠를 벗었어요.

"계세요? 누구 있어요?"

"왔어요?" 리안논의 목소리였어요. 전 페트라를 안아 올려 주방으로 향했어요. 기름이 뚝뚝 떨어지는 베이컨샌드위치를 한 손에 든 리안논이 문간에서 나왔어요. 불 앞에 있다 나와서인지 얼굴이 벌겋게 달아올라서 솔직히 보기 안 좋았어요. 저보다도 잠을 잘 못 잔 건가 싶게 다크 서클도 심했고요.

"아, 왔구나." 굳이 할 필요는 없는 말이었죠. 리안논은 '뭐래?' 하는 듯 못마땅한 얼굴로 저를 쳐다봤어요. 그러고는 커다란 샌드위치를 먹으며 저를 지나쳐 계단으로 터벅터벅 걸어갔어요.

"잠깐만." 갈색 소스가 바닥에 뚝뚝 떨어지는 걸 보다 못해 리안논의 뒤통수에 대고 소리쳤어요. "접시 가져가는 게 어때?"

리안논은 들은 체도 않고 위층으로 사라져 버렸어요.

리안논이 제 옆을 지나갔을 때 석연치 않은 냄새가 났어요. 베이컨 냄새에 가려졌지만 뭔가 낯설고 기이하면서도 어딘지 모르게 친숙한 냄새요. 전 멈칫했어요.

달콤하면서도 살짝 퀴퀴한 냄새에 갑자기 10대 시절의 제가 떠올랐어요. 시간이 조금 걸리긴 했지만 냄새의 정체가 기억났어요. 과음한 다음 날 몸에서 나는 싸구려 버찌술 냄새였죠.

젠장.

'젠장.'

마음 한구석에서는 제 알 바 아니라고 속삭였어요. 전 어린아이들을 돌보기 위해 고용된 아이 돌보미였으니까요. 10대들을 돌본 경험은 없었어요. 엘린코트 내외분이 적절하다고 생각하는 선이 어디까지인지도 잘 몰랐고요. 열네 살 소녀가 술을 마셨다고? 그래도 괜찮은 건가?

또 다른 마음 한구석에서는 제가 부모 노릇을 대신하고 있다고 속삭였어요. 사모님 생각이야 어떻든 일단 제 눈에는 걱정스러운 점이 보인 거잖아요. 리안논의 많은 행동에 경고 등이 켜졌어요. 다만 문제는 제가 뭘 어떻게 해야 하느냐는 거였죠. 제가 뭘 할 수 있을까요?

샌드위치를 만들어 페트라와 같이 먹고 페트라를 재우러 가는 와중에도 생각을 멈출 수가 없었어요. 리안논에게 직접 물어볼 수도 있었지만 분명 변명할 거리를 미리 준비해 뒀을 거 같았어요.

그때 한 사람이 떠올랐어요. 카스 부인이요. 카스 부인한테 물어보면 적어도 그날 밤에 무슨 일이 있었는지는 알 수 있지 않을까 싶었어요. 어쩌면 제가 지나치게 걱정하고 있는 건지도 모를 일이었고요. 생일 파티에 참석한 열네 살 소녀들…… 카스 부인이 알코올이 살짝 들어간 음료를 내놓은 걸 수도 있잖아요. 리안논은 그저 자기가 감당할 수 있는 양보다 좀 더 많이 마셨을 뿐이고요.

카스 부인의 답장이 휴대 전화에 저장돼 있었어요. 전 문자 메시지 목록에서 카스 부인이 보낸 답장을 찾아내 전화를 걸었어요. 신호가 갔어요.

"넵?" 스코틀랜드 억양의 매우 거친 남자 목소리가 들렸어요.

전 당황해서 눈을 깜빡거리며 제대로 걸었는지 전화번호를 확인하고는 휴대 전화를 다시 귀에 갖다 댔어요.

"저, 누구세요?" 제가 조심스럽게 물었어요.

"크레이그." 아이 목소리 같지 않았어요. 적어도 스무 살이나 그보다 나이가 많은 남자 목소리였어요. 누군가의 엄마나 아빠 목소리는 절대 아니었고요. "다짜고짜 전화해 놓고 누구냐고 묻는 넌 누구야?"

전 충격에 아무런 대꾸도 하지 못했어요. 입을 떡 벌린 채 주저앉아서 할 말을 생각해 내려 애썼어요.

"야! 너 누구야?" 휴대 전화 속의 남자가 짜증스럽게 말했어요. 이어서 작게 욕하는 소리가 들렸어요. "멍청한 년이 전화도 잘못 걸고 지랄이야."

그러고는 전화가 뚝 끊어졌어요.

누구 전화번호인지는 몰라도 엘제 엄마 전화는 절대 아니었어요. 어쩌면…… 리안논이 전화번호를 잘못 써서 줬을지도 모르는 일이었죠. 하지만 그 번호로 문자를 보냈을 때 '카스'라는 이름으로 답장을 받았잖아요.

답은 하나였어요. 리안논이 거짓말을 한 거죠.

리안논은 엘제와 함께 있다 온 게 아닐 거예요. 본인을 크레이 그라고 한 남자와 함께 있었을 가능성이 훨씬 높았어요.

제길.

주방 식탁에 태블릿이 있었어요. 전 태블릿으로 엘린코트 내외분에게 메일을 쓰려고 했어요.

무슨 이야기를 어디서부터 시작해야 할지 난감했어요. 할 이야기가 많아도 너무 많은 거예요. 리안논 이야기부터 해야 할까요? 아니면 매디의 반항적인 행동? 다락방에 관한 제 걱정부터 털어놔야 할까요? 아니면 제가 들었던 소리들, 잭과 함께 다락방의 막힌 출입구를 부수고 들어갔던 일, 다락방에서 봤던 끔찍한 글자들부터 언급하는 게 순서일까요?

전 죄다 말해 버리고 싶었어요. 여전히 코끝을 맴도는 썩은 사체 냄새부터 쓰레기통에 쑤셔 넣은 부서진 인형 머리, 매디의 감옥 그림, 크레이그와 나눴던 기분 나쁜 대화까지 전부 다요.

'뭔가가 잘못됐어요.' 이렇게 쓰고 싶었어요. 아니다. '뭔가'를 '전부 다'로 바꿔서 모조리 폭로해 버리고 싶은 심정이었어요. 하지만…… 어떻게 하면 엘린코트 내외분의 양육 방식을 비난하는 기색 없이 리안논과 매디 이야기를 할 수 있을까요? 제가 보고 들었던 일을 어떻게 전달해야 미신에 사로잡혔던 예전 아이 돌보미들과 같은 취급을 당하지 않을까요? 그 소름 끼치는 끔찍한 다락방을 들여다보지 못한 사람들을 어떤 식으로 설득해서 경각심을 일깨울 수 있을까요?

먼저 그럴듯한 메일 제목부터 정해야 했어요. 생각나는 제목이라고는 하나같이 부적절하거나 우스꽝스러울 정도로 극단적인 것뿐이었어요. 결국 제목을 이렇게 정했어요. '헤더브레에서 보내는 업데이트'.

아주 적절했어요. 차분하고 사무적으로요. 그 정도면 충분히 좋았어요. 내용을 어떻게 풀지가 문제였죠.

'산드라 사모님과 빌 사장님께.' 일단 서두는 이렇게 썼어요. 의자 등받이에 기대앉아 손가락에 붙여 놓은 반창고의 너덜너덜한 가장자리를 잘근잘근 씹으며 그다음에 뭐라고 써야 할지 고민했어요.

'제일 먼저 리안논이 오늘 아침에 안전하게 귀가했다는 소식부터 전합니다. 하지만 엘제의 집에 갔다 왔다는 리안논의 설명에 좀 의심스러운 점이 있습니다.'

내용이 아주 괜찮았어요. 명확하고 사실적인 설명에 비난조도 아니었고요. 하지만 다음 이야기로 어떻게 넘어가야 할지 막막했어요. '멍청한 년이 전화도 잘못 걸고 지랄이야.'라고 거칠게 내뱉던 크레이그 이야기를 어떻게 하냐고요.

'우린 당신을 싫어해.

꺼져.

그들이 화가 나써.

우린 당신이 싫어.'

다락방에 적혀 있던 이 글귀들은 또 어떻고요.

무엇보다 그 방에서 잠을 자지 않는, 아니 잠을 잘 수 없는 이유를 설명해야 했어요. 그 방에서 누가 왔다 갔다 하는 발자국 소리를 들으면서, 썩어 가는 먼지투성이 깃털들과 똑같은 공기를 들이마시면서는 도저히 잠을 청할 수 없다는 사실을 납득시켜야 했죠.

전 멍하니 앉아 태블릿 화면을 들여다보며 머리 위에서 천천히 끼익…… 끼익…… 하고 울리던 소리를 떠올렸어요. 그때 인터컴에서 페트라의 짜증 섞인 울음소리가 터져 나왔어요. 시계를 보니 매디와 엘리를 데리러 가야 할 시간이었어요.

'애들 데리러 갔다 올게. 나중에 이야기 좀 하자.' 문자 메시지 보내기 화면에서 리안논을 눌렀어요. 작성하다 만 메일을 내버려 두고 페트라의 옷을 갈아입히러 계단을 달려 올라갔어요. 부리나케 페트라를 감싸 안고 내려와 다시 차에 탔어요.

그날 밤 9시까지 보내려다 말았던 메일의 존재에 대해 까맣게 잊고 있었어요. 그날 오후 시간은 비교적 순조롭게 흘러갔어요. 매디와 엘리는 리안논과 다시 만나 아주 기뻐했어요. 리안논은 감동적일 정도로 다정하게 동생들과 놀아 줬어요. 저한테 보여 준 거만한 사립 학교 학생 이미지는 온데간데없더라고요. 리안논은 숙취에 시달리는 게 분명해 보였지만 몇 시간 동안 동생들과 놀이방에서 바비 인형으로 놀아 주고, 다 같이 피자를 먹고 나서야 위층으로 사라졌어요. 전 아이들을 목욕시키고 잠자리를 봐 줬어요. 아이들에게 잘 자라고 뽀뽀해 준 다음 이불을 포근하게 덮어 주고 불을 껐어요.

아래층으로 내려가서는 완벽한 아이 돌보미 로완이라면 어떻게 했을지 생각하면서 리안논과 진지하게 대화를 나눌 마음의 준비를 했어요. 단호하고 명확한 대화가 필요했어요. 비난이나 처벌은 접어 두고 허심탄회한 대화부터 나눠야 했죠.

리안논이 주방에서 손끝으로 조리대를 톡톡 두드리며 저를 기다리고 있었어요. 눈앞의 리안논은 정말 가관이었어요. 풀 메이크업에 하이힐, 미니스커트, 피어싱을 한 배꼽이 훤히 드러난 크롭 티까지.

이런 망할.

"음." 뭐라고 한마디하려고 했는데 리안논이 끼어들었어요.

"저 나가요."

순간 할 말을 잃어버렸지만 다시 정신을 차리고 말했어요.

"그럼 안 될 것 같은데."

"되는데요."

전 미소를 지었어요. 미소 지을 만한 이유가 있었어요. 날이 점점 어두워지는 중이었거요. 차 키는 저한테 있었고, 가장 가까운 역은 16킬로나 떨어져 있었죠.

"그 신발 신고 걸어가게?" 제가 물었어요. 하지만 리안논은 미소로 화답했어요.

"아뇨. 데리러 올 사람 있어요."

젠장, 젠장.

"리안논, 농담하는 거면 그쯤 해 둬. 내가 이대로 널 보낼 수 없다는 거 알지? 너희 부모님께 전화할 거야. 전화해서……." 제길, 망했어요. 비난조로 말해 버렸어요. 이렇게 된 이상 제가 리안논의 비밀을 간파했다는 사실을 밝힐 수밖에 없었어요. "네가 술 냄새를 풍기며 집에 돌아왔다고 말씀드려야겠어."

전 리안논이 제 말에 충격을 받을 거라고 생각했는데 의외로 리안논은 별다른 반응을 보이지 않았어요.

"그렇게는 못할걸요." 리안논은 담담하게 말했어요.

하지만 전 이미 휴대 전화를 집어 들었죠.

저녁 식사 전부터 휴대 전화를 확인하지 못했는데 새 메일 알림이 반짝거리고 있었어요. 사모님이 보낸 거였어요.

사모님에게 전화하기 전에 확인해야 하는 내용일지 몰라서 메일부터 열어 봤어요. 그런데 당황스럽게도 이런 제목이 떴어요.

Re: 헤더브레에서 보내는 업데이트

어? 나도 모르게 메일을 전송해 버렸나? 순간 아이들의 게임용 태블릿에서 제 개인 메일 계정으로 로그인했다가 깜박하고 로그아웃을 하지 않았던 게 떠올랐어요. 페트라나 다른 아이가 실수로 전송 버튼을 누른 걸까요?

마음이 다급해져서 서둘러 사모님의 답장을 열어 봤어요. '이게 대체 뭐예요?'라는 글을 기대했건만 내용은 완전히 달랐어요.

소식 전해 줘서 고마워요. 다들 잘 지내는 것 같네요. 리안논이 엘제와 즐거운 시간을 보냈다니 다행이에요. 빌은 오늘 밤에 두바이로 떠나요. 전 고객과 저녁 식사 중이고요. 하지만 급한 일이 있으면 문자 주세요. 내일은 아이들을 만나러 갈 수 있게 애써 볼게요.

뭐가 어떻게 된 일인지 전혀 짐작이 가지 않더라고요. 메일을 스크롤해서 아래로 내리니 메일을 보낸 시간이 나왔어요. 오후 2시 48분이었죠. 제가 매디와 엘리를 데리러 떠나고 20분이 지나서였어요.

산드라 사모님과 빌 사장님께

최근 소식을 전해 드리려고요. 모든 일이 순조로워요. 리안논은 엘제의 집에서 안전하게 귀가했어요. 즐거운 시간을 보내고 온 것 같아요.
우리 두 사람은 오늘 오후도 아주 잘 보냈고요. 사모님과 사장님께서 리안논을 얼마나 자랑스러워하실지 짐작이 가네요. 매디와 엘리도 사랑한다고 전해 달래요.

로완

잠시 사방이 침묵에 휩싸였어요. 전 리안논을 돌아봤어요.
"이런 씨! 너지?"
"욕이 입에 착착 붙으시네요." 리안논이 빈정거렸어요. "리틀 니퍼스 스타일인가?"
"리틀, 뭐?" 리안논이 제 전 직장을 어떻게 알았을까요? 순간 정신줄을 놓을 뻔했지만 마음을 추스렸어요. "딴소리하지 마. 이건 절대 용납할 수 없는 일이야. 어리석은 짓이기도 하고. 무엇보다 난 크레이그에 대해 알고 있어." 순간적으로 리안논의 얼굴에 충격의 빛이 어렸어요. 그러다 재빨리 제정신을 찾았는지 모든 게 다 지루해서 관심 없다는 듯한 표정을 지어 보였어요. 하지만 전 봤어요. 리안논이 동요하는 모습을요. 전 온 얼굴에 퍼지는 의기양양한 미소를 숨기지 않았어요. "그래. 크레이그가 말하지 않았니? 내가 '카스 부인'에게 전화를 걸어 봤거든. 너희 엄마한테 전화해서 제일 먼저 그 메일을 보낸 사람은 내가 아니라 너라고 말할 거야. 그다음에 크레이그에 대해서 말해야지. 듣지도 보지도 못한 크레이그라는 남자를 만나러 나간다고 말이야. 그것도 배꼽이 다 드러나는 옷을 입고. 사모님이 뭐라고 하실지 모르겠네."

제가 뭘 기대했는지 모르겠어요. 리안논이 화를 내거나 울면서 한 번만 봐 달라고 빌기를 기대한 걸까요?

리안논은 화를 내지도 울지도 않았어요. 대신 보는 사람 불안하게 오히려 달콤한 미소를 흘리며 말했어요. "그렇게 못할걸요."

"내가 말 못할 이유가 하나라도 있니?"

"어디 하나뿐이겠어요. 그 이상도 말해 줄 수 있어요, 레이첼 게르하르트."

젠장!

짙은 침묵이 주방에 내려앉았어요.

순간 다리에 힘이 풀렸어요. 전 의자를 더듬어 찾고는 그 위에 털썩 주저앉았어요. 숨이 목까지 차올랐어요.

전 완전히 궁지에 몰린 쥐였어요. 지금은 알아요. 하지만 그때는 제가 얼마나 더 구석으로 몰릴지 상상조차 하지 못했죠.

저한테 아주, 아주 불리한 사실이 밝혀졌으니까요. 그렇죠, 렉스햄 변호사님?

그 사실 때문에 전 경찰 조사에서 잘못된 시간에 잘못된 장소에 있었던 무고한 사람이 아니라 살해 동기가 있는 용의자로 찍혀 버렸으니까요.

리안논은 다 알고 있었어요. 그래서 전 사모님과 사장님에게 전화할 수 없었어요.

리안논은 진실을 알고 있었다고요.

변호사님께서 신문 기사를 읽으셨다면 전혀 놀라지 않으시겠죠.

엘린코트 사건으로 체포된 아이 돌보미가 로완 케인이 아니라 레이첼 게르하르트라는 사실을 처음부터 알고 계셨을 테니까요.

하지만 경찰에게는 그게 폭탄 같은 사실이었나 봐요. 어쩌면 폭탄 말고 선물이 터져 나오는 피냐타[22] 같았을지도요.

날 잡아 잡쉬, 하고 제가 나서서 저를 갖다 바친 꼴이 됐으니까요.

그 사실이 밝혀진 후로 경찰은 저를 지능형 범죄자 취급했어요. 제가 모든 계획을 어떻게 짰는지 철저하게 알아내려고 했어요. 하지만 실상은 터무니없이 간단한 일이었다는 걸 전혀 이해하지 못했어요. 치밀한 신분 도용이나 서류 위조 따위 전혀 없었거든요. '가짜 신분 증명 서류를 어떻게 손에 넣었죠?' 경찰은 계속 다그쳐 물었지만, 사실 가짜 서류 같은 건 없었다고요. 그냥 친구 로완과 함께 쓰는 아파트 침대에서 친구의 서류를 가져다가 사모님에게 준 거예요. 범죄 경력 조회 결과서, 교육 기준청 등록증, 응급 처치 자격증, 이력서. 친구의 모든 서류에 사진이 없었어요. 위조할 건더기가 하나도 없었어요. 다만 사모님이 눈앞에서 증명 서류를 내미는 여자가 그 서류에 적힌 당사자가 아니라는 사실을 알 길이 없었을 뿐이에요.

그 정도 갖고 무슨 대단한 사기라고. 저도 그런 서류는 갖추고 있었어요. 그러니까 제 말은 대부분은요. 범죄 경력 조회 결과서와 응급 처리 자격증을 갖고 있었단 말이에요. 저도 리틀 니퍼스 어린이집 영아반에서 일했고요. 뭐, 로완처럼 오래 근무하거나 주임으로 일한 건 아니었지만요. 많이는 아니지만 예전에 아이 돌보미 일도 해 봤어요. 물론 로완만큼 추천서를 많이 받을 수 있었을지 장담은 못해요. 그래도 어쨌든 기본은 갖췄다고요. 이름이 다르다는 건 그냥…… 사소한 문제일 뿐이었죠. 사모님에게 말했던 대로 무사고 운전면허증도 갖고 있었어요. 다만 사진 때문에 보여 줄 수 없었을 뿐이에요. 제가 갖고 있다고 말했던 자격은 모두 갖추고 있었어요. 제가 한 말은 다 진짜였어요.

이름만 빼고요.

물론 운도 따라 줬어요. 사모님이 제 요구대로 추천인을 확인하려고 리틀 니퍼스 어린이집에 전화하지 않은 게 천만다행이었어요. 만약 리틀 니퍼스에 전화했다면 로완 케인이 몇 달 전에 떠났다는 사실을 알았겠죠. 사모님이 운전면허증을 보여 달라고 하지 않은 대목도 운이 좋았다 할 수 있겠네요.

게다가 급여 관리도 먼 곳에 있는 회사에 맡겨서 제가 사모님에게 직접 여권을 제출할 필요가 없었어요. 로완의 컴퓨터에 저장된 여권을 스캔해서 로완과 공동으로 지불하는 공과금 영수증과 함께 보내면 끝이었어요.

가장 운이 좋았던 부분은 BACS[23] 계좌 이체 시에 계좌번호와 은행 코드만 일치하면 예금주 이름은 상관없다는 거였죠. 이건 전혀 생각지 못했던 행운이었어요. 그 문제를 어떻게 해결할까 궁리하느라 자다가도 벌떡벌떡 일어나곤 했거든요. 통장이 다른 사람 이름으로 개설돼 있다고 말할까? 예금주가 레이첼 게르하르트인 통장으로 현금이나 수표를 입금해 달라고 말해 놓고 사모님이 이유를 묻지 않기만을 바랄까? 그런데 그런 걸 전혀 걱정할 필요가 없다는 사실을 알고 나니 안도의 웃음이 나오더라고요. 심지어 계좌 이체할 때 수취인란에 도널드 덕이라고 적어도 괜찮았었거든요. 터무니없이 허술한 시스템이었죠.

사실 전 애초에 첫 관문도 통과하지 못할 거라고 생각했어요. 제발 면접만 보자, 하는 게 제 목표였어요. 헤더브레 저택에 가서 사모님과 사장님을 직접 만나 볼 생각만 했어요. 그게 제가 원하는 전부였어요. 그게 그 구인 공고에 지원했던 하나뿐인 이유였죠. 그런데 멋들어지게 포장된 탐나는 선물처럼 기회가 저절로 다가와 냉큼 집어서 가져가 달라고 애원하는 거예요.

지금은 알아요, 변호사님. 그 기회를 잡지 말았어야 했다는 걸요. 하지만 그때 제 기분이 어땠을지 정말 모르시겠어요?

면전에서 비웃음을 날리는 리안논을 쳐다보며 주방에 서 있는데 공포로 발작이 일어날 것 같았어요. 그러다 다른 이상한 감정이 밀려들었어요. 마치 그런 순간이 올 줄 알았다는 듯, 들킬까 봐 마음 졸이던 시간이 끝나 버려 차라리 속이 후련하다는 안도감에 가까운 감정이요.

순간 허세를 부릴까 생각했어요. 리안논에게 무슨 말이냐고

되물으면서 레이첼 게르하르트라는 이름은 들어 본 적 없다고 시치미를 뗄까 했죠. 하지만 그것도 한순간이었어요. 리안논이 제 본명까지 알아냈다면 아무리 화를 내며 부인한들 꼬리를 내리고 물러나겠어요?

"어떻게 알아냈어?"

"부모님이랑은 다르게 전 새로운 사람이 갑자기 나타나면 조사를 좀 해 보거든요. 인터넷에서 뭘 찾아낼 수 있는지 알면 정말 깜짝 놀라실 거예요. 요즘은 학교에서 디지털 흔적 관리하는 법도 알려 주는데. 학교 다닐 때 그런 거 못 배웠나 봐요?"

빈정대는 말투가 꽤나 날카로웠지만 대꾸하지 않았어요. 꼬박꼬박 답할 만큼 중요한 말도 아니었어요. 리안논이 어디까지 왜 조사했는지, 정확하게 뭘 알아냈는지가 중요했어요.

"로완 케인을 찾아내는 건 오래 걸리지 않았어요. 좀 심심한 여자더라고요. 그렇죠? 약점 잡힐 만한 게 별로 없던데요."

약점. 그걸 찾으려고 조사를 한 거였어요. 리안논은 저의 작은 결점이라도 찾아내서 자기한테 유리하게 써먹을 셈이었던 거죠. 그러다 우연히 예상보다 훨씬 큰 비밀을 찾아낸 거고요.

"이해가 안 되더라고요." 리안논은 입꼬리를 끌어올리며 살짝 미소 지었어요. "모든 게 다 들어맞았어요. 이름, 생일, 리틀 니퍼스라는 이름도 겁나 웃기는 어린이집에 근무했던 시기까지 전부 다요." 리안논이 조롱조로 이어 갔어요. "리틀 니퍼스라니, 으웩. 그런데 갑자기 태국이랑 베트남에서 찍은 사진들이 나오더라고요. 그러다가 우리 집 진입로에서 당신을 딱 만났는데 제가 조사를 개판으로 했구나 싶었어요. 처음에는 엉뚱한 사람을 조사한 건가 했는데. 진짜 당신을 찾아내는 데는 몇 시간 걸렸어요. 감이 좀 떨어졌었나 봐요. 당신 친구 로완이 친구 목록을 비공개로 해 놓지 않아서, 아니 당신이 페이스북 프로필을 삭제하지 않아서 안타깝게도 저한테 딱 걸렸죠."

젠장. 이렇게 간단해도 되는 건가요? 로완의 페이스북 친구 목록을 스크롤해서, 제 스스로 아주 친절하게도 온 세상 사람들이 다 볼 수 있게 올려놓은 제 사진만 찾아내면 끝이었던 거예요. 어쩜 그렇게 멍청할 수가 있었을까요? 하지만 솔직히 전 누군가가 그토록 부지런하게 흩어진 점들을 이을 거라고는 꿈에도 생각 못했어요. 애초에 사기 칠 목적으로 그런 짓을 벌인 것도 아니었으니까요. 전 그 점을 경찰에 잘 설명하고 싶었다고요. 제가 진짜 사기를 치려고 했다면 제 흔적을 감추려고 하지 않았겠어요?

전 사기를 친 게 아니었어요. 경찰에서 말하는 그런 사기는 절대 아니에요. 그건 그냥…… 실수였어요. 친구한테 말을 안 하고 친구 차를 빌린 것과 비슷한 거예요. 계획적으로 그런 일을 벌이지 않았다고요.

문제는 제가 경찰에게 말할 수 없는 사실이 있다는 거였어요. 왜 가명으로 헤더브레 저택에 갔는지 이유를 말할 수 없었거든요. 경찰이 묻고 또 물었어요. 전 당황하면서 그럴듯한 이유를 생각해 내려고 했어요. 로완의 추천서가 제 것보다 좋았다느니(이건 사실이에요), 로완이 저보다 경험이 더 많았다느니(이것도 사실이고요), 하는 변명을 늘어놨어요. 처음에 경찰은 저에게 깊고 어두운 직업상의 비밀이 있다고 생각하는 것 같았어요. 등록증이 취소됐다거나 성범죄 전과가 있다거나 하는 거요. 당연히 그런 건 없었어요. 경찰은 뭔가 건수를 찾아내려고 무진 애를 썼지만 제 서류에는 잘못된 게 하나도 없었어요.

그 당시에도 알았지만 저한테 아주, 아주 불리한 상황인 것 같았어요. 하지만 전 리안논이 제가 헤더브레 저택에 온 이유를 알아내지 못했다면 경찰도 모를 거라고 속으로 되뇌었어요.

하지만 그건 어리석은 생각이었죠. 경찰은 경찰이니까요. 경찰은 조사하는 게 일이잖아요.

시간이 좀 걸리긴 했어요. 며칠, 아니 몇 주가 걸렸나? 정확하게 기억이 나지 않네요. 한참 후에 심문이 시작됐어요. 그동안 날짜 감각이 흐려져서 하루하루가 어떻게 흘러가는지도 모르겠더라고요. 경찰은 계속 묻고 다그치고 조사하고 심문했어요. 마침내 서류 한 장을 들고 들어와 《이상한 나라의 앨리스》에 나오는 체셔 고양이마냥 싱글싱글 웃었어요. 그러면서 전문가다움을 잃지 않으려는 듯 근엄한 태도를 동시에 보여 줬어요.

전 직감적으로 알았어요. 경찰이 드디어 알아냈다는 걸요.

제가 끝장났다는 걸 알았어요.

하지만 그건 나중 일이에요. 제가 너무 앞서 나가네요.

지금은 다른 사건을 이야기해야 하는데 말이죠. 가장 이해하기 힘든 사건이요. 전 지금도 어떻게 그런 일이 일어났는지 통 모르겠어요.

그날 밤 무슨 일이 일어났는지부터 이야기할게요.

리안논이 나가고 한참이 지나서도 복도에 우두커니 서 있었어요. 진입로 아래로 사라지는 자동차 불빛을 바라보면서 앞으로 어떻게 해야 할지 머리를 굴렸죠. 어쨌든 사모님에게는 전화를 해야 할까요? 전화해선 뭐라고 하죠? 사실대로 다 말할까요? 뻔뻔하게 다 말해 버릴까요?

시계를 확인하니 9시 30분이 지나 있었어요. 사모님이 보낸 메일에서 봤던 문자 하나가 머릿속에 떠올랐어요. '빌은 오늘 밤에 두바이로 떠나요. 전 고객과 저녁 식사 중이고요. 하지만 급한 일이 있으면 문자 주세요.'

고객과 식사 중인 사모님에게 이런 이야기를 할 순 없었어요. 그렇다고 문자로 전달하는 건 더더욱 예의가 아니었죠.

'안녕하세요, 사모님. 모든 일이 다 잘 풀리고 있으면 좋겠네요. 리안논은 낯선 남자랑 놀러 나가 버렸고, 전 가짜 신분으로 이 일에 지원했어요. 조만간 다시 이야기해요!'

모든 상황을 그리 심각하지 않은 것으로 치부해 버리다니, 웃기지도 않았죠. 젠장. '젠장.' 사모님에게 메일을 보내서 제 상황을 적절하게 설명할 길이 있으려나요? 어쩌면 가능할지도 몰라요. 하지만 그렇게 하려면 좀 더 일찍 털어놔야 했어요. 리안논이 저 대신 사모님에게 메일을 보내기 전에요. 하지만 메일은 이미 전송되고 말았으니 상황을 설명하는 게 더 복잡해졌어요.

메일로 쓸까, 하고 태블릿을 끌어당겼는데 도저히 메일을 못 쓰겠더라고요. 비겁한 짓 아닌가요. 메일로 할 이야기도 아니었고요. 직접 만나서 얼굴을 보고 말할 수 없다면 적어도 전화는 해야 했어요. 그런데 전화해서 뭐라고 하죠?

'젠장.'

주방 조리대에 놓인 와인 한 병이 마셔 달라고 저를 유혹하는 것 같았어요. 곤두선 신경을 가라앉히려고 와인을 한 잔 따라 마셨어요. 또 한 잔을 따르고는 구석에 자리한 감시 카메라를 힐끗 쳐다봤어요. 더 이상 신경 쓰진 않았지만요. 이보다 더 큰 비밀이 들통나게 생겼는데요. 그거에 비하면 감시 카메라에 어떤 모습이 찍히든 걱정할 거리조차 되지 않았어요.

세 번째 잔을 채웠을 때 마음속 깊은 곳에서는 제 스스로가 자멸을 부르는 짓을 하고 있다는 걸 깨달았어요. 와인 병에 딱 한 잔 분량의 술만 남았을 때 제 상태를 인지했죠. 너무 취해서 사모님에게는 절대 전화할 수 없었어요. 분별 있는 행동을 할 수 있는 상태가 아니었거든요. 그냥 자러 가는 수밖에요.

계단 맨 꼭대기까지 올라가 제 방문의 손잡이를 잡고 한참을 있었어요. 방에 들어갈 용기를 끌어모으려고 했지만 도저히 용기가 나지 않는 거예요. 문 아래쪽의 시커먼 틈이 보였어요. 갑자기 까맣고 무시무시한 뭔가가 그 틈으로 기어 나올 것 같아 불안했어요. 정체 모를 그 형체가 저를 쫓아 계단을 내려와 짙은 어둠 속으로 끌고 들어가는……

저도 모르게 잡고 있던 손잡이를 놔 버렸어요. 그러고는 뒷걸음질 쳤어요. 등을 돌리면 그 시커먼 형체가 진짜로 저를 쫓아올까 봐 두려웠어요. 그대로 계단까지 뒷걸음을 치다가 계단이 시작되는 곳에서 단호히 몸을 돌리고는 아래층으로 내달렸어요. 주방의 따뜻한 온기 속으로 도망쳤어요. 그런 제 자신이, 비겁한 제 모습이, 그 밖의 다른 모든 것이 저를 부끄럽게 했어요.

주방은 아늑하고 밝았어요. 하지만 눈을 감으니 제 방문 아래로 새어 나오던 다락방의 서늘한 공기 냄새가 나는 것 같았어요. 전 소파에 잠자리를 마련해야 할지, 아니면 리안논이 돌아올 때까지 자지 않고 기다려야 할지 몰라 이러지도 저러지도 못한 채 머뭇거리고 있었어요. 기분 나쁜 인형 머리에 베인 손가락이 욱신거렸어요. 반창고를 붙였지만 피부가 감염이라도 된 듯 통통 부어오르는 것 같았어요.

싱크대로 걸어가서 붕대를 꺼내다가 뒷문에서 꽝 하는 소리가 나는 바람에 소스라치게 놀랐어요.

"누, 누구세요?" 떨리는 목소리를 가라앉히며 소리쳤어요.

"나예요, 잭." 밖에서 바람 소리에 묻힌 잭의 목소리가 들렸어요. "개들을 데려왔어요."

"들어오세요. 전 그냥……."

문이 열리자 차가운 바람이 몰아닥쳤어요. 다용도실에서 울리는 잭의 발자국 소리, 부츠를 벗는 소리, 부츠가 매트 위에 나가떨어지는 소리, 개들이 뛰어다니면서 짖어 대는 소리, 개들을 진정시키는 잭의 소리가 차례대로 들렸어요. 마침내 개들은 자신들의 보금자리로 돌아갔고, 잭이 주방으로 들어왔어요.

"원래 이렇게 늦게까지 일하진 않는데 중간에 빠져나올 수가 없더라고요. 로완 씨도 아직 안 자고 있었네요? 오늘 하루도 잘 보냈어요?"

"별로요." 머리가 빙글빙글 돌아서 제가 얼마나 취했는지 새삼 깨달았어요. 잭이 눈치챘을까요?

"그래요? 무슨 일 있었어요?" 잭이 눈썹을 치켜올렸어요.

"어, 그게……." 어디서부터 말해야 할지 몰랐어요. "리안논과 언쟁을 좀 벌였어요."

"무슨 일로요?"

"리안논이 돌아왔는데……." 달리 어떻게 말해야 할지 몰라 말을 멈췄어요. 사모님에게 알리기도 전에 잭에게 모든 일을 다 털어놓는 건 아니다 싶은 거예요. 리안논의 문제를 부모가 아닌 다른 사람에게 이야기한다면 비밀 유지 서약을 어기는 게 될 테니까요. 하지만 답답한 속마음을 누군가에게 그것도 아이가 아닌 성인에게 조금이라도 털어놓지 않으면 미쳐 버릴 것만 같았어요. 예전에도 문제가 있었을지 모르는 일이잖아요. 커다란 붉은색 파일에 모든 게 다 적혀 있진 않았다는 게 점점 기정사실화되고 있기도 했고요. "좀 싸웠어요." 전 결국 말을 꺼냈어요. "사모님께 전화하겠다고 했더니……." 하지만 말을 끝맺진 못했어요.

"어떻게 됐어요?" 잭이 의자 하나를 꺼냈어요. 전 또다시 밀려드는 절망감에 짓눌려 의자에 풀썩 주저앉았어요.

"나가 버렸어요. 질이 되게 안 좋아 보이는 친구랑 같이 나가 버렸다고요. 나가지 말라고 했는데 제 말은 귓등으로 듣고. 어떻

371

게 해야 할지 모르겠어요. 사모님에게 뭐라 말씀드려야 할지."

"리안논 걱정은 하지 말아요. 아주 영리하고 독립적인 아이예요. 아마 무사히 돌아올 겁니다. 물론 사모님과 사장님이 알면 탐탁지 않아 하시겠지만요."

"혹시 다치면요? 지금은 제 보호 아래에 있는 셈인데 리안논한테 무슨 일이 생기면 어쩌죠?"

"로완 씨는 아이 돌보미잖아요. 간수가 아니라. 당신이 리안논을 침대에 묶어 둬야 하는 건 아니니까요. 그렇죠?"

"네. 맞아요. 당신 말이 옳아요. 맙소사, 어쩌다 이렇게 됐는지." 생각지도 않았던 말이 절로 튀어나왔어요. "너무 피곤해요, 잭. 머리가 제대로 돌아가질 않아요. 뭘 만질 때마다 손이 아파 죽겠어요."

"손이 왜요?"

제가 무릎 위에 올려놓은 손을 내려다봤어요. 맥이 빠르게 뛰면서 손가락이 욱신거렸어요.

"베였어요." 전후 사정은 말하고 싶지 않았어요. 기분 나쁘게 웃고 있던 작고 사악한 인형 머리를 생각하는 것만으로도 몸이 덜덜 떨렸어요.

잭이 이맛살을 찌푸렸어요.

"손 좀 봐도 될까요?"

전 아무 말없이 고개를 끄덕이고는 손을 내밀었어요. 잭은 제 손을 부드럽게 잡아서 불빛을 향해 비스듬히 들어 올렸어요. 그러고는 부풀어 오른 피부를 아주 가볍게 눌러 보고 인상을 썼어요.

"상태가 안 좋아 보이네요. 베이고 나서 뭐 좀 발랐어요?"

"반창고 붙였어요."

"그거 말고 소독약이요. 소독약 좀 발랐어요?"

"소독약까지 발라야 할까요?"

잭이 고개를 끄덕였어요.

"상처가 깊어요. 부풀어 오른 게 심상치 않아요. 감염될 거 같은데. 사모님이 구비해 둔 비상약이 있는지 찾아보고 올게요."

잭이 끼익하는 소리와 함께 의자를 뒤로 밀고 일어나 작은 약품 수납장이 있는 다용도실로 향했어요. 저도 다용도실 벽면의 약품 수납장에서 반창고를 찾았지만 살균제나 소독용 알코올 같은 건 보지 못했어요. 페파 피그 반창고와 아동용 액상 해열 진통제만 뒤섞여 있었거든요.

"아무것도 없네요." 잭이 주방으로 들어오며 말했어요. "여섯 가지 맛 진통 해열제만 잔뜩 있네요. 제 방으로 갑시다. 저한테 구급약이 있어요."

"그, 그럴 수는 없어요." 전 몸을 곧추세우고 잭에게 잡힌 손을 빼냈어요. 다친 손가락을 손바닥으로 감싸 쥐자 욱신거리는 통증이 느껴졌어요. "아이들만 두고 나갈 순 없어요."

"어디 멀리 나가는 게 아니잖아요." 잭이 차분하게 말했어요. "마당 건너편에 가는 건데요. 베이비 모니터를 들고 가면 되죠. 사모님과 사장님도 여름에는 내내 마당에 나가 앉아 있어요. 그 거나 이거나 뭐가 달라요. 찍소리만 나도 애들이 깨기 전에 바로 돌아올 수 있어요."

"그럼……." 전 천천히 말했어요. 온갖 생각들이 머릿속에서 반짝 떠올랐다가 술기운에 흐물흐물 풀어지고 흐려졌어요. 물론 구급약을 저택으로 가져올 수 있는지 물어볼 수도 있었어요. 그런데 그 와중에 호기심이 생기는 거예요. 뭐, 아주 큰 바람이 아니라 잭과 함께 가고 싶은 마음이 조금 들었다고나 할까요. 잭의 방에 한번 가 보고 싶었어요.

렉스햄 변호사님, 아주 솔직하게 말씀드리면 헤더브레 저택에서 나가고 싶었어요.

'진짜 위험한 곳이라고 생각했다면 어떻게 아이들만 두고 나갈 생각을 했나요?' 여자 경찰관은 대놓고 혐오감을 드러내며 물었었죠.

전 설명하려고 애썼어요. 아이들이 왜 아무것도 보지 못하고, 아무 소리도 듣지 못했는지 이야기하려고 했다고요. 그 사악한 악의가 왜 저한테만 보였는지 설명하려고 했어요. 저 혼자만 발자국 소리를 들었고, 다락방의 글자들을 본 사람도 저였어요. 이상한 소음, 초인종 소리, 추위 때문에 밤마다 잠들지 못한 사람 또한 저였고요.

다른 누구도, 심지어 잭도 제가 보거나 들은 것을 경험하지 못했단 말이에요.

그 집에 뭔가가 있었다면, 그 모든 일을 겪고 난 지금도 전적으로 믿을 순 없지만 진짜 뭔가가 있었다면, 그건 저를 겨냥한 거였어요. 저와 짐을 싸서 서둘러 떠나 버린 다른 아이 돌보미 네 명을 노리는 거였죠.

전 그 알 수 없는 뭔가의 영향력에서 단 5분이라도 벗어나고 싶었어요. 주머니에 베이비 모니터를 넣고 한쪽 겨드랑이에 감시 카메라가 장착된 태블릿을 끼고서 단 5분만요. 너무 지나친 바람이었나요?

그 여자 경찰관은 제 말을 믿지 않았어요. 가만히 서서 믿을 수 없다는 듯 고개를 절레절레했어요. 맞은편에 앉아 있는 어리석고 이기적이고 경솔한 여자를 경멸하는 웃음을 짓고 있었다고요.

변호사님은 제 말 믿으시죠? 밤마다 머리 위에서 왔다 갔다 하는 발자국 소리를 듣는 게 얼마나 힘들었을지 이해하시죠? 멀리 떨어지지도 않은 마당 건너편으로 가는 게 아무것도 아니면서도 동시에 얼마나 큰일처럼 느껴졌는지 아시겠죠?

제가 잘하고 있는지 모르겠어요. 변호사님의 마음을 얻었는지, 그때 상황이 진짜 어떠했는지 잘 설명드린 건지 잘 모르겠네요.

아무튼 전 베이비 모니터와 태블릿을 챙겨 갔어요. 그것만은 꼭 말씀드리고 싶어요. 전 주방을 가로지르는 잭을 따라갔어요. 잭은 뒷문을 활짝 열어 주고는 등 뒤로 문을 닫았어요. 자갈이 깔려 울퉁불퉁하고 어두컴컴한 마당을 건너 잭의 방으로 향하는 계단을 올라가는 내내 저를 이끌어 주는 잭의 따뜻한 온기가 느껴졌어요. 잭을 따라 계단을 올라가는데 티셔츠 아래로 불끈불끈 튀어나오는 근육에서 눈을 뗄 수 없었어요.

계단을 다 올라가자 잭이 주머니에서 열쇠를 꺼내 열쇠 구멍에 넣고 돌렸어요. 그러고는 제가 먼저 안으로 들어갈 수 있게 뒤로 물러섰어요.

방에 들어온 잭이 스위치 패널을 조작하거나 휴대 전화를 꺼낼 거라고 예상했어요. 하지만 잭은 손을 뻗어 딸칵 소리를 내는 뭔가를 눌렀어요. 그러자 환하게 불이 켜졌어요. 하얀색 플라스틱으로 된 평범한 전등 스위치가 눈에 들어오더라고요. 그걸 보는데 희한하게 안심이 되는 거예요. 어찌나 마음이 편안해지는지 웃음이 나올 정도였어요.

"여긴 스위치 패널 없어요?"

"네. 얼마나 다행인지! 여기는 직원 숙소라서요. 직원들한테까지 그런 기술을 낭비할 필요는 없다고 생각했나 보죠."

"그렇군요."

잭이 또 다른 전등을 켰어요. 그러자 빛바랜 면 소파와 기본적인 가구들을 갖춘 작고 밝은 거실이 나타났어요. 구석의 작은 벽난로에서 통나무 잔해가 타닥타닥 타고 있었어요. 한쪽에는 작은 주방이 있었고요. 그 너머로 보이는 문은 침실로 향하는 듯했지만 예의가 아닌 것 같아 물어보진 않았어요.

"여기 앉아요." 잭이 소파를 가리키며 말했어요. "상처를 치료할 약을 제대로 챙겨서 올게요."

전 고개를 끄덕였어요. 저를 살뜰히 보살펴 주는 잭이 너무나 고마웠죠. 하지만 다른 그 무엇보다 얼굴에 닿는 난롯불의 온기와 등을 든든하게 받쳐 주는 저렴하지만 쾌적한 이케아 쿠션의 감촉을 느끼며 앉아 있다는 사실이 굉장히 만족스러웠어요. 잭은 제 뒤쪽에서 주방 찬장을 뒤지고 있었어요. 소파가 로완과 함께 쓰는 런던의 제 아파트에 있는 것과 같았어요. 이케아에서 나온 엑토르프인지 뭔지 하는 이름의 소파였어요. 원래는 로완네 엄마 건데 저희가 물려받았어요. 10년 품질 보증 제품에 커버는 물세탁도 가능했어요. 원래는 빨간색 커버인데 잭의 공간에 있는 건 햇볕과 잦은 세탁으로 물이 살짝 빠져서 진분홍색이더라고요.

그 소파에 앉아 있으려니 마치 집에 온 것 같은 기분이 들었어요.

이중인격자 같은 호화로운 헤더브레 저택에만 있다가 잭의 공간에 들어오니 왠지 모르게 상쾌하고 정감 간다 할까요? 잭이 머무는 곳은 튼튼하게 잘 지어진 건물이었어요. 화려한 빅토리아풍에서 말끔한 미래 지향적 기술의 산물로 풍광이 갑작스럽게 바뀌는 바람에 보는 이를 당황하게 만드는 일도 전혀 없었고요. 모든 게 그저 편안하고 아늑했어요. 커피 테이블에 묻은 얼룩부터 벽난로 위를 장식한 사진들까지 모조리요. 친구들과 그 친구들의 아이들, 어쩌면 잭의 조카들일지도 모르는 아이들 사진이 있었어요. 사진 가운데 한 번 이상 등장한 어린 남자아이가 있었는데 얼굴이 닮은 걸로 봐선 친척인가 싶었어요.

전 두 눈을 감았어요. 이틀 동안 충족되지 못한 잠이 몰려오는 것 같았는데…… 기침 소리가 나기에 눈을 뜨니 잭이 앞에 있었어요. 한 손에는 붕대와 소독약을, 다른 한 손에는 유리잔 두

개를 들고 있었어요.

"한잔할래요?" 잭이 물었어요. 전 의아한 듯 물었어요.

"술이요? 아뇨. 전 괜찮아요."

"정말? 제가 상처를 치료하는 동안 통증을 줄여 줄 게 필요할 수도 있어요. 아플 거 같아서요. 유리 조각이나 다른 뭔가가 박혀 있는 것 같던데."

전 고개를 저었어요. 그렇지만 잭이 옳았어요. 상처에 소독약이 닿자마자 끔찍한 통증이 급습했어요. 잭이 상처 속으로 핀셋을 제법 깊게 밀어 넣으니 또다시 통증이 밀려왔어요. 유리와 금속이 부딪히는 느낌에 토할 것 같았어요. 잊고 있었던 유리 조각이 손가락을 더욱 깊숙이 파고드는 것 같았죠.

"젠장!" 저도 모르게 신음 소리가 터져 나왔어요. 그럼에도 잭은 핀셋으로 피 묻은 뭔가를 집어 들며 만족스럽게 웃었어요.

"다 됐어요. 잘 참았어요. 겁나 아팠을 건데."

잭이 옆에 붙어 앉자 손이 떨렸어요.

"로완 씨는 이전 돌보미들보다 훨씬 오래 버텼어요."

"무슨 뜻이에요?"

"예전에 일했던 아이 돌보미들이요. 실은 제가 거짓말을 했어요. 카탸는 3주 버텼던 것 같고. 홀리 이후로는 다들 잠깐잠깐씩만 있다가 그만뒀어요."

"홀리는 누구예요?"

"가장 오래 일했던 첫 번째 아이 돌보미요. 매디와 엘리를 아주 어릴 때부터 돌봐 줬어요. 거의 3년이나 일했는데……." 잭이 말을 멈췄어요. 어떻게 설명해야 좋을지 생각 중인 것 같았어요.

"그건 신경 쓰지 말아요. 두 번째로 왔던 로렌은 8개월 정도 일했어요. 하지만 이후로는 다들 일주일도 못 버텼어요. 카탸가 오기 전에 왔던 마하는 첫날 밤에 떠나 버렸고요."

"첫날 밤에요? 무슨 일이 있었던 거예요?"

"한밤중에 택시를 불러 떠났어요. 소지품도 제대로 안 챙겨 가서 나중에 사모님이 마하 물건을 챙겨서 보내 줬다니까요."

"그게 아니라 왜 그렇게 급작스럽게 떠났대요?"

"아, 그건…… 저도 잘 몰라요. 제 생각에는……." 텅 빈 유리잔을 내려다보는 잭의 목덜미가 붉게 물들었어요.

"말해 봐요." 제가 재촉하자 잭은 스스로에게 화가 난 듯 고개를 거칠게 내저었어요.

"젠장, 이러면 안 되는데."

"뭐가요?"

"고용주 뒷담화를 하면 안 된다고요, 로완. 그때도 말했잖아요."

로완이라는 이름을 듣는데 덜컥 죄의식이 들었어요. 잭에게 사실대로 말하지 않은 것들이 떠올랐어요. 하지만 지금은 그게 중요한 게 아니니 죄책감은 일단 넣어 두기로 했어요. 잭이 하려는 이야기가 뭔지 너무 궁금해서 제 비밀 따위는 걱정 거리 축에도 끼지 않았거든요. 갑자기 예전 아이 돌보미들이 떠난 이유가 너무 알고 싶어졌어요. 무엇 때문에 그들이 그렇게 갑자기 도망치듯 이 집을 떠났을까요?

"잭, 제 말 좀 들어 봐요." 전 잠시 주저하다가 잭의 팔에 손을 올리고 말했어요. "그건 주인을 배신하는 게 아니에요. 저도 고용인이잖아요. 알죠? 우리는 동료예요. 지금 당신은 외부인한테 속사정을 털어놓는 게 아니에요. 일에 관한 문제는 동료에게 충분히 이야기할 수 있는 부분이고요. 그러니까 저한테는 말해도 괜찮아요."

"그럴까요?" 잭이 위스키 잔을 응시하던 시선을 들어 다소 쓸쓸하게 비틀린 미소를 지었어요. "그래도 될까요? 음…… 사실 반은 이미 말했어요. 그러니 전부 다 얘기해도 괜찮겠죠. 당신도 알 권리가 있으니. 그 사람들이 가 버린 이유는……." 잭은 마음을 다잡고 불쾌한 뭔가를 토해 내려는 것처럼 숨을 들이마셨어요. "제 생각에는 그게…… 빌 사장님 때문이었어요."

"사장님이요?" 그건 제가 기대했던 답이 아닌데요. "왜, 왜요?"

하지만 그 말을 하자마자 이유를 알아차렸어요. 첫날 밤에 사장님이 저한테 했던 짓이 기억났거든요. 쩍 벌린 허벅지며, 끈질기게 술을 권하던 행위라든가, 교묘하게 제 다리 사이를 파고들던 무릎까지.

"젠장. 알아요. 말하지 않아도 알겠어요. 상상이 가네요."

"마하는…… 나이가 어린 편이었어요." 잭이 주저하다가 말을 계속 이어 갔어요. "그리고 아주 예뻤어요. 제 생각에는 아마도 사장님이…… 마하에게 접근했고 마하는 어찌해야 할지 몰랐을 거예요. 전에도 그런 일이 있었을지도 모르고. 한번은 사장님 눈이 시퍼렇게 멍든 적이 있었는데. 로렌이 있을 때였죠. 아마 로렌이……."

"사장님을 때렸다고요?"

"네. 로렌이 때렸다면 사장님이 그럴 만한 짓을 한 게 아니겠어요? 그게 아니면 로렌은 해고되고도 남았을 건데요. 그렇지 않나요?"

"네. 아마도요. 왜 저한테 말 안 했어요?"

"그게 '저기 말이죠. 저희 사장님이 좀 변태예요.'라고 말하긴 좀 그렇잖아요. 첫날부터 그런 말을 꺼내긴 어렵죠."

"알겠어요. 젠장." 제 뺨도 잭의 목덜미처럼 붉어졌어요. 물론 전 술기운 때문이었지만요. "세상에, 우웩. 역겹네요."

배신감이 치밀어 올랐어요. 제가 그 사실을 몰라서 그랬던 게 아니었어요. 사장님은 저한테도 집적거렸으니까요. 하지만 사장님이 자기 딸의 아이 돌보미들을 매번 건드렸다니, 돌보미들이 떠나 버릴지도 모른다는 사실조차 아랑곳하지 않았다니…… 갑자기 제 몸에 닿았던 사장님의 모든 흔적을 빡빡 문질러 씻어 내고 싶었어요. 며칠 동안 사장님을 보지도 못했고, 그렇다고 사장님이 저를 막 만진 건 아니었지만 말이죠.

엘리의 가늘고 높은 목소리가 머릿속에서 울렸어요. '그 사람이 가는 게 더 좋아요. 사람들한테 하기 싫은 일을 시키니까요.'

엄마가 아이들을 돌봐 달라고 고용한 젊은 여자들을 건드리는 아빠를 두고 한 말이었을까요?

"맙소사." 두 손에 얼굴을 파묻었어요. "완전 인간 말종이네요."

"제 말 좀 들어 봐요." 잭이 불안한 목소리로 말했어요. "제가 틀렸을 수도 있어요. 증거가 없으니까요. 그냥……."

"증거는 필요 없어요. 저도 첫날 밤에 당했어요." 제가 비참한 심정으로 말했어요.

"뭐라고요?"

"사실이에요. 하지만……." 전 이를 갈면서 침을 꿀꺽 삼켰어요. "신고할 정도로 큰일이 벌어지진 않았고요. 애매모호한 말을 하거나 '우연히' 저를 막아서는 정도? 하지만 다분히 의도적이었어요. 제 입장에서도 희롱당하는 기분이 확실히 들었고요."

"맙소사, 로완. 정말 미안해요. 몰랐어요. 전……."

"당신 잘못이 아니니까 미안해하지 마세요."

"젠장, 제가 경고를 해 줬어야 했는데! 신경이 예민해질 만했네요. 그래서 누군가 몰래 들어오는 것 같은 소리도 들은 거고……."

"그건 아니에요." 제가 단호하게 말했어요. "그거랑은 상관없어요, 잭. 전 성인이에요. 그런 수작은 전에도 당해 본 적 있고요. 그 정도는 감당할 수 있다고요. 다락방 문제랑은 전혀 상관없는 일이에요. 그건…… 완전히 다른 문제란 말이에요."

"진짜 더럽네요." 잭의 얼굴이 붉어졌어요. 잭은 화를 주체할 수 없는지 벌떡 일어나 주먹을 움켜쥔 채 창가로 갔다가 돌아왔어요. "제가……."

"잭, 그러지 말아요." 제가 다급하게 말했어요. 저도 잭을 따라 일어서서 잭의 팔을 잡아 제 쪽으로 끌어당겼어요. 그러다가 맙소사, 어쩌다 그런 일이 생겼는지 저도 잘 모르겠어요.

막장 소설처럼 묘사하지 않고는 달리 설명할 길이 없네요. 서로의 품속으로 녹아 들어가는 두 사람. 물결치는 파도처럼 부딪히는 입술과 입술. 유치하고 진부한 소설 속 묘사들을 다 동원해야 그 상황이 설명될 수 있을 거예요.

다만 녹아 들어가는 느낌은 없었어요. 부드러움도 없었죠. 단단하고 빠르고 다급하고, 너무나 강렬해서 아프기까지 했어요.

혀와 혀가 오가고, 서로를 물어뜯고, 제 손가락이 잭의 머리카락을 파고들었어요. 제 옷의 단추를 만지작거리는 잭의 손길, 곧 이어 살과 살이 맞닿고 입술과 입술이 얽히는 느낌. 글로 계속 써 나가기 좀 그래요. 글로 다 할 순 없지만 어쨌든 그 장면이 머릿속에서 떠나지 않아요. 생각을 멈출 수가 없다고요.

얼마 후 우리는 장작불 앞에 서로를 껴안은 채 누워 있었어요. 땀에 젖은 피부가 끈적거렸어요. 잭은 제 가슴 위에 머리를 두고 잠들어 있었어요. 제가 숨을 쉴 때마다 잭의 머리가 부드럽게 올라갔다 내려갔다 했어요. 전 한동안 잭을 가만히 바라봤어요. 엉덩이 아래쪽의 우유처럼 하얀 피부, 콧날에 점점이 박힌 주근깨, 광대뼈에 그늘을 드리운 짙은 속눈썹, 제 어깨에 동그랗게 걸쳐진 손까지. 하나하나 눈에 담았어요. 그러고는 고개를 들어 위쪽의 벽난로를 확인했어요. 베이비 모니터가 얌전하게 저를 기다리고 있었어요.

헤더브레로 돌아가기 싫었어요. 하지만 가야 할 운명이었죠.

저까지 잠에 빠져들 것만 같았을 때 반드시 돌아가야 할 시간이란 걸 직감했어요. 아니면 밤새 잭의 방에 누워 있다가 아이들 아침도 챙겨 주지 못하는 불상사가 생길 수도 있었어요. 새벽의 서늘한 공기 속으로 수치심에 사로잡혀 돌아가는 동안 아이들끼리 아침을 먹는 사태가 벌어질 수도 있었다고요.

게다가 리안논도 있었죠. 지금은 어디 있는지 몰라도 리안논이 돌아왔을 때 제가 잭의 방에 누워 있는 모습까지 보여 줄 순 없잖아요. 안 그래도 사모님에게 설명해야 할 것투성인데 야간 외출 건까지 보태는 무리수를 둘 순 없었어요.

사모님에게 다 털어놔야 했어요. 그 방법밖엔 없었어요. 잭의 품에 안겼을 때 깨달았어요……. 어쩌면 전부터 알고 있었는지도 모르겠네요. 하나도 빼놓지 않고 전부 다 말해야 했어요. 일자리를 잃는 한이 있더라도요. 사모님이 저를 해고한다 한들 제가 뭐라 할 처지는 아니었으니까요. 직업도, 돈도, 추천서도 없이 재정적 곤궁에 빠진다 해도 겸허히 받아들여야 했어요. 제가 자초한 일인걸요.

하지만 왜 그런 짓을 했는지 잘 설명한다면 혹시라도…….

바지를 거의 다 입었을 때 무슨 소리가 났어요. 베이비 모니터에서 나는 소리가 아니라 문밖에서 나는 소리였어요. 나무에서 나뭇가지가 떨어지는 것 같은 소리와 비슷했어요. 전 동작을 멈추고 숨죽인 채 귀를 기울였어요. 하지만 아무 소리도 나지 않았어요. 뭔지는 몰라도 페트라나 다른 아이들을 깨웠다면 베이비 모니터에서 울음소리가 들려야 했는데 베이비 모니터는 조용했거든요.

휴대 전화를 꺼내서 앱을 확인했어요. '페트라의 방'이라고 표시된 카메라 아이콘을 누르니 평소처럼 반듯이 누워 자는 페트라가 보였어요. 야간 등의 부드러운 불빛 때문에 선명하게 보이지 않았지만 페트라의 형체를 알아볼 정도는 됐어요. 혹시 몰라 잠시 카메라 영상을 지켜봤어요. 페트라가 자다가 한숨을 내쉬고는 엄지손가락을 입에 넣어 빨더라고요.

매디와 엘리의 방 카메라에는 아무것도 보이지 않았어요. 아이들에게 이불을 덮어 줄 때 야간 등을 켜 둔다는 걸 깜빡한 거예요. 해상도가 너무 낮아서 회색 반점이 찍힌 시커먼 화면 말고는 거의 아무것도 보이지 않았어요. 아이들이 깼다면 침대 옆에 있는 조명을 켰겠죠? 그러니 불이 아직 꺼져 있다는 건 일종의 좋은 소식이었어요.

전 청바지 단추를 잠그고 티셔츠를 입은 다음 머리를 정리했어요. 그러고는 잭의 뺨에 부드럽게 키스했어요. 잭은 아무 말 없이 돌아누우며 알아들을 수 없는 말을 중얼거렸어요. "잘 자, 린."이라고 말하는 것 같았어요.

순간 심장이 철렁 내려앉았어요. 전 몸을 부르르 떨며 잡생각을 털어 냈어요. '잘 자, 내 사랑, 자기도 잘 자' 등등 비슷한 말은 많잖아요. 설령 '잘 자, 린'이나 리즈, 아니면 다른 여자 이름을 댄다 한들 뭐 어쩌겠어요? 저도 과거가 있는데요. 잭도 마찬가지 아니겠어요? 한 무더기의 비밀을 간직한 저 같은 사람이 남의 비밀을 들춰 내 비난할 자격은 없었죠.

그때 그냥 떠났어야 했는데.

베이버 모니터를 들고 그대로 문밖으로 나왔어야 했어요.

하지만 헤더브레 저택으로 돌아가기 전에 마지막으로 한 번 더 잭을 보고 싶었어요. 벽난로 불빛 아래 황금빛으로 빛나는 피부, 감긴 두 눈, 살짝 벌어져서 마지막으로 한 번만 더 키스하고 싶어지는 입술.

그런데 뒤를 돌아봤을 때 뭔가가 눈에 들어왔어요.

조리대 위에 보라색 꽃이 있었어요. 순간 왜 그 꽃이 낯이 익는지, 왜 시선이 그 꽃에 닿았는지 알 수 없었죠. 그러다 불현듯 머릿속을 스치는 한 가지가 있었어요. 일전에 주방에서 발견해 커피 잔에 꽂아 놨던 것과 똑같은 꽃이었던 거예요. 잭이 주방 바닥에 그 꽃을 놓고 갔던 걸까요? 그렇지만 말도 안 돼요. 그도 그럴 것이 그날 밤 잭은 사장님 심부름 때문에 외출을 했었는데요. 아닌가? 다른 날 밤이었나? 잠을 잘 못 자서 그런지 날짜 감각을 상실했나 봐요. 그날이 그날 같아서 길고 끔찍한 밤이 아침까지 이어졌던 그때가 언제였는지 기억이 나지 않았어요.

기억을 떠올려 보려고 애쓰는데 또 다른 게 보였어요. 얼핏 봤을 땐 별거 아닌가 했는데 그 뭔가 때문에 발걸음을 멈췄어요. 불안감으로 속이 울렁거렸어요. 작게 돌돌 말린 끈이었어요. 아무런 해가 될 게 없는 끈을 보면서 왜 그리 불안했던 걸까요?

전 끈을 집어 들었어요.

두 번, 세 번 말아서 매듭을 지어 놓은 하얀색 끈이었는데 갑자기 끔찍할 정도로 익숙함이 느껴지는 거예요. 아주 날카로운 칼, 어쩌면 제가 독 화원에서 가져왔던 전지가위로 깔끔하게 반으로 자른 끈이었어요.

뭘로 잘랐건 중요하지 않았어요.

제가 독 화원 철문을 고정시키려고 묶어 둔 끈이었다는 게 중요했죠. 아이들을 보호하려고 아이들 손에 닿지 않도록 높은 곳에 묶어 놨던 그 끈이요. 그런데 그게 왜 잭의 주방에 있었을까요? 그게 왜 꽃 바로 옆에 놓여 있었을까요?

휴대 전화를 꺼내 검색을 했어요. 뭐가 나올지 이미 알고 있었던 듯 가슴이 벌렁거렸어요. '독이 있는 보라색 꽃'을 검색 창에 쳐 넣고 결과로 나온 이미지를 눌렀어요. 두 번째 이미지에 기이하게 축 처진 밝은 보라색 꽃이 나왔어요. '아코니툼(투구꽃)'으로 시작되는 설명을 읽는데 한 줄 한 줄 읽어 나갈 때마다 심장이 세차게 벌렁거렸어요. '영국 토종의 독성이 강한 꽃이다. 아코니툼은 심장과 신경을 마비시키는 독성을 지니고 있고, 아코니툼의 줄기, 잎사귀, 꽃잎 혹은 뿌리까지 모든 부위가 인체에 치명적일 수 있다. 아코니툼은 먹었을 때 사망에까지 이를 수 있으며, 피부 접촉만으로도 증상을 보일 수 있으므로 정원사들은 각별히 조심해야 한다.'

바로 아래에 아코니툼과 관련된 사망 사건, 살인 사건 목록이 있었어요.

화면을 끄고 믿을 수 없다는 표정으로 잭을 돌아봤어요. 진정 잭의 짓일까요?

잠겨 있는 독 화원에서 잭이 독이 있는 식물들을 다듬었다고요? 그 끔찍한 장소를 잭이 관리했다고요?

제가 아이들을 보호하려고 만들어 둔 장치를 잭이 풀어 버렸다고요?

독성이 강한 꽃을 골라서 주방 한가운데 떡하니 놔둔 게 잭이라고요? 그 꽃을 만진 사람은 저뿐이었지만 아이들이나 개들도 쉽게 발견할 수 있는 곳에 잭이 그 꽃을 둔 거잖아요.

방금 저랑 한바탕 일을 치렀던 사람이요.

하지만 왜요? 이유가 뭘까요? 또 무슨 짓을 했을까요?

그렇다면 귀가 멍멍해질 정도로 시끄러운 음악 소리가 울려 퍼지게 시스템을 조작해서 한밤중에 저와 아이들을 깨운 사람도 잭이었을까요?

초인종을 작동시켜서 잠자던 저를 깨우고, 끼익, 끼익거리는 끔찍한 발자국 소리로 저를 깨운 사람도 잭이었다고요?

하지만 가장 끔찍한 건 따로 있었어요. 잠겨 있는 다락방에 그 무시무시한 글자들을 써 놓고 나와서 판자로 출입구를 막아 놓은 다음 적당한 때에 다락방을 다시 '찾아낸' 사람이 잭?

휴대 전화를 주머니에 집어넣는데 숨이 가빠지고 손이 벌벌 떨렸어요. 당장 밖으로 나가야 할 것 같았어요. 무슨 수를 써서라도 잭한테서 멀어져야 했어요.

굳이 조용히 하려고 애쓰지 않은 채 문을 활짝 열어젖히고 밖으로 나왔어요. 그리고는 뒤도 돌아보지 않고 거세게 문을 닫았어요. 비가 내리고 있었어요. 빗속을 달려가는 얼굴 위로 빗방울이 후두둑 떨어졌어요. 목구멍이 막히고 눈앞이 흐릿해졌어요.

다용도실 문은 여전히 열려 있었어요. 안으로 들어가 다용도실 문에 기대서서 티셔츠로 얼굴을 닦으며 정신을 차려 보려고 했어요.

젠장. '젠장.' 제 인생에 들어온 남자들은 왜 다 그 모양인지. 왜 전부 다 그런 개자식들뿐일까요?

분노로 차오르는 거친 숨을 진정시키고 있는데 좀 전에 희미한 소리가 들렸던 게 기억났어요. 잭의 방에서 옷을 입을 때 들렸던 소리요. 헤더브레 저택은 제가 나올 때 모습 그대로였어요. 복도에 내팽개쳐진 리안논의 하이힐이나 계단 발치에 아무렇게나 던져 놓은 핸드백 따위는 없었어요. 솔직히 리안논이 돌아와 있을 거라고 생각하지 않았어요. 리안논이 왔다면 자동차 소리가 들렸을 테니까요. 아마 개가 낸 소리였을 거예요.

전 한 번 더 눈을 닦고 신발을 벗은 다음 천천히 주방으로 걸어갔어요. 콘크리트 바닥에서 따뜻한 온기가 희미하게 올라왔어요. 헤로와 클로드는 자기들 자리에서 낮게 코를 골며 자고 있었어요. 제 인기척에 살짝 고개를 드는가 싶었지만 다시 축 처진 채 꿀잠 모드로 들어갔어요. 전 식탁에 앉아 양손에 얼굴을 파묻고는 어떻게 해야 할지 생각했어요.

이 상태로 잠자리에 들 순 없었죠. 여하튼 간에 리안논이 아직 집에 오지 않았기 때문에 그 문제를 이대로 넘길 수 없겠더라고요. 제가 해야 하는 일은, 아니 저에게 꼭 필요한 일은 사모님에게 메일을 보내는 거였어요. 지금까지 일어난 모든 일을 적절하게 잘 설명하는 메일을 쓰는 거요.

하지만 그전에 먼저 해야 할 일이 있었어요.

생각할수록 잭의 행동은 앞뒤가 들어맞지 않았어요. 독 화원 문제뿐만 아니라 모든 게 다. 일이 생길 때마다 그곳엔 늘 잭이 있었어요. 잭은 집 안에 있는 모든 방의 열쇠를 가지고 있었고, 접근이 허용되지 않은 일부 홈 관리 시스템에도 들어갈 수 있는 것 같았거든요. 스피커에서 시끄러운 음악 소리가 터져 나왔던 날 밤에 잭이 앱을 조작하는 방법을 어떻게 알아냈을까요? 다락방 열쇠도 그래요. 잭이 가지고 있던 열쇠 중에서 우연히 다락방으로 올라가는 문의 열쇠가 있었던 걸까요?

잭이 뭐라고 했든 잭의 성은 그랜트잖아요. 혹시 제가 놓친 연결 고리가 있는 건 아닐까요? 잭이 켄위크 그랜트 박사의 오래전 잃어버린 친척이라서 엘린코트 부부를 자기 조상의 집이나 다름없는 이곳에서 쫓아내기 위해 돌아온 걸까요?

아니에요. 그럴 리 없어요. 게다가 마지막 가정은 너무 극단적이었죠. 19세기 소작농의 복수극 같은 상황이 펼쳐질 리 없었으니까요. 잭이 엘린코트 부부를 쫓아내서 얻는 게 뭔데요? 아무것도 없어요. 엘린코트 부부를 쫓아내도 또 다른 잉글랜드 출신 부부가 헤더브레 저택에 들어와 살 텐데요. 더군다나 엘린코트 부부를 노리고 벌어지는 일 같지도 않았고요. 벌어지는 이 모든 일들은 저를 겨냥하고 있었어요.

이전 아이 돌보미 네 명, 홀리까지 치면 다섯 명이 헤더브레 저택을 떠났다잖아요. 그것도 그냥 떠난 게 아니라 조직적으로 한 명씩 쫓겨나다시피요. 사장님의 손버릇 때문이라고 생각할 뻔했지만 제 경험으로 봐서 그건 이유가 아닐 거예요. 이 집에 있는 누군가, 아니면 뭔가가 고의적으로 끊임없이 아이 돌보미들을 괴롭혀서 쫓아내고 있었어요.

그게 누군지 모르지만요.

눈 안쪽 어딘가에서 둔탁한 통증이 몰려오기 시작했어요. 다친 손가락도 더 욱신거렸고요. 처음엔 머리만 가볍게 띵했는데 지독한 숙취가 일찌감치 시작되는 것 같았어요. 하지만 이대로 무너질 순 없었어요. 식탁 의자에서 천천히 내려와 비틀거리며 싱크대로 걸어가서 얼굴에 찬물을 끼얹었어요. 앞으로 어떻게 할지 고민하려면 일단 정신을 차려야 했어요.

느슨하게 풀어진 머리카락에서 물이 뚝뚝 떨어지는 것도 개의치 않고 싱크대에 몸을 지탱하고 섰는데 뭔가를 발견했어요. 제가 나갔던 시점에서는 분명히 없었던 거요. 아니 없었던 것 같아요. 그때 당시에 '분명히'란 말로 확신할 수 있는 건 단 하나도 없었어요.

아무튼 제 시선을 끈 건 제가 마시다가 싱크대에 둔 와인 병이었어요. 병 속에 한 잔 정도의 술이 남아 있어야 맞는데 빈 병인 거예요. 그리고 음식물 쓰레기 처리기 가장자리에 뭉개진 열매 하나가 있었어요.

으깨진 블루베리나 산딸기일 수도 있었죠. 하지만 단순한 열매 찌꺼기가 아닐 것 같은 예감이 들었어요.

음식물 쓰레기 처리기로 천천히 손을 뻗는데 심장이 미친 듯이 날뛰었어요.

스테인리스로 된 입구 속으로 깊이 손을 뻗었어요. 마침내 손가락이 바닥에 있는 뭔가에 닿았어요. 부드러웠다가 딱딱해지는 뭔가를 덩어리째 움켜쥐자 손가락이 그 속으로 푹 들어갔어요.

곤죽이 된 열매였어요. 주목, 호랑가시나무, 월계수귀롱 열매 같아 보였죠.

배수구로 수돗물을 흘려보냈음에도 배수구에 달라붙어 있는 와인 찌꺼기 냄새를 아주 선명하게 맡을 수 있었어요.

어찌된 일인지 알 수가 없었어요. 전혀 말이 안 되는 일이었어요. 제가 집을 나갈 때만 해도 와인에 열매는 없었거든요. 열매가 어떻게 그 속에 들어갔을까요? 와인 병은 제가 직접 땄단 말이에요.

그렇다면 제가 보지 않을 때 누가 그 속에 열매를 넣었다는 말이잖아요. 밤에 아이들이 잠들고 나서 누군가 주방에 들어온 거예요.

그런데…… 또 다른 누군가가 열매가 든 술을 쏟아 버린 거죠.

이 집에는 저를 쫓아내고 싶어 하는 사람과 저를 지키려고 하는 사람이 있는 것 같은데. 대체 누가, 누가 이런 짓을 하는 걸까요?

그게 누군지는 몰랐지만 어디를 살펴봐야 답을 찾을 수 있는지는 알고 있었어요.

몸을 곧추세우자 가슴이 답답해졌어요. 청바지 주머니를 뒤져서 흡입기를 꺼내 한 모금 들이마셨지만 긴장이 풀리지 않았어요. 계단으로 가서 어둠 속으로 올라가는데 숨이 가쁘고 얕아졌어요.

계단 꼭대기에 점점 더 가까워지자 지난번에 제 방 앞에서 문 손잡이를 잡은 채 우두커니 서서 아무것도 하지 못했던 제 모습이 떠올랐어요. 그때 전 안으로 들어갈 자신이 없어서, 문 뒤에서 살아 숨 쉬는 듯한 어둠을 대면할 자신이 없어서 이러지도 저러지도 못하고 그저 서 있을 수밖에 없었어요.

하지만 이제는 헤더브레 저택에 출몰하는 것이 사람이라는 생각이 들기 시작했어요. 이번에는 과감하게 손잡이를 돌려서 문을 열고 기필코 증거를 찾아내겠다고 다짐했어요. 간밤의 사건들에 대해 사모님에게 전달할 때 보여 줄 증거를 찾고야 말겠다고요.

계단을 끝까지 올라간 순간 제 방문이…… 열려 있는 걸 목격했어요. 분명히 닫혀 있었는데.

방문 앞에 서서 문 아래 틈을 노려보는데 손잡이를 돌리지 못했던 기억이 선명하게 떠올랐어요.

그랬던 그 문이 열려 있었어요.

또다시 추워졌어요. 한밤중에 벌벌 떨면서 깨어나 온도가 내려가 있고 에어컨이 켜져 있다는 걸 발견했을 때보다 훨씬 더 추웠어요. 방 안이 서늘하기만 한 게 아니라 진짜로 불어 들어오는 바람의 기운이 느껴졌어요.

갑자기 단단했던 결의가 불길 속에 들어간 비닐처럼 쪼그라들어서 제 안으로 사라지는 것 같았어요. 시커멓고 단단한 제 안의 중심부로 녹아 들어가 돌돌 말리는 것 같았죠.

대체 어디서 바람이 불어 들어오는 걸까요? 다락방 문에서? 다락방 열쇠가 제 주머니 속에 있는데도, 잭이 마당 건너편의 자기 방에 잠들어 있는데도 다락방 문이 열려 있다면······. 너무 무서워서 소리라도 지르고 싶었어요.

하지만 곧 정신을 가다듬었어요.

말도 안 되죠. 유령이라니요. 다락방에는 수북한 먼지와 50년 전 죽은 아이들의 그저 그런 장난감밖에 없었다고요.

방으로 들어가 스위치 패널의 버튼을 눌렀어요.

아무 반응이 없었어요. 다른 사각형을 눌러 봤어요. 어젯밤에 켰던 전등 스위치가 분명했는데도 아무런 변화가 없었어요. 눈에 보이지 않는 환풍기만 윙윙 돌아가기 시작했어요. 한참 동안 어둠 속에 서서 어떻게 해야 할지 생각해 봤어요. 다락방 문의 열쇠 구멍을 통해 새어 나오는 먼지 섞인 서늘한 공기 냄새가 맡아졌어요. 다른 소리도 들렸어요. 예전에 들었던 끼익, 끼익하는 소리가 아니라 나지막하게 기계적으로 윙윙거리는 소리였어요.

난데없이 분노가 솟구쳤어요.

저 위에 뭐가 있는진 모르지만 계속 이렇게 벌벌 떨고만 있긴 싫었어요. 누군가가, 뭔가가 저를 헤더브레 저택에서 쫓아내려고 했지만, 전 나름대로 그 수작에 당하고만 있지 않을 생각이었어요.

몸속에 남아 있는 술기운 덕분인지, 아니면 내일 사모님에게 전화하면 집으로 돌아가게 될 가능성이 높다는 사실 때문인지 무모한 용기가 샘솟았어요. 주머니에서 휴대 전화를 꺼내 손전등을 켜고 다락방 문으로 향했어요.

그때 윙윙거리는 소리가 다시 들렸어요. 머리 위에서 나는 소리였어요. 귀에 익은 소리였지만 뭔지 정확히 꼬집어 말할 수는 없었죠. 화난 말벌이 사납게 움직이는 소리 같았지만 뭔가……
기계적인 소리라서 생물의 소리 같진 않았어요.

바지 주머니 속의 열쇠는 그대로였어요. 다리에 단단하고 딱
딱한 열쇠가 느껴지고 있었어요. 전 열쇠를 꺼냈어요.

조심스럽게 열쇠 구멍에 열쇠를 집어넣고 돌렸어요. 뻑뻑했
지만 지난번만큼은 아니었어요. 윤활 스프레이를 뿌려 놓은 덕
분이겠죠. 살짝 걸리긴 했지만 잭이 열쇠를 억지로 끼워 넣었을
때처럼 금속과 금속이 부딪히는 굉음 없이 열쇠가 조용히 돌아
갔어요.

문을 지그시 밀어 열었어요.

지난번에 맡았던 것과 똑같은 냄새가 났어요. 눅눅하고 퀴퀴
한 죽음의 냄새, 버려진 장소의 냄새.

다만 그때와 달리 위에 뭔가가 있었어요. 하얀 빛을 약하게 내
뿜는 뭔가가 다락방 계단의 거미줄을 비추고 있었어요. 하지만
잭과 제가 다락방을 나온 이후로 누군가 다시 다락방을 올라가
는 일은 불가능했어요. 우선 열쇠가 저한테 있었고 다락방을 나
오면서 끊어졌던 거미줄이 다시 겹겹이 쳐져 있었으니까요. 거
미줄을 건드리지 않고서는 다락방에 올라갈 순 없었어요. 전 입
과 눈에 달라붙는 거미줄을 손으로 걷어내며 조심스럽게 다락
방으로 올라갔어요.

무슨 빛일까요? 작은 창문으로 새어 들어오는 달빛일까요?
빛에 노출된 다락방이 온갖 지저분한 것들에 뒤덮여 있는 광
경은 얼마나 음산할까 상상하며 조심스럽게 계단을 밟았어요.

계단을 다 올라가서 조용히 한숨을 내뱉고 마음의 준비를 한 다음 다락방 안으로 들어갔어요.

곧장 두 가지가 눈에 띄었죠.

한 가지는 다락방은 어제 잭을 따라서 계단을 내려가기 전에 마지막으로 훑어봤던 모습 그대로라는 것이었어요. 인형 더미에서 떨어져 나와 다락방 중앙까지 굴러왔던 인형 머리만 빼고요. 그 인형 머리는 사라지고 없더라고요.

또 다른 한 가지는 창문으로 들어오는 달빛이 놀라울 정도로 밝은 것이었어요. 잭이 닫아 뒀던 창문은 다시 열려 있었어요. 걸쇠가 제대로 걸리지 않았던 모양이었나 봐요. 왠지 짜증이 나서 끼익거리는 마룻바닥을 성큼성큼 걸어가 잭이 그랬던 것보다 훨씬 세게 창문을 닫아 버렸어요. 그러고는 걸쇠를 찾으려고 어둠 속을 더듬거렸어요. 구멍이 뚫린 혓바닥처럼 긴 걸쇠를 찾았어요. 걸쇠는 거미줄투성이였어요. 거미줄을 걷어내는데 거미줄에 걸려 죽은 벌레가 바스러지는 게 느껴졌어요. 창문이 다시는 저절로 열리지 않도록 걸쇠를 단단히 끼워 넣었어요.

드디어 창문이 꽉 잠겼어요. 전 손을 털면서 뒤로 물러섰어요. 창문을 닫으니 흰 곰팡이가 핀 유리창이 대부분의 빛을 차단해서 가느다란 빛줄기 하나만 간신히 들어왔어요. 계단을 향해 돌아서는데 휴대 전화 손전등이 마룻바닥을 비추면서 뭔가가 눈에 들어왔어요. 또 다른 빛이었어요. 좀 더 희미하고 파란 빛이요. 창문 맞은편의 다락방 구석에서 나오는 빛이었어요. 그림자에 완전히 묻힌 구석이라서 빛이 있을 만한 자리가 아니었는데 말이죠.

뭔지 보려고 다가가는데 심장이 쿵쾅거리기 시작했어요. 아래층 방으로 연결된 곳일까? 아니면 다른 뭔가로? 무슨 빛인지는 몰라도 커다란 상자 뒤쪽에 숨겨져 있었어요. 전 상자를 거칠게 옆으로 밀어 치웠어요. 더 이상 조용히 움직일 생각이 전혀 없었어요. 제가 다락방에 있는 걸 누가 알든 말든 상관없었죠. 그저 이곳에서 무슨 일이 벌어지고 있는지 알아내고 싶은 마음뿐.

눈앞에 드러난 광경에 소스라치게 놀라 뒤로 물러섰다가 자세히 보려고 무릎을 꿇었어요.

낡은 상자 뒤에는 작은 소지품들이 쌓여 있었어요. 책 한 권, 초콜릿바 포장지 몇 개, 팔찌, 목걸이, 시들어 가는 잔가지와 열매 한 줌.

그리고 휴대 전화.

다락방 저편에서 제가 본 건 그 휴대 전화 불빛이었어요. 휴대 전화를 집어 들자 다시 윙윙거리기 시작했어요. 그제야 제가 들었던 이상한 소리가 바로 그 휴대 전화 진동 소리였다는 걸 깨달았어요. 휴대 전화가 업데이트되며 꺼졌다가 켜지면서 진동이 울렸던 거예요.

몇 년 전 제가 썼던 것과 비슷한 구형 휴대 전화였어요. 전 제 옛날 휴대 전화가 먹통이 됐을 때 사용했던 방법을 시도해 봤어요. 음량 버튼과 전원 버튼을 동시에 한참 동안 누르는 거요. 잠시 후 액정이 흔들리더니 새카매졌고, 전 다시 전원을 켰어요.

휴대 전화가 다시 켜지기를 기다리는데 휴대 전화와 함께 있던 잡동사니 속에서 반짝거리는 은빛 물건이 보였어요. 쓸데없는 쓰레기 더미 속에 천연덕스럽게 자리하고 있는 그것에 휴대 전화 손전등이 비쳐 반짝거렸어요.

바로 제 목걸이였어요.

믿을 수 없는 표정으로 목걸이를 집어 드는데 심장이 밖으로 튀어나올 만큼 빠르게 뛰었어요. 제 목걸이였다고요. 없어졌던 제 목걸이요. 아니 제 목걸이가 왜 거기 있냐고요.

주방에 얼마나 오래 앉아 있었는지 모르겠어요. 얇은 목걸이 체인을 손에 감고 찻잔을 만지작거리며 뭐가 어떻게 된 일인지 곰곰이 생각해 봤어요.

다락방에서 주운 휴대 전화도 가지고 내려왔어요. 비밀번호를 몰라서 화면을 열어 보지 못하니 누구 것인지 확인할 수 없었어요. 오래된 휴대 전화고 와이파이에 연결은 돼 있으나 유심 카드는 들어 있지 않은 것 같았어요.

제 신경을 긁는 건 그 휴대 전화가 아니었어요. 물론 다락방에서 휴대 전화를 찾아낸 자체도 평범한 일은 아니죠. 하지만 거기 그 어둠 속에, 썩어 가는 깃털들 사이에 너무나 개인적인 물건인 제 목걸이가 숨겨져 있었다니. 그게 더 끔찍한 거예요. 일단은 리안논이 어디에 있는지 걱정해야 했어요. 리안논이 떠났을 때 나눴던 대화도 이어 가야 했고요. 사모님에게 진실을 어떻게 알릴지도 고민해 봐야 했죠.

머릿속에 이 모든 생각을 한번에 돌리는 와중에도 다락방에서 찾아낸 목걸이가 자꾸 끼어들어 저를 방해했어요. 제 목걸이가 언제 어떻게 잠긴 다락방으로 들어갔는지 알아내는 것도 시급한 문제였죠. 다락방 열쇠는 저한테 있었고, 다락방으로 올라가는 통로에 겹겹이 쳐진 거미줄이 멀쩡했는데 어떻게 제 목걸이가 다락방에 있었을까요? 잭과 제가 들어가기 전부터 거기에 있었던 걸까요? 하지만 그건 말이 되지 않았어요. 그 다락방은 몇 달 동안, 아니 몇 년 동안 판자로 막혀 있었는걸요. 자욱한 먼지와 두껍게 쳐진 거미줄만 봐도 아주 오랜 시간 아무도 그 계단을 올라가지 않았다는 걸 알 수 있었어요. 창문은 제 머리며 어깨가 들어가지 않을 정도로 작았고요.

목걸이를 찾고 나서 천장 문이나 바닥 문, 혹은 숨겨진 문이 있는 건 아닌지 다락방을 샅샅이 뒤졌지만 아무것도 없었어요. 빅토리아풍 마룻바닥은 끊긴 데 없이 쭉쭉 이어져 있었고, 사방의 벽은 지붕 타일과 매끈하게 연결돼 있었고요. 다락방의 가구란 가구는 다 치워 봤고, 천장에서 바닥까지 구석구석 모두 살펴봤어요. 다락방에서 제 침실로 이어지는 계단을 제외하면 사람이 들고 날 만한 길이 전혀 없다고 확신했어요.

밤하늘에 달이 높게 걸려 있었어요. 인덕션 위에 걸린 시계가 새벽 3시와 4시 사이를 가리켰어요. 마침 진입로의 자갈길을 굴러오는 타이어 소리가 들렸어요. 현관 바깥에서 속삭이며 웃는 소리, 누군가 스위치 패널을 작동시켰는지 현관문이 자동으로 열리는 소리가 이어졌어요. 자동차가 떠나고 문이 조용히 닫혔어요. 조심스러운 발자국 소리에 이어서 발을 헛디디는 소리가 들렸어요.

속이 뒤집어지는 것 같았지만 진정하려고 애썼어요.

"안녕, 리안논." 전 차분하게 리안논을 불렀어요. 복도에서 나던 발자국 소리가 딱 멈췄어요. 이어서 혐오 가득한 리안논의 외침이 이어졌어요.

"빌어먹을."

리안논은 비틀거리며 주방으로 왔어요. 화장은 반쯤 지워졌고, 스타킹은 올이 나가 있었어요. 달콤한 술 냄새가 강하게 풍겼어요. 냄새로 보아 하니 드람뷔[24] 같았어요. 말리부도 좀 섞인 것 같았고요. 레드불도 섞어 마셨나?

"취했네." 제가 지적하자 리안논이 심술궂은 웃음을 픕 터뜨렸어요.

"남 말하시네. 여기 재활용 쓰레기통에도 와인 병이 굴러다니는데요."

전 어깨를 으쓱했어요.

"그러게. 그래도 이대로 넘어갈 순 없어, 리안논. 부모님께 말씀드려야겠어. 이런 네 행동을 모른 척 눈감아 줄 순 없거든. 넌 아직 열네 살이야. 네가 어디에 있는지, 누구와 함께 있는지도 몰랐는데 무슨 일 생겼으면 어쩔 뻔했니?"

"알겠어요." 리안논은 식탁 의자에 풀썩 쓰러지듯 앉아 비스킷 통을 끌어당겼어요. "맘대로 해요, 레이첼. 단 어떤 일이 벌어질지 각오는 하시고요."

"아무래도 상관없어." 리안논이 비스킷을 하나 꺼내고 비스킷 통을 밀어 줬어요. 전 차분하게 다이제스티브를 하나 꺼내 차에 담가 적셨어요. 떨지 않으려고 했는데도 손이 떨렸어요. "난 결심했어. 너희 엄마한테 다 말할 거야. 잘리면 어쩔 수 없고."

"잘리면?" 리안논이 콧방귀를 뀌었어요. "하, 뭔가 대단히 착각하고 계시네. 당신은 가짜 이름으로 여기 왔어요. 자격증도 다가짜 아니에요? 고소당하지 않으면 다행이라고요."

"그럴지도 모르지. 하지만 그래도 상관없어. 이제 올라가서 화장 지워."

"아이씨, 당신이나 잘해." 리안논이 입속에 다이제스티브를 가득 머금고 소리치는 바람에 과자 부스러기가 얼굴에 마구 튀었어요. 전 움찔하며 얼굴에 튄 과자를 털어 냈어요.

"이 못된 것아!" 꾹꾹 눌러놨던 화가 치솟아 올랐어요. "너 대체 왜 그러는 거야?"

"제가 뭐요?"

"너, 진짜! 왜 그렇게 날 싫어하냐고! 내가 너한테 뭘 했다고? 혼자 있고 싶어서 그래? 여기서 일하는 사람들한테 못되게 굴면 이 집을 독차지할 수 있을 것 같아서?"

"당신이 뭘 안다고 그래요?" 리안논도 저 못지않게 화가 난 것 같았어요. 리안논이 의자를 뒤로 세게 밀치며 일어나서 콘크리트 바닥에 의자가 꽝 하고 넘어지는 소리가 울려 퍼졌어요. "그냥 조용히 꺼져 버려요. 우린 당신이 싫어요. 당신이 필요 없다고요."

따갑게 쏘아붙이고 싶은 말이 혀끝에 맴돌았어요. 하지만 주방 불빛을 받은 리안논의 헝클어진 금발 머리가 불꽃처럼 활활 타오르고, 리안논의 얼굴이 분노와 고통으로 일그러지는 모습을 보고 있자니 매디가 겹쳐 보이는 거예요. 거기에 제 모습도 떠올라서 가슴이 살짝 아렸어요.

제가 열다섯 살 때였어요. 귀가 시간이 한참 지나 집에 들어가서는 건들건들하게 서서 엄마에게 소리쳤어요. "엄마가 걱정을 하든 말든 신경 안 써. 누가 잠도 안 자고 기다리라고 했어?

날 돌봐 줄 사람 따위 필요 없어!"

물론 거짓말이었죠. 새빨간 거짓말.

제가 왜 그런 행동들을 했는지, 왜 시험을 칠 때마다 만점을 받았는지, 왜 매번 귀가 시간을 어겼는지, 왜 항상 제 방을 깨끗하게 정리했는지, 왜 매번 하라는 걸 하지 않았는지. 그건 전부다 한 가지 이유 때문이었어요. 엄마의 관심을 끌기 위해서. 엄마가 저를 돌봐 주기를 바랐기 때문이었어요.

전 14년 동안 완벽한 딸이 되기 위해 갖은 노력을 기울였지만 아무리 노력해도 결코 충분하지 않았어요. 글씨를 아무리 예쁘게 써도, 받아쓰기 시험에서 점수를 아무리 높게 받아도, 미술 과제를 아무리 잘해도 엄마에게는 충분하지 않았던 모양이에요. 오후 내내 엄마를 위해 색칠 공부를 했지만 엄마는 제가 재채기를 하다가 살짝 삐끗한 부분만 지적했어요.

토요일 내내 제 방을 완벽하게 정리했는데도 엄마는 제가 신발을 복도에 벗어 놨다고 불평했어요.

제가 뭘 하든 엄마 눈에는 못마땅했던 거죠. 전 너무 빨리 자랐고, 제 옷은 너무 비쌌어요. 제 친구들은 너무 시끄러웠고요. 전 너무 통통하거나 반대로 너무 깨작깨작 먹었어요. 머리카락은 너무 엉망이었고, 너무 두껍거나 뻣뻣해서 엄마 취향대로 단정하게 땋거나 포니테일로 묶을 수도 없었어요.

그래서 10대가 된 저는 정반대로 행동하기 시작했어요. 완벽을 추구했던 과거를 버리고 결점 많은 인간이 되려고 했어요. 외박을 하고, 술을 마시고, 성적이 쭉쭉 떨어져도 눈 하나 깜짝하지 않았어요. 지독히 순종적인 여자아이에서 지독히 반항하는

10대 소녀로 변해 버렸죠.

그래도 달라지는 건 없었어요. 제가 무슨 짓을 해도 엄마가 원하는 딸은 되지 못했거든요. 오히려 그 사실만 확실하게 증명해 준 꼴이 됐어요.

제가 엄마의 인생을 망쳤어요. 그것이 엄마와 저 사이에 흐르는 암묵적인 사실이었어요. 때문에 전 떠나려는 엄마를 더욱더 세게 붙잡았어요. 그러다 결국 엄마의 얼굴에 드러나는 진실을 마주할 수 없는 상태가 됐고요.

전 열여덟 살에 평범한 A 레벨 점수로 돌보미 제의를 받고 집을 떠나 클래펌으로 향했어요. 더 이상 귀가 시간을 지킬 필요가 없는 나이였죠. 자지 않고 기다리는 사람한테서 밤늦게 들어왔다고 혼날 일도 없는 나이요.

그런데 사실은 말이죠. 전 저를 옆에서 돌봐 줄 누군가가 절실히 필요했어요.

리안논도 마찬가지 아닐까요?

"리안논……." 전 안타까운 마음을 한껏 드러내며 리안논에게 다가갔어요. "나도 알아. 홀리가 떠나고 나서……."

"그 이름 꺼내지 말아요." 리안논이 으르렁댔어요. 리안논은 뒷걸음을 치다가 비틀거렸어요. 갑자기 리안논이 어린아이처럼 보였어요. 옷 입는 법도 제대로 배우지 못해 제 나이보다 훨씬 들어 보이는 옷을 걸치고 불안정하게 서 있는 소녀 같았어요. 화가 나서 입술을 실룩거렸지만 실은 울지 않으려고 애쓰는 게 아닌가 싶었어요. "그 추잡한 마녀 같은 여자 얘긴 하지도 말라고요."

"누구? 홀리?" 전 깜짝 놀랐어요. 뭔가가 있었어요. 지금까지 리안논한테서 느꼈던 세상을 혐오하고 적대시하는 일반적인 감정과는 완전히 다른 것이었어요. 날카롭고 악의 넘치는, 아주 개인적인 감정이 실린 목소리였어요.

"무, 무슨 일 있었니? 홀리가 너희를 버리고 떠나서 그래?"

"우리를 버렸다고요?" 리안논이 우습다는 듯이 코웃음을 쳤어요. "젠장, 아니에요. 그 여자는 우리를 버리지 않았어요."

"그럼 왜 그러는 거야?"

"왜 그러냐고요?" 리안논은 평소 본인의 상류층 발음을 꼬면서 저의 런던 남부 발음을 조롱하듯 흉내 내며 되물었어요. "그여자는 우리 아빠를 훔쳐갔어요."

"뭐라고?"

"사랑하는 우리 아빠요. 그 여자는 2년 가까이 우리 아빠랑놀아났어요. 그런 추잡한 행각을 숨기려고 매디와 엘리를 자기편으로 끌어들여 엄마한테 거짓말을 하게 했어요. 더 끔찍한 게뭔지 알아요? 제 친구가 놀러 와서 눈치채고 말해 줄 때까지 전그 사실을 전혀 모르고 있었다는 거예요. 처음에는 친구 말을 믿지 않았어요. 그래서 두 사람이 직접 진실을 밝히도록 작전을 짰죠. 아빠 서재에는 감시 카메라가 없어요. 그거 알았어요?" 리안논은 날카롭고 씁쓸한 웃음을 터뜨렸어요. "웃기죠. 아빠는 식구들 모두를 감시할 수 있는데 자기 사생활은 철저하게 보호한다니까요. 전 페트라의 베이비 모니터를 아빠 책상 아래에 꽂아 놓고 두 사람의 대화를 엿들었어요. 아빠가 홀리에게 사랑한다고, 엄마를 떠날 거라고 말하면서 참고 기다리면 약속했던 대로 런던에서 함께 살 수 있다고 했어요."

이런 젠장. 전 리안논의 어깨를 두 팔로 감싸 안고 괜찮다고, 네 잘못이 아니라고 말해 주고 싶었어요. 하지만 실제로는 꼼짝할 수 없었죠.

"그 여자가 아빠를 살살 꼬드기면서 더 이상 기다릴 수 없다고, 함께 지내고 싶다고 애원하는 소리도 들었어요. 그 여자가 아빠한테 뭘 바라는지 전부 다 들었다고요. 그 여자는……." 리안논은 순간 혐오감에 목이 메어 말을 잇지 못했어요. 그러다 다시 진정이 됐는지 침착하게 팔짱을 꼈어요. 얼굴에는 나이에 비해 너무 조숙한 슬픔의 가면을 쓴 채로요. "그래서 그 마녀를 함정에 빠뜨렸죠."

"무슨……." 하지만 전 말을 끝맺을 수가 없었어요. 말이 아예 나오지 않았어요.

리안논은 미소를 지었지만 눈물을 참는 듯 얼굴이 일그러졌어요.

"그 여자를 카메라 앞에 세워 놓고 저를 때릴 때까지 몰아붙였어요."

맙소사. 매디가 리안논을 보고 배워서 저를 도발하는 짓을 한 거였어요.

"그러고는 나가라고 했어요. 안 그러면 그 영상을 유튜브에 올려서 다시는 이 나라에서 일을 못하게 만들겠다고요. 그 후로……."

리안논이 숨을 헐떡이면서 말을 멈췄다가 다시 이어 가려고 했어요.

"그 후로……."

하지만 말을 마치지 못했어요. 더 필요한 말도 없었고요. 리안 논이 무슨 말을 하려고 하는지 알겠더라고요.

"리안논……." 전 야생 동물을 길들이듯 손을 뻗어 리안논에게 다가갔어요. 제 입에서 떨리는 목소리가 흘러나왔어요. "리안논, 맹세할게. 내가 너희 아빠와 놀아날 확률은 백만 분, 아니 천만 분의 일도 없어."

"장담 못할걸요." 눈물이 리안논의 두 뺨으로 흘러내려 얼굴이 퉁퉁 부어올랐어요. "다들 여기 왔을 때는 그렇게 생각하죠. 하지만 아빠는 계속계속 여자들을 건드리고, 그 여자들은 잘릴까 봐 거부하지 못해요. 아빠는 돈이 있고, 원하는 게 있을 때는 아주 다정다감하게 굴 수 있어요. 당신도 알죠?"

"아니." 전 고개를 가로저었어요. "절대 아냐. 절대 그럴 일 없어. 리안논, 내 말 들어 봐. 이유를 말해 줄 순 없지만 그건 절대, 있을 수 없는 일이야. 난 절대 그런 짓 안 해."

"못 믿어요." 리안논이 흐느낌이 뒤섞인 목소리로 말했어요. "아빠는 전에도 그런 적이 있어요. 홀리 이전에도요. 그때는 진짜 떠나 버렸죠. 아빠한테 다른 가족이 있었어요. 다른 갓난아기요. 어느 날 엄마가 하는 얘기를 들었어요. 아빠가 그들을 버리고 떠났다고요. 아빠는 그런 사람이에요. 제가 막지 않았다면 아빠는 그렇게……."

리안논의 목소리가 끝내 흐느낌에 묻혔어요. 끔찍한 현실이 물밀듯이 밀려 들어오는 것 같았어요. 전 리안논의 두 팔을 잡고 진정시키려고 했어요. 말할 수 없는 진실은 어쩔 수 없지만, 서로의 마음을 연결하고 확고한 제 마음만은 제대로 전달하고 싶었어요.

"리안논, 내 말 들어 봐. 이것만은 약속할게. 이건 진짜 철통
같은 약속이야. 내 목숨을 걸고 약속하는데 난 절대 네 아버지
와 자지 않을 거야."

'왜냐면……'

뒷말이 혀끝에 맴돌았어요.

난 절대, 절대 너희 아빠와 자지 않을 거야. 왜냐면…….

렉스햄 변호사님, 그 말을 끝까지 했더라면 좋았을 거예요. 그
냥 말해 버렸다면, 리안논에게 다 설명했다면 얼마나 좋았을까
요? 하지만 그 당시 전 다음 날 사모님에게 정체를 속인 이유를
설명해야 한다는 생각에 사로잡혀 있었어요. 사모님에게 다 털
어놓기 전에 리안논에게 먼저 말할 수 없는 저만의 사정이 있었
다고요. 제가 로완이 아니라고 고백해야 했어요. 제가 왜 가명
으로 헤더브레 저택에 들어왔는지 타당한 이유를 들어야 사모
님의 이해와 연민을 얻어 내고 최소한 해고는 당하지 않는 선에
서, 어쩌면 고소당하지 않으면서 곤란한 상황에서 벗어날 수 있
었거든요.

굳이 말씀드리지 않아도 변호사님은 아시죠? 그 이유를 아실
거예요. 변호사님께서 신문 기사를 읽으셨다면 추측할 수 있을
거예요. 경찰도 아는 사실이니까요. 경찰이 찾아낸 사실이니까
요. 지금 변호사님께서 이것저것 짜 맞춰 추측하고 계시듯 경찰
도 그렇게 해서 추측해 낸 사실이었어요.

변호사님께서는 제가 빌 엘린코트와 절대 동침할 수 없는 이
유를 아실 거예요. 빌 엘린코트는 제 아버지이기도 했으니까요.

렉스햄 변호사님, 제가 말씀드렸잖아요. 아이 돌보미 구인 공고를 발견했을 때 일자리를 찾고 있지도 않았다고요. 사실 완전히 다른 걸 찾고 있었어요. 예전에도 수차례 찾아봤던 거요.

제 아버지 이름을 검색 중이었어요.

전 친아버지가 누구인지 알고 있었어요. 한때는 어디에 살고 있는지도 알았죠. 크라우치 엔드의 초호화 연립 주택, 자동으로 열고 닫히는 전자식 대문 안쪽 마당에 반짝거리는 BMW가 주차된 저택이 아버지 집이었어요. 10대 중반쯤 됐을 때였나, 친구와 옥스퍼드 스트리트로 쇼핑 가는 척하면서 그 집에 한번 가 본 적이 있었어요. 그때 제 입안에 어떤 맛이 감돌았는지, 버스 기사님께 여행 카드를 보여 주며 두 손을 어떻게 흔들었는지, 크라우치 엔드 브로드웨이에서 한 걸음 한 걸음을 어떻게 뗐는지 모조리 기억하고 있다고요.

아버지 집으로 추정되는 대문 밖에 한참을 서 있었어요. 두려움과 분노가 뒤섞여 저를 집어삼킬 듯했어요. 너무 무서워서 초인종조차 누를 수 없었어요. 한 번도 보지 못했던 그 사람, 임신 9개월에 들어선 엄마를 버리고 떠난 그 사람을 마주할 자신이 없었어요.

아버지는 한동안 수표를 보내 줬지만 제 출생 증명서에 이름을 올리지 않았어요. 전 엄마가 자존심이 너무 강해서 아버지를 쫓아가 양육비를 뜯어내지 않았다고 생각했어요.

대신 엄마는 혼자 힘으로 일어서 보험 회사에 취직했고, 마침내 재혼했죠. 평생을 함께할 인생의 남자를 만난 거예요.

제가 여섯 살 때 그 남자의 작은 집으로 이사를 갔어요.

그곳은 두 사람의 집이었어요. 엄마와 엄마의 남편이요. 절대 제 집은 아니었어요. 계단 위쪽의 작은 방에 들어간 그날부터, 복도 바닥에 가방을 질질 끌지 말라고 날카롭게 한 소리 들었던 그날부터 그랬죠. 그로부터 12년이라는 긴 세월이 흘러 옛날 가방이랑 완전히 다른 아주 커다란 가방에 짐을 싸던 그날까지도 달라진 건 하나도 없었어요.

그곳은 두 사람의 집이었어요. 전 언제나 그들의 삶을 망치는 존재였어요. 엄마의 과거를 끝없이 생생하게 상기시켜 주는 그런 존재. 엄마를 버리고 떠났던 남자의 잔재. 엄마는 아침에 시리얼을 먹는 저를 보며 매번 그 남자의 눈빛을 떠올렸나 봐요. 제 머리를 묶어 줄 때도 마찬가지였겠죠. 굵고 뻣뻣한 제 머리카락은 날아갈 듯 가느다란 엄마의 머리카락이 아니라 그 남자의 머리카락을 닮았던 거예요.

제 모든 것이 그 남자를 닮았어요. 그리고 제 돌 선물로 아버지가 보내 준 목걸이가 있었죠. 그게 아버지와 저를 연결해 주는 마지막 고리였어요. 제 이름 레이첼의 'R'자가 새겨진 목걸이였어요.

'조잡한 싸구려야.' 엄마는 말했지만 전 웬만하면 늘 그 목걸이를 차고 다녔어요. 처음에는 주말마다, 공휴일마다 하고 다녔어요. 아이 돌보미로 일하기 시작한 후로는 티셔츠와 비닐 앞치마로 가려서 차고 있었어요. 가슴 사이에 닿는 금속 조각의 따뜻한 온기를 느끼면서요.

하이게이트에서 아이 돌보미로 일하고 있었을 때 엄마 전화를 받았어요. 엄마와 양아버지가 집을 팔고 스페인으로 떠난다는 이야기였죠. 그냥 그렇게 통보를 받았어요. 저도 그 집에 특별한 애착이 있는 건 아니었어요. 그 집에서는 한 번도 행복한 적이 없었으니까요.

하지만 그렇다 해도…… 제 집은 아니었지만 제가 집이라고 부를 수 있는 유일한 장소였는데. "물론 네가 찾아온다면 언제든지 환영이야." 엄마는 자기가 하는 짓이 어떤 건지 인식은 하고 있는 듯 다소 방어적으로 말했어요. 하지만 전 무엇보다 그 말에 더 화가 났던 것 같아요. '네가 찾아온다면 언제나 환영이야.'라니. 먼 친척이나 그저 그런 친구한테 빈말로 하는 소리나 다름없었어요.

전 엄마에게 꺼지라고 했어요. 뭐, 자랑은 아니지만요. 엄마를 증오한다고, 불행했던 어린 시절 때문에 4년 동안 치료를 받아야 했다고, 다시는 엄마 소식을 듣고 싶지 않다고 퍼부었어요.

하지만 진심은 그게 아니었어요. 절대 진심이 아니었어요. 지금도, 지금 이곳 찬워스 교도소에서도 교도소 방문자 명단에 제일 먼저 엄마 이름을 올려놨으니까요. 엄마는 한 번도 찾아오지 않았지만요.

엄마의 이사 통보를 받고 나서 이틀 후 전 크라우치 엔드를 찾아갔어요.

그때 전 스물두 살이었어요. 저번과는 달리 막 화가 나진 않았어요. 그냥…… 끔찍하게, 지독하게 슬플 따름이었어요. 여태껏 부모로 알고 지냈던 유일한 사람들을 잃어버린 직후였거든요. 그 빈자리를 뭔가로 메워야 했어요. 아무리 보잘것없고 부적절해도 뭔가를 갖고 싶은 마음에 숨이 넘어갈 것 같은 기분 아시려나요?

"안녕하세요…… 아버지." 전날 밤에 거울을 보며 수차례 연습했던 말이었어요. 의도했던 바는 아니었지만 화장기가 씻겨 나가 전 훨씬 더 어리고 연약해 보였어요. 제 목소리는 아버지의 연민 어린 눈빛이라도 한번 받아 보고 싶어 애태우는 듯 부자연스럽게 높았어요. 아버지가 어떤 딸을 바랄지는 알 수 없었지만 어떻게든 아버지 마음에 드는 딸이 될 각오와 준비가 돼 있었어요. "안녕하세요, 아버지? 전 레이첼이라고 해요. 캐서린의 딸이에요."

심장이 마구 뛰었어요. 크라우치 엔드 대문으로 걸어가 초인종을 누르고 뒤로 물러나 대문이 열리기를, 아니면 인터컴에서 목소리가 들리기를 기다렸어요. 하지만 아무 반응이 없었어요.

다시 초인종을 좀 더 오랫동안 세게 눌렀어요. 마침내 현관문이 열리더니 작업복을 걸친 자그마한 여자가 먼지떨이를 손에 든 채 지붕이 있는 진입로를 가로질러 나왔어요.

"누구세요?" 4, 50대쯤 돼 보이는 여자였어요. 폴란드나 러시아 억양이 강하게 느껴지는 목소리였죠. 다른 동유럽 어딘가의 말투 같기도 했고요. "어떻게 오셨죠?"

"아…… 안녕하세요?" 맥박이 미친 듯이 빠르게 뛰어서 기절할 것만 같았어요. "안녕하세요? 누굴 만나러 왔는데……." 침이 꼴깍 넘어갔어요. "빌 엘린코트 씨요. 계시나요?"

"아뇨. 여기 없어요."

"아, 그렇군요. 언제 돌아오시나요?"

"그 사람은 떠났어요. 지금은 다른 가족이 살아요."

"네? 그게 무슨 말씀이시죠?"

"엘린코트네는 작년에 이사 갔어요. 다른 나라로요. 스코틀랜드로 갔대요. 지금 여기에는 카트라이트 씨 부부가 살아요."

젠장.

크게 한 방 얻어맞은 기분이었어요.

"혹시…… 이사 간 곳 주소 아시나요?" 떨리는 목소리로 물었지만 여자는 고개를 저었어요. 여자가 저를 불쌍하다는 듯 쳐다봤어요.

"죄송하지만 전 몰라요. 그냥 청소하는 사람이라서."

"방금……." 전 또다시 침을 삼켰어요. "엘린코트 씨 부부라고 하셨죠. 혹시 사모님 이름 아세요?"

그때는 왜 그게 중요하다고 생각했는지 모르겠어요. 그냥 흔적을 쫓아왔지만 찾으려던 사람이 사라져 버렸으니 빈손으로 가는 것보다 작은 정보 쪼가리라도 얻어 가는 게 낫지 않나 싶은 생각이었던 것 같아요. 청소부가 슬픈 표정으로 저를 쳐다봤어요. 제가 누구라고 생각했을까요? 차인 여자 친구? 예전 직원? 아니면 진실을 눈치챘을까요?

"산드라라고 들었어요." 마침내 여자가 조용히 말했어요. "전 그만 가 봐야 해요." 여자는 돌아서서 집 안으로 들어가 버렸어요.

저도 돌아서서 하이게이트로 향했어요. 버스 요금을 아끼려고 먼 길을 걸었어요. 신발에 구멍이 났더라고요. 언덕을 올라가는데 비가 내리기 시작했어요. 전 기회를 놓쳤다는 걸 깨달았어요.

그 후로 몇 년간은 아버지를 찾지 않았어요. 그러던 어느 날 아무 이유 없이 '빌 엘린코트'를 검색했는데 그 구인 공고가 딱 나타난 거예요. 스코틀랜드에 있는 저택. 산드라라는 아내.

그리고 한 가족.

그걸 본 이상 무시하고 지나칠 수 없었어요.

하늘이 제게 마련해 준 기회 같았으니까요.

딱히 빌 엘린코트가 제 아버지가 돼 주길 바란 건 아니었는데요. 오랜 세월이 흐른 지금도 그런 생각은 하지 않아요. 그냥 보고 싶었어요……. 그냥 그가 어떻게 살고 있는지 보고 싶었던 것 같아요. 하지만 제 본명을 대고 스코틀랜드까지 갈 순 없었어요. 그러자면 제가 누구인지 밝히고, 기대감과 거절의 두려움을 안고 가야 했으니까요. 거의 30년이라는 세월이 흘렀어도 첫딸의 이름을 잊어버렸을 리 없었죠. 게르하르트는 흔치 않은 성이라 자기 친딸의 엄마 성이라는 걸 기억할 수도 있고요.

하지만 본명을 댈 필요가 없었어요. 그보다 더 나은 이름, 어서 데려가라고 목을 내놓고 있는 좀 더 그럴듯한 신분이 하나 있었기 때문이에요. 아무런 조건 없이 저를 그 집 안으로 통과시켜 줄 수 있는 이름이요. 그 이름만 있으면 그 집에 들어가서 제가 하고 싶은 대로 할 수 있었죠. 그래서 로완이 마음대로 가져다 쓰라는 듯 침대 위에 놓고 간 서류를 집어 들었어요. 막 버리려고 했던 서류였어요. 제 서류와 너무나 비슷해서 누가 봐도 진짜 같았어요.

그래서 그 서류로 지원했어요.

합격까지는 바라지 않았어요. 합격을 원하지도 않았고요. 그저 그 오랜 세월 동안 저를 방치한 남자를 실제로 한번 보고 싶었어요. 하지만 헤더브레 저택을 봤을 때 알았어요, 변호사님. 그곳을 한번 방문해 본 걸로는 절대 만족할 수 없다는 걸요. 그곳의 일부가 되고 싶었어요. 부드러운 구스 이불이 덮인 침대에서 잠을 자고, 벨벳 소파에 몸을 파묻고, 수압 좋은 샤워기로 샤워하면서, 짧은 시간만이라도 그 가족의 일부가 되고 싶었어요.

그리고 너무나 간절하게 빌을, 아버지를 만나고 싶었어요.

면접에서 아버지를 만나지 못했을 때 방법은 하나뿐이었죠.

합격을 해야 했어요.

하지만 마침내 그날 밤…… 근무 첫날 밤 아버지를 만났을 때 그 남자가 어떤 인간인지 두 눈으로 똑똑히 본 거죠. 맙소사, 그 사람은 그 모든 상황을 상징하는 존재 같았어요. 모든 것이 연결돼 있었어요. 아름답고 사치스러운 집안 분위기, 최첨단 기술이라는 가면 아래로 흘러내리는 독, 매끈한 청동 열쇠 구멍 덮개가 있는 빅토리아풍 옷장의 단단한 나무, 그 열쇠 구멍으로 새어 나오는 차갑고 짙은 죽음의 냄새, 그 모든 것이요.

변호사님, 그 집에는 역겨운 뭔가가 있었어요. 그 남자가 본래 더러운 인간이라서 그 집도 그 기운에 물든 건지 아니면 그 집에 가서 그렇게 역겹고 가학적인 약탈자로 변했는지는 알 수 없었죠.

어쨌든 그 둘이 연결돼 있다는 것만은 알 수 있었어요. 손톱으로 헤더브레 저택의 날염된 공작 무늬 벽지를 긁어 내거나 매끈한 화강암 타일을 뜯어내면 빌 엘린코트의 살갗 아래에 흐르는 짙은 어둠과 똑같은 것이 스멀스멀 스며 나올 거예요.

"네 아버지를 찾지 마." 엄마가 아버지 이야기를 입 밖에 꺼내지도 못하게 하기 전 제게 해 줬던 몇 안 되는 말 중 하나였어요. "레이첼, 네 아버지를 찾을 생각하지 마. 그 인간이랑 엮여서 좋을 거 하나 없어."

엄마 말이 옳았어요. 정말 그 말 그대로였죠. 엄마 말을 들었어야 했는데.

"그만 방으로 가, 리안논. 넌 지금 너무 피곤한 상태야. 나도 피곤하고. 우리 둘 다 술을 너무 많이 마셨고…… 이야기는 내일 아침에 다시 하자."

사모님에게 전화해서 설명해야 했어요. 어떻게든지 말이에요. 취기가 올라오는지 머리가 지끈거리며 아파 왔고, 눈이 어찌나 피곤한지 누가 할퀸 것처럼 따가웠어요. 뭐라고 해야 할지 생각나지 않았지만 어떻게든 해야 했어요. 이렇게는 살 수 없었죠. 리안논의 협박에 굴할 수는 없었어요.

리안논을 따라 계단을 올라가는데 순간 산드라가 두 팔을 벌려 저를 가족으로 환영해 주는 말도 안 되는 장면이 상상됐어요. 얼마나 터무니없던지. 어리석은 생각이라는 걸 저도 잘 알았어요. 아무리 너그러운 여자라도 오랫동안 연이 끊어졌던 의붓딸이 이런 식으로, 이런 상황에 등장한다면…… 적응하는 데 시간이 꽤 걸릴 테죠. 가족 간의 장밋빛 대화 같은 환상은 품지 않는 게 맞잖아요. 대화가 이어진다면 다행일걸요.

뭐, 제가 뿌린 씨앗이니 제가 거둬야죠. 전 해고를 예상했어요. 다른 길은 보이지 않았어요. 하지만 빌이 아무리 소원한 사이라도 친딸을 고소하진 않을 거라고 확신했어요. 친딸의 생모에게 양육비 몇 푼만 지불하고 영원히 떠나 버렸던 사람이니 일말의 양심이라도 있다면 그럴 수 없겠죠. 게다가 이 일이 알려졌다가는 엘린코트 내외에게 좋을 거 하나 없었고요. 아니 이 일은 묻혀 버릴 테고 전 자유롭게 활보할 수 있을 거라 확신했어요.

헤더브레 저택에서 멀리 떠나는 거죠.

3층 층계참에 도착할 때까지 전 제 침실 문제를 까맣게 잊고 있었어요. 어디서 잠을 잘 건지도 미처 생각해 두지 못했어요. 리안논은 낙서가 적힌 자기 방문을 열고 무심하게 신발을 벗어 던졌어요.

"잘 자요." 리안논은 아무 일도 없었다는 듯이, 그날 밤의 사건들이 또 다른 가족 소동에 불과했다는 듯이 말했어요.

"잘 자." 전 숨을 깊이 들이쉬고 방문을 열었어요. 낯선 휴대전화는 주머니 속에 그대로 있었어요. 그리고 제 목걸이, 빌 엘린코트가 알아볼지도 모르는 그 목걸이는 제 목에 걸려 따뜻한 온기를 뿜어 댔고요.

다락방으로 이어지는 문은 제가 나올 때 닫아 둔 그대로 잠겨 있었어요. 새벽이 되기 전에 몇 시간이라도 눈을 붙일 심산으로 잠옷을 집어 들고 아래층 소파로 내려가려던 참이었어요. 갑자기 돌풍이 불어닥쳐 바깥의 나무들이 흔들리는 소리가 났어요. 커튼이 세차게 펄럭거리고, 소나무 향 가득한 스코틀랜드의 밤공기가 방 안을 가득 채웠어요.

방은 여전히 지독하게 추웠어요. 문득 냉기가 다락방에서 나오는 게 아니라는 걸 깨달았어요. 창문이 계속 열려 있었던 거예요. 잠겨 있는 문 뒤에 가려진 진실을 찾아내겠다는 일념에 사로

잡혀서 커튼 쪽은 쳐다도 보지 않았거든요.

적어도 방이 왜 그렇게 추운지는 알 수 있었어요. 초자연적인 현상, 그딴 거 아니고 그냥 밤공기가 차가워서 그런 거였죠.

하지만 문제는 창문을 연 사람이 제가 아니라는 거였어요. 며칠 전에 닫아 놓은 이후로 창문은 건드리지도 않았어요. 돌연 속이 뒤집히면서 더 메스꺼워지기 시작했어요.

전 돌아서서 방 밖으로 달려 나갔어요. 요란한 문 닫는 소리에 리안논이 졸린 목소리로 "또 뭐예요?" 하고 외쳤지만 무시한 채 계단을 달려 내려갔어요. 2층에 도달했을 때 심장이 망치질하듯 뛰고 있었어요. 전 페트라의 방문을 열었어요. 나무 문이 두꺼운 카펫을 타고 조용히 열렸어요. 눈이 어둠에 익숙해질 때까지 잠시 기다렸어요.

페트라는 대자로 뻗어 조용히 잠들어 있었어요. 그제야 좀 진정되는 것 같았어요. 하지만 긴장을 완전히 풀기 전에 다른 아이들도 잘 있는지 확인해 봐야 했어요.

복도를 따라가 '엘리 공주와 매디 여왕'이라고 적힌 방문 앞에 도착했어요.

문은 닫혀 있었어요. 문손잡이를 아주 부드럽게 돌려서 밀었어요. 야간 등이 꺼져 있고, 암막 커튼이 달빛까지 막아 버려서 방은 칠흑같이 어두웠어요. 야간 등 켜는 걸 까먹은 제 자신을 탓했죠. 눈이 어둠에 익숙해졌을 때 희미하게 코 고는 소리가 들렸어요. 그 소리에 제 숨소리가 한결 더 편안해졌어요. 천만다행이었어요. 아이들이 괜찮다니 정말 다행이었어요.

까치발을 하고 두툼한 카펫 위를 걸어가서 벽을 더듬어 가며

야간 등의 스위치를 찾아 켰어요. 엘리는 뭔가를 피해 숨으려는
듯 몸을 움츠리고 있었어요. 매디는 이불 속에 푹 파묻혀 있어서
그 안에 누워 있음을 보여 주는 듯한 형체밖에 보이지 않았죠.

　불안했던 마음이 가라앉았어요. 괜한 피해망상에 사로잡혀
허둥댔다고 허탈하게 웃으며 문으로 돌아섰을 때였어요.

　전 갑자기…… 우뚝 멈춰 섰어요.

　말도 안 되는 생각이었지만 확인해 봐야 했어요. 제 눈으로
직접 봐야…….

　전 다시 까치발로 카펫 위를 걸어가 매디의 이불을 걷었어요.
그 안에는…… 베개가 잠자는 아이 모양으로 뭉쳐져 있었어요.
심장이 아플 정도로 빠르게 뛰기 시작했어요.

제일 먼저 침대 아래를 확인해 봤어요. 그리고 나서 방 안의 벽장이란 벽장은 전부 다 열어 봤어요.

"매디." 엘리를 깨우지 않으려고 속삭였지만 그래도 할 수 있는 한 크게 매디를 불렀어요. 제 목소리에 절박한 긴박감이 묻어났어요. "매디?"

하지만 대답이 없었어요. 숨죽여 낄낄거리는 소리도 나지 않았어요. 아무 소리도 들리지 않았어요.

전 방 밖으로 달려 나갔어요.

"매디?" 더 큰 소리로 매디를 불렀어요. 화장실 문손잡이를 잡아 흔들었지만 문은 잠겨 있지 않았어요. 화장실 안은 텅 비어 있었어요. 달빛만이 바닥 타일을 비추고 있었어요.

"매디?"

산드라와 빌의 침실에도 없었어요. 구김 없이 매끄러운 침대, 달빛으로 물든 카펫, 높다란 창문 양쪽에 감시병처럼 지키고 서 있는 커튼이 전부였죠. 옷장을 열어 봤지만 자동으로 켜진 희미한 불빛 아래로 드러난 것은 단정하게 개어 놓은 정장들과 하이힐 선반들뿐이었어요.

"무슨 일이에요?" 위층에서 잠에 취한 리안논의 목소리가 들렸어요. "왜 난리예요!"

"매디 때문에." 전 차분하게 말하려고 애쓰면서 소리쳤어요. "매디가 방에 없어. 네가 위층 좀 찾아볼래? 매디!"

점점 더 커지는 제 외침 소리에 페트라가 뒤척였어요. 한바탕 울음을 터트리기 직전의 짜증 섞인 칭얼거림이 들렸지만 페트라를 달래 주러 갈 시간이 없었어요. 매디를 찾아야 했어요. 제가 잭과 함께 있었을 때 매디가 저를 찾으러 아래층으로 내려온 걸까요? 그 생각을 하자 기분이 찜찜했지만 이어서 훨씬 더 탐탁지 못한 생각이 들었어요.

매디가…… 맙소사. 매디가 저를 따라왔을까요? 뒷문을 열어 두고 나갔다 왔으니까요. 매디가 저를 찾으러 마당까지 나왔을까요?

끔찍한 영상들이 머릿속을 주마등처럼 스쳐 지나갔어요. 연못, 작은 강, 심지어 도로까지요.

칭얼대는 페트라를 무시한 채 계단을 달려 내려가 뒷문에서 장화를 찾아 신고는 달빛 속으로 뛰쳐나갔어요.

자갈이 깔린 마당은 텅 비어 있었어요.

"매디!" 전 절망적으로 목청껏 소리를 질렀어요. 제 목소리가 마구간의 돌벽에 부딪혔다가 저택에 반사되며 메아리쳤어요. "매디? 어디 있니?"

대답이 없었어요. 갑자기 탁한 연못이 있는 숲속 공터보다 더 끔찍한 곳이 생각났어요.

독 화원.

잭 그랜트가 무방비하게 풀어놓은 독 화원이요.

그 독 화원 때문에 이미 어린 여자애 한 명이 죽었다죠.

맙소사, 전 기도를 하면서 집 뒤쪽으로 질주하기 시작했어요. 장화가 너무 커서 발이 미끄러졌지만 상관없었어요. 관목 숲을 지나 독 화원을 향해 미친 듯이 내달렸어요. 제발 화원이 또 다른 생명을 앗아가지 않기를 기도했어요.

그런데 저택 모퉁이를 도는 순간, 매디가 보였어요.

매디는 제 침실 창문 아래에 엎어져 있었어요. 잠옷 차림으로 자갈 위에 널브러져 있었다고요. 하얀 면 잠옷이 피로 흥건히 젖은 채로요. 그 작은 몸에서 어떻게 그렇게 많은 피가 날 수 있는지 변호사님은 상상조차 못하실 거예요.

찐득하고 끈적끈적한 시럽처럼 자갈을 뒤덮은 핏물이 굶어앉은 제 무릎을 적시는 것도 모자라 매디를 안아 올리는 제 손가락에도 들러붙었어요. 매디의 작은 뼈마디가 새처럼 연약하게 느껴졌어요. 전 매디가 괜찮길 간절하게 기도하고 또 기도했어요.

하지만 그건 이뤄질 수 없는 기도였어요.

매디는 절대, 다신 괜찮아질 수 없었으니까요. 절대요.

매디는 완전히, 영원히 죽어서 돌아올 수 없었으니까요.

이후의 시간이 어떻게 흘러갔는지는 경찰에게 몇 번이나 되풀이했는지 몰라요. 그 이야기를 할 때마다 손톱으로 상처를 후벼 파 피가 나는 것 같았어요. 모든 심문이 다 끝난 후에도 그 순간의 기억은 마치 번개가 치는 밤하늘이 밝아졌다 어두워졌다 하듯 나타났다 사라졌다를 반복했어요.

영원처럼 길게 느껴졌던 시간 동안 매디를 껴안고서 비명을 질렀던 기억이 나네요. 제일 먼저 잭이, 이어서 리안논이 나타났어요. 시끄럽게 울어 젖히는 페트라를 안고 있던 리안논은 끔찍한 광경을 보고 하마터면 페트라를 떨어뜨릴 뻔했어요.

동생의 시체를 본 리안논이 끔찍할 정도로 서럽게 울부짖었던 게 기억나요. 절대 그 모습을 잊을 순 없겠죠.

잭이 리안논에게 안으로 들어가라고 했고, 저를 끌어당기며 말했어요. 매디는 죽었다고, 시신을 훼손해서는 안 된다고, 경찰이 올 때까지 가만히 둬야 한다고요. 하지만 전 매디를 놔줄 수 없었고, 그냥 슬프게 흐느끼고 통곡할 수밖에 없었어요.

철문 앞에서 번쩍거렸던 경찰차의 경광등, 눈앞의 상황을 파악하려고 애쓰느라 창백하게 일그러진 리안논의 얼굴이 기억나요.

피를 뒤집어쓴 채 벨벳 소파에 앉아서 무슨 일이 있었냐고, 무슨 일이 있었냐고, 도대체 무슨 일이 있었냐고 심문받았던 기억도 나요.

그때 무슨 일이 있었는지는 아직도 모르겠어요.

렉스햄 변호사님, 전 아직도 자초지종을 모르겠어요. 그게 진실이에요.

경찰이 제게 던졌던 질문들, 제게 제시했던 시나리오들. 그것만 봐도 경찰이 무슨 생각을 하는지 알아요.

경찰은 매디가 제 방으로 왔다가 저를 찾지 못한 채 그곳에서 뭔가를 봤다고 생각했죠. 어쩌면 창가로 갔다가 제가 잭의 방에서 몰래 나오는 걸 봤을지도 모른다고요. 아니면 제 소지품에서 제 본명, 저의 진짜 정체에 관한 뭔가를 찾아냈다고요.

전 모르겠어요. 어쨌든 전 비밀이 많은 사람이었죠.

그때 침실로 돌아간 제가 매디를 발견하고, 매디가 무엇을 목격했는지 알고서 창문을 열어 매디를…….

차마 제 입으로는 말 못하겠어요. 글로 쓰기도 힘드네요. 하지만 끝까지 이야기해야겠죠.

경찰은 제가 매디를 창밖으로 밀었다고 생각해요. 제가 커튼이 세차게 펄럭이는 그 자리에 서서 매디가 자갈길에 떨어져 피를 흘리며 죽어 가는 모습을 지켜봤다고, 그러고 나서 아래층으로 내려가 차를 마시고, 리안논이 집으로 돌아오길 차분하게 기다렸다고요.

경찰은 제가 일부러 창문을 열어 놓고 나갔다고 생각해요. 매

425

디가 실수로 떨어진 것처럼 꾸미려고요. 그들은 그게 사고가 아니라고 확신하고 있어요. 매디가 땅에 떨어진 자세 때문이래요. 실수로 떨어졌다고 보기에는 건물에서 너무 멀리 떨어져 있었대요. 누가 밀어서 떨어뜨렸거나 본인이 뛰어내렸다고 볼 수밖에 없는 자세였대요.

진짜 매디가 뛰어내렸을까요? 제 스스로에게도 수백 번, 수천 번은 물어봤어요.

그렇지만 진실은 저도 몰라요.

아마 영원히 알아내지 못할지도 몰라요. 아이러니하게도 감시 카메라가 열 개 넘게 있는 헤더브레 저택에서 그날 밤 매디에게 무슨 일이 있었는지 보여 주는 카메라는 단 한 대도 없었어요. 매디의 방에 달린 감시 카메라에는 깜깜한 어둠만 찍혀 있었고요. 그 카메라는 문간에서 벗어나 아이들 침대를 향하고 있어서 문밖으로 나가는 매디의 형체조차 잡아내지 못했어요.

제 침실 카메라는…… 맙소사…… 경찰이 저한테 불리한 증거로 삼았던 것이었죠.

"숨길 게 없다면 왜 당신 방의 감시 카메라를 가려 놨어요?" 경찰은 이 질문을 반복했어요.

전 설명하려고 했어요. 젊은 여자 혼자 낯선 집에서 낯선 사람들이 지켜보는 가운데 생활한다는 게 어떤 기분인지 설명하려고 했죠. 주방, 거실, 복도, 심지어 아이들 방까지 감시 카메라가 있는 건 괜찮지만, 아무도 지켜보지 않은 가운데 제 자신으로 있을 수 있는 곳이 딱 하나는 필요해서 그랬다고 말했어요. 단 몇 시간 동안만이라도 로완이 아니라 레이첼로 지낼 수 있는 공간이 필요했다고요.

"당신 침실에 카메라가 있으면 좋겠어요?" 전 대놓고 형사에게 물었어요. 하지만 그 형사는 어깨를 으쓱할 뿐이었어요. 마치 '딱한 사람아, 심문받는 건 내가 아니에요.'라고 말하는 것처럼요.

아무튼 제가 감시 카메라를 가린 건 사실이었어요. 그러지 않았다면 매디에게 무슨 일이 있었는지 알 수 있었겠죠.

변호사님, 전 매디를 죽이지 않았어요. 이미 말씀드렸다는 건 알아요. 첫 번째 편지에서 말씀드렸죠. 제가 매디를 죽이지 않았다고요. 제발 제 말을 믿어 주세요. 그게 진실이에요. 하지만 모르겠어요. 비좁은 감방에서 보슬보슬 내리는 빗소리를 들으며 이렇게 편지를 쓰고 있지만…… 제가 변호사님을 제대로 설득한 건지 잘 모르겠다고요. 변호사님께서 제 말을 믿고 이곳에 와 주시길 얼마나 간절하게 바라는지 몰라요. 변호사님 성함을 방문자 목록에 이미 올려놨어요. 당장 내일이라도 저를 만날 수 있어요. 변호사님의 눈을 직접 보면서도 말씀드릴 수 있어요. 전 매디를 죽이지 않았어요.

결국 전 경찰을 설득하지 못했죠. 게이츠 변호사도 마찬가지였고요.

사실 제 자신조차 설득하지 못한 것 같아요.

제가 그날 밤 저택을 떠나지 않았다면, 잭의 방에서 그의 품에 안겨 몇 시간을 보내지 않았다면, 그런 일은 일어나지 않았을지도 모르잖아요.

전 매디를 죽이지 않았어요. 하지만 매디의 죽음에 도의적인 책임은 있죠. 가엾은 내 동생 매디.

"당신이 매디를 죽이지 않았다면 범인은 누구죠? 레이첼, 협조 좀 해 줘요. 무슨 일이 일어났다고 생각하는지 말해 달라고요." 경찰은 수차례 말했지만 전 고개만 가로저을 수밖에요. 렉스햄 변호사님, 사실 저도 몰라요. 수천 가지 가설을 생각해 봤어요. 매번 점점 더 황당한 가설만 떠올랐어요. 매디가 새처럼 창밖으로 뛰어내렸다느니, 리안논이 그날 밤 외출했다가 훨씬 일찍 돌아와 있었다느니, 진 아주머니가 다락방에 숨어 있었다느니, 제가 아래층에서 리안논을 기다리는 동안 잭이 저 몰래 위층으로 올라갔다느니, 하는 가설들이었어요.

잭도 비밀이 있었거든요. 그거 아셨어요? 그렇다고 막 거창하거나 극적인 비밀은 아니고요. 일단 잭 본인은 켄위크 그랜트 박사의 친척이 아니었어요. 설령 그렇다 쳐도 잭 본인은 물론이고 경찰도 그 연결 고리를 추적해 내진 못했을 거예요. 전 잭의 주방에서 발견했던 노끈과 아코니툼에 대해서 경찰에게 말했어요. 하지만 잭은 저와는 달리 신속하게 그럴듯한 설명을 늘어놓대요. 저택의 주방 식탁에서 커피 잔에 꽂혀 있는 보라색 꽃을 알아봤다고 했죠. 아니, 아는 꽃인 것 같아서 독 화원에 있는 식물들과 비교해 보려고 가져갔다나 뭐라나. 의심했던 대로 그 꽃에 아주 치명적인 독이 있는 걸 확인하고 제가 임시로 묶어 놓은 노끈을 풀고 더 단단한 자물쇠와 사슬을 달아 놨다고 했어요.

사실 잭의 깊고 어두운 비밀은 그보다 훨씬 더 시시한 거였어요. 그런데 그 비밀은 제 무죄를 증명해 주기는커녕 저에게 불리한 증거가 돼 버렸어요. 제가 잭과의 관계를 숨기고 싶어 할 만한 이유가 됐으니까요.

잭은 유부남이었어요.

경찰은 제가 그 사실을 모른다는 걸 알았을 때 아주 신이 나서 몇 번이나 반복해서 말했어요. 틈날 때마다 그 사실을 상기시켜서 제가 매번 새롭게 느껴지는 고통에 움찔하는 걸 보고 싶어 하는 것처럼요. 사실 전 별로 신경 쓰지 않았어요. 잭이 이미 결혼해서 에든버러에 아내와 두 살배기 아이가 있다 해도 그게 뭐 중요한가요? 잭은 저한테 아무것도 약속하지 않았어요. 매디의 죽음에 비하면 그런 건 중요한 축에도 들지 않았죠.

물론 이곳에서 며칠, 몇 주, 몇 달 동안 지내면서 잭을 생각하지 않았다고 말한다면 거짓말일 거예요. 다만 잭이 왜 유부남이라고 밝히지 않았는지 궁금은 했어요. 왜 아내가 있다고, 어린 자식이 있다고 말하지 않았을까요? 왜 가족과 떨어져 살고 있는지 말하지 않았을까요? 재정적인 문제 때문이었을까요? 잭이 가족들에게 돈을 보내고 있었을까요? 잭이 제가 받았던 월급의 반이라도 받았다면 재정적인 문제 때문에 헤더브레 저택에서 일했을 가능성이 컸어요.

하지만 돈 때문이 아닐지도 몰랐죠. 어쩌면 아내와 소원해져서 별거 중이었을지도요. 아내한테 쫓겨나서 숙소가 딸린 직장이 잭에게 아주 완벽한 피난처가 됐을지 누가 알겠어요.

어쨌거나 진실은 저 너머에. 잭에게 물어볼 기회가 없었으니까요. 심문받으려고 기차역으로 연행됐다가 구류된 후로 다시는 잭을 만나지 못했어요. 잭은 편지도 쓰지 않았고, 전화도 하지 않았어요. 당연히 저를 찾아오지도 않았고요.

마지막으로 잭을 봤던 게 제가 매디의 피를 뒤집어쓴 채 경찰차 뒷좌석으로 비틀거리며 들어갈 때였어요. 잭은 단단하고 강인한 두 손으로 제 손을 잡아 줬어요.

"다 잘될 거예요, 로완." 차 문이 닫히고 시동이 걸렸을 때 마지막으로 들은 말이었어요.

거짓말이었죠. 처음부터 끝까지 다 거짓말이었어요. 전 로완이 아니었어요. 일이 잘 풀릴 만한 건더기가 하나도 없었어요.

하지만 계속 제 머릿속을 맴도는 것은 첫날 매디가 했던 말이었어요. 그날 매디는 저를 껴안고 제 가슴에 얼굴을 파묻으며 말했어요.

"여기 오지 마세요. 여긴 안전하지 않아요."

매디가 흐느끼면서 말했다가 나중에는 부인했던 그 말. 몇 달이 지난 지금도 그때 분명히 그 말을 들었다고 확신해요.

"유령들이 싫어할 거예요."

렉스햄 변호사님, 전 유령 같은 건 믿지 않아요. 전혀요. 미신도 안 믿어요.

밤마다 들었던 그 소리, 다락방을 왔다 갔다 하는 그 소리는 미신과는 상관없었어요. 제가 한밤에 얼음장처럼 차가운 방에서 벌벌 떨며 깨어나 달빛 속으로 하얀 입김을 내뿜었던 건 미신과 상관없는 일이었다고요. 하지만 페르시안 러그 위로 굴러오던 그 인형 머리는 진짜였어요, 변호사님. 변호사님이나 저처럼 진짜로 존재하는 것이었죠. 다락방 벽을 가득 채웠던 글자처럼요. 지금 변호사님께 쓰고 있는 이 편지처럼요.

제 운명이 언제 결정지어졌는지 잘 알고 있어요. 가명 때문이 아니었어요. 훔친 서류 때문도 아니었고요. 제가 빌의 소원해진 딸이었다는 사실 때문도 아니었죠. 빌의 의붓딸이 아빠의 새 가족에게 비틀린 복수를 하려고 돌아왔기 때문이 아니었어요.

그 끔찍했던 날 밤 피 묻은 옷을 입은 채로 충격, 슬픔, 공포에 떨면서 경찰에게 했던 이야기 때문이었어요. 그날 밤 전 완전히 허물어져서 무슨 일이 있었는지 다 말해 버렸어요. 한밤에 들렸던 발자국 소리, 다락방 문을 열고 안으로 들어갔을 때 느꼈던 깊고 깊은 악의까지 전부 다요.

그때가 바로 제 운명이 결정된 순간이었던 거예요.

그때가 바로 경찰이 제 운명을 거머쥔 순간이었어요.

변호사님, 이곳에서는 생각할 시간이 많았어요. 변호사님께 편지를 보내기 시작한 이후로 모든 상황을 돌아보고 연구하고 분석해 볼 시간이 많았어요. 전 경찰에게 진실을 말했고, 그 진실이 저를 이렇게 만들었어요. 경찰의 눈에는 입을 열 때마다 황당한 이야기를 지껄여 대는 미친 여자로 보였겠죠. 전 살해 동기가 있었어요. 친아버지와 떨어져 지내다가 끔찍하고도 정신 나간 복수를 하려고 가명으로 친아버지를 찾아간 여자였던 거예요.

저도 나름대로 생각해 봤어요. 여러 조각들을 맞춰 볼 시간이 아주 많았죠. 열려 있던 창문, 다락방에서 나던 발자국 소리, 딸을 무척 사랑하다 못해 살해했던 헤더브레의 전 주인, 몇 번이나 자식들을 외면하고 떠났던 아버지.

하지만 끝까지 짜 맞추지 못한 조각이 두 개 있었어요. 다락방에서 찾아냈던 휴대 전화와 제가 면접을 마치고 떠나려고 했을 때 울음 섞인 목소리로 "유령들이 싫어할 거예요."라고 간절하게 속삭였던 매디의 하얗고 작은 얼굴. 이 두 가지 조각이 저를 유죄로 몰아갔어요. 휴대 전화에 찍힌 제 지문, 매디가 제게 했던 말들, 그 말들이 불러왔던 도미노 효과들이 저를 궁지로 몰았어요.

하지만 제 생각이나 가설은 중요하지 않아요. 배심원단이 어떻게 생각하느냐가 중요하죠. 변호사님께서 제 이야기를 전부 다 믿지 않아도 괜찮아요. 제가 한 이야기의 반만 법정에서 제시해도 기각당하고 배심원들과의 관계가 소원해질지도 모른다는 거 잘 알아요. 그렇게 해 달라고 모든 이야기를 다 털어놓은 게 아니에요.

전 사실을 다 말하지 않았기 때문에 이렇게 여기에 갇혀 버렸어요.

진실이 저를 구해 줄 거라고 믿어요, 렉스햄 변호사님. 제가 여동생을 죽이지 않았다는 진실이요. 죽일 수 없었다는 진실이요.

전 렉스햄 변호사님을 선택했어요. 다른 여자 죄수들한테 물어봤더니 그 어떤 변호사보다 변호사님 성함이 가장 많이 나왔어요. 변호사님께서 가망 없는 사람들도 구원해 준다는 소문이 자자해요.

변호사님, 바로 제가 그런 사람이에요. 가망 없는 사람이요.

한 아이가 죽었고, 경찰과 대중, 언론은 누군가가 그 대가를 치르길 원하죠. 그 누군가가 바로 저고요.

하지만 변호사님, 전 그 어린아이를 죽이지 않았어요. 전 매디를 죽이지 않았어요.

전 매디를 사랑했어요. 제가 하지도 않은 일로 감옥에서 썩고 싶진 않아요.

제발, '제발' 제 말을 믿어 주세요.

변호사님만을 믿고 있는
레이첼 게르하르트

2019년 7월 8일

리처드 맥애덤스

애시다운 건설 서비스, 사내 우편

찬워스 재개발 프로젝트를 진행하는 부유하고 약간 웃기는 직원 한 명이 벽을 파내다가 낡은 편지 더미를 발견했어요. 죄수 한 명이 숨겨 둔 편지 같아요. 그 직원은 이 편지들을 어떻게 해야 할지 몰라서 저한테 넘기고 그 편지의 출처에 대해 수소문해 보라고 했어요. 전 맨 위의 몇 장만 살펴봤는데 죄수가 재판 전에 변호사에게 쓴 편지 같아 보였어요. 왜 편지를 부치지 않았는지는 모르겠어요. 편지를 발견하고 살펴봤던 직원은 상당히 유명한 사건이었다고 하더군요. 이 지역 출신이라서 그 사건에 관한 신문 기사를 기억하고 있었죠.

어쨌든 그 직원은 혹시나 그 편지가 증거라거나 법적으로 인정된 자료나 뭐 그런 거라서 폐기했다가 법적 처벌을 받을까 봐 두려워 버리지 못했어요. 솔직히 말해서 전 그게 그렇게 중요한 거라고 생각하지 않아요. 하지만 그 직원을 안심시켜 주려고 편지를 어떻게 하면 좋을지 알아보겠다고 했죠. 이 문제에 대해 알아볼 수 있는 사람이 관리부에 있나요? 아니면 그냥 무시하고 버려도 될까요? 서류 작업에 치이고 싶진 않아요.

위에 있는 것은 여자 죄수가 변호사에게 보내는 편지들이에요. 그 여자 죄수는 받은 편지 몇 장도 숨겨 뒀더라고요. 가족 문제에 관한 편지 같지만 그래도 혹시나 해서 보관해 뒀어요.

아무튼 이 편지들을 어떻게 하면 좋을지 말씀해 주신다면 정말 감사하겠습니다.

그럼 이만

필

2017년 11월 1일
레이첼에게

레이첼이라고 부르려니 좀 어색하네요.

먼저 미안하다고 말하고 싶어요. 내가 이런 말을 할 줄은 몰랐을 거예요. 정말 미안해요. 하지만 이런 말을 하게 돼서 부끄럽다느니 하는 생각은 안 해요. 정말 미안해요, 레이첼.

난 지난 5년 동안 그 아이들을 지켜봐 왔어요. 밥 먹는 횟수보다 더 많은 아이 돌보미들이 왔다가 떠나는 걸 지켜봤죠. 그 교활한 홀리가 사모님 코밑에서 사장님과 바람 피우는 것도 지켜만 봐야 했어요. 그 여자가 아이들 마음을 산산조각 내놓고 떠났을 때 뒤처리를 한 사람도 나였어요. 그때 이후로 난 아이 돌보미들이 왔다가 매번 그 불쌍한 아이들 마음을 찢어 놓고 가는 모습을 가만히 지켜봐야 했어요.

찾아오는 아이 돌보미들은 죄다 예쁘고 젊은 여자였어요. 차가운 손이 심장을 움켜쥐는 것 같아서 한밤중에 잠에서 깨면 항상 고민했어요. 산드라 사모님에게 남편이 어떤 남자인지 알려야 할까? 홀리가 어떤 여자인지, 왜 떠났는지 말해야 할까? 하고요. 하지만 그럴 수 없다는 사실을 깨달을 때마다 분노를 삼켜야 했고, 다음번에는 다를 거라고 나 자신을 다독였어요. 그래서 당신을 만났을 때, 사모님이 또 다른 젊고 예쁜 여자를 고용했다는 걸 알고 심장이 내려앉았던 거예요. 빌 사장님이 어떻게 행동할지 짐작이 됐으니까요. 당신이 어떤 여자든, 홀리처럼 눈앞의 기회를 최대한 이용하려는 여자든, 사장님을 멀리하려는 여자든 당신이 갑자기 떠나 버리면 그 불쌍한 아이들은 또다시 상처받을 게 분명했으니 말이죠. 어쩌면 당신이 사장님을 데리고 떠나 버리는 최악의 상황이 벌어질 수도 있었고요. 그 생각을 하니까 화가 났어요. 너무나 화가 났어요. 이런 말하는 건 부끄럽지 않아요. 하지만 당신을 그렇게 대한 건 정말 부끄럽네요. 제 화를 당신한테 쏟아붓지 말았어야 했어요. 당신한테 쏘아붙인 말들을 생각하면 너무 미안해요. 경찰이 뭐라고 하든 전 알아요. 당신은 그 어린아이를 해치느니 차라리 유리 조각 위를 1킬로미터 걷는 걸 택할 사람이죠. 날 조사했던 경찰에게도 그렇게 말했어요. 이 이야기는 꼭 당신한테 해 주고 싶었어요. 난 경찰에게 말했어요. 그 여자를 좋아하진 않지만 그 여자가 매디를 해칠 사람은 절대 아니라고, 댁은 지금 엉뚱한 사람을 잡고 있다고. 내가 당신을 싫어했던 게 비밀은 아니었으니 다 말했어요.

당신한테 이런 내 마음을 말해 주고 싶어서 이렇게 편지를 쓰고 있어요. 당신한테 다 말하고 나서 미안한 마음을 털어 버리려고요.

하지만 다른 이유도 있어요. 엘리가 당신한테 편지를 전해 달래요. 엘리가 편지를 봉투에 넣어 봉하고 나한테 주면서 절대 읽어 보지 말라고 했어요. 난 그러지 않겠다고 약속했고, 그 약속을 지켰어요. 당신이라면 아이들과의 약속은 꼭 지켜야 한다고 생각하겠죠? 그래도 당신한테 부탁하고 싶어요. 엘리의 편지를 읽어 보고 나서 나나 산드라 사모님도 알아야겠다 싶은 일이 있다면 꼭 알려 줘요.

헤더브레 저택으로 편지를 보내 봤자 소용없어요. 헤더브레 저택은 폐쇄된 상태거든요. 사모님이 신경 써야 할 일이 얼마나 많은지 몰라요. 사모님, 사장님은 이혼했어요. 경찰한테 들었어요? 사모님은 아이들을 데리고 남쪽의 친정집으로 갔어요. 빌 사장님도 떠났어요. 회사 인턴과 관련된 소송에 휘말렸대요. 아니면 그냥 동네에 떠도는 소문인지도 모르고요. 헤더브레 저택은 변호사 비용 때문에 팔 거란 얘기가 있어요.

이 편지 아래에 우리 집 주소를 적어 놓을게요. 혹시 엘리의 편지에서 걱정되는 부분이 있으면 아래 주소로 연락 줘요. 내가 할 수 있는 일은 처리할게요. 당신이 나처럼 그 아이들을 사랑했다고 믿기 때문에 내 부탁을 들어줄 거라고 생각해요. 엘리가 다치게 두진 않을 거죠? 난 하나님께 기도하며 그분의 답을 들으려고 노력했어요. 지금은 당신을 믿고 있어요, 레이첼. 당신이 날

실망시키지 않았으면 좋겠어요.

당신을 신뢰하는
진 맥켄지
15a 하이스트리트
카른교

받는 사람:

보내는 사람:

제목:

오웬 선생님 선생님 이름이 레이첼이래요 선생님이 많이 보
고 싶어요 진짜 진짜 미안해요 선생님 다 제 잘못이에요 엄
마나 아빠한테는 말 못해요 엄청 화내실 거니까요 아빠는
떠나 버릴 거예요 매디 언니가 항상 그렇게 말했어요
내가 매디 언니를 밀었어요 언니가 엄마의 옛날 휴대 전화
를 갖고 다른 선생님들처럼 로완 선생님도 쫓아 버리려고
했어요 매디 언니는 선생님 방 지붕에 올라가 창문으로 다
락방에 들어갔어요 거기가 언니의 비밀 기지예요 언니는 항
상 거기 가면서 전 어려서 못 간다고 했어요 언니는 밤에 해
피 앱을 켜서 사람들을 깨우고 유튜브 영상을 틀어서 다락
방에서 사람이 걸어 다니는 소리를 냈어요 그건 진짜가 아
니라 영상에서 나는 소리였어요 언니가 다락방에서 인형 머
리도 갖고 와서 나한테 선생님 무릎에 올려놓으라고 했어요
거짓말해서 죄송해요 제가 인형 머리를 올려놨어요

매디 언니는 밤에 일어나서 선생님이 없는 걸 보고 독 열매를 선생님한테 먹이려고 했어요 난 매디 언니를 쫓아가서 술을 싱크대에 부어 버렸어요 매디 언니가 화가 나서 다락방 창문으로 다시 들어가겠다고 했어요 선생님이 없을 때 알람을 모두 켜서 선생님을 힘들게 하려고 했어요 전 매디 언니를 쫓아가서 하지 말라고 했어요 언니는 자기가 안 하면 선생님이 아빠를 데려가 버릴 거라고 했어요 난 로완 선생님은 착해서 그러지 않는다고 했어요 선생님이 떠나는 게 싫다고 했어요 매디 언니가 지붕으로 올라가려고 해서 내가 밀어 버렸어요 그렇게 될 줄은 몰랐어요 정말 죄송해요 제발 제발 경찰한테 말하지 말아 주세요 감옥에 가기 싫어요 정말 미안해요 선생님이 하지 않은 일로 야단맞으면 안 되잖아요 그냥 선생님이 한 짓이 아니라고 해요 누가 그랬는지 알지만 비밀이라서 말해 줄 수 없다고 해요

우리는 내일 새집으로 이사 가요 아빠는 바로 올 수 없대요 하지만 선생님이 곧 돌아오시면 좋겠어요 사랑하는 다섯 살 엘리가 안녕

감사의 말

편집자, 출판업자, 마케터, 디자이너, 영업 사원, 저작권 관리자, 제작 편집자 등 이 책을 출판하는 데 힘써 준 모든 사람들에게 감사한다. 여러분이 들고 있는 이 책이 아름답게 가독성 높은 책으로 탄생한 것은 모두 그들의 노력 덕분이다.

앨리슨(Alison), 리즈(Liz), 제이드(Jade), 사라(Sara), 젠(Jen), 브리타(Brita), 노어(Noor), 메건(Meagan), 베단(Bethan), 캐서린(Catherine), 니타(Nita), 케빈(Kevin), 리처드(Richard), 페이(Faye), 레이첼(Rachel), 소피(Sophie), 맥켄지(Mackenzie), 제인(Jane), 제니퍼(Jennifer), 첼시(Chelsea), 캐시(Kathy), 캐롤린(Carolyn), 사이먼 앤 슈스터(Simon & Schuster)와 PRH의 모든 직원들에게 온 마음을 다해서 감사한다.

최고의 독자가 되어 준 메이슨(Mason), 수지(Susi), 스테파니(Stephanie)에게도 감사의 마음을 전하고 싶다.

내가 온전한 정신으로 웃을 수 있게 해 준 온라인과 오프라인의 멋진 작가 친구들에게도 감사한다.

스마트 하우스에서 살지 않게 해 주고, 항상 내 곁에 있어 준 가족들에게도 감사한다.

미주

1) 영국에는 법정에서 변호를 하는 법정 변호사(barrister)와 의
   뢰인에게서 법률 행위를 위임받는 사무 변호사(solicitor)의 두
   종류가 있다. 원칙적으로는 사무 변호사가 정리한 사건을
   법정 변호사가 법정에서 변호하기 때문에 법정 변호사는 의
   뢰인을 직접 상대하지 않는다.
2) 잉글랜드에 있는 유아 보육 전문 교육 대학교.
3) 동명의 영화 속 주인공으로 완벽한 유모 캐릭터를 비유적으
   로 표현한 것이다.
4) 불에 달군 밀랍을 섞은 물감으로 그린 그림.
5) 가공하지 않은 콘크리트, 철강 등을 사용하며 거칠고 어둡
   고 무거운 경향을 보이는 건축 양식.
6) 우유를 발효시킨 크림.

7) 아일랜드와 스코틀랜드 일부에서 사용되는 켈트계 언어로 일종의 사투리다.

8) 역사적 장소나 자연환경이 아름다운 곳을 관리하고 보존하는 영국의 민간단체.

9) 영국에서 봄에 흔하게 볼 수 있는 관목으로 노란색 꽃이 피며 주로 관상용이나 울타리용으로 심는다.

10) 영국의 아동 애니메이션으로 페파 가족의 행복하고 따뜻한 이야기를 내용으로 한다.

11) 미국의 리얼리티 법정 쇼.

12) 고산 지대에서 자생하는 나무의 줄기나 가지에 달리는 지의류.

13) 고추와 향신료를 갈아 만든 튀니지의 매콤한 소스.

14) 스코틀랜드에 전해 내려오는 일명 물개 신화. 셀키라는 물

개가 있는데 허물을 벗으면 인간의 모습으로 변신하는 것으로 알려져 있다.

15) 스코틀랜드에 산다는 나무 요정.

16) 유럽에서 나는 미나리아재비과 식물로 크리스마스 즈음에 꽃이 피어 크리스마스 로즈로도 불린다.

17) 정원에 주로 심는 덩굴 장미.

18) 노란색 꽃이 피는 낙엽 활엽수.

19) 전체에 털이 있는 여러해살이풀.

20) 타원형 잎이 나는 약용 식물.

21) 1912~1926년 영국을 배경으로 크롤리 가문과 그들에게 귀속된 하인들의 삶을 묘사한 드라마.

22) 중남미 국가의 어린이 생일에 사용되는 종이 인형. 인형 안

에 과자, 장난감, 돈 등의 선물을 넣어 높은 데에 매달고 막 대기로 쳐서 터트린다.

23) 영국의 금융 기관 전산망.

24) 노란색의 스코틀랜드산 증류주.

헤더브레 저택의 유령

1판 1쇄 발행 2020년 12월 29일
1판 2쇄 발행 2021년 2월 9일

지은이 루스 웨어
옮긴이 이미정

발행인 정욱
편집인 황민호
본부장 박정훈
책임편집 강경양
마케팅 조안나 이유진 이나경
국제판권 이주은 한진아
제작 심상운

발행처 대원씨아이㈜
주소 서울특별시 용산구 한강대로15길 9-12
전화 (02)2071-2094
팩스 (02)749-2105
등록 제3-563호
등록일자 1992년 5월 11일

ISBN 979-11-362-5839-7 03840